AtV

BERNHARD JAUMANN wurde 1957 in Augsburg geboren. Er studierte in München und hat u.a. Italienisch in Bad Aibling unterrichtet. Nach längeren Aufenthalten in Italien, Australien und Mexiko-Stadt lebt er in Namibia sowie einem Bergdorf in den italienischen Marken. Bisher erschienen von ihm die Kriminalromane »Hörsturz«, »Sehschlachten«, »Handstreich«, »Duftfallen« und »Saltimbocca«, für den er 2003 den Friedrich-Glauser-Krimipreis erhielt. Im Gustav Kiepenheuer Verlag erschien 2005 der Roman »Die Vipern von Montesecco«, »ein wunderbares Buch« (*Die Zeit*).

Oberkommissar Ruiz und seine Kollegen sehen sich einer Reihe von mysteriösen Mordfällen gegenüber. Seit einiger Zeit treibt ein Mann, der sich der »Vengador« nennt, sein Unwesen in Mexiko-City. Er hat es sich zur Aufgabe gemacht, dort einzugreifen, wo die Polizei versagt, und richtet junge Männer, die Busse überfallen, durch Erschießen und grausame Verstümmelungen in Aztekenmanier. Während der Arbeit an diesem Fall wird Ruiz plötzlich entführt. Was steckt dahinter? Die Rache der Azteken? Ein unerklärter Krieg der Armen und Benachteiligten? Oder greift nur jemand gern in anderer Leute Taschen? Und was hat die Jungfrau von Guadalupe damit zu tun? Langsam tastet sich Kommissar Lopez García an die Wahrheit heran. – Packend beschreibt Glauser-Preisträger Bernhard Jaumann die Sinnlichkeit und Brutalität einer der größten Städte der Welt.

1

In den letzten drei Monaten, von September bis Dezember, sind aufgrund der Unsicherheit im Distrito Federal achtzehn Prozent der Hauptstädter Opfer eines Verbrechens geworden ...

TAGESZEITUNG »REFORMA«, 7. 12. 1998

Alles fließt, hatte irgendein alter Philosoph mal behauptet. Das war Quatsch. Alles stockte, stand still. Wenigstens galt das für den Verkehr, der sich in der Calle Donceles Richtung Osten staute. Und ähnlich sah es in Tacuba, 5 de Mayo oder in jeder anderen Calle des Centro Histórico von México-Stadt aus. Zu viele Autos, zu viele Menschen. Da floß nichts mehr. Zumindest nicht der Verkehr.

Dem Vengador war das egal. Er sah durch die schmierige Scheibe des Microbusses nach draußen. Rot und zum Greifen nah glühte der Grill eines Imbißstands durch die Nacht. Mit einer Machete säbelte eine dicke Frau Fleischstücke für Tacos al pastor ab. Ein Junge in schmutziger Schürze hackte daneben Kutteln. Am Seitentresen lehnte ein Kunde, beide Hände um eine dick gefüllte Tortilla gekrallt, aus der rote Soße tropfte. Rauch stieg von irgendwo unter dem Straßenmüll auf. Die Passanten schoben einander durch den Trampelpfad, den die am Gehwegrand ausgebreiteten Waren der ambulanten Händler frei ließen. Taschenlampenbatterien, Feuerzeuge, Kunstlederramsch, Stoffpuppen. Eigentlich hatte die neue Regierung des Distrito Federal versprochen, mit den illegalen Verkäufern aufzuräumen, die improvisierten Märkte im Zentrum so zu reduzieren, daß man sich wenigstens einigermaßen bewegen konnte. Damit der Verkehr floß. Damit alles seine Ordnung hatte.

Von hinten hupte es langgezogen. Krachend warf der Fahrer den ersten Gang ein und ließ den Microbus ein paar Meter weiterrumpeln. Dann war wieder Schluß. Stillstand, Leerlauf. Der Sitz unter dem Vengador zitterte im Gleichtakt mit dem Tuckern des Motors. Eine sanfte Massage für das Sitzfleisch. Das konnte er nach dem langen Tag gebrauchen.

Die junge Frau neben ihm rückte das Bündel auf ihrem Arm zurecht. Ein schlafendes Kind, dessen Kopf permanent von ihrer Schulter an den Oberarm des Vengadors rutschte, sich auch jetzt wieder an ihn zu schmiegen schien. Die sanfte Berührung ließ den Vengador unwillkürlich die Muskeln anspannen, doch dann sah er, daß das blasse Gesicht des Kleinen wie das eines Toten aussah. Zugekniffene Augen. Wie bei einem totgeborenen Kind, das rechtzeitig eingesehen hatte, daß es zuviel war für diese Welt, für diese Stadt. Für diese Mutter, deren Bauch sich schon über dem nächsten Balg wölbte.

Der Vengador entspannte sich. Durch den Stoff seiner Jacke drang die Körperwärme des kleinen Rotzlöffels. Er schien noch am Leben zu sein. Der Vengador rückte die Ledertasche auf seinen Knien zurecht und schob den kleinen Kopf zur Seite. Dorthin, wo er hingehörte. Der Kleine wachte nicht einmal auf. Er war es wohl gewohnt, herumgeschubst zu werden. War sicher auch besser, sich möglichst schnell daran zu gewöhnen.

Der Vengador lehnte den Kopf an die vibrierende Fensterscheibe und sah nach draußen. Passanten drängten sich an abblätterndem Putz vorbei durchs fleckige Grau, stiegen über Feuerzeuge, Kunstlederramsch, Stoffpuppen und geflochtene Körbe, die aus dem Boden wuchsen. An der Hausmauer kauerte eine bettelnde Indiomutter mit ihrem Säugling an der Brust und griff nach vorüberstreichenden Rocksäumen und Hosenbeinen.

Der Microbus stand wie festgemauert. Der Fahrer stützte sich mit dem Arm auf das Lenkrad. Wie zufällig kam der Ellbogen auf der Hupe zu liegen. In die Kreuzung zur República de Argentina schienen Autos, Busse und Fahrradrikschas gleichzeitig von allen Seiten und mit dem einzigen Ziel eingefahren zu sein, die über die Kreuzung springenden Fußgänger fertigzumachen. Die Ampel sprang auf Grün, alles stand verkeilt, nichts ging mehr.

Der Vengador zupfte am losen Ende des Informationszettels an der Scheibe des Busses. Er las:

Verehrte Benutzer der öffentlichen Verkehrsmittel!
Wie Sie sind wir an einem schnellen, sicheren und effizienten Service ...
et cetera, bla bla! Draußen hupte es von überallher. Die Ampel an der Venezuela zeigte Rot. Der Vengador drehte die Augen wieder nach oben und las:

– *Zahlen Sie den Fahrpreis mit abgezähltem Geld!*
– *Geben Sie Ihr Ausstiegssignal rechtzeitig!*
– *Steigen Sie hinten aus!*
– *Verlangen Sie nicht, außerhalb der ausgewiesenen Haltestellen ein- oder auszusteigen!*
– *Rauchen Sie nicht!*
– *Steigen Sie nicht aus, solange der Wagen sich in Bewegung befindet!*
– *Behandeln Sie den Wagen mit Sorgfalt! Beschädigen Sie ihn nicht!*
– *Behandeln Sie den Fahrer mit Höflichkeit und Respekt!*
– *Lächeln Sie Ihrem Mitpassagier zu! Seien Sie glücklich!*

Der Fahrer des Microbusses hupte, aber wohl nur, um seinen Fahrgästen das Gefühl zu geben, um ihr Fortkommen besorgt zu sein. Er war in Ehren ergraut, regte sich nicht auf, nur weil alles stockte. Er wandte den Kopf nach rechts und drückte auf den Knopf neben dem Lenkrad. Zischend und klappernd sprang die Tür auf.

Steigen Sie nicht aus, solange der Wagen sich in Bewegung befindet!

Der Wagen befand sich nicht in Bewegung. Er stand im Stau. Es stieg auch niemand aus. Zwei junge Burschen stiegen zu. Der erste hatte verstrubbeltes Haar, trug ein falsches Tommy-Hilfiger-T-Shirt und eine schmutzig-braune Hose. Seine nackten Füße steckten in schief abgelatschten schwarzen Halbschuhen. Der zweite hatte eine Plastiktasche mit dem Stierkopflogo des Fußballvereins Toros Neza umhängen. Ein dünner Bart zierte seine Visage, aber sonst sah er aus wie einer der dreizehnjährigen Jungs, die in der Colonia Guerrero den geparkten Autos Rückspiegel und Scheibenwischer abmontieren. Der Vengador würde die beiden Juan und

Rodolfo nennen. Er hatte die Anonymität satt. Juan und Rodolfo waren schließlich schöne Namen, so gut wie irgendwelche anderen. Der mit dem Bart sollte Rodolfo sein.

Der Kopf des kleinen Hosenscheißers auf dem Arm der Frau nebenan sank wieder zur Schulter des Vengadors herüber. Ein schnelles Achselzucken schleuderte ihn zurück. Der Kleine riß die Augen auf und begann zu heulen. Idiot!

Rodolfo stand neben dem Fahrer und wühlte in seiner Sporttasche.

Zahlen Sie den Fahrpreis mit abgezähltem Geld!

Irgend etwas blitzte in der Tasche auf, und während die Mutter neben dem Vengador ihren Schreihals hin- und herzuwiegen begann, ging vorne alles ganz schnell. Viel zu schnell, um in Ordnung zu sein, doch der Vengador sah jedes Detail wie in Zeitlupe, sah eine Faust sich um einen Machetengriff krallen, eine zweite, sah zwei Klingen aus der Tasche hervorzüngeln, zwei Macheten in der Luft tanzen, und schon griff Juan in den grauen Haarschopf des Fahrers, riß ihm den Kopf in den Nacken und setzte die Schneide an seine Kehle. Rodolfo reckte sich mit erhobenem Messer am Anfang des Gangs und brüllte:

»Keiner rührt sich! Wer sich rührt, ist erledigt!«

Die Passagiere fielen in ihren Sitzen zusammen, schienen sich durch das Blech der Seitenwände des Busses drücken zu wollen. Niemand schrie, nur das Kleinkind quengelte weiter, und der Fahrer gurgelte unter der Machete Juans Unverständliches hervor.

Behandeln Sie den Fahrer mit Höflichkeit und Respekt!

Der Vengador kannte die Hinweise schon auswendig.

»Geldbörsen, Uhren, Schmuck!« brüllte Rodolfo, während er hastig die Münzen aus dem Rahmen neben dem Schalthebel klaubte und sie rasch in die Tasche einsackte. Ein paar Pesos klimperten zu Boden.

»Und zwar ein bißchen fix!« zischte Juan. Die Klinge der Machete schabte an der Kehle des Fahrers auf und ab, als ob er rasiert werden sollte. Mit beiden Händen hielt er sich am Lenkrad fest. Von hinten hupte es wild.

Rodolfo fing auf der linken Seite an. In der ersten Reihe saß einer, der mit Zopf und Anzug auf Karl Lagerfeld machte. Er hatte die Uhr schon abgestreift und ließ sie in die Sporttasche fallen.

»Dein Geld!« sagte Rodolfo.

»Ich …« sagte der Fahrgast.

Die Machete stieß herunter, versank in seinem linken Oberarm und zuckte wieder zurück.

»Das ist ein Überfall, ihr Scheißer!« brüllte Rodolfo. Seine Stimme überschlug sich. Mit aufgerissenen Augen sah der Lagerfeldverschnitt auf das Rot, das aus dem Stoff seines Anzugs quoll.

Die Machete tätschelte seine Wange.

»Muß ihn mein Kumpel wirklich umlegen?« Vorn beugte sich Juan über den Fahrer und kitzelte ihn mit der Spitze der Machete im Nasenloch. Juan schüttelte den Kopf.

»Wegen ein paar Pesos? Weil ein kleines Arschloch den Helden spielen will?«

Der Fahrer antwortete nicht, sagte nichts, rührte sich nicht. Das kleine Arschloch in der ersten Reihe verzichtete auf den Heldentod für sich und andere, fingerte lieber mit der Rechten seine Brieftasche aus der Anzugjacke. Rodolfo riß sie ihm aus der Hand. Blut tropfte auf das Plastikpolster.

Behandeln Sie den Wagen mit Sorgfalt! Beschädigen Sie ihn nicht!

Der Vengador saß in der vierten Reihe, neben einer Frau, die eineinhalb Kinder mit sich herumtrug und sich an ihn preßte, als wäre er der Vater der Brut. Das war er aber nicht. Er war der Vengador. Er richtete sich auf, drückte die Frau von sich weg und öffnete den Reißverschluß seiner Ledertasche.

Vor ihm ging nun alles glatt. Rodolfo kam langsam den Gang nach hinten, schnitt ab und zu mit der Machete Stücke aus der Luft und hielt den Fahrgästen die Sporttasche entgegen, in die wie bei der Kollekte in der Kirche die Opfergaben plumpsten.

»Na also!« lachte Juan von vorn. Er fuhr dem Fahrer mit der linken Hand über den Scheitel, strich eine störrische Strähne glatt. Die Spitze der Machete lag auf dem Schulterblatt auf. Der Fahrer machte keinen Mucks, keine Bewegung. Er saß da wie eine aztekische Steinfigur und schien mindestens genauso tot. Wahrscheinlich war er so oft überfallen worden, daß er inzwischen schon aus Routine alles richtig machte.

Rodolfo war nun auf der Höhe des Vengadors angelangt. Die Schwangere versuchte verzweifelt, ihren Ehering abzustreifen. Er ging nicht übers Fingergelenk. Der Ring sah eh nach Modeschmuck für zwei Pesos fünfzig aus. Der Vengador griff in seine Tasche, fühlte Metall und fuhr an dessen klarer, schlanker Form entlang. Ertastete die kühle Schönheit.

»Nein«, sagte die Frau schwach, als Rodolfo die Machete ihrem prallen Bauch entgegensenkte.

Der Vengador faßte die 38er Special am Lauf, zog sie hervor und streckte sie Rodolfo entgegen. Dessen Hand fuhr zurück, als fürchte sie, sich am Griff der Pistole zu verbrennen. Die Machete klirrte gegen irgend etwas. Der Vengador hob die rechte Hand, ließ die leere Handfläche aufscheinen. Die 38er hielt er mit der Linken, mit drei Fingern, am Ende des Laufs. Der Griff, der Abzug boten sich Rodolfo an. Er mußte nur zugreifen. Er griff zu. Mit einer schnellen, gierigen Bewegung. Er sagte:

»Der Kerl hat einen Revolver.«

Es war kein Revolver, es war eine Pistole, ein halbautomatischer Selbstlader. Der Vengador lächelte.

»Was?« fragte Juan von vorne.

»Ich habe so 'nem Scheißer einen Revolver abgenommen«, rief Rodolfo über die Schulter. Links hielt er die 38er, rechts die Machete.

Der Vengador tippte mit der Daumenkuppe auf den Zettel an der Scheibe. Er zitierte auswendig:

»Lächeln Sie Ihrem Mitpassagier zu! Seien Sie glücklich!«

»Einen Revolver?« fragte Juan von vorn.

»Ich hab ihn«, schrie Rodolfo, »ich hab ihn ihm abgenommen, dem Wichser, und …«

Der Vengador stand auf, lächelte freundlich. Versuchte, glücklich zu sein.

»Einen … Scheiße!« rief Juan.

»Sechs Schuß neun Millimeter Kaliber », sagte der Vengador. »Das haut dir glatt den Bauch weg.«

Aus dem Schulterhalfter unter seiner Jacke zog er seine zweite 38er hervor. Er war glücklich.

»Der Wichser hat …« schrie Rodolfo, und bevor er sich noch zwischen Machete und Pistole entscheiden konnte, bevor er das winzige Zögern überwunden hatte, das die zusätzliche Option verursacht hatte, bevor er auch nur hätte realisieren können, daß der Spaß gleich vorbei sein würde, wenn er sich nicht wehrte, hatte der Vengador schon abgedrückt. Zweimal den Finger krumm gemacht. Zwei Kugeln losgeschickt, peng, peng, und Rodolfo zwei Schläge versetzt, die ihn nach hinten warfen, zwei Löcher in seine Brust gerissen, aus denen das Leben floß und langsam stockte.

»… hat dich weggepustet, Jungchen.« Der Vengador nickte dem Etwas zu, das im Gang in sich zusammensackte, die eine Hand um eine Machete, die andere um den Griff einer ungeladenen 38er krallte und ungläubig mit zu verfolgen schien, wie das Hin und Her in Venen und Arterien, wie der ganze verdammte Verkehr in ihm zum Stillstand kam.

Der Vengador mischte sich nicht weiter in sein Sterben ein. Er schob sich an der Schwangeren und dem heulenden Kind vorbei auf den Gang. Vorn war noch der andere. Juan. Er quetschte seinen Arsch gegen das Lenkrad und hielt sich an der Machete fest, die er dem Fahrer an den Hals drückte.

Behandeln Sie den Fahrer mit Höflichkeit und Respekt!

Der Vengador lud zwei Kugeln ins Magazin der Pistole nach und sagte:

»Wenn du ihn auch nur anritzt, Kleiner, leg ich dich um.«

Juans Hände zitterten, und sein ganzer Körper zitterte mit den Händen. Juan schien zu überlegen, wie er aus der Sache herauskommen konnte. Der Vengador hätte ihm sagen können, daß er damit etwas zu spät dran war. Juan zerrte den Fahrer am Hemdkragen nach oben. Er schien fertig überlegt zu haben. Er sagte:

»Der kommt mit und …«

»Nein!« Der Vengador schnitt ihm ins Wort. »Laß das Messer fallen!«

»Wir zwei steigen jetzt aus, und wenn ihr schön brav sitzen bleibt, passiert ihm überhaupt nichts.«

»Nein«, sagte der Vengador und streckte den Arm mit der Pistole durch. Mit der Machete an der Gurgel tat der Busfahrer einen vorsichtigen Schritt zur Vordertür hin. Juan versteckte sich hinter ihm. Man hätte einen Kunstschützen gebraucht, um ...

»Steigen Sie hinten aus!« sagte der Vengador. Er zielte nach unten und schoß. Der Fahrer bekam die Kugel in den Unterschenkel. Er sackte lautlos zusammen, fiel schwer in den Arm Juans, der dabei fast das Gleichgewicht verlor. Die Machete baumelte unschlüssig vor den beiden Körpern umher. Der Fahrer stöhnte. Juan fiepte:

»Scheiße, Scheiße, Scheiße!«

»Laß das Messer fallen!«

Juan keuchte unter der Last des Fahrers, den er unter beiden Achseln gefaßt hatte und wie einen Sandsack vor sich aufzubauen versuchte. Der Sandsack kippte, Juan fragte:

»Wir steigen nicht aus?«

»Nein«, sagte der Vengador.

»Nein?« fragte Juan.

Er brauchte noch einen Moment, dann ließ er den Körper des Fahrers nach unten gleiten. Die Machete warf er nach vorn in den Gang, als ob sie ihm plötzlich zu heiß in der Hand geworden wäre. Dann hob er beide Hände auf Höhe seines Stiernackens, schnaubte aus. Er lächelte. Schien glücklich. Dachte wahrscheinlich daran, daß er in spätestens drei Monaten aus dem Knast entlassen würde.

»Geben Sie Ihr Ausstiegssignal rechtzeitig!« sagte der Vengador. Er hob die 38er, zielte ausnahmsweise mal genau und schoß Juan durch die linke Handfläche. Blut spritzte auf die Frontscheibe des Busses. Der Kerl warf die Hände vor die Brust und schrie.

»Olé!« murmelte der Vengador. Der zweite Schuß traf Juan in den rechten Oberschenkel und warf ihn auf die Knie.

Zu spät, mein Lieber! Zu spät, um zu bitten und zu betteln. Das hättest du dir früher überlegen müssen.

»Olé!« stöhnte der verwundete Karl Lagerfeld in der ersten Sitzbank. Den dritten Schuß setzte der Vengador in den rechten Oberarm Juans.

»Olé!« murmelten die Passagiere des Microbusses.

»Olé!« riefen sie zögernd, unsicher. Sie wußten wohl nicht, ob es angebracht war, »olé« zu rufen. Sie würden auch nicht mehr »olé« rufen, wenn alles vorbei war. Sie würden betreten herumsitzen, und erst nach ein paar Minuten würde es der erste wagen, die blutverschmierte Sporttasche mit dem Stierkopf unter der Leiche von Rodolfo hervorzuziehen und nach seinen Wertsachen zu kramen.

Doch jetzt riefen sie »olé«, während sie nach dem nächsten Schuß lechzten, und aus Juans Visage war das schiefe Lächeln verschwunden. Da waren nur noch Panik und die Grimasse der verzweifelten Anstrengung, mit der er sich zur offenen Tür des Microbusses hinschob und übers Trittbrett hinausplumpsen ließ. Er würde nicht weit kommen.

Der Vengador beugte sich über den Toten im Gang. Er mußte die Finger einzeln aufbiegen, um die zweite, ungeladene 38er aus der verkrampften Hand lösen zu können. Er steckte die Pistole ins Schulterhalfter. Dann klaubte er Juans Machete aus dem Staub. Er richtete sich auf, spannte seinen Körper, stand mit der Machete in der Hand da wie El Zotoluco, wie der Inbegriff aller Toreros, die je die Plaza México, die größte Stierkampfarena der Welt, in »Olé«-Stürmen hatten tosen lassen.

»Ich bin El Vengador«, sagte der Vengador. »Sie werden von mir gehört haben. Ich sorge für Sicherheit und Gerechtigkeit. Ich erledige den Job, bei dem unsere Polizei versagt. Wenn Sie wollen, daß man in México-Stadt irgendwann wieder sicher und ruhig leben kann, dann lassen Sie nachher beim Verhör Ihre Phantasie ein wenig spielen, wenn es darum geht, mein Aussehen zu beschreiben. Ich denke, das sind Sie mir und sich selbst schuldig.«

»Olé!« sagte der Schnösel. Er nickte.

»Olé!« sagte der Vengador. Er drückte sich am verletzten Fahrer vorbei und stieg aufs Trittbrett hinab. Draußen schlängelten sich die Autos um den stehenden Microbus, an dessen Scheiben sich die Nasen der Insassen platt drückten. Der Verkehr floß zäh, die Luft war klebrig. Es roch nach Dreck und Blei. Wie von selbst teilte sich der Strom der Passanten vor der Machete des Vengadors. Er überquerte die Calle de Argentina, strich am Gitter entlang bis zu dem hüfthohen Mäuerchen, unter dem das Ausgrabungsgelände des Templo Mayor lag.

»Juan?« rief der Vengador leise hinab.

Die Mondgöttin goß fahles Licht durch den Dunst. Wie felsschwarze Schatten ragten die Pyramidenstümpfe in die Nacht. Links unter dem grauen Dach lag das Oratorium der Adlerkrieger begraben. Rechts kroch etwas auf den steinernen Kopf einer gefiederten Schlange zu. Das Mäuerchen fühlte sich noch warm an. Der Vengador schwang sich darüber.

Die Nacht drückte blau auf die Stadt herunter. Schwer keuchte die Metro der Linie 2 in die Station Portales ein. Die ersten Waggons ratterten halbleer an Dolores vorbei. In der Mitte war der Zug dichter besetzt. Es würde Gedränge geben, wenn sich die Menge vom Bahnsteig hinzustopfte. Hauptsächlich Männer standen um Dolores herum. Auf anderen Linien gab es zu Stoßzeiten Extraabteile für Frauen und Kinder. Aus Sicherheitsgründen. In der Linie 2 schien die Sicherheit noch ausreichend gewährleistet zu sein.

Zu Stoßzeiten, dachte Dolores.

Sie zupfte ihren schwarzen Minirock nach unten. Er war kurz, vielleicht ein bißchen zu kurz. José hatte ihn ihr gekauft. Sie hatte sich vom ersten Moment an unwohl darin gefühlt, aber sie hatte nichts gesagt. Wozu auch? Gekauft war gekauft, und sie konnten es sich wirklich nicht leisten, einen neuen Rock wegen ein paar fehlender Zentimeter einzumotten. Außerdem meinte José, daß sie ihre Beine wirklich nicht zu verstecken brauche. Sie habe sowieso die schönsten Beine der Welt, behauptete er. So ein Quatsch, antwortete sie dann, aber ein bißchen freute es sie doch.

Dolores spürte, wie sie lächelte, wie ihre Augen unversehens nach José griffen, der sich vor ihr durch die aufzischende Tür in die Metro drängte. Sie hätte ihn jetzt gern neben sich gespürt, sich im rumpelnden Zug an ihn geschmiegt, aber das ging nun mal nicht.

Dolores warf die schwarzen Locken zurück und schob sich ebenfalls in den Waggon. Die gestaute Hitze des Tages schlug ihr entgegen, der schwüle Schweiß von Menschen, die den Dampf und Dreck der Straße eingesaugt hatten. Eine Luft, die ihr binnen kurzem die Poren verkleben würde.

José hatte sich rechts neben der Tür an die vertikale Metallstrebe gelehnt, die die obere Haltestange trug. Er hielt sich »La Jornada« vor die Augen und tat, als interessiere er sich für die neuesten Sauereien der Regierung in Chiapas. Dolores zögerte einen Moment und ließ sich, im Strom der Hereindrängenden unmerklich steuernd, an José vorbei zur gegenüberliegenden Wand schieben. Dort lehnte einer, der harmlos genug wirkte: eine Handbreit kleiner als Dolores, selbst mit aufgebügeltem Haar. Schweißperlen rannen ihm die Schläfe hinab und stauten sich am Brillengestell. Irgendwer, der ihm übelwollte, hatte ihn in einen einst modischen Einreiher gesteckt, für den er inzwischen ein wenig zu fett war. Er sah aus wie ein Bankangestellter, der seine Karrierehoffnungen schon vor ein paar Jahren begraben hatte.

Einen Moment lang dachte Dolores daran, alles abzublasen, sich zu José durchzuboxen, sich in seine Arme zu werfen und ihm ins Ohr zu flüstern: Heute nicht! Bitte! Nicht heute! Und José würde sie festhalten und würde nicken und sagen: Heute nicht.

Und was wäre morgen? Und was war mit ihren Eltern, die ohne sie betteln müßten? Mit der Medizin für die Großeltern? Mit dem Zuschuß für das Begräbnis von Fernando Ayala, den sie der Witwe versprochen hatte? Dolores blieb, wo sie war. Sie warf dem Bankangestellten ein scheues Lächeln zu, als sie sich an der Waggonwand über seiner Schulter abstützte.

Die Metro fuhr langsam an, ruckte, beschleunigte, bremste scharf, und Dolores verlor das Gleichgewicht, tapste verzweifelt nach einem Halt, taumelte gegen den Bankangestellten. Ihr Busen rieb an seinem Oberarm entlang, quetschte sich gegen seinen wabbeligen Bauch, ihr Körper versteifte sich vor Schreck und Scham, und dann rappelte sie sich hoch, entschuldigte sich nicht, sondern drehte sich schnellstmöglich um 180 Grad, zum Waggeninneren hin. Es war wichtig, Angst zu zeigen, einen Anflug von Panik. Das fiel Dolores nicht schwer. Dazu brauchte sie nicht zu schauspielern.

Sie konnte sich nun mit einer Hand an der Haltestange festklammern. Mit der anderen hielt sie sich die im Rhythmus der Zugbewegungen hin- und herwankenden schwitzenden Körper vom Leib. Direkt hinter ihr stand der Bankangestellte. Dolores wahrte Abstand, so gut es ging, doch sie spürte seinen Blick auf ihrem Hals und ihren Schultern brennen. Sie wartete. Nativitás, Villa de Cortés, immer mehr Fahrgäste drückten herein, immer stickiger wurde die Luft, und Dolores wartete, versuchte, nicht zu José hinüberzusehen, dachte, daß sie den Chef des Bautrupps der Comisión de Aguas nur noch ein klein wenig schmieren mußte, damit die Wasserleitung bis zu ihrer Hütte hinauf verlängert würde.

Kurz nach Xola spürte Dolores die Hand an ihrem Hintern. Es war nur kurz und flüchtig, man hätte es für eine zufällige Berührung halten können, bewirkt durch einen Schlenker des Waggons, eine unvermutete Kurve, die einen völlig in dienstliche Obliegenheiten versunkenen Sparkassenmitarbeiter überrascht hatte, seine Hand absolut unbeabsichtigt hatte ausschwingen lassen. Wenn sich Dolores jetzt empört umdrehte, sähe sie sich einem Ausdruck verfolgter Unschuld und peinlich berührter Überraschung gegenüber.

Verfolgte Unschuld.

Peinlich berührt!

Das war der Moment, den Dolores am meisten haßte, diesen vorsichtigen Testgriff, dieses Getatsche mit Rückversicherung, diese Als-ob-nichts-wäre-Handgreiflichkeit, diese kurze, flüchtige, eklige Berührung. Sie fürchtete diesen

Moment, jede einzelne Faser ihres Körpers fürchtete ihn, wollte fliehen, fort, nichts wie weg.

Ein Schauer lief Dolores' Rücken hinab. Sie drehte sich nicht um, sie rührte sich nicht. Sie tat, als habe sie nichts bemerkt. Es war nichts. Es war rein geschäftlich. Ein Job. Nichts anderes. Jeder Job hatte seine Nachteile. Andere Leute hatten auch ihre Sorgen.

In Chabacano kämpften sich die Umsteiger aus den Linien 8 und 9 herein. Wie Sardinen standen sie in der Mitte der Plattform aneinandergepreßt, ohne sich irgendwo festhalten zu können, quetschten sich feucht ineinander und reckten die Köpfe nach oben, um nach Luft zu schnappen. Mit festverkeilten Flossen schwankten sie bei den Brems- und Beschleunigungsmanövern mit, fielen nach vorn, nach hinten. Da war keine Ritze mehr, anhand derer man zwischen dem eigenen und dem fremden Körper hätte unterscheiden können, man schwappte mit, war unwillig eins mit irgendwem, und nur die starren Fischgesichter sprachen vom Bedauern, nicht als stachliger Igel geboren zu sein.

Dolores dachte, daß sie vielleicht schon in zwei Wochen fließendes Wasser hätten, und vielleicht könnten sie sich dann eine gebrauchte Waschmaschine leisten, und dann …

Dann spürte Dolores etwas. Hinter ihr. An ihr. Letztlich war es egal, ob sie gegen den Bankangestellten gedrückt wurde oder ob der sich ihr entgegenstemmte. Auf jeden Fall spürte sie, wie sein Ding steif wurde und an ihrem Hintern emporwuchs. Geschwollenes Fleisch, pochendes Blut, schmutzige Gedanken. Eine Waschmaschine wäre schön. Würde jede Menge Zeit sparen. Wenn sie und José aus der Dreckluft der Stadt nach Hause kämen, könnten sie sich ausziehen und das ganze Zeug einfach in die Maschine werfen. Dolores könnte mal ausruhen, und dennoch wäre eine Stunde später alles sauber. Sie müßte nicht ihren Korb zum Wassertank hinabschleppen, müßte die Schmutz-wäsche nicht einweichen, nicht Stück für Stück auf dem Waschbrett rubbeln, wenden, kneten, spülen und noch einmal walken.

Der Mann hinter Dolores begann, langsam auf und ab zu reiben.

Dolores schüttelte sich. Sie sollte kühl und professionell bleiben. Sie sollte sich nicht vom Ekel fortspülen lassen. Der Kerl rieb sich an ihr. Und? Sie kam nicht einmal mit seiner Haut in Berührung, da waren ein paar Lagen mehr oder weniger sauberen Stoffs dazwischen. Er rieb sich an ihr, und Dolores versuchte sich vorzustellen, daß es etwas ganz anderes wäre. Irgendeine harmlose Berührung. Etwas wie Wäsche waschen. Nasse Lumpen auf einem Stein. Ihr fiel nichts Rechtes ein.

Die Metro fuhr in Pino Suarez ein.

Dolores spürte das Keuchen im Nacken. Nein, es war kein Keuchen, sein Atem war nur ein wenig schneller geworden, und jetzt legte sich seine Hand auf ihre Hüfte, glitt nach oben und versuchte, sich zwischen ihrem Körper und dem angepreßten Arm hindurchzuwühlen. Zu ihrem Busen. Seine andere Hand tappte an ihrem Oberschenkel herum. Eine feuchtwarme, eklige Patschhand. Gott sei Dank hatte er nur zwei Hände. Zwei waren genug.

Die Türen der Metro öffneten sich, und endlich stiegen ein paar Leute aus, gab es ein wenig Luft zur Seite hin. Die Hand des Kerls grub sich gierig in Dolores' Achselhöhle. Es war mehr als genug. Es reichte. Einen Moment nur klappte Dolores ihren rechten Ellbogen nach außen, die wühlende, stoßende Grabschhand fand keinen Widerstand mehr, schoß zu weit nach vorn, und als Dolores den Ellbogen wieder schloß, hatte sie seinen Unterarm unter ihrer Achsel eingeklemmt. Sie sah nach unten auf die Uhr an seinem Handgelenk. Die Ziffern zeigten 20.14 Uhr an, und Dolores rief:

»José, das Schwein hier …«

Dann schnappte sie nach unten, erwischte den Daumenballen und schlug ihre Zähne durch Haut und Fleisch bis auf den Knochen hinab. Das Schwein schrie auf, und Dolores drehte sich nach links weg, drückte sich in eine alte Frau hinein, um den Platz für Josés Faust freizumachen, die aus der Menschenmasse hervorschoß und im Bauch des Sparkassenschweins versank, das jetzt wirklich keuchte, japste, daß ihm die Zunge fast aus dem Rüssel fiel.

Das Dreckschwein. Die Schmutzwäsche.

Nie mehr auf und ab rubbeln, dachte Dolores und krallte ihre Fingernägel in das Handgelenk mit der Uhr, hielt fest, biß erneut zu und versuchte, den Handwurzelknochen mit ihren Eckzähnen zu knacken. Tatsächlich knackste etwas, aber vielleicht waren es auch die Rippen, auf die José mit einer kurzen Serie von linken und rechten Haken eintrommelte, bevor er den Kerl am Hosenbund nach oben riß, daß die Nähte platzten.

»Du Schwein!« spuckte José hervor. Er packte ihn an den Aufschlägen der Jacke und beutelte ihn hin und her. Dann umkrallte er sein Kinn und drückte den Kopf nach hinten an den Türrahmen. Er nickte Dolores zu. Sie löste die Zähne aus der Hand und sah zu, wie sich die Eindrücke mit Blut füllten. Rot anschwollen.

Auf und ab.

Es war schwer, Geschäftliches und Persönliches immer sauber zu trennen. Es kam auch darauf an, in welchem Maß einer ein Schwein war. Es gab besonders schweinische Schweine. Bei dem hier hatte Dolores das Gefühl, daß sie noch nicht ganz quitt waren. Sie zeigte auf seine Hose:

»Er hat immer noch einen Steifen!«

»Das Schwein«, sagte José.

Er ließ das Kinn in dem Moment los, als Dolores dem Kerl in den Schritt trat. Der Schweinekerl stöhnte auf und rutschte am Türrahmen hinab, klappte in sich zusammen.

Die Tür der Metro sprang zischend auf. Zócalo. Der Kerl lag wie ein nasser Sack zwischen den Beinen der Passagiere, die alles schweigend beobachtet hatten. Sich weggedrückt hatten, um nicht selbst etwas abzubekommen. Die sich um Gottes willen die Finger nicht schmutzig machen wollten. Und die Kleidung schon gar nicht.

»Komm!« sagte José. Er faßte Dolores an der Hand. Er war ihr Mann. Zusammen stiegen sie aus.

»José …«, sagte Dolores. Er könnte sie ruhig mal in die Arme nehmen.

José lehnte an der dem Zócalo abgewandten Seite des Kassenhäuschens. Auf der anderen Straßenseite lag die Kathedrale schwarz in der Nacht. Ein gedrungener Felshügel mit seltsam geformten Auswüchsen, die mit dem dunklen Himmel verschwammen. Gerade waren die Strahler erloschen, deren Licht die Kirchensilhouette aus dem Himmel geschnitten hatte. Auch die Straßenlaternen in der Calle Seminario brannten nicht mehr. Stromausfall. Es war deswegen nicht völlig finster. Die Petroleumfunzeln der Straßenhändler blinkten längs der Calle, ein paar offene Feuer flackerten dazwischen, und von den Autos, die um die Nordostecke des Zócalo kurvten, wischte Scheinwerferlicht suchend bis zum Eingang des Templo-Mayor-Geländes.

José hielt den abgeschabten Geldbeutel, den er dem Schwein in der Metro abgenommen hatte, schräg ins Licht und ließ die Scheine durch die Finger gleiten. Da war nicht viel, was durch die Finger hätte gleiten können. José zählte ein zweites Mal. Drei Scheine. Mondlicht lag in der Luft, auch wenn der Mond selbst nicht zu sehen war. Er mußte irgendwo hinter dem Templo-Mayor-Museum stehen.

»Sechzig«, sagte José. Drei Zwanzig-Peso-Scheine.

Dolores schlug die Arme übereinander. Es war ein warmer Abend, und ihr war auch nicht kalt, doch José hätte sie ruhig mal in die Arme nehmen können.

»Sechzig Pesos, eine Telefonkarte und ein paar Münzen«, sagte José, »das ist alles.«

»Und die Uhr«, sagte Dolores. Sie massierte ihren linken Ellbogen.

José steckte den Geldbeutel in die Hosentasche. Dolores blickte auf das Lichterfeld, das sich am Ausgrabungsgelände entlang Richtung Norden erstreckte. Es hätte ein Heerlager sein können. Eine Armee von Männern, die nach einem harten Tag des Mordens und Brandschatzens an einem schwarzen Flußufer ausruhten, sich von den Strapazen erholten, um am nächsten Tag mit frischen Kräften weitermorden zu können.

»Schon der Anzug«, sagte José. »Du hättest schon an seinem Anzug erkennen müssen, daß bei dem Typ nichts zu holen sein würde. Ein schlechtsitzender, altmodischer, muffeliger Anzug!«

»Ich soll doch auf Geschäftsleute …«

»Ja, auf Geschäftsleute«, zischte José. »Aber nicht jeder, der einen Einreiher trägt, ist ein Geschäftsmann. Schon gar nicht, wenn er in solch einem schäbigen Fetzen steckt. Das kann doch nur ein Versager sein. So etwas mußt du doch sofort spüren!«

»Ich mag nicht mehr«, sagte Dolores.

»Sechzig Pesos!« sagte José.

»Und die Uhr«, sagte Dolores. Sie dachte an das haarige Handgelenk und an den schweißigen, fetten Daumenballen, in den sie gebissen hatte.

José kramte die Armbanduhr hervor. Es war nicht dunkel genug, um sich über die Uhr täuschen zu können. Die Uhr war billig und häßlich und sah haargenau wie eine von denen aus, die fünfzig Meter weiter an der Ecke zur Calle República de Guatemala von den Straßenhändlern zu vierzig Pesos das Stück verschleudert wurden.

»Die Uhr ist Schund«, sagte José. Er klopfte mit dem Fingerknöchel auf das Glas des Zifferblatts. »Die Uhr ist absoluter Ramsch. So etwas kannst du nicht einmal verschenken. Dafür würde sich kein Bettler bei dir bedanken. Selbst das Armband ist billiger Mist. So eine Uhr …«

»Du könntest mich ruhig mal in den Arm nehmen«, sagte Dolores.

»So eine Uhr ist …« José brach erneut ab. Dolores spürte ein Jucken am Hals. Als ob sie gestochen worden wäre. Vom Zócalo her hupte es. Ein vielstimmiges Hupkonzert. Irgend etwas mußte im Weg stehen.

»Komm her!« sagte José. Er lehnte nur zwei Schritt entfernt an der Mauer des Kassenhäuschens. Dolores schüttelte den Kopf.

»Na, komm schon!« sagte José. Er streckte ihr die Hand entgegen. Dolores machte einen Schritt auf ihn zu. Er griff sie am Unterarm und zog sie an sich heran.

»Laß!« sagte Dolores. Josés Arm legte sich um ihre Schulter, packte ruhig und fest zu. Dolores schmiegte sich an Josés Brust.

José sagte: »Wenn wir jeden Centavo zusammenkratzen, würde es vielleicht reichen, um in der Lagunilla eine Knarre zu kaufen. Ich könnte dann versuchen, eine Bank zu überfallen. Mit etwas Glück springen dabei dreißig-, vierzigtausend Pesos heraus. Auf einen Schlag.«

»Sie würden dich abknallen, José. Das weißt du genau.«

»Eine Knarre bräuchte ich auf jeden Fall. Ohne eine Knarre …«

»Wenn dich die Wachleute nicht gleich abknallen, jagt dich garantiert eine der Gangs, in deren Revier du gewildert hast. Der du in die Quere gekommen bist. Wenn du Glück hast, nehmen sie dir nur das Geld und die Knarre ab. Wenn du Pech hast …«

»So sicher wie das jetzige Geschäft wäre es nicht«, sagte José.

Dolores schwieg. Sie rieb ihre Wange an seiner Schulter.

»So sicher wie das hier ist überhaupt kein Geschäft«, sagte José. »Wir prügeln sie und nehmen sie aus, und trotzdem fühlen sie sich nicht als Opfer, sondern als Täter. Täter, die sich vor Überraschung, Scham und schlechtem Gewissen nicht einmal wehren, die nicht zur Polizei gehen, die sich zusammenschlagen lassen und dabei die Klappe halten, die stumm nach Hause wanken und für ihre Frauen irgendwelche Geschichten von einer Bande maskierter Unbekannter erfinden. Selbst vor Gericht würden sie sich nicht trauen, uns zu identifizieren.«

Der Stoff der Jacke kratzte an Dolores' Wange. Sie hob den Kopf ein wenig an und sah über Josés Schulter auf die glimmenden Lagerfeuer, an denen wer weiß wer hockte. Männer, stillende Frauen, barfüßige, schmutzstarrende Kinder, alte Indios mit noch älteren Lederhautgesichtern. Keine Geschäftsleute mit behaarten Händen.

»Ich kann nicht mehr«, sagte Dolores.

»Du mußt dir nur die richtigen Typen heraussuchen. Solche, bei denen wirklich etwas zu holen ist. Je mehr wir bei einem abkassieren, desto länger können wir Pause machen. Sechzig Pesos sind natürlich so gut wie gar nichts. Das lohnt den ganzen Aufwand kaum. Da müssen wir morgen wieder ran. Du mußt morgen wieder ran.«

»Ich ...«, sagte Dolores. Sie machte sich von José los, drückte sich mit beiden Händen von seinen Schultern ab. Er nahm seinen Arm weg.

»Ich verstehe es einfach nicht«, sagte José. »In solch einem Anzug! Und das war ja nicht das erste Mal. Als ob du dir mit Absicht die verkehrtesten Typen heraussuchen würdest. Kleine, dicke, verschwitzte, stinkende Bürohelfer mit einer verschwitzten, stinkenden Drecksphantasie ...«

»Du ...!« sagte Dolores. Sie machte einen Schritt nach hinten.

»Als ob es dir Spaß machen würde, dich von den schmierigsten Versagern betatschen zu lassen ...«

Dolores holte mit der rechten Hand aus.

»... für sechzig Pesos ...«

Schlug zu. Traf nur seinen erhobenen Arm.

»... und eine Ramschuhr, die genauso billig ist ...«

Zog die schmerzende Hand zurück. Wußte nicht, wohin mit ihrer Wut.

»... wie es die Nutte wäre, die sich die schmierigen Typen leisten müßten ...«

Krallte in hilflosem Schmerz.

»... wenn sie nicht schon dich ...«

Bekam die Uhr zu fassen, entriß ihm die billige Ramschuhr.

»... wenn sie nicht schon an dir ...«

Und warf die beschissene Uhr in die beschissene Nacht hinaus, irgendwohin, ins Dunkel, und hätte mitsamt der Uhr gern ihr beschissenes Leben weggeworfen, aber das war nicht möglich, ihr Leben würde immer so weitergehen, in dieser Zeit, die verrann, ohne daß sich etwas änderte. In dieser Stadt, in der man die Wahl hatte, zu verhungern oder erschossen zu werden oder sich für sechzig Pesos und eine Ramschuhr betatschen zu lassen. Dolores fröstelte jetzt doch.

»Entschuldige!« sagte José.

Dolores schüttelte sich.

»Bitte entschuldige!« José packte sie an den Handgelenken. Sie wand sich und zog und zerrte und kam doch nicht frei.

»Ich weiß nicht, was in mich gefahren ist«, sagte José. »Natürlich nehme ich alles zurück. Es liegt nur an mir. Ich kann einfach nicht zusehen, wie sie an dir … Wahrscheinlich bin ich eifersüchtig.«

Mit Gewalt zog er sie zu sich.

»Du bist meine Frau«, sagte er.

»Ich liebe dich«, sagte er.

Sein Griff schmerzte an ihrem Handgelenk. Sie schluchzte.

»Ich liebe dich doch«, sagte José.

Dolores warf sich an seinen Körper.

»Das war heute das letzte Mal«, sagte sie. »Ich schaffe es nicht mehr. Diese ekligen Hände. Nie mehr will ich sie auf meiner Haut spüren. Nie, nie mehr.«

»Zum Teufel mit der Uhr!« sagte José, aber auch er kletterte über die Gittertür, die den Zugang zum Ausgrabungsgelände versperrte. Die Uhr mochte Ramsch sein, das Glas war wahrscheinlich beim Aufprall zersprungen, vielleicht war sogar die Mechanik beschädigt. Vielleicht auch nicht. Dolores und José konnten es sich jedenfalls nicht leisten, eine Uhr wegzuwerfen, und sei sie nur zwanzig oder dreißig Pesos wert. Schon gleich gar nicht, wenn sie sonst nur sechzig Pesos eingenommen hatten.

Die Uhr mußte irgendwo dort unten liegen. Das Scheinwerferlicht der Autos strich über das Ausgrabungsgelände hinweg. Es ließ den abgesunkenen Boden im Dunklen ruhen, reichte nicht die paar Meter, die paar Jahrhunderte hinab auf die Oberfläche der untergegangenen Aztekenwelt.

Dolores stieg hinter José die Treppenstufen nach unten. Die Gangway, auf der die Besucher tagsüber durch das Gelände geleitet wurden, verlor sich links in der Nacht. José ließ sich auf die Knie sinken und begann, ein paar Quadratmeter Sandsteinplatten abzutasten. Dolores stieg zwischen den Streben des Geländers auf die Steine des heiligen Bezirks der Azteken hinab. Sie wußte nicht viel von der Geschichte der alten Kulturen, und das, was sie wußte, ließ sie auf mehr nicht neugierig sein. Diese Geschichten von Gefangenen, die auf der großen Pyramide abgeschlachtet worden waren. Auf steilen Stufen waren sie nach oben gezerrt, über den Opferstein gespannt worden, und dann hatte man ihnen die Herzen herausgeschnitten, nach denen die Götter verlangten.

Es mußte eine elende, unmenschliche Welt gewesen sein. Viel zu sehr ähnelte sie der jetzigen, auch wenn Menschen heute anders geopfert wurden. Langsamer, weniger blutig und weniger feierlich.

Die Opfer hatten sowieso nichts genutzt, die Welt der blutgierigen Götter war verschwunden, war von den Spaniern in noch mehr Blut erstickt worden, begraben, verschüttet, bis ihre Trümmer von den Archäologen Handbreit um Handbreit freigelegt worden waren. Dolores erfühlte behauene Stufen und durch Gußbeton gesicherte Grundmauern neben breiten, glatten Steinflächen, auf denen man eine Armbanduhr durchaus finden konnte.

Dolores krabbelte auf nackten Knien voran. Sie konnte den Boden unter ihren Augen nicht sehen. Mit den Handflächen strich sie über rauhes Vulkangestein und behauene Kanten, erfühlte Vertiefungen, die sich in Stufen eingetreten hatten, und winzige Fugen, in denen sich Unkraut festkrallte. Sie versuchte, mit vier gleichförmigen Wischbewegungen immer ungefähr die gleiche Fläche vor sich abzutasten, ein imaginäres Planquadrat, auf das sie dann weiterrutschte. Langsam bewegte sie sich so an der untersten Stufe der äußeren Tempelmauer entlang.

José war irgendwo hinter ihr. Auch wenn Dolores sich umgedreht hätte, hätte sie ihn nicht sehen können. Egal. Es war genug, daß er da war. Für sie erreichbar war. Daß sie sich umarmt, geküßt, versöhnt hatten. Vielleicht könnte ihn Dolores doch sehen. Es schien heller geworden zu sein, oder ihre Augen hatten sich an das Dunkel gewöhnt. Unterschiedliche Schwarztöne ließen sich erkennen, schwärzeres Schwarz, das aus dem gewohnten Nachtschwarz wie Pyramidenkanten nach oben strebte und wieder andersartige schwarze Schatten ins Schwarz warf. Dazwischen schienen noch schwärzere Klumpen aus den Stufen zu quellen. Das mußten Nachbildungen der Götterstatuen sein, die hier ausgegraben worden waren und nun im Museum aufbewahrt wurden.

Wo war nur die Uhr? Bis zur ersten Statue wollte Dolores noch suchen. Dann war Schluß. So weit konnte sie die Uhr doch nicht geworfen haben! Dolores ließ ihre rechte Hand über den Boden gleiten, erfühlte Ziegelstaub, Steinchen, Stuckreste. Keine Spur von einer Uhr.

»José?« fragte Dolores leise ins Dunkel zurück. Sie wußte nicht, warum sie so leise sprach. José antwortete nicht. Vielleicht hatte er sie nicht gehört, vielleicht hatte er die Uhr gefunden und war schon wieder die Stufen zur Straße hinaufgestiegen. Aber dann hätte er Dolores doch Bescheid gegeben, oder?

Bis zur ersten Statue, das hatte Dolores sich vorgenommen. Einen Meter ungefähr. So weit würde sie sich noch vortasten. Bis zur vordersten der drei etwa lebensgroßen Figuren, die an den Tempelstufen lehnten. Bis zum ersten dieser schwarzen Klumpen, der gar nicht aus Stein gehauen schien, der eher wirkte, als sei er aus einer Wunde der Nacht wie schwarzes, vergiftetes Blut hervorgequollen und wäre geronnen und hätte sich verdickt zu …

Dolores strich an der Kante der Treppenstufe entlang. Rauh, abgesprengte Ecken. Da war nirgends eine Uhr.

Als hätte er sich zu etwas Organischem, zu einem menschlichen Körper verdickt.

»José«, rief Dolores nach hinten.

Ihre Fingerspitzen tippten gegen die Statue, tippten gegen Weiches, Nachgiebiges, erspürten Stoff, Baumwolle, irgendeinen Kleidungsstoff.

Da lag ein Mensch und …

»Sind Sie …?« fragte Dolores, doch sie ahnte, daß sie keine Antwort bekommen würde. Ihre Finger umspannten eine stoffbedeckte Rundung, die ein Oberschenkel sein konnte. Ein kräftiger männlicher Oberschenkel, doch Dolores hatte kaum Angst, denn sie glaubte zu wissen, daß der Mann, der da lag, tot war.

»Tot?« fragte sie, und der Mann sagte nichts, lag nur da wie ein unförmiger schwarzer Klumpen. Vielleicht war er gar nicht tot, sondern verletzt und bewußtlos. Vielleicht brauchte er dringend Hilfe. Dolores' Hand faßte weiter oben ins Schwarz, griff wieder Stoff, strich nach unten, da kam der Saum eines T-Shirt-Ärmels, und dann Haut, flaumige Haare, behaarte Männerarme, die Ellenbeuge, Haut, kalte Haut. Dolores fröstelte. Wahrscheinlich war er tot.

Sie sollte den Puls fühlen. Sie mußte erfühlen, ob der Mann noch einen Pulsschlag besaß. Ihre Hand glitt langsam den Arm hinab, über Schorf und verklebte, pappige Härchen. Der Unterarm war schlaff und naß, Blut, es mußte Blut sein, und wo war der Puls?

Dolores tastete nach dem Handgelenk, um den Puls …

Sie tastete nach dem Gelenk …

Sie tastete …

Sie …

… ließ den Unterarm fallen.

Sie schrie.

»José!« schrie sie.

Da war keine Hand. Da war kein Handgelenk, an dem man nach einem Pulsschlag hätte fühlen können. Da war ein Stumpf, der in einer bluttriefenden Wunde endete. Durchtrennte Knochen und Sehnen und Adern und Fleisch. Dem Toten war die Hand …

Und Dolores schrie.

Sie sprang auf und schrie und lief los ins Dunkel hinein, weg von dem Toten, dem jemand die Hand abgehackt hatte, dem jemand ausgerechnet das Handgelenk durchschlagen hatte, an dem Dolores den Puls fühlen, ein Lebenszeichen spüren wollte, ein schwaches, leises Pochen in den Adern, die aber keine Adern mehr waren, sondern durchschnittene, offene, inzwischen versiegte, ausgeblutete Blutspeier, und Dolores schrie und lief und stolperte und stürzte. Sie fiel über Stufen nach unten, brachte die Arme irgendwie vor ihren Körper, schürfte über harten Stein, Schmerz stach in ihrem rechten Ellbogen, und dann lag sie bäuchlings im Staub und schrie weiter.

Sie dachte, daß sie sich aufrappeln mußte, daß sie abhauen mußte. Nur fort, verschwinden. Die Handflächen brannten, die Knie brannten, und irgend etwas piekste in Dolores' linken Oberschenkel. Sie drehte sich auf die Seite, schrie nach Hilfe, nach José, nach irgendwem, der ihr aufhelfen konnte, und sie griff nach dem Etwas, das sie gepiekst hatte. Es war weich, es fühlte sich an wie Haut, es konnte eigentlich gar nicht pieksen. Dolores schrie und griff mit der anderen Hand zu und spürte ganz deutlich, wie etwas in ihre Handfläche piekste. Ein Pieksen wie von schlecht geschnittenen Fingernägeln.

Dolores tastete nach.

Fingernägel, Finger, ein Handteller, herausstehende Knochen, Blut, Fleischfetzen. Dolores hielt eine abgeschlagene Hand in ihren Händen.

Noch einmal schrie Dolores, und dann spürte sie, wie der Schrecken nach ihrer Seele griff. Mit fünf kalten Fingern packte er zu, quetschte ihre arme, kleine, hilflose Seele zu einem blutigen Klumpen zusammen, und Dolores schrie nicht mehr.

Sie saß auf einer Stufe der Templo-Mayor-Ruine. Um sie war Nacht und in ihr der Schrecken. Ihre Hände krallten sich um eine Hand. Fingerknochen knackten.

»Meine Theorie ist ja, daß der Mörder gestört worden ist«, sagte der Museumswächter. Kommissar Lopez García fühlte sich auch gestört. Von dem Museumswächter, der aus der Tatsache, am Morgen die Leiche entdeckt zu haben, offensichtlich das Recht ableitete, Lopez García auf die Pelle rücken zu dürfen. Kein Abstand, und ein dauerndes, nervendes Herumgetappe an Lopez Garcías Arm und Schulter. Vielleicht suchte der Mann nach dem Schock körperliche Nähe. Lopez García dagegen pochte auf die Körperdistanz, die er auch sonst gegenüber Museumswächtern wahrte.

»Ah, ja?« sagte Lopez García. Er flüchtete auf der Treppe, die vom Ausgrabungsgelände auf Straßenniveau führte, eine Stufe nach oben und sah zu, wie die uniformierten Kollegen unten eine Kette bildeten, um die verdammte fehlende Hand zu finden. Mit dem Rest schien der Mediziner vorläufig fertig zu sein. De Soto hatte irgendwoher eine Plane organisiert, die er über die Leiche breitete. Über die Leichenteile. Die Plane war durchsichtig. So eine Art Transparenzfolie, die zum Einbinden von Schulbüchern gut geeignet wäre. Lopez García schüttelte den Kopf.

Der Museumswächter zog an Lopez Garcías Hemdsärmel und wies mit der anderen Hand irgendwo nach unten.

»Da liegt die Leiche, und dort drüben ist der Coyolxauhqui-Stein. Zehn Meter weiter. Auf dem Stein hätte der Mörder die Leiche zerstückeln müssen, und ich bin sicher, dort hätte er sie auch zerstückelt, wenn er nicht gestört worden wäre.«

Hinter der Brüstung zur Calle Seminario tauchte der Rücken von Oberkommissar Ruiz auf. Von dort oben hatte man den besten Blick auf die ausgegrabenen Steinhaufen, und deshalb hatte das Fernsehteam Ruiz auch da plaziert. Damit wenigstens der Hintergrund stimmt, dachte Lopez García. Eigentlich war er zuerst hier gewesen, es war sein Fall, und die Drecksarbeit mußten sowieso De Soto und er erledigen. Aber was konnte man schon tun, wenn der Morddezernatsleiter bekanntermaßen fernsehgeil war? Nichts als still leiden und beten.

De Soto hüpfte die Treppe herauf. In der Hand trug er eine graue Plastiktüte. Die Machete. Der Mörder hatte es nicht der Mühe wert gefunden, sie zu beseitigen. Wenigstens war so klar, daß er keine Kettensäge benutzt hatte, wie es die Wunden vermuten ließen.

»Abgeschlagene Hände und Füße, tiefe Einschnitte im

Brustkorb. Zusätzlich Schußwunden. Eine Riesensauerei!« sagte De Soto.

»Sauerei?« fragte der Museumswächter. »Man muß das im symbolisch-mythischen Zusammenhang sehen. Die Schlacht zwischen Huitzilopochtli und seiner Schwester Coyolxauhqui spiegelt den ewigen Kampf zwischen Sonne und Mond wider, letztlich also den Kreislauf des Lebens. Professor Echeverria glaubt darüber hinaus, daß in dem Mythos der historische Übergang vom Matriarchat zum Patriarchat zum Ausdruck komme. Das ist nicht unumstritten, aber …«

»Eine mythische Sauerei, die den Übergang von der Frauenherrschaft …?« fragte De Soto interessiert. Er war dünn, schmächtig und verfehlte deutlich die Mindestgröße von eins siebzig, die Kriminalpolizisten zu Repräsentationszwecken vorzuweisen hatten. Für De Soto war der Machismo lebenswichtig. So konnte er wenigstens der Hälfte der Bevölkerung auf den Kopf spucken. Zumindest im übertragenen Sinn.

Der Museumswächter wandte sich begeistert seinem neuen Opfer zu.

»Die Tötung Coyolxauhquis bedeutete ja gleichzeitig die Rettung der Erdgöttin Coatlicue vor deren Nachstellungen. Sonne und Erde im siegreichen Krieg gegen Mond und Nacht! Für die Azteken war das so wichtig, daß sie den Mythos in ihren Opferritualen nachgespielt haben.«

»Nachgespielt?« fragte De Soto. Lopez García sah den Uniformierten zu, die im Gleichschritt Tempelstufen erkletterten. Auf der Suche nach einer abgeschlagenen Hand, die in dem ganzen verdammten Haufen von mythisch-symbolisch bedeutsamen Leichenteilen abhanden gekommen war. Was war das nur für eine Welt?

»Nachvollzogen«, sagte der Museumswächter. »Nachvollzogen ist der bessere Ausdruck. Den Kriegsgefangenen wurden die Herzen oben auf der Pyramide herausgeschnitten. Die Körper wurden dann über die Stufen nach unten gestürzt und kamen auf dem Coyolxauhqui-Stein am Fuß der Pyramide zu liegen. Erst dort wurden sie zerstückelt, und deshalb glaube ich, daß der Mörder die Leiche zum Stein der Mondgöttin schleppen wollte. Doch dabei wurde er gestört …«

Der Museumswächter sprach mit dem gebotenen Maß an Empörung darüber, daß dem armen Mörder der Nachvollzug der Leichenverstümmelungen, mit denen die Azteken eine mythische Göttinnenverstümmelung nachvollzogen hatten, so schwer gemacht worden war. Für Lopez García war das alles heidnischer Quatsch. Er glaubte an Gottvater, Sohn und Heiligen Geist. Sowie an die Jungfrau Maria, deren besonderen Schutz México bitter nötig hatte. Dort unten war ein junger Kerl ermordet und zerstückelt worden. So etwas kam dauernd vor. Dazu brauchte man keinen vorchristlichen Schnickschnack zu bemühen. Andererseits, wenn die Leiche tatsächlich Richtung Coyolxauhqui-Stein geschleppt worden war …

»… und deshalb konnte er der Leiche nur Hände und Füße abtrennen …«

»Nur?« fragte De Soto.

Lopez García sollte vielleicht noch mal nach Spuren suchen.

»Wenn man vom Aztekenmythos ausgeht, gehört der Kopf auch abgeschlagen. Und natürlich Arme und Beine. Das geht aber nicht so fix wie bei Händen und Füßen, außer man besitzt eine Feuerschlange als Waffe wie Huitzilopochtli, der Herr der Kriege.«

»Mit einer Machete ist das eine Heidenarbeit«, sagte De Soto.

Er und der Museumswächter unterhielten sich so nett, daß sie Lopez García sicher entbehren konnten. Er stieg zur Leiche hinab. Sie pappte unterm Cellophan wie ein Haufen halb aufgetauter Tiefkühlkoteletts. Lopez García schritt einen Halbkreis von ungefähr zwei Metern um sie ab, bis er an der Pyramidenstufe anlangte. So nah an der Leiche war der Boden übersät mit Blutspritzern und Fußspuren von Polizistenstiefeln, die in noch klebrige Blutlachen getappt waren. Dabei konnte nichts herauskommen.

Lopez García wiederholte seine Suche im Abstand von fünf Metern. In nordwestlicher Richtung wurde er fündig.

Da waren drei dunkle Blutstropfen, die sich vom helleren Stein deutlich abhoben. Lopez García tippte mit dem Finger daran. Trocken. Drei eingetrocknete, schöne, runde Tropfen, die aus einer nicht bestimmbaren Höhe heruntergetropft waren. Keine Schmierspuren. Entweder hatte der Mörder die Leiche getragen, oder die Leiche war noch gar keine Leiche gewesen, sondern ein Verletzter auf der Flucht vor dem Mörder, der ihn ein paar Meter weiter eingeholt hatte.

Gebückt suchte Lopez García weiter. Nach nicht einmal einem Meter fand er den nächsten Tropfen. Es war überhaupt kein Problem. Lopez García ging nur der Blutspur nach, die in leichten Schlangenlinien lief, als habe der Verletzte Schwierigkeiten gehabt, die Richtung zu halten. Unterhalb der Begrenzungsmauer des Ausgrabungsgeländes fand Lopez García verschmiertes Blut. Offensichtlich war der Verwundete die drei Meter mehr herabgestürzt als herabgesprungen. Lopez García verzichtete auf die Kletterei und nahm den Weg über die Treppe. Der Museumswächter klopfte auf De Sotos Schultern herum und erklärte gerade, daß die Azteken sowieso der Meinung waren, im letzten der fünf Weltzeitalter zu leben.

»Und heute reden alle von Posthistorie«, sagte der Museumswächter triumphierend.

»Posthistorie?« fragte De Soto. Es klang unanständig. Nach irgendeiner mythischen Sauerei.

»Darf ich …?« fragte Lopez García. Er schob sich vorbei, kurvte um den Kameramann von TV Azteca, der gelangweilt darauf wartete, daß die Schatten unter Ruiz' Augen weggeschminkt würden. Lopez García ging am Geländer entlang und fand die Stelle sofort, von der aus sich der Verletzte in die Templo-Mayor-Anlage hatte fallen lassen. Lopez García folgte der Spur auf die Kreuzung der Calles Seminario und Donceles zu. Hier war abgesperrt worden, und hinter der Absperrung drängten sich die Schaulustigen, die einen zerstückelten Toten gern mal live statt nur im Fernsehen gesehen hätten. Falls man das bei einem Toten so sagen konnte. Live.

Es würde schwierig werden, der Blutspur durch die Menschenmenge zu folgen, wenn sie überhaupt noch zu erkennen sein würde. Notfalls mußte Lopez García die Umgebung räumen lassen. Er pflügte mit dem Ellbogen durch die Reihen, wühlte sich bis zur Kreuzung vor. Nach rechts floß der Verkehr überraschend zügig. Lopez García sah nach links. Es lag an dem Microbus, der mitten in der Calle Donceles parkte. Nur eine Fahrspur war frei, und wer sich durch die Engstelle gekämpft hatte, konnte für kurze Zeit Gas geben.

Die Türen des Microbusses waren geschlossen. Durch die schmierigen Scheiben war niemand zu sehen. Lopez García würde wohl nicht das ganze Viertel räumen lassen müssen, um zu finden, was er suchte. Das hier stank verdammt nach dem Vengador. Er ging zum Bus und drückte die Fahrertür mit der Schulter auf. Blut auf den Stufen. Lopez García versuchte, nicht hineinzutreten, als er in den Bus kletterte. Im Gang lag eine Leiche. Wieder ein junger Kerl.

»Gott sei deiner Seele gnädig!« sagte Lopez García. Er bekreuzigte sich. Dieser Tote war nicht verstümmelt. Er lag in einer roten Lache und hatte zwei Löcher in der Brust. Sonst war der Bus leer, kein Fahrgast, kein Fahrer, niemand.

Niemand, der einen Mörder hätte beschreiben können, der sich gern als El Vengador herausputzte.

Niemand, der bezeugen wollte, daß der Vengador zwei Jugendliche abgeknallt hatte, weil diese in einem Microbus abkassieren wollten.

Niemand, der mitbekommen hätte, daß der Vengador einen der Jungs mit der Machete in der Hand verfolgt hatte, um ihn zu tranchieren.

Niemand, der sich über einen Microbus gewundert hätte, der eine ganze Nacht lang eine der verkehrsreichsten Straßen des Centro Histórico weitgehend blockierte.

Die Hunderte, Tausende, die dort draußen vorbeiliefen, waren alle stumm, blind und unbeschreiblich begriffsstutzig. Zumindest solange es ihnen nicht selbst an den Kragen ging. Solange sie noch hoffen konnten, ihre Haut zu retten.

Bevor Lopez García den Bus verließ, zog er den Zulassungsschein des verschwundenen Fahrers aus der Halterung am Armaturenbrett und steckte den Wisch ein. Dann sagte er Ruiz Bescheid. Der war mit seiner Fernsehshow gerade fertig, als er aber von dem zweiten Toten im Microbus erfuhr, hängte er noch eine kleine Stegreifrede an die Nation an.

»Ohne weiteren Ermittlungen vorgreifen zu wollen, haben wir Grund zu der Annahme, daß der in der Öffentlichkeit als El Vengador bekannte Schwerkriminelle zweier weiterer Morde verdächtig ist. Bei allem Verständnis für die Sicherheitsbedürfnisse der Bürger kann es in einer rechtsstaatlichen Ordnung nicht angehen, daß Selbstjustiz salonfähig wird. Ich verspreche Ihnen deshalb, daß die Mordkommission der Policia Judicial sowie die anderen mit der Wahrung von Sicherheit und Gerechtigkeit beauftragten Exekutivorgane im Distrito Federal jede Art von Verbrechen gleichermaßen unnachgiebig und mit allen zur Verfügung stehenden Mitteln bekämpfen werden …«

Ruiz schaltete ein gewinnendes Lächeln dazwischen. Jeder andere hätte mit entschlossenem Blick und grimmig verkniffener Mundpartie Stärke zu demonstrieren versucht. Nicht Ruiz. Er setzte auf Vertrauen. Ihm vertraute man auch. Ihm vertraute man so sehr, daß selbst Lopez García beinahe an das Märchen von den unbestechlichen, effektiv für Recht und Gesetz eintretenden Polizeikräften geglaubt hätte. Wenn er es nicht aus eigener Erfahrung besser gewußt hätte.

»… denn der Krieg gegen das Verbrechen – und es ist ein Krieg, wie er härter und erbarmungsloser kaum vorstellbar ist – kann nur gewonnen werden, wenn alle Register gezogen, alle Ressourcen mobilisiert und wir, die wir an der Front stehen, durch die Zivilgesellschaft hundertprozentig unterstützt werden. Nur dann wird sich México in Frieden und Würde entwickeln können!«

Wir, die wir an der Front stehen! Der Vengadorfall war zwar Chefsache, doch Ruiz würde keinen Fuß auch nur in die Nähe der Plastikplane setzen, aus der eine zerstückelte Leiche hervorschimmerte. Er würde den Microbus nicht betreten, in dessen Gang ein Jüngelchen tot herumlag, und genausowenig die Leichenschauhäuser und die Wohnungen der Angehörigen.

Ruiz lächelte in die Kamera. Er strahlte den Fernsehzuschauern so bewegend entgegen, daß sich jeder fragen mußte, warum der Mann Polizist und nicht Politiker geworden war. Lopez García nickte. Er lehnte sich ans Geländer. Die uniformierten Kollegen machten unten Schluß. Sie schienen ganz froh, keine abgeschlagene Hand gefunden zu haben. Wahrscheinlich war eine Ratte schneller gewesen. Der Museumswächter erläuterte De Soto womöglich gerade den tieferen symbolischen Sinn, der in der Unauffindbarkeit von abgeschlagenen Händen lag.

An den Seiten des Ausgrabungsgeländes schützten Dächer die Oratorien der aztekischen Kriegerorden. Links hatten die Adlerkrieger, rechts die Jaguarkrieger gehaust und gesündigt. Dazwischen lagen schiefe Bruchsteinflächen, aus denen hintereinander die Pyramidenstufen der verschiedenen Tempelerweiterungen ein paar Meter nach oben führten. Sie endeten im Nichts, rissen einfach ab. Am Fuß einer Treppe befand sich die Gipskopie des Coyolxauhqui-Steins. Sie sah fehl am Platz aus. Den Hintergrund bildeten die modernen Museumsgebäude. Eine Inschrift auf der Außenwand begann mit den Fragen: »Woher kommen wir? Wohin gehen wir?« Am Himmel standen Wolken, zwischen denen ein paar Fetzen Blau hervorsahen. Lopez García blickte hinauf und sagte leise: »Heilige Maria Muttergottes, in deine Hände lege ich vertrauensvoll meine Sorgen.«

2

Von allen Rezeptoren auf der menschlichen Körperoberfläche sind die auf Schmerz reagierenden am zahlreichsten; dahinter folgen Presso- und Thermorezeptoren.

JOZEF COHEN, SENSACIÓN Y PERCEPCIÓN AUDITIVA Y DE LOS SENTIDOS MENORES

Vielleicht lag es an den Wachleuten, die an allen Eingängen des Einkaufszentrums Perisur postiert waren, vielleicht auch an der Nachbarschaft. Drüben, jenseits der Avenida Insurgentes, lag Ciudad Universitaria, im Süden Villa Olimpica, und zur Stadt hin erstreckten sich hinter hohen Mauern die Luxusanwesen der Jardines del Pedregal. Es gab keine armen Barrios in unmittelbarer Nähe. Aber das erklärte nicht alles. Das Perisur selbst strahlte auf geheimnisvolle Weise etwas aus, das jeden abschreckte, der mit dem gesetzlichen Mindestlohn von täglich dreißig Pesos oder mit noch weniger auskommen mußte, also die große Mehrheit der Bevölkerung von México-Stadt.

Selbst Kriminaloberkommissar Ruiz, der nun wirklich nicht zu den Ärmsten der Armen zählte, fühlte sich nicht ganz zu Hause unter all den Schönen und Reichen, die zwischen Body Shop, Wiener Café und italienischen Modeboutiquen hin und her flanierten. Die marmorne Kühle der Böden mochte eine Rolle spielen, das kaltspiegelnde Glas.

Rollstuhlgerechte Auffahrten zeugten ostentativ von politischer Korrektheit, und chromblitzende Linien wanden sich kühn um Palmen, die im Kunstlicht prächtig gediehen. Eine Shopping-mall in Boston oder Cleveland sah keinen Deut anders aus.

Es war ein Stück Erste Welt, das sich in der Dritten Welt eingenistet und auf irgendeine Weise erfolgreich gegen sie immunisiert hatte. Denn so weit war die Dritte Welt nun auch wieder nicht entfernt. Kaum zwei Kilometer südlich, am Beginn der Avenida San Fernando, lag eine der Tortillerias, vor denen jeden Morgen lange Menschenschlangen nach Tortillas zum subventionierten Preis von einem Peso neunzig pro Kilo anstanden. Wenn diese Kundschaft mal hierher käme, sich an den Schaufenstern die Nasen platt drückte und zusähe, wie hochhackig daherstolzierende sechzehnjährige Mädchen bei Zara für einen Fetzen von Bluse so viel Geld hinlegten, wie man selbst pro Jahr fürs Essen zur Verfügung hatte! Da bräuchte sich keiner zu wundern, wenn die Wut losbräche. Den Kopf hinhalten durften dann Ruiz und seine Polizeikollegen, bloß um zu verhindern, daß der ganze Luxuskram zu Klumpen geschlagen, die Superreichen mit ihren parfümierten Tennis- und Saunaleibern in blutige Stücke gerissen würden.

Aber die Armen mit ihren knurrenden Mägen kamen nicht hierher, noch nicht. Sie trauten sich nicht, zogen es vor, im Dreck ihrer halbfertigen Wellblechhütten herumzuwerkeln, fühlten wohl, daß sie in dieser anderen Welt, die so fern und unheimlich wie der Mars war, nichts verloren hatten.

Noch hatten sie Schiß, doch der große Krieg würde über kurz oder lang ausbrechen, mußte ausbrechen, und für ihn sollte man sich gut gewappnet haben. Ein stiller Krieg war sowieso längst im Gange, das durfte man nie vergessen, selbst wenn man als Polizist in verantwortungsvoller Position natürlich mitzuhelfen versuchte, es nicht zum Äußersten kommen zu lassen und die Zeitbombe zu entschärfen. Rechtzeitig.

Erst als Ruiz vor dem Uhrenladen stand, erinnerte er sich, daß er seine Cartier von der Reparatur abholen wollte. Noch einmal sah er sich um. Er war nicht in diese Welt der Reichen hineingeboren worden, aber man brauchte ihn nicht zweimal zu fragen, ob er hierher gehören oder lieber um subventionierte Tortillas anstehen wollte. Ruiz betrat den Laden. Überraschenderweise war die Uhr tatsächlich fertig, obwohl er sogar etwas zu früh hier war. Fünf vor halb fünf. Gerade richtig, um sich vor dem Nachhauseweg die Lokalnachrichten von TV Azteca anzusehen. Ruiz schlenderte zu den Riesenbildschirmen der Fernsehabteilung von Sanborne's. Er kam an dritter Stelle, nach dem partiellen Einsturz eines neugebauten Krankenhauses und dem Empfang, den der Bürgermeister für irgendeinen abgehalfterten Politiker aus Deutschland gegeben hatte. Ruiz war mit dem Bericht und vor allem mit sich zufrieden. Die Kamera zeigte zuerst eine unter Plastik erahnbare Leiche und schwenkte dann auf Ruiz über. Seine Rede hatten sie etwas gekürzt, doch der Ernst der Lage kam klar zum Ausdruck. Daß sich in einem Interview kurz darauf Oppositionsführer Botas gegen den Etatentwurf der Stadtregierung aussprach, war wenig überraschend. Immerhin vergaß er die geplante Aufstockung des Polizeietats in seiner Generalkritik. Das konnte man durchaus als stillschweigende Zustimmung interpretieren. Na also, langsam rührte sich ja etwas. Vielleicht war schon im nächsten Haushaltsjahr an Neuausstattungen zu denken. Ruiz hätte gern die amerikanische Software angeschafft, die das leidige Zeichnen von Phantombildern überflüssig machte, aber eigentlich brauchten sie alles: zeitgemäße Computer, neue Waffen, einen einsatzfähigen Fuhrpark.

Ruiz verließ das Perisur durch den Hinterausgang von Sanborne's. Am Parkplatz schlug ihm die Schwüle des Spätnachmittags entgegen. Immerhin war der Dunst so weit abgezogen, daß man die gelb glühende Scheibe klar über dem Zacatepetl stehen sah. Trotz der vorgerückten Stunde brannten die Sonnenstrahlen herab. Es war sowieso viel zu warm für die Jahreszeit.

Ruiz wollte noch Geld holen. Er wandte sich nach links zu den Geldautomaten von Bancomer. Der Wachmann vor dem Eingang trug eine Panzerweste. Sein Finger lag am Abzug des Gewehrs über seiner Schulter. Ruiz nickte dem Wachmann zu und ging zum Automaten rechts außen. Er rieb kurz mit dem Ärmel über den Magnetstreifen seiner Karte und steckte sie in den Schlitz. Bevor er seine Geheimzahl eingab, sah er sich gewohnheitsmäßig um. Es war niemand da, der ihm über die Schulter hätte sehen können. Er tippte die vier Ziffern ein. Zeigefinger, Ringfinger, Mittelfinger, Ringfinger. 4 – 6 – 5 – 6. Vier Sternchen leuchteten auf dem Bildschirm auf. A – star – is – born. Am 4. Juni 56.

Natürlich war es absolut schwachsinnig, das eigene Geburtsdatum für die Geheimzahl herzunehmen. Fünfzig Prozent aller Bankkunden taten das, und hundert Prozent aller Scheckkartendiebe wußten, daß die Kunden das taten. Als Ruiz noch Vorträge über Verbrechensprävention gehalten hatte, hatte er genau dieses Verhalten als Beispiel für seine These angeführt, daß Verbrecher nur deshalb erfolgreich wären, weil sie von ihren Opfern förmlich eingeladen würden. Aber da hatte er von Leuten gesprochen, die ein einigermaßen normal entwickeltes Gedächtnis ihr eigen nannten. Er selbst war jemand, der aufpassen mußte, über Nacht nicht den Vornamen seiner Frau zu vergessen. Ganz zu schweigen von einer vierstelligen Zahl, die nicht mit seinem Geburtsdatum identisch war. Alternativ hätte er natürlich auch eine andere Zahl wählen können, die er dann unter »B« wie »Bancomer« oder »G« wie »Geheimzahl« in seinem Telefonnummernverzeichnis notiert hätte, genau wie es die restlichen fünfzig Prozent aller Kartenbesitzer zur Freude aller Kartendiebe taten.

Fünfhundert Pesos. Mit einem Daumendruck bestätigte Ruiz den Betrag und wartete gemäß der Bildschirmanweisung auf sein Geld. Der Wachmann draußen sprach auf ein hübsches Mädchen ein, das auflachte und ihn wie unabsichtlich am Arm berührte. Der Automat klickte geschäftig und spuckte rote Hunderter in das Geldausgabefach. Ruiz griff sie sich, zählte nach, steckte zwei der Scheine in seine Brieftasche, die anderen drei lose in die rechte Hosentasche. Der Bildschirmtext fragte, ob der verehrte Kunde eine weitere Transaktion durchführen wolle. Ruiz' Daumen sagte »ja« und fragte nach dem Kontostand. 60652,34 Pesos. Ruiz sollte mal etwas davon im Ausland anlegen oder zumindest US-Dollars kaufen. So schnell, wie Pesos an Wert verloren, konnte man sie gar nicht verdienen.

Die Schrift auf dem Bildschirm fragte irgend etwas. Ruiz schüttelte automatisch den Kopf und drückte auf »nein«. Der Automat verarbeitete die Anweisung mit ein paar grummeligen Geräuschen, gab aber dann die Self-service-Karte anstandslos frei. Ruiz steckte sie in die Innentasche seiner Jacke.

Geld, Geld, Geld. Alles drehte sich ums Geld. Polizeiarbeit war ohne finanzielle Mittel nicht möglich. Ruiz kannte die einschlägigen Effektivitätsstatistiken. Bezogen auf hundert Festnahmen beschäftigte man in London achtzehn Polizisten, in New York zweiundzwanzig, in México-Stadt über zwölfhundert. Sich darüber lustig zu machen, Unfähigkeit und Korruption anzuklagen war berechtigt, aber auch einfach. Zu einfach. Was konnte man schon erwarten, wenn zum Beispiel ein Viertel der Streifenwagen ständig defekt war, wenn ihre Besatzungen selbst an den Schrotthaufen herumbastelten, weil der Jahresetat für Reparaturen schon am 15. Januar erschöpft war? Das Morddezernat, Ruiz' eigene Abteilung, war zwar vor Jahren mit ein paar Computern ausgestattet worden, aber lange Zeit konnte sie niemand bedienen, weil für die nötigen Schulungsmaßnahmen kein Peso mehr übrig war. Ruiz sah ja ein, daß anderes auch wichtig war – Wasserversorgung, Gesundheitswesen, Nahverkehr, Luftverschmutzung –, aber kam nicht bei allen Umfragen heraus, daß die Sicherheit das Problem war, das den Bürgern am stärksten unter die Haut ging? Respektive die Unsicherheit. Die Tatsache, daß man im Verlauf eines Jahres eine statistische Chance von fünfzig Prozent besaß, einmal überfallen, beraubt, beklaut zu werden. Man konnte sich nur wundern, daß nicht schon früher ein paar Vengadores aufgetaucht waren.

Ruiz öffnete die Tür zum Parkplatz. Das Mädchen, das mit dem Wachmann herumschäkerte, war wirklich ausgesprochen hübsch. Pechschwarze Locken wippten durch die Luft, und die Fingernägel strichen sanft an der Panzerweste nach unten. Der Wachmann war völlig weg. Ein hilfloses Lächeln hatte sich in sein Gesicht eingegraben. Seine linke Hand verkrampfte sich um den Gewehrlauf. Ruiz sah nach links und rechts. Er ließ ein grünes Taxi vorbei und überquerte die Fahrspur. Hinter sich hörte er das Mädchen fragen: »Darf ich mal Ihre Waffe anfassen?«

Ohne sich umzudrehen, wußte Ruiz, daß der Wachmann nach Luft schnappen und nicken würde. Als er die Fahrertür seines blankpolierten Pontiac aufsperrte, schlug ihm stickige Luft entgegen. Er mußte gleich die Klimaanlage anschalten, sonst würde es beim Stau auf dem Periférico unangenehm heiß werden. Schon jetzt stieg eine Hitzewelle in Ruiz hoch, Schweiß schoß aus seinen Poren, wo hatte er nur seinen Verstand gehabt?

»Darf ich mal Ihre Waffe …!«

Da stand ja nicht Bruce Willis oder Johnny Depp auf der Pirsch! Das war ein armes Schwein von Wachmann, zu blöd, zu schwach, zu unbegabt, um einen besseren Job zu bekommen, und sie war wirklich eine Schönheit, die …

Ruiz fuhr herum, wußte nicht, wie weit das Mädchen mit dem Wachmann war, wußte nur, daß der Wachmann alles tat, nur nicht wachte, nicht aufpaßte, auf keinen Fall auf etwas anderes als das Mädchen achtete, und Ruiz sah überhaupt keinen Wachmann, denn ein anderer Mann stand ihm im Blickfeld. Direkt vor ihm stand ein Kerl mit übergroßer Sonnenbrille und drückte ihm eine Pistole gegen die Rippen und schüttelte leicht den Kopf und sagte:

»Ich würd's nicht tun, ich würde nicht einmal daran denken, es zu tun.«

Ruiz dachte nicht daran, irgend etwas zu tun.

Verdammte Scheiße, dachte er.

Jetzt haben sie mich erwischt, dachte er, und er hätte sich ohrfeigen können, weil er so blöd gewesen war, weil er nicht aufgepaßt, eindeutigen Verdachtsmomenten keine Aufmerksamkeit geschenkt hatte. Langsam hob er die Hände, wich unter dem Druck des Pistolenlaufs einen halben Schritt zurück, stieß gegen die offene Autotür, und von schräg hinten spürte er einen Schatten auf sich zustoßen. Er hätte sich ohrfeigen können, aber das war gar nicht nötig, das brauchte er nicht selbst zu besorgen. Irgend etwas pfiff durch die Luft, schlug dumpf auf, und schon spürte Ruiz den Schmerz in seinen Schädel stechen und wild durch die Nervenbahnen seines Körpers schießen. Seine Beine lösten sich auf, während der Typ mit der Pistole vor ihm blöde wackelte und vor seinen Augen verschwamm. Die grinsende Fratze fuhr nach oben, dem blauen Himmel zu, flackerte kurz auf, als Ruiz' Kopf am unteren Ende der Fahrertür entlangschrammte, und verlosch dann in verdammtem Scheißschwarz.

Sie hatten ihn voll erwischt.

Wahrscheinlich hatten sie ihn mit einer der überdimensionalen Betonskulpturen, die seit den Olympischen Spielen 1968 längs des Periférico vergammelten, erwischt. Oder ihm einen Baumstamm über den Kopf gezogen. Über dieses matschige, brennende, dröhnende, unförmige Etwas, das mal sein Kopf gewesen war. Irgendwo da oben hatten sie ihn erwischt. Hoffentlich hatte sein Hirn keinen Schaden davongetragen. Das wäre nämlich ein bißchen schade, vor allem jetzt, da er sein Denkvermögen dringend brauchte, um zu klären, was eigentlich los war. Was ihm wann von wem aus welchem Grund und mit welchem Ziel über den Schädel geknallt worden war. Und wieso es eigentlich um ihn so stockfinster war.

Ruiz versuchte die Augen aufzureißen. Er spürte, wie sich seine Lider bewegten, wie die Wimpern an kratzigem Stoff entlangstrichen. An der Nase kitzelte es. Ruiz fühlte mit der Zungenspitze, spürte feine Härchen, die aus grober Gewebestruktur hervorstanden. Wolle. Es war eine aus Wolle gestrickte Kappe, die seinen schmerzenden Kopf zusammenhielt. Sie hatten ihm eine dieser Pasamoñtanas über den Kopf gezogen, hinter denen die Zapatisten ihre Gesichter bei Pressekonferenzen versteckten. Nur daß bei ihm die Augenlöcher fehlten. Ihm war heiß. Ihm war schlecht. Er bekam zu wenig Luft.

Ruiz rekapitulierte: Sie hatten ihn niedergeschlagen, ihm eine Kapuze übergestülpt, damit er nichts und niemanden erkennen konnte, keine Person und nicht den Ort, an dem er sich befand. Einiges sprach dafür, daß er entführt werden sollte. Das war los, das war es, was passierte, und wenn er die geringste Chance haben wollte, irgend etwas dagegen zu unternehmen, dann wurde es höchste Zeit, jetzt voll auf Touren zu kommen und die glühenden Nadeln, die wild in seinem Kopf piekten, einfach nicht mehr zu beachten. Er mußte seine fünf Sinne einsetzen, die Situation wahrnehmen, erkennen, evaluieren, Optionen entwickeln, die richtige auswählen, handeln.

Das war leichter gedacht als getan. Die Probleme fingen schon bei den Sinnen an. Ruiz sah nur schwarz, roch schweißige Wolle, schmeckte schweißige Wolle, hörte nichts als das Pochen und Rauschen in seinem Kopf, oder hörte er vielleicht das gedämpfte Dröhnen eines Motors? Nein, ja, er spürte eine leichte Vibration auf der Haut, in der Haut. Doch, er war sicher, da lief der Motor eines Autos. Ruiz befand sich in einem fahrenden Auto. Er lag flach auf der Rückbank eines ziemlich schnell fahrenden Wagens. An seinem pochenden Hinterkopf vibrierte die Innenverkleidung eines Autos. Gegen Ruiz' Hintern preßte sich Körperwärme. Jemand saß neben ihm, ein Jemand, der sich gerade nach vorne beugte und irgend etwas um seinen Fußknöchel schlang. Seine Hände waren schon gefesselt. Vergeblich versuchte Ruiz, sie voneinander zu lösen. Wenn er die Handgelenke drehte, zog es schmerzhaft an den Härchen, als ob man ein Heftpflaster entfernte. Klebeband. Seine Hände waren mit Klebeband gefesselt, aber seine Füße kamen gerade erst in Arbeit. Ruiz war also nicht lange ohnmächtig gewesen, eine Minute vielleicht, und der Wagen fuhr schnell, fuhr schnell geradeaus, es gab keine Topes, die die Geschwindigkeit reduzieren sollten, keine Ampeln, keinen unversehens aus Seitenstraßen herausschießenden Verkehr.

Sie fuhren auf einer großen Avenida, und sie waren erst wenige Minuten unterwegs. Es war noch nicht aussichtslos. Vom Perisur aus gab es nicht viele Straßen, auf denen man so fahren konnte, wie Ruiz' Entführer fuhren. Eigentlich gab es nur drei Möglichkeiten: die Insurgentes Richtung Norden, den Periférico Richtung Osten oder den Periférico Richtung Westen. Auf einer dieser Straßen mußten sie sich befinden. Nur auf welcher?

Es war heiß, es war eng, und Ruiz drückte seinen Leib nach unten, den Erschütterungen entgegen, mit denen die Reifen die Besonderheiten der Straßenoberfläche nach oben durchgaben. Löcher, Kanaldeckel, Spurrillen, Ausbesserungen im Straßenbelag. Ruiz spürte den Stößen nach, sog mit allen Poren das Vibrieren ein, das von unten kam. Er versuchte die Sprache zu verstehen, in der die Karosserie des Wagens über die Straße plauderte.

Die Stoßdämpfer entspannten sich, als der Wagen über eine Kuppe hinwegschoß. Für einen Moment schien er zu fliegen, stauchte aber sofort schwer in die folgende Senke hinein, wippte einmal ächzend nach, Ruiz' Ohr schrammte an etwas Hartem entlang, vielleicht an der Fensterkurbel, an einem Haltegriff, und dann spürte Ruiz wieder das rhythmische Trommeln, das von den Rädern auf die Sitzfläche der Rückbank durchschlug. Auf seine Haut, auf die Druckpunkte in seiner Haut, über die jeder kleinste Stimulus zur Kenntnis genommen und ans Gehirn weitergemeldet wurde, jedes winzige Informationsbit, das helfen konnte, unter drei Möglichkeiten die richtige zu finden: Periférico Ost, Periférico West oder Insurgentes.

Ruiz versuchte, seinen Körper trotz der Enge zu entspannen, sich den Erschütterungen völlig unvoreingenommen auszusetzen, und tatsächlich kam ihm plötzlich etwas vertraut vor, meinte er die Sprache des Asphalts zu verstehen, auf dem sie dahinbrausten. Er kannte die Straße, er war schon x-mal hier gefahren, konnte diese sachten Schläge und genau dieses Zittern identifizieren, natürlich, es war …

Es war sein eigener Wagen! Das war alles! Ruiz hatte keine Ahnung, auf welcher Straße sie unterwegs waren, er hatte nur die Ächzer seines Pontiac erkannt, die speziellen Macken seiner Karre, die Art, wie die Stoßdämpfer trommelten, wie die Radaufhängung vor sich hin wippte. Das Gewicht, die Massenträgheit, das Beschleunigungsverhalten seines Wagens waren ihm vertraut vorgekommen, sonst nichts.

Verdammt! dachte Ruiz.

Positiv denken! befahl er sich.

Immerhin wußte er nun, daß sie ihn entführt und seinen Wagen gleich mitgeklaut hatten. Der Pontiac war noch ziemlich gut in Schuß. Die Entführer würden ihn zu verkaufen versuchen. Das bot Chancen für die Fahndung. Mehr jedenfalls, als wenn das Tatfahrzeug völlig unbekannt wäre.

Ruiz schwitzte unter der Wollkappe. Die Entführer schienen die Klimaanlage seines Wagens noch nicht entdeckt zu haben, und sie hielten die Fenster geschlossen, vielleicht aus Angst, daß Ruiz unvermittelt um Hilfe schreien, sich trotz der Wollschicht vor dem Mund bemerkbar machen würde, und zwar jemandem gegenüber, der nicht nur bereit war, aktiv zu werden, sondern auch noch fähig, sinnvoll zu reagieren. Eine ziemlich unwahrscheinliche Kombination, aber die Entführer schienen auf Nummer Sicher gehen zu wollen. Hundertfünzigprozentig.

Ruiz streckte die Unterlippe vor und blies Richtung Nase. Er lag auf der Seite, die Beine hinter den Fahrersitz gestopft, die klebrigen Hände vor dem Bauch gefesselt. Ins Polster seines eigenen Wagens hatten sie ihn hineingefaltet, und gegen seinen Hintern quetschte sich ein schweißnasser fremder Oberschenkel. Es war eklig, und es war heiß. Er dachte an Teresa, die wahrscheinlich vor dem Fernseher sitzen und vergeblich auf ihn warten würde, der er doch hoch und heilig versprochen hatte, heute mal früher zu Hause zu sein.

Der Wagen bremste ab und zog sacht nach rechts. Es ging kaum merklich bergab. Langsam rollte der Pontiac voran und kam dann zu stehen. Auf welcher der großen Avenidas sie sich auch befunden haben mochten, jetzt waren sie abgebogen, jetzt war Schluß mit dem Dahingebrause, ab jetzt wollte Ruiz versuchen, sich die Abzweigungen zu merken und die Abstände zwischen ihnen und die Stops an den Ampeln und die Zahl der Fahrbahnschwellen, alles eben, auch wenn er nicht wußte, was er damit anfangen sollte, wenn er den Ausgangspunkt nicht kannte.

Sie fuhren wieder an, 1, 2, bogen sofort scharf nach links, 3, 4, wahrscheinlich hatten sie an einer roten Ampel gewartet. Ruiz konzentrierte sich darauf, die Distanzen langsam und stumm auszuzählen. 5, 6, 7, es ging langsam voran, 8, zähfließender Verkehr, und Ruiz schwitzte. 9, 10, 11, 12. Ihm war verdammt heiß. Vielleicht lag es auch an dem Schlag, den er abbekommen hatte. Salzig rann es ihm in die Augen. Wolle klebte an seiner Stirn. Sogar seine Hände brannten. Brannten mehr als vorher. 17, 18. Der Wagen schlich im Stop-and-go-Verkehr voran. 21, 22, und plötzlich glaubte Ruiz den Parkplatz des Perisur vor Augen zu haben, die gelbe Scheibe, die in seltener Klarheit über dem Zacatepetl stand.

Am Spätnachmittag.

Im Westen.

Die Sonne brannte plötzlich auf Ruiz' Hände herab, auf die gefesselten Hände, die vor seinem Körper lagen. Durch das linke Seitenfenster stachen die Strahlen auf ihn ein, brannten sich in die bloße Haut und sagten, daß doch alles sonnenklar sei: Links war Westen, und vor der Ampel, vor der 90-Grad-Kurve, als Ruiz' Hände im Schatten gelegen hatten, war die Sonne demzufolge in seinem Rücken gestanden. Also waren sie von Westen nach Osten unterwegs gewesen. Es mußte der Periférico Richtung Osten sein, von dem sie abgefahren waren, am Viaducto Tlalpan, in Tepepan, in Xochimilco, irgendwo. Das hing davon ab, wie lange er ohnmächtig gewesen war. Die Ausfahrt konnte Ruiz nicht bestimmen, noch nicht, aber es war ein Anfang. Der Periférico Richtung Osten.

42, 43, 44,. Eine zweite Ampel? Ruiz zählte. Eine Zahl nach der anderen. Der Reihe nach. Es dauerte eine Ewigkeit, bis es weiterging, 66, 67, 68, eine Linkskurve von höchstens zwanzig Grad, 68 nach links, wie bei der Studentenbewegung damals, das würde er sich merken können, aber war das überhaupt eine Abzweigung? 74, 75, Ruiz versuchte sich nicht an Hypothesen, dafür würde er noch lange genug Zeit haben, 81, jetzt mußte er sich den Rhythmus der Fahrstrecke ins Gehirn brennen, 84, 85, es ging langsam, vorsichtig, 89, als er Teresa geheiratet hatte, am 8. Februar 89, 91 war er schon … egal, er hatte jetzt … 93, Rad für Rad hievte sich der Pontiac über ein Hindernis, das sich schräg über die

Straße zu erstrecken schien, schaukelte über eine Art Schwelle, Ritze, Ritze, Schwelle, 95, was konnte das nur …? 96, 97, Schienen! Ein Gleis! Sie hatten ein Gleis überquert, das über die Straße lief. 100, bingo, und sie waren den Periférico Richtung Osten gefahren, in eine Gegend, in der es nur ein solches Gleis gab. Das Gleis des Tren Ligero! Sie hatten gerade die Tren-Ligero-Strecke überquert, die von Taxqueña nach Xochimilco führt.

Ruiz lag gefesselt auf der Rückbank seines Wagens, er hatte eine Kapuze über dem Kopf, war mit einer Pistole bedroht, niedergeschlagen und dann entführt worden, er befand sich in der Gewalt von Kriminellen und hatte keine Ahnung, was sie mit ihm vorhatten, doch alles hatte sich verändert. Er flüsterte unhörbar »107«, und eine irre Freude stieg in ihm hoch. Zufriedenheit. Nichts hatte sich verändert, außer daß der Wagen die Tren-Ligero-Strecke überquert hatte, aber Ruiz hatte das Gefühl, seine Kidnapper nun im Griff zu haben. Sie so gut wie zur Strecke gebracht zu haben. Diese Versager, die glaubten, ihm, Jorge Gabriel Ruiz, mit ein bißchen verfilzter Wolle vor den Augen die Orientierung nehmen zu können, als ob er ein blödes Schaf wäre. 113 blöde Schafe. Diese – 114 – Schwachköpfe. Er würde sie bei lebendigem Leib fressen. Er war ein Wolf im Schafspelz.

Dann standen sie wieder, von 119 bis 131, und das Auto schaukelte nach links ein zweites Mal über die Gleise, 134, machte eine 180-Grad-Kehre, vielleicht wollten sie ihn mit ein wenig Hin und Her durcheinanderbringen, verdammt noch 139 mal, aber nicht mit ihm, mit ihm bogen sie nach zweihundert Metern rechts ab, dann links, 147, 148, die Straße schlängelte sich dahin, Tope 157, weiter, Tope 159, vielleicht befand sich eine Schule zwischen den beiden Fahrbahnschwellen, links, rechts, rechts, langsam, langsam, 169, 170, wo war jetzt gleich wieder Norden? Und wieder links, dann stoppte der Wagen.

Durch das Tosen in seinem Kopf spürte Ruiz, wie sich eine Vordertür des Pontiac öffnete. 181. Der Wagen vibrierte im Leerlauf vor sich hin und schob sich ein paar Meter nach vorn. Dann blieb er wieder stehen. So, als habe man ein Tor durchquert, das nun wieder zu schließen war. Vorne rechts senkte sich der Wagen kaum merklich. Der Beifahrer mußte wieder eingestiegen sein. Waren sie also doch noch nicht angekommen? Erst ungefähr hundert Meter weiter, nach einer Linkskurve, wurde der Motor des Pontiac abgeschaltet. Der Jemand neben Ruiz stützte sich mit dem Ellbogen auf seiner Hüfte auf, lehnte sich über ihn, entriegelte die hintere Tür des Wagens und sagte: »Genug gepennt! Jetzt steigen wir mal aus.«

Das würde mit gefesselten Beinen nicht so einfach sein. Ruiz richtete dennoch den Oberkörper auf.

»Ein Laut«, sagte der Jemand, »und ich knalle dir die Birne mit Blei voll. Ist das klar?«

Ruiz nickte. Die Wolle kratzte am Kinn.

»Wenn ich was auf den Tod nicht ausstehen kann, ist es der Druck, den die von oben machen«, sagte De Soto. Er rutschte hektisch auf dem Beifahrersitz umher. Lopez García ließ ihn nur ausnahmsweise fahren. Dafür liebte er das Leben zu sehr.

»Na ja«, sagte Lopez García. Meist ging es in ihrem Job doch eher gemütlich zu. Die Autoschlange stotterte langsam dahin.

»Als ob wir nicht auch anderes zu tun hätten!«

»Die sind halt nervös«, sagte Lopez García. Er äffte ihren Chef Ruiz nach: »Ich verspreche Ihnen, meine Damen und Herren, daß die Mordkommission und die anderen mit der Dingsda, äh, der Wahrung von Sicherheit und Ordnung beauftragten Stellen das Verbrechen mit allen, aber auch allen zur Verfügung stehenden Mitteln zur Strecke bringen werden. Beziehungsweise die Verbrecher. Unter keinen Umständen dürfen wir als Polizisten, weil nämlich das Gewaltmonopol des Staates, und gerade jetzt, da die Etatdebatte ins Haus steht, ich meine, vor der Tür, oder sonstwo, können wir also …«

»Jetzt bleibt der Idiot da vorne stehen!« empörte sich De

Soto. Er schaltete das Blaulicht an und nahm das Mikrophon für den Außenlautsprecher zur Hand.

»Andele, avanzele!« brüllte er nach außen, auch wenn es nicht viel bewirkte. Kaum war der Lieferwagen angefahren, hielt schon der nächste vor ihnen, um Colakisten oder frisch geschlachtete Hühnchen zu entladen. Lopez García quälte den Wagen durch den Stau die Correo Mayor hinab und bog nach links in die Calle Soledad.

Der Fahrer des Microbusses wohnte ein paar Blocks hinter dem Palacio Nacional. Irgendwo zwischen Soledad und Corregidora in dem Gewirr von Hinterhöfen und Durchgängen, Quertreppen und Mauerdurchbrüchen, die jede polizeiliche Razzia von vornherein aussichtslos erscheinen ließen. De Soto und Lopez García hatten sowieso keine Razzia im Sinn, sie wollten nur einen Zeugen befragen, der dort rechts in einem der dunklen Löcher hausen mußte.

Lopez García ließ den Polizeiwagen langsam vorankriechen. Natürlich war nirgends ein Parkplatz frei. Lopez García stoppte in der Mitte der Straße und wies mit dem Kinn nach draußen. De Soto stieg aus. Er scheuchte einen jugendlichen Schuhputzer auf, der sich auf dem Gehsteig breitgemacht hatte. Der Junge maulte, bewegte Schemel und Kasten aber ein paar Meter weiter, so daß Lopez García den Wagen auf dem Gehsteig einparken konnte. Er legte die Lenkradsperre an, stieg aus und schloß den weißen Chrysler Shadow sorgfältig ab. Der sperrige Blaulichtaufbau und die auf alle Seiten riesengroß aufgemalte Nummer ließen keinen Zweifel, daß es sich um einen Dienstwagen der Policia Judicial handelte. Nichtsdestotrotz war De Soto und ihm vor nicht einmal einem halben Jahr genau so ein Wagen geklaut worden. Spurlos verschwunden und nie wieder aufgetaucht. Sie zahlten immer noch ab. Nicht für den Wagen, sondern dafür, daß der zuständige Sachaufwandskontrolleur der Dirección de Inspección Interna den von ihm selbst erhobenen Vorwurf der groben Fahrlässigkeit niedergeschlagen hatte.

Lopez García bekreuzigte sich vor einem blumengeschmückten Altar, der am Zugang zum Hinterhof in die

Mauer eingelassen war. De Soto baute sich vor dem Schuhputzer auf und verlangte dessen Ausweis. Der Junge besaß einen. De Soto sagte: »Routinekontrolle. Du kriegst den Wisch gleich wieder. Inzwischen würde ich an deiner Stelle auf den Wagen hier aufpassen, als wäre es dein eigener. Wenn er nämlich bei unserer Rückkehr verschwunden sein sollte …«

»… oder beschädigt …«, sagte Lopez García.

»… bist du wegen Autodiebstahls dran.«

»… beziehungsweise wegen Sachbeschädigung.«

»Dran und drin. Im Knast! Verstehen wir uns?«

Sie verstanden sich.

De Soto und Lopez García brauchten eine Viertelstunde, bis sie sich durch das Mißtrauen des Hinterhofdschungels gefragt hatten. Dabei hatten sie sich eine Eskorte verwilderter Kinder zwischen siebzig und hundertvierzig Zentimetern Größe eingefangen. Zumindest ein Teil davon schien der Familie des Microbusfahrers anzugehören oder sich sonstwie in der Mehrzimmerwohngemeinschaft daheim zu fühlen, die über eine baufällige Außentreppe erreichbar war. Darunter stank ein offener Abwasserkanal. Im Eingangsraum der Wohnung standen ein Herd und ein paar Küchenmöbel herum. Die Dame des Hauses rollte Klumpen aus Maisteig. Die Wände des Raums waren roh verputzt. Was nach abstrakten Wandgemälden aussah, waren Wasserflecken und Schimmelpilz.

De Soto brummte etwas, das »Guten Tag« heißen konnte. Die Frau stemmte sich mit ihrem ganzen Körpergewicht auf den Hebel der Tortillapresse. Hier schienen dünne Tortillas üblich zu sein. Eine der kleinen Rotznasen wies nach rechts. Der Türstock zum Nebenraum war geborsten. Statt einer Tür verhüllte ein Vorhang aus aufgeschnittenen Müllsäcken die Öffnung, hinter der sechs Betten nebeneinander standen. Die fleckigen Matratzen auf den Metallgestellen ließen Lopez García an ein Gefängnislazarett denken. An der Stirnwand hing ein Hochglanzposter der Jungfrau von Guadalupe. Im Bett am Fenster lag ein älterer Mann unter einer

Wolldecke von undefinierbarer Farbe. Sein linkes Bein sah hervor. Der Unterschenkel war mit überraschend weißem Mull umwickelt, auf dem ein kleiner roter Punkt verriet, daß die Blutung nicht leicht zu stoppen gewesen war.

Hinter De Soto schlich die Kindereskorte, verstärkt durch den inzwischen anscheinend alarmierten Rest der Verwandtschaft, ins Zimmer und reihte sich an der Seitenwand wie eine Ehrengarde am Grab des unbekannten Soldaten auf. Alle Altersstufen waren nun vertreten, mindestens vier Generationen, die stufenlos ineinander übergingen. Die Eltern setzten hier mindestens so lange Kinder in die Welt, bis die ältesten damit begonnen hatten, eine Enkelgeneration zu produzieren. Damit der Haushalt nie ohne kleinen Hosenscheißer auskommen mußte.

»Señor Rubén Gonzalez Chapoy?« fragte Lopez García zum mutmaßlichen Stammvater der Sippe hin. Señor Gonzalez Chapoy reagierte nicht. Lopez García warf ihm den Ausweis aus dem Microbus aufs Bett.

»Sie haben gestern abend den Microbus Nummer 10459 der Linie 22 gefahren?«

»Ich?« fragte Gonzalez.

»Ihr Bus ist in der Calle Donceles überfallen worden …«

»Ich habe nichts gesehen, gar nichts.«

»In Ihrem Bus hat der Vengador herumgeballert!«

»Ich bin bloß ein Busfahrer«, sagte der Busfahrer. »Ich muß meinen Bus fahren, mich auf den Verkehr konzentrieren. Ich kann nicht auf alles achten, was hinter mir passiert.«

»Und das da?« fragte De Soto. Er wies auf den Verband.

»Hm?« Gonzalez machte auf blöd.

»Es war der Vengador, stimmt's? Er hat Ihnen eine Kugel ins Bein geschickt. Sie haben wahrscheinlich etwas ungeschickt herumgehampelt, oder?«

»Ein Arbeitsunfall«, sagte Gonzalez, »halb so wild. Nur ein Kratzer.«

»Er schießt Sie an, und Sie sagen keinen Mucks? Sie lassen Ihren Scheißbus mitten in der Straße stehen, kriechen auf allen vieren nach Hause, und weil Sie sich keine ordentliche

Behandlung leisten können, werden Sie höchstwahrscheinlich verkrüppeln. Wenn Sie Glück haben, finden Sie einen nicht allzu ungünstigen Platz, wo man Sie betteln läßt. Und dennoch weigern Sie sich, uns den Vengador zu beschreiben?«

»Welchen Vengador?« fragte Gonzalez. Er drehte sich ein wenig. Er stöhnte. Das Bein schien zu schmerzen, sobald er es bewegte.

De Soto sah zu Lopez García herüber. »Ab in den Knast?«

»Seien Sie doch nicht so dumm!« sagte Lopez García zu Gonzalez. Der reagierte nicht. Seine Sippe reagierte genausowenig, stand stumm Schulter an Schulter. Wirkte wie eine Schrankwand. Man konnte Mitleid mit dem Volk haben, das nicht zum erstenmal im Leben getreten wurde und von der Polizei kaum etwas anderes erwartete als die Verhaftung des Familienoberhaupts, des vielleicht einzigen Mannes im ganzen Block, der zuverlässig ein paar Kröten verdiente. Die anderen erfanden sich Jobs als inoffizielle Parkwächter an öffentlichen Straßen, als Clowns an roten Ampeln, als weiß der Teufel was. Oder sie saßen vierzehn Stunden täglich vor irgendeiner Kirche, um sich ein paar Pesos für Essen zu erbetteln. Um Mitternacht verschwanden sie in ihren Schlupflöchern, in baufälligen Häusern und verwahrlosten Innenhöfen. Und am nächsten Tag saßen sie wieder auf ihren Kirchenstufen. Oder sie rammten einem Passanten ein Messer zwischen die Rippen. Das konnte man eben nicht wissen. Das wußten die Leute vielleicht selbst noch nicht, wenn sie am Morgen von ihren Sperrmüllmatratzen aufstanden.

Es war ein und dasselbe Volk, es waren zig Millionen, die sich von einem Tag zum nächsten irgendwie durchschlugen, jahrelang ruhig und friedfertig und schicksalsergeben vor irgendeiner Kirche kauerten oder irgendwelches Zeug verkauften, bis das Böse wie ein Blitz aus heiterem Himmel in sie fuhr und sie ohne erkennbaren äußeren Anlaß plötzlich ihr »Ya basta!« herausbrüllten, und dann war alles möglich. Jede Grausamkeit, jede Sauerei. Dann explodierte etwas in ihnen, das lange, immer schon, seit Ewigkeiten unter einer völlig harmlos scheinenden Oberfläche gebrodelt hatte.

Man brauchte nicht unbedingt Mitleid zu haben. Lopez García musterte die verschlossenen Gesichter vor der fleckigen Wand.

»Es muß ja nicht er sein, den wir verhaften«, sagte De Soto.

Gonzalez verlagerte sein Gewicht auf den rechten Ellbogen und sah zu, wie De Soto an der Reihe der Familienmitglieder entlangschritt, als müsse er den Vengador unter ihnen identifizieren. Vor einem ungefähr sechzehnjährigen Mädchen blieb er stehen. Lopez García wußte, was jetzt kam, und machte ausgesprochen ungern mit. Er war ja selbst Vater und hätte wahnsinnig werden können, wenn er sich eine seiner Töchter in einer solchen Lage vorstellte. Andererseits, was sollten sie sonst anstellen? In die Kripozentrale zurückfahren und dem Chef lächelnd mitteilen: Keine Ergebnisse, Chef! Der Zeuge wollte lieber nicht aussagen.

Wenn es im guten nicht klappte, mußte man halt Druck machen. Das war gängige Praxis für jeden Polizisten im Distrito Federal. Die passende Theorie dazu hatte Oberkommissar Ruiz höchstselbst einmal formuliert: Ein Mensch sei wie ein Stück Haut, in dem Nervenpunkte für verschiedene Empfindungen eingebettet sind. Will man eine Reaktion hervorrufen, muß man nur den richtigen Punkt stimulieren. Ein bißchen umhertasten, hier drücken, dort drücken, und schon hat man ihn gefunden, schon kommt etwas, und man drückt ein wenig stärker, die Nervenbahnen funktionieren zuverlässig, und schon antwortet etwas so prompt und sachdienlich, als habe man die Nummer der Zeitansage gewählt. Stimulus and response, Reiz und Reaktion, es war alles ganz einfach, wenn man den richtigen Punkt erwischte.

De Soto wippte auf die Zehenspitzen hoch und strich dem Mädchen über die blauschwarzen Zöpfe.

»Deine Tochter?« fragte Lopez García ehrlich besorgt zu Gonzalez hin. Rechts darüber lächelte ihm die Jungfrau Maria vom Glanzpapier entgegen. Mit Polizeiarbeit hatte die Virgencita nichts zu schaffen. Damit kannte sie sich nicht aus, das war nicht ihre Welt. Sie war für die Leidenden und Klagenden da, bot Trost und Hilfe, wann immer man sie darum bat. Das war mehr als genug. Sie konnte sich nicht um alles kümmern.

»Sieht doch ganz nett aus, die Kleine«, sagte De Soto. Er faßte sie am Kinn, drehte ihren Kopf langsam ins Profil und wieder zurück. Das Mädchen sagte nichts, protestierte nicht, wehrte sich nicht.

»Sie beschreiben uns den Vengador, und schon sind wir verschwunden«, sagte Lopez García fast bittend. Er mochte auch die Good-cop-bad-cop-Spielchen nicht. Er sah ein, daß sie ab und zu weiterhalfen, er machte auch mit, solange er den Guten spielen durfte. Diese Rolle war ihm entschieden lieber. Es traf sich gut, daß De Soto sich da weniger sensibel gab. Vielleicht war er ein besserer Polizist. Oder ein schlechterer Mensch. Es spielte eigentlich keine Rolle. Im Grunde waren sie alle arme Sünder, die bei der Gottesmutter um Vergebung bitten mußten. Und das tat De Soto trotz seiner manchmal rauhen Schale genauso wie Lopez García.

»Verdacht auf Prostitution«, sagte De Soto. »Wir müssen die junge Dame leider mitnehmen.«

Das Mädchen preßte die Lippen vielleicht ein wenig fester als vorher aufeinander.

»Wir brauchen sie bloß zur erkennungsdienstlichen Behandlung.« De Soto lachte meckernd.

»Tut mir leid«, sagte Lopez García. Er bat die Virgen stumm um Verständnis. Sie lächelte tröstend.

»Dann bringen wir sie wieder zurück«, sagte De Soto. »Nachher.«

Er strich mit dem Rücken des Zeigefingers am Arm des Mädchens nach oben.

»Er ist ziemlich groß«, sagte Gonzalez. »Einen Meter achtzig, schätze ich. Kurze schwarze Haare, dunkle Augen. Er trug eine helle Leinenjacke. An die Farbe der Hose kann ich mich nicht erinnern. Er hatte eine Ledertasche bei sich, eine Art Aktentasche, in der sich eine der beiden Pistolen befand. Er hatte zwei Pistolen ...«

»Na also«, sagte De Soto. Er ließ den Arm des Mädchens los.

»Die Hose war schwarz, eine schwarze Jeans. Und er trug Nike-Turnschuhe. Ich habe den Streifen gesehen, als er über mich hinwegstieg, um dem zweiten Kerl zu folgen.«

»Just do it!« sagte De Soto.

»Das ist alles«, sagte Gonzalez.

»Und auf dem Kopf?« fragte De Soto.

»Auf dem Kopf?«

»Trug er einen Federschmuck oder so etwas?«

»Kurze schwarze Haare«, sagte Gonzalez.

»Irgend etwas Aztekisches?«

Der Busfahrer schob seinen Körper mühsam am Bettgestell nach oben. Der Rest der Familie stand unbeweglich wie eine Sammlung von Statuen. Lopez García fühlte sich plötzlich nicht wohl in seiner Haut. Die Atmosphäre schien elektrisch geladen. Anspannung, Beklemmung. Die rissige Zimmerdecke drückte. Lopez García schien der einzige zu sein, der atmete. Schwer atmete. Er räusperte sich. Er sagte: »Was soll der Quatsch, De Soto?«

»Die Bewegungen vielleicht«, sagte Gonzalez.

»Welche Bewegungen?« fragte De Soto.

»Die geschmeidige Art, sich zu bewegen. Vorsichtig, tastend, aber man spürte seine wilde Kraft und wußte, daß er jederzeit losbrechen konnte wie … wie ein Raubtier. Ein Jaguar.«

»Ein Jaguarkrieger«, sagte De Soto. »Ein moderner Jaguarkrieger.«

»Aha«, sagte Lopez García. Er wandte sich Gonzalez zu. »Und jetzt erzählen Sie bitte von Anfang an, wie sich alles abgespielt hat.«

Viel kam bei Gonzalez' Schilderung nicht heraus. Schon gar keine heiße Spur. Lopez García würde halt einen Bericht schreiben, den er zusammen mit der Verantwortung für den Mordfall bei Ruiz abgeben würde. Der sollte damit anstellen, was er wollte.

Der Polizeiwagen war noch an seinem Platz. De Soto warf dem Schuhputzerjungen den Ausweis vor die Füße. Der Junge war kein Jaguarkrieger, doch aus seinen Augen blitzte Mordlust.

»Für einen wie dich«, sagte De Soto, »ist Geschichte ziemlich einfach. In Tenochtitlán hätten sie dich den Göttern als Happen zwischendurch angeboten, unter den Spaniern durch Zwangsarbeit zu Tode geschunden, in der Revolution als Kanonenfutter verheizt. Heutzutage treten sie dir nur in den Arsch. Das solltest du als Fortschritt betrachten.«

Sie fuhren dann noch zur Plaza Santo Domingo, dem Zentrum der Druckwerkstätten Méxicos. Sie parkten in der zweiten Reihe und überquerten den Platz zum Nordende der Arkaden hin. Dort lag die Imprimeria Ramirez, gleich hinter den vordersten Lohnschreibern, deren elektrische Schreibmaschinen durchs Stimmengewirr surrten. Eigentlich organisierte Torreblanca dieses Jahr die Polizeiwallfahrt, aber De Soto und Lopez García hatten versprochen, bei Ramirez nachzufragen, wenn sie in der Gegend wären. Er hatte die bedruckten T-Shirts tatsächlich fertig. Sie sahen nicht übel aus. Vierfarbdruck. Vom strahlenden Weiß hoben sich das Blau und Gold des Madonnenbildnisses ebensogut ab wie der phosphorfarben glänzende Schriftzug »Guadalupe 1998 – Policia Judicial del D.F.«

»Torreblanca zahlt irgendwann«, sagte De Soto, und Lopez García griff sich den Stapel von dreißig T-Shirts, um ihn in die Kripozentrale mitzunehmen.

3

Eines der üblichen Elemente (bei den Zauberriten) ist die Reinigung, für die der Hexer verschiedene Figuren aus Amatepapier ausschneidet ...

LILIAN SCHEFFLER, MAGIA Y BRUJERÍA EN MÉXICO

Sie hatten Ruiz über Treppen und Gänge in irgendeinen Keller hinabgeschleppt. Seine Arme waren zur Abwechslung hinter seinem Rücken zusammengebunden, die Handgelenke scheuerten an gesplittertem Holz. Er saß auf einem Hocker, der sich anfühlte, als sei er aus rohen Latten zusammengenagelt. Ein Hocker, der dazu gemacht schien, einem zu Verhörenden den Ernst der Lage einzuprägen. Ruiz vermutete, daß er derjenige war, der verhört werden sollte.

Eine Hand strich ihm von hinten über den Schädel, fuhr zum Kinn hinab und preßte dabei die filzige Wolle gegen Ruiz' Nase. Er konzentrierte sich darauf, den Niesreiz zu unterdrücken. Die Hand griff sich den Saum der Pasamoñtana und zog das Ding mit einem Ruck über sein Gesicht nach oben. Vor ihm baumelte eine nackte Glühbirne. Ruiz atmete tief durch. Sein Kopf war schon mal frei. Außen zumindest.

Ruiz sah zwei seiner Entführer, die nun selbst vermummt waren. Und der dritte, der hinter ihm stand, war es wahrscheinlich auch. Nur zeigten ihre Pasamoñtanas die oval geschnittene Augenöffnung, die jeden blinzelnden Halbdebilen wie einen zweiten Che Guevara aussehen läßt.

»Policia Judicial. Ts, ts, ts.«

Der Vermummte hatte eine tiefe Stimme, zu der der ironische Ton nicht recht passen wollte. Der Mann lehnte zwei Meter vor Ruiz an der Stirnwand des Raums. Die Wand bestand ebenso aus unverputzten Ziegeln wie die beiden Mauern links und rechts. In einer befand sich eine Metalltür. Fenster waren nirgends zu sehen. Links konnte man als einziges Mobiliar neben dem Hocker, auf dem Ruiz saß, eine Pritsche erahnen. Alles wirkte urgemütlich wie im Volksgefängnis. Vorsichtig versuchte Ruiz, einen Blick über die

Schulter zu werfen, doch sofort patschte ihm die Hand von hinten auf die Wange. Der Zeigefinger wies nach vorn. Es war ein etwas zu dicker Zeigefinger, dessen Fingernagel kurz geschnitten war.

»Kriminaloberkommissar? Du bist also einer, der etwas zu sagen hat, Jorge Gabriel Ruiz?« sagte der Vermummte. Er fächelte sich mit einem Fetzen, der wie ein Polizeiausweis aussah, Luft zu. Ruiz hatte nicht bemerkt, daß sie ihm seine Brieftasche abgenommen hatten. Er ruckte ein wenig mit dem Oberkörper, konnte aber nichts in der Innentasche seiner Jacke erspüren. Wahrscheinlich hatten sie ihn ausgeplündert, als er ohnmächtig war.

»Du wirst dich doch nicht mit Entführungen beschäftigen?« fragte die vermummte Person links. Es war eine Frau. Eine Frau und zwei Männer also.

Nein, mit Entführungen hatte Ruiz nichts zu tun. Er war Chef des Morddezernats. Ob er deswegen entführt worden war? Steckte mehr hinter dieser ganzen Scheiße als ein normales Kidnapping? Vielleicht spielten sie nur die Überraschten und wußten längst, wer er war und womit er sich beruflich abgab. Sie konnten ihn schon wochenlang überwacht haben. Dann wußten sie alles über ihn, kannten seine Arbeitszeiten, seine Gewohnheiten, seine bevorzugte Cantina in Coyoacán, seine Freunde, seine Familienverhältnisse. Sie hatten in Erfahrung gebracht, daß er seine Uhr abholen würde und …

»Oberkommissar Ruiz, die letzte Hoffnung aller Entführten, ist unglücklicherweise selbst in die Hände der Übeltäter gefallen …«, sagte die Frau. Sie trug einen grauen Overall.

Quatsch! Wenn sie Ruiz wochenlang überwacht hätten, wäre das ganze Szenario anders ausgefallen. Sie hätten ihn an einem weniger öffentlichen Ort überfallen. Vor seinem Haus zum Beispiel. Oder an einem anderen Ort, den er regelmäßig aufsuchte. So wäre die ganze Aktion besser zu planen gewesen, und die Mitglieder des Entführungskommandos hätten ihre Bewegungen vorher ausprobieren und einstudieren können.

»Jetzt sitzt er verloren auf einem Hocker und zerbricht sich das leider etwas brummende Köpfchen über der Frage, was die bösen Übeltäter denn eigentlich von ihm wollen ...«

Die Frau übte sich in dem Tonfall, mit dem man Kindern Märchen erzählt. Ruiz überlegte, ob man mit dieser Stimme zu einem Wachmann sagen konnte: »Darf ich mal Ihre Waffe anfassen?« Hörte sich das authentisch an? Ruiz war sich nicht sicher. Auf jeden Fall schien es ihm wesentlich wahrscheinlicher, daß vor dem Coup nicht er ausspioniert worden war, sondern die Möglichkeiten, die der Tatort bot. Sie hatten die Geldautomaten am Perisur überwacht, Zeiten und Wege analysiert, Fluchtmöglichkeiten studiert, den Wachmann als leicht abzulenkenden Möchtegern-Casanova identifiziert.

»... und irgendwann wird er sicher auf die Lösung kommen, denn wenn er jetzt auch wie ein Häufchen Elend wirkt, so ist er doch ein Bulle, der genügend Erfahrung hat, um zu wissen, was die bösen Entführer wollen könnten.«

Er war zufällig in eine Falle hineingeraten, die sie für irgendwen aufgebaut hatten. Für eine x-beliebige Person. Sie hatten sich auf ihrem Posten eingerichtet, waren fertig und bereit, als Ruiz seine Karte zückte, um Geld aus dem Automaten zu holen. Irgendeiner gab das Kommando, das Mädchen steuerte den Wachmann an, und da sie einen Idioten wie Ruiz erwischt hatten, der anscheinend in Trance durch die Gegend gewankt war, hatte alles bestens geklappt.

»Geld«, sagte Ruiz. »Sie könnten Geld wollen.«

»Ein ganz schlaues Köpfchen!« sagte der Vermummte.

Wie zur Bekräftigung schlug der Wachhund hinter Ruiz ihm mit der flachen Hand auf den Hinterkopf. Es war eher ein Klaps, aber er genügte, um ein Schauern über Ruiz' Rückgrat herabzittern zu lassen. Eine Art körperliche Erinnerung an den Schlag, der ihm vorhin das Bewußtsein genommen hatte.

»Geld«, sagte die Frau verächtlich. »Welch schnödes Wort. Wie wäre es mit ›Ein bescheidener Ausgleich für Ihre Bemühungen‹? Du hast ja noch nicht einmal die Taxifahrt bezahlt!«

»Na, vergelt's Gott!« sagte Ruiz.

Der zweite Schlag auf den Hinterkopf war weitaus kräftiger. Das Pochen in Ruiz' Hirn lebte auf.

»Luxustransport im Liegewagen, mit Chauffeur und Leibwächtern«, sagte der Mann. »Das wird nicht billig.«

»Zweihundert Pesos stecken in meiner Brieftasche. Und dann habe ich noch dreihundert Pesos ...«

»Nicht mehr, fürchte ich«, sagte die Frau.

»Das hätte sowieso nicht gereicht«, sagte der Mann.

»Er kann also nicht zahlen. Das ist nicht schön.«

»Welche Strafe steht auf Schwarzfahren im Luxustaxi?«

»Die Fingerchen abschneiden, glaube ich, aber ...«

»Könnten wir das nicht irgendwie vermeiden?«

»Vielleicht nützt uns ja diese grüne Plastikkarte von Bancomer etwas?«

»Wenn wir seine Geheimzahl wüßten«, sagte der Vermummte, »könnten wir uns den Fahrpreis plus Mahngebühr selbst abholen.«

»Wo unser Freund und Helfer doch gerade schlecht zu Fuß ist.«

»Das wäre bequem für ihn und sehr zuvorkommend von uns, aber leider kennen wir seine Geheimnummer nicht.«

»Er könnte sie uns doch sagen.«

»Das könnte er. Vielleicht. Wenn er die Zahl nicht vergessen hat. Das soll in solchen Situationen öfter vorkommen. Die Aufregung, der Schock!«

Es lief auf eine Fastfood-Entführung hinaus. So hieß im internen Jargon das Kurzzeitkidnapping, bei dem mit Hilfe der Selbstbedienungskarte das Bankkonto des Opfers geplündert werden sollte.

»Vielleicht erinnert er sich ja doch an die Zahl«, sagte die Frau hoffnungsvoll.

3000 Pesos war der tägliche Höchstbetrag für Abhebungen am Automaten. Wenn Ruiz die Geheimnummer ausplauderte, konnten die Entführer heute noch 2500 abkassieren und morgen weitere 3000 Pesos, wenn sie nicht allzuspät aufstanden. Bis morgen früh würde Ruiz' Frau

Teresa wahrscheinlich nichts unternehmen, aber wenn er dann nicht nach Hause käme, würde selbst sie wissen, daß etwas nicht stimmte. Sie brauchte keine Entscheidungen zu treffen, denn Ruiz hatte genaue Anweisungen für so einen Fall gegeben. Sie würde die Kollegen anrufen. Seit Fastfood-Entführungen in Mode waren, gehörte es bei Vermißtenmeldungen zum Standardprogramm, die Kontobewegungen nachzuprüfen. Man würde die Auszahlungen bemerken, zwei und zwei zusammenzählen und das Konto sperren lassen. Im Laufe des morgigen Tages. Da war Ruiz ganz sicher.

»Na?« fragte der Vermummte. Der Kerl hinter Ruiz trommelte mit den Fingerspitzen auf seinem Hinterkopf herum.

Wenn alles normal lief, konnten sie 5500 Pesos abheben, plus die 500, die sie ihm schon geklaut hatten, das machte 6000 Pesos gleich 600 US-Dollar. Ein solcher Verlust war ärgerlich, aber zu verkraften. Bei gesperrtem Konto war Ruiz wertlos für die Entführer. Sie würden ihn gefesselt an irgendeiner Müllhalde am Stadtrand aussetzen. So war das zumindest üblich. Selbst die brutalsten Gangster brachten niemand um, wenn sie sich damit nur Ärger einhandeln konnten. Und jede Menge Ärger wäre vorprogrammiert, wenn sie einen Polizeioberkommissar seines Kalibers umlegten.

»Ja oder nein?« fragte die Frau.

Ja. Natürlich. Klar. Es sollte überhaupt nicht zur Debatte stehen. Ruiz sollte selbstverständlich mit seiner Geheimzahl herausrücken, die Kidnapper ihre paar Kröten abholen lassen, sollte ein bis zwei unbequeme Nächte auf sich nehmen und geduldig warten, bis er wieder freikam. Er würde einen Tag Sonderurlaub beantragen und sich mit Teresa einen schönen Tag machen, vielleicht ins San Angel Inn essen gehen, während die Kollegen vom Entführungsdezernat inzwischen diesen Unterschlupf hier ausnahmen, dessen genaue Lage er bis dahin zweifelsohne rekonstruiert hätte. Er brauchte dann nur noch die Entführer zu identifizieren …

»Ziemlich mundfaul, unser Freund«, sagte der Vermummte, »aber die Art, in der er gar nichts sagt, klingt eher nach ›nein‹, oder?«

Der andere Typ faßte von hinten Ruiz' Ohrläppchen und zwirbelte sie zwischen Daumen und Zeigefinger.

Wenn Ruiz den Helden markierte, würden sie die Zahl aus ihm herauszuprügeln versuchen. Sie würden sich ein paar Stunden Zeit dafür nehmen, und ihre Laune würde sicher nicht besser werden, je länger er durchhielt. Da konnte leicht mal einer durchdrehen! Und am Ende kamen sie womöglich trotz seiner Standhaftigkeit über sein Geburtsdatum auf die Geheimzahl. Da konnte sich Ruiz die ganze Schinderei vorher doch sparen. Er wäre verdammt blöd, wenn er ihnen nicht die vier Ziffern sagte. Wegen ein paar Tausend Pesos!

»Wir sollten ihn vielleicht etwas ermuntern«, sagte die Frau. »Manche Leute brauchen das.«

»Wer nicht reden will, muß fühlen?« fragte der Mann.

Wie auf Kommando zog der Folterknecht von hinten Ruiz' linkes Ohr nach oben, das rechte nach unten. Ruiz legte den Kopf schief und stieß hervor: »Sie werden es nicht glauben, aber ich habe die Zahl tatsächlich vergessen.«

Der Vermummte stieß sich von der Wand ab, kam näher. Ruiz' Ohren glühten.

»Stimmt«, sagte die Frau. »Wir werden es nicht glauben.«

Der Vermummte tippte an die Glühbirne, die von oben herabhing. Sie schwang aus und ließ den Schatten des Mannes von links nach rechts und zurück über den Boden huschen. Es war ein Steinboden, von dem man mit Schrubber, Seife und warmem Wasser Blut ganz gut wegbekommen würde. Aus irgendwelchen Gründen fiel ihm die zerstückelte Leiche ein, die sie am Morgen im Templo Mayor aufgefunden hatten. Zwei Leichen, genauer gesagt.

»Ich glaube, die erste Ziffer war zwei, aber mehr fällt mir jetzt ehrlich nicht ein …«

»Bist du sicher, daß du dir das genau überlegt hast?« fragte die Frau. Es klang nach mütterlicher Besorgnis.

Ruiz war nicht sicher. Ganz im Gegenteil, er war ziemlich sicher, daß es eine ausgesprochen üble Idee war, die Zahl zu verschweigen. Er wußte nicht genau, warum er das verdammt noch mal tat. Er hatte nur so ein seltsames Gefühl.

Das Gefühl, daß bei dieser Entführung irgend etwas nicht stimmte. Er sagte: »Wenn Sie mir ein bißchen Zeit gäben, so daß ich in Ruhe …«

»Ich schneid dir die Ohren ab, du Arschloch!« brüllte der Vermummte auf Ruiz ein.

»Tut mir leid«, sagte Ruiz. Er hätte die Zahl doch tatsächlich vergessen haben können. Die Hände von hinten rissen seine Ohren nach oben, ließen ihn aufspringen.

»Tut dir leid?« fragte der Vermummte ungläubig und rammte seine rechte Faust in Ruiz' Magen. Die Luft pfiff aus seiner Kehle, und ein gurgelndes Stöhnen preßte sich hinterher. Ruiz versuchte, die Zähne zusammenzubeißen, aber es ging nicht, er bekam den Mund nicht zu.

Er wünschte sehnlichst, zusammenklappen zu dürfen, aber er konnte nicht, da zwei Pranken seine Ohren umkrallten, ihn dahängen ließen wie einen Osterhasen an der Wäscheleine, und Ruiz hoffte, daß sich ein wenig Luft in seinen aufgerissenen Mund verirren würde, er sah schwarze Augen wütende Funken sprühen, und genau in dem Moment, als der Gorilla hinter ihm seine Ohren endlich abgerissen oder vielleicht nur losgelassen hatte, so genau war das nicht mehr zu spüren, in dem Moment jedenfalls kam der zweite Schlag, grub sich die Faust tief in Ruiz' Eingeweide, zerfetzte sein Inneres, brachte es zum Platzen. Ruiz sackte nach unten, plumpste auf den Hocker, klappte nach vorn.

Er hatte das Gefühl, daß irgend etwas nicht stimmte. Er kotzte.

»So eine Sauerei«, sagte die Frau.

»Sechs, sieben, acht …« Ruiz japste dem Erbrochenen auf den Steinfliesen entgegen. Er bekam keine Luft. Er würde ersticken.

»Wir werden das ganz anders anpacken«, sagte die Frau. Sie stand links von Ruiz. Ihre Füße steckten in weißen Leinenschuhen. Das war das letzte, was Ruiz sehen würde, bevor er starb. Weiße Leinenschuhe.

»Das war doch 'ne Nummer«, sagte der vermummte Schläger.

»… neun, aus!« stöhnte Ruiz leise. Es war der letzte Hauch verbrauchter, zerschlagener Luft, der aus ihm verwehte. Ruiz war so gut wie tot.

»Kannst du vergessen«, sagte die Frau. Ihre Füße entfernten sich. Ruiz schnappte nach einem Happen Luft, leckte mit der Zunge nach Sauerstoff, nichts, biß blind zu, da war nichts, keine Luft, nirgends. Ruiz starb, erstickte, starb aus irgendwelchen Gründen doch nicht, und plötzlich war da ein Hauch, kam ein bißchen Luft zurück, und mit ihr kam der Schmerz. Er schwappte seine Luftröhre hinab, stocherte in dem, was von seiner Lunge übriggeblieben war, hämmerte im Magen umher. Ruiz wußte, daß er den Oberkörper aufrichten sollte, durchschnaufen müßte, aber er konnte nicht. Zusammengekrümmt lag er auf dem Hocker, die Hände hinter dem Rücken gefesselt, das Kinn auf den Knien. Er stierte auf das Erbrochene. Er würgte. Es gelang ihm, den Kopf zur Seite zu drehen.

Endlich bekam Ruiz Luft, schnaufte ein. Es schmerzte. Er drückte die Wange hart gegen das Knie, atmete ein, stöhnte aus, atmete. Er würde nicht sterben, nicht sofort. Vorerst hatte er überlebt. Er atmete tief durch. Er würde sich jetzt gern gesundschlafen, zumindest ein kleines Nickerchen machen. Was um ihn herum geschah, interessierte ihn nicht. Das Hin und Her. Irgendwer schleppte einen Tisch herein. Der Vermummte breitete ein weißes Tuch darüber. Die Frau kam zurück. Sie brachte zwei Fackeln mit, die sie an den Seiten des Tisches aufstellte. Ruiz atmete ein und aus. Er schloß die Augen und spürte den Stoff seiner Hose an seiner Wange kratzen. Langsam klang das Stechen in seinem Magen ab. Der Schmerz hatte sich wohl müde gelaufen.

Jemand packte Ruiz am Kragen und zog seinen Oberkörper hoch. Die Glühbirne war ausgeschaltet. Der Raum wurde durch zwei flackernde Fackeln erhellt, die zuckende Schatten an die Wände warfen. Die Flammen brannten hoch und sandten Rußfäden zur Decke hinauf. Auf dem Tisch zwischen den Fackeln stand eine Reihe ruhig brennender Teelichter. Sie waren in einem Halbkreis um ein Kreuz angeordnet, das verkehrt herum aufgestellt war. Der Oberkörper des kopfüber hängenden Jesus verschwand hinter einem toten Huhn, das ungerupft und mit unnatürlich langem Hals vor dem Kreuz lag. Ein gelbes Auge starrte Ruiz böse an. Auf der linken Seite des Tischs thronte eine handspannengroße Figur, deren Identität Ruiz nicht zweifelsfrei zu bestimmen vermochte. Ihre Hörner ließen an den Teufel denken, während die geometrische Ornamentik von Gesicht und Körper an die Darstellung eines aztekischen Gottes erinnerte. Rechts vom Kreuz lag, wie achtlos hingeworfen, eine Menge Kleinkram. Irgendwelche Kräuter, Knoblauchzehen, lange Kaktusdornen, verquollene Wurzeln und etwas, das nach getrockneter Heuschrecke aussah.

Aha, dachte Ruiz. Für Zauberquatsch war er wenig empfänglich. Er reckte die Schultern nach hinten, zog die Ellbogen an, streckte sie wieder aus, bewegte die Finger. Der linke Arm war eingeschlafen, aber sonst fühlte Ruiz sich ganz gut. Sein Magen schmerzte kaum noch, nicht mehr wenigstens als die Stelle des Hinterkopfs, die den Schlag abbekommen hatte.

Rechts neben dem Tisch stand die vermummte Frau. Im Schein der Fackeln schnitt sie mit einer Schere in einem Stück schwarzen Amatepapiers herum.

»Bastelstunde?« fragte Ruiz. Sein Arm begann zu kribbeln.

Die Frau murmelte Unverständliches vor sich hin. Irgendwelche Beschwörungsformeln vielleicht. Für eine Hexe sah sie mit Overall und Guerilleromaske zwar ungewöhnlich aus, aber vielleicht hatte da Ruiz nur falsche Vorstellungen. Er war immer der Meinung gewesen, daß es keine Hexen gäbe, daß schwarze Magie, Zauberei, Wunderheilungen und all das Zeug Kinderkram wären, bunte Placebos für die Leute, die sich wirkliche Problemlösungen finanziell nicht leisten konnten oder intellektuell ersparen wollten. Eigentlich war Ruiz immer noch dieser Meinung.

Der Scherenschnitt sah jetzt nach menschlicher Silhouette aus. Die Hexe stellte den Karton auf den nach oben weisenden Fußsohlen des gekreuzigten Christus ab. Ein schwarzes Papiermännchen, das lässig am Holz des Kreuzes lehnte.

Ruiz verstand zwar nicht, was vor sich ging, aber es schien ihm nun bewiesen, daß hier einiges nicht stimmte. Sein Gefühl hatte ihn nicht getäuscht. Das war keine x-beliebige Fastfood-Entführung, wie sie jeden Tag in México-Stadt vorkam. Hier waren Spinner am Werk, die vielleicht selbst nicht genau wußten, was sie eigentlich wollten. Ruiz mußte vorsichtig sein, aber es konnte auch nicht schaden, etwas mehr herauszubekommen.

Die Hexe nahm einen der Kaktusstacheln vom Tisch auf und bewegte ihn auf der flachen Hand vor dem Aztekenteufelchen hin und her. Der Stachel war fingerlang und nadelspitz. Die Figur blieb unbeeindruckt wie Buddha im Nirwana.

»Voodoo«, sagte der Vermummte und ließ die U-Laute dabei zittern.

»Ruiz, angenehm«, sagte Ruiz. Es war unklug, so zu provozieren, aber der ganze Zauber schien ihm einfach zu lächerlich. Flackernde Flammen, ein bißchen Blasphemie und ein halber Bauernhof auf dem Tisch.

»Die Geheimzahl!« sagte der Vermummte. »Ich würde sie mir an deiner Stelle schnell einfallen lassen. Voodoo ist kein Spaß, und Tania wendet eine besonders effektive Technik an. Ich würde sie nicht ausprobieren wollen, nicht am eigenen Leib.«

Tania. Es war sicher nur ein Deckname, aber Ruiz würde ihn sich merken.

Bei Voodoo ging es doch um die Übertragung von Schmerzen. Vielleicht spürte das arme Papiermännchen eine Riesenbeule am Hinterkopf und einen übel zugerichteten Magen. Umgekehrt kam nichts. Ruiz merkte nicht, daß das Papiermännchen irgend etwas fühlte. Tania schien aber noch nicht fertig zu sein. Sie singsangte Unverständliches vor sich hin. Ziemlich vokalreich. Es hörte sich nach afrikanischem Palaver an. Währenddessen rupfte sie dem toten Huhn ein paar Handvoll Federn aus und ließ sie achtlos zu Boden fallen. Auf die fast kahle Stelle am Bauch des Huhns setzte sie dann den Kaktusstachel auf und drückte ihn mit dem Daumen fast beiläufig in das Fleisch. Drückte ihn bis zum Anschlag hinein. Wie eine Krankenschwester, die zum tausendsten Mal eine Spritze setzt und dabei völlig nebensächliches Zeug auf den Patienten einplappert. Es gab bloß keinen Patienten. Es gab ein Huhn, dem der Hals umgedreht worden war und das am Fuß eines von Fackeln erleuchteten, umgedrehten Kreuzes lag. Das Huhn konnte noch nicht lange tot sein, denn der Stachel war voll von rotem, flüssigem Blut, als ihn Tania wieder herauszog.

Ruiz schluckte. Er konnte durchaus Blut sehen, wenn es sein mußte, aber er war nicht wild darauf. Und das hier mußte nun wahrlich nicht sein.

Der Vermummte begann, in die Hände zu klatschen. Er schlug einen langsamen Rhythmus an, in den sich Tanias Singsang einfügte. Es klang dumpf in dem fensterlosen Loch mit seinen Ziegelwänden, an denen zuckende Schatten spielten, als ob sie sich nach dem untergegangenen Tenochtitlán sehnten. Nach der steil aufragenden Pyramide des Templo Mayor, auf der früher den Gefangenen die Herzen herausgeschnitten und heutzutage Jugendliche zerstückelt wurden, mit Macheten, Steinmessern, mit Obsidianklingen, mit irgendwelchem spitzen Zeug, ähnlich der Kaktusnadel, mit der Tania auf Ruiz zukam, auf sein Gesicht, auf seine Augen.

Ruiz drehte den Kopf zur Seite, doch schon legten sich die Pranken des Gorillas hinter ihm an seine Wangen, packten zu und zwangen seinen Kopf zurück. Tania hielt den Stachel zwischen Daumen und Zeigefinger und zeichnete mit ihm eine liegende Acht durch die Luft. Das Hühnerblut troff träge auf ihre Fingerspitzen herab. Anscheinend würden Ruiz die Augen gar nicht ausgestochen werden. Er sollte den Stachel nur genau sehen, bevor Tania ihn in die Papierfigur bohrte. In Ruiz' Abbild. Vielleicht diente das zur Übertragung seiner Identität auf das Papier. Oder Tania wollte ihm einfach nur zeigen, womit sie ihn symbolisch verwundete, lähmte, ihm stechenden Schmerz in verschiedene Körperteile zu senden versuchte. Voodoozauber. Ruiz glaubte nicht, daß dafür ein bißchen Hühnerblut und eine vermummte Teufelspriesterin im grauen Overall ausreichten.

Unvermittelt unterbrach Tania ihren Gesang. Sie ging neben Ruiz auf die Knie und flüsterte ihm ins Ohr, als ob sie ihm damit einen guten Rat gäbe: »Die Augen immer auf die Papierfigur richten! Nur dorthin schauen!«

Sein Gesicht wurde von den Händen auf seinen Wangen in die verlangte Position ausgerichtet. Ruiz betrachtete den Scherenschnitt. Schwarzes Papier. Es war kein Kunstwerk, eine eher unbeholfen umrissene Silhouette, die mit ihm genausowenig Ähnlichkeit hatte wie mit sonst einem Individuum. Man konnte gerade eben erkennen, daß ein Wesen der Gattung Mensch gemeint sein mußte.

Ruiz' Hemd wurde aus seinem Hosenbund gezogen und von einer warmen Hand über den Bauch nach oben geschoben. Es mußte Tanias Hand sein. Ruiz schlug die Augen nieder, hob sie jedoch sofort wieder an, als der Druck der Hände von hinten sich verstärkte.

Die Papierfigur war nachtschwarz und stützte sich auf den gestürzten Jesus. Ruiz spürte Tanias Hand auf seine Haut drücken, als ob sie eine Geschwulst erspüren, Metastasen lokalisieren wollte, um das Messer an der richtigen Stelle ansetzen zu können. Mit professionellem Chirurgentasten glitt Tanias Hand quer über Ruiz' Körper, strich zurück, kitzelte über den Nabel, hielt kurz inne, spürte den Druckpunkten um den Nabel in einer Viertelkreisbewegung der Hand nach und spannte die Oberfläche der Haut mit gespreizten Fingern nach außen, als ob dort der erste Operationsschnitt …

Nein, dachte Ruiz, nicht mit dem Dorn! Nicht in meinen Bauch! Das ist doch kein Voodoo! Bei Voodoo wird die Puppe durchstochen, nicht der Körper einer Person. Das ist doch das Wesentliche dabei!

»Nein!« schrie Ruiz auf. Nicht mit einem Dorn, der in Hühnerblut getunkt war! Und nicht in den Nabel! Das tat man nicht. Das war obszön. Der Nabel war der Ort, an dem alles begonnen hatte. Ruiz' eigenes, unabhängiges Leben. Er war Ruiz. Er war kein Anhängsel von irgend etwas. Keine primitive Papierfigur.

»Nicht in den Nabel!« schrie Ruiz. Er spannte die Armmuskeln, versuchte mit aller Kraft, die Fesseln um seine Handgelenke zu sprengen. Er hielt die Luft an, als ob das etwas helfen könnte. Er starrte auf den Scherenschnitt, der im Fackellicht schwarz flackerte, und das rhythmische Klatschen hallte dumpf wider, wie aus ferner Vergangenheit, als die aztekischen Krieger ihre blutgierigen Götter in Tenochtitlán anriefen, dem Nabel der Welt. Um Kriegsglück flehten sie, um viele Gefangene, die sie ihm zu Ehren schlachten würden, und als Vorgeschmack darauf ließen sie den Gott von ihrem eigenen Blut lecken. Kaktusstacheln legten sie ihm auf den Altar, Magueynadeln, mit denen sie sich rituell verwundet hatten. Von denen das Blut noch tropfte. Blut, Blut, Blut. Die Amatefigur lachte im Fackelschein.

»Nicht mit dem Hühnerblut!« flüsterte Ruiz, und schon spürte er den Kaktusstachel an seinem Nabel ansetzen. Trotz der Wärme von Tanias Fingern fröstelte Ruiz, die Nadelspitze piekte, und gleich würde Tania mit einem kleinen, ruhigen, routinierten Daumendruck …

»Auf die Papierfigur schauen!« befahl eine rauhe Männerstimme von hinten.

Ruiz starrte auf die Figur. Er starrte dorthin, wo der Nabel hätte sein müssen, aber da war kein Nabel, nur schwarzes Papier, und plötzlich wurde Ruiz von einem elektrischen Schlag getroffen. 25 000 Volt, die durch den Nabel in seinen Körper zuckten. Ein Blitz schlug ein, und Ruiz schrie, schrie los, schrie gegen 25 000 Volt an, gegen die eisern klammernden Hände bäumte er sich auf, als sitze er auf dem elektrischen Stuhl, und die Starkstromnadel bohrte sich immer tiefer in ihn hinein, pritzelte, sengte sich bis zum Anschlag durch.

Es stank nach verbranntem Hühnerblut. Ruiz spürte das Feuer, das der Blitz entzündet hatte, in sich auflodern und wußte, daß das wieder der Schmerz war. Er fragte sich, wieso in Dreiteufelsnamen der Schmerz sich so unterschiedlich anfühlen konnte, und zwei Meter vor Ruiz lehnte auf einem Kreuz eine Papierfigur, in deren glattem Schwarz plötzlich ein Lichtpunkt aufglimmte. Als ob ein Streichholzkopf entflammte, der auf Höhe des Nabels in das Papiermännchen eingelassen worden war. Es hatte Feuer gefangen, eine Flamme leckte von der Mitte nach oben. Vielleicht war ein Funken von einer der Fackeln übergesprungen, ein Stück glimmenden Wergs, erhitzten Phosphors, glühenden Wachses. Vielleicht war eines der Teelichter explodiert. Oder ein Blitz hatte in den Nabel des Papiermännchens eingeschlagen. Ruiz wußte es nicht. Er hatte nichts von alldem bemerkt. Es hatte nach Selbstentzündung ausgesehen.

Ruiz stierte auf die Papierfigur, auf die rot flackernde Flamme. Er spürte, wie sich Glühendes durch seinen Körper wälzte, wie gewaltige Brände seine Gedärme abfackelten, Feuerstürme seine Adern entlangzischten. Der Schmerz brannte Ruiz innerlich aus, würde nichts zurücklassen als verkohlte Asche, und die Papierfigur wellte sich, wand sich unter der züngelnden Flamme, die ihr nun bis zur Brust hochschlug, an die Stelle, an der sein Herz gerade zu einem rauchenden Klumpen verschmorte, leckte gierig zum Hals hoch, und Ruiz schluckte, spürte glühende Lava seine Kehle heraufsteigen. Schon fühlte er die Hitze nach seinem Kinn greifen. Er würde sich den Mund ein für allemal verbrennen, und weil ihm nicht mehr viel Zeit blieb, schrie er gleich die Worte heraus, die hoffentlich diesen Alptraum beenden würden. Die Zauberworte. Den Feuerwehrnotruf. Die Löschwasserkennzahlen.

»Vier, sechs, fünf, sechs!« schrie Ruiz.

Hitze war innen wie außen. Schweißperlen liefen ihm in die Augen, aber sie würden nicht reichen, um das Feuer zu ersticken. Der linke Arm der Papierfigur krümmte sich den Flammen zu. Unwillkürlich drehte Ruiz seinen Oberkörper in einer Gegenbewegung nach rechts. Er brüllte:

»Vier, sechs, fünf, sechs – das ist die verdammte Geheimzahl!«

Ruiz brannte aus. Er stöhnte. Er warf den Oberkörper nach oben, hinten, fachte das Flammenmeer nur noch weiter an. Er schrie: »Löscht um Gottes willen die verdammte Figur!«

»Wen?« fragte die Hexe aus tiefsten Höllenfeuern.

»Mich!« schrie Ruiz. »Mich, mich, mich!«

Lopez García war pleite, doch das konnte kein Grund sein, seinem Sohn Abel bloß einen warmen Händedruck zum Geburtstag zu schenken. Das Gehalt war erst seit drei Tagen überfällig, würde also sicher nicht mehr in dieser Woche ausgezahlt werden. Von den Kollegen, die er angepumpt hatte, war ihm von mitleidigem Schulterklopfen bis zu offenem Hohn alles entgegengebracht worden, nur kein müder Peso. Wenn Lopez García nicht seine Dienstpistole versetzen wollte, blieb nur der Griff zum kleinen schwarzen Büchlein.

De Soto blätterte.

»Luna«, sagte er. »Der wäre nächste Woche sowieso an der Reihe.«

»Er wird jammern«, sagte Lopez García.

»Jammern gehört zum Handwerk«, sagte De Soto. Das war richtig. Die Welt war nun mal so. Lopez García hatte sie nicht gemacht, aber er mußte in ihr zurechtkommen. Und sich um seinen Sohn kümmern. Das würde die Muttergottes auf jeden Fall verstehen. Vom Geld, das übrigblieb, würde er ihr auch eine Kerze stiften.

Lunas Geschäft lag an der Ecke Allende - República de Ecuador. Es war eine finstere Höhle, die mit Ölbildern, alten Drucken, Postkarten, Münzen und antiquarischen Büchern vollgestopft war. Ein Pappschild neben der Eingangstür verkündete, daß Luna auch ganze Nachlässe kaufe. Das tat er auch. Bloß fragte er nicht nach, ob der vormalige Eigentümer eines Bildes oder einer wertvollen Münzsammlung schon gestorben war. Und er erkundigte sich schon gleich gar nicht, ob es sich beim Verkäufer des Nachlasses um den rechtmäßigen Erben handelte.

Böse Zungen hätten Luna als Hehler bezeichnet, doch Lopez García nahm solch ein häßliches Worte ungern in den Mund, und deshalb war es ziemlich verwunderlich, daß Luna sich nicht zu freuen schien, als er sich endlich aus einem Haufen Altpapier herausgewühlt hatte und die Polizisten erkannte.

»Tag, Luna«, sagte Lopez García. Er lächelte. Die Polizei sollte in der Öffentlichkeit schließlich ein freundliches Bild abgeben.

Luna fuhr sich theatralisch durchs weiße Haar und jammerte los: »Nein, nein, nein, die Geschäfte gehen schlecht. Was heißt ›schlecht‹? ›Schlecht‹ ist gar kein Ausdruck. Sie gehen ausgesprochen mies, sie gehen überhaupt nicht. Kein Mensch kauft irgend etwas. Es muß an der Rezession liegen, am ...«

»... am fallenden Rohölpreis«, ergänzte Lopez García.

Luna nickte, schlurfte durch einen mühsam freigehaltenen Gang in die rückwärtige Düsternis. Die Polizisten folgten ihm.

»Du bist dran, De Soto!« sagte Lopez García. Schließlich war er der Seniorpartner von ihnen beiden. Er hatte sich bis zum Kommissar hochgesessen, während der Jungspund De Soto es erst zum Oberinspektor gebracht hatte. Da konnte Lopez García wohl die Drecksarbeit delegieren. Ruiz machte es mit ihm ja genauso.

De Soto hatte noch ein paar Vorschläge für Luna auf Lager: »Oder am Freihandelsabkommen mit den Gringos, das unsere zarte Wirtschaft kaputtmacht?«

Luna brummte irgend etwas.

»Vielleicht am Konflikt in Chiapas, der die ausländischen Investoren fernhält?« fragte De Soto fröhlich.

»Ehrlich!« sagte Luna.

»Ehrlich währt am längsten!« sagte De Soto im Brustton der Überzeugung. Er klappte eine Mappe auf, die links auf hohen Bücherstapeln lag. In ihr befanden sich sepiakolorierte Stadtansichten, wahrscheinlich aus dem letzten Jahrhundert. De Soto tippte auf eine Ansicht der Alameda. Er sagte: »Du hast dafür sicher einen Herkunftsnachweis, oder? Und für all den anderen Krempel hoffentlich auch!«

Luna biß auf seiner Unterlippe herum.

»Ehrlich gesagt, ist es im Knast nicht so angenehm«, meinte De Soto. »Allein die Ratten! Und überhaupt die hygienischen Verhältnisse, wenn zwanzig Mann in einer Zelle sitzen. Gewaltverbrecher, Mörder, Vergewaltiger. Dazu sadistische Wächter und ...«

»Fünfhundert«, sagte Luna, »mehr geht nicht. Fünfhundert sind eigentlich schon unmöglich. Dafür muß ich Schulden machen. Ich werde hungern müssen.«

De Soto lachte. »Fünfhundert?«

Er stupste Luna freundschaftlich gegen die Brust. Lopez García schüttelte den Kopf. Ob Luna glaubte, daß ihnen das alles Spaß machte? Ob der Kerl überhaupt eine Vorstellung hatte, mit welchem Hungerlohn ein Kriminalpolizist monatlich abgespeist wurde? Daß es sich dabei um einen Betrag handelte, für den sich einer wie Luna auf der Straße nicht einmal bücken würde?

»Weißt du, was mir an dir so gefällt, Luna?« fragte De Soto.

Luna schüttelte treuherzig den Kopf.

»Dein Humor! Wirklich umwerfend!«

Er bückte sich und zog das unterste Buch aus einem Turm ledergebundener Schwarten hervor. Der Stapel polterte in sich zusammen. Staub wirbelte auf.

»Fünfhundert!« De Soto lachte, reckte sich und legte den Arm um Lunas Schulter. »Ein klasse Witz, und das von einem Mann, der mit einem Fuß im Gefängnis steht.«

»Mehr geht beim besten Willen nicht«, sagte Luna. Er zuckte resignierend mit den Achseln. Vielleicht wollte er auch nur De Sotos Hand abschütteln. De Soto griff fester um den Oberarm und zog Luna an sich heran.

»Hör zu, Luna«, sagte er, »ich erkläre es dir noch einmal. Wir reden nicht von einer Spende für einen guten Zweck, für Hurrikangeschädigte, für Niños della calle, von einer Spende also, die du geben kannst oder auch nicht, wie es dir gerade gefällt. Unsere zweitausend Pesos mußt du in deine Finanzplanung fest einkalkulieren. Auf der Ausgabenseite. Das sind Fixkosten, die jeden Monatsersten anfallen, wie die Miete zum Beispiel …«

»Ich zahle keine Miete, der Laden gehört mir selbst«, sagte Luna störrisch.

De Soto stieß wie unabsichtlich an einen zweiten Bücherstapel, der sich lustig purzelnd in Bewegung setzte.

»… wie Strom, Wasser, Telefon. Es fallen nun mal monatliche Gebühren für bestimmte Versorgungsleistungen an, die man braucht, um erfolgreich ein Geschäft betreiben oder auch nur dezent wohnen zu können.«

Und ein bis zwei Familien unterhalten zu können. Lopez García zum Beispiel war ja keiner, der sein Geld verspielte oder versoff. Nein, er war grundsolide, ein reiner Familienmensch. Ein treusorgender Vater, der hart arbeitete, damit seine Lieben etwas auf die Teller bekamen, damit sich die Kinder ordentlich kleiden konnten, damit sie auf die Schule gehen und etwas aus ihrem Leben machen konnten. Und damit man ab und zu mal ein Geburtstagsgeschenk kaufen konnte. All das verschlang Tausende von Pesos! Die mußten erst einmal verdient sein. Die mußten ja irgendwoher kommen. Sollte Lopez García vielleicht seine Familie im Elend verrecken lassen, nur weil die Kriminalpolizei absolut unterbezahlt war? Nur weil ein Gauner wie Luna meinte, mit seinen krummen Geschäften allein reich werden zu müssen?

Dabei mußten verhältnißmäßig kleine Fische wie Lopez García sowieso den größten Teil der Nebeneinnahmen nach oben abführen. An die Vorgesetzten, deren Gunst man sich besser erhielt, um nicht nur – die Virgen verhüte es! – Selbstmordkommandos übertragen zu bekommen. Die paar Kriminaler, die partout Saubermänner spielen wollten, waren deswegen immer schnell weg vom Fenster. Natürliche Auslese.

De Soto patschte seine Finger auf Lunas Oberarm. Er schüttelte den Kopf und sagte: »Nein, Muchacho! Dienstleistungen kosten eben, die gibt es nicht umsonst. Unsere Dienstleistung besteht darin, dich nicht hopszunehmen, und das macht zweitausend im Monat.«

»Mehr als fünfhundert ...«, sagte Luna.

»Bis jetzt. Noch macht es zweitausend. Wenn die Eintreiberei aber immer mehr Mühe bereitet, kann der Preis ganz fix steigen.«

»Aber ...«, sagte Luna.

»Zweitausendeinhundert«, sagte De Soto.

»Ich habe doch ...«

»Zwei zwei«, sagte De Soto.

Luna wand sich aus seinem Arm. Er schob die Bücher am Boden zur Seite, räumte den Trampelpfad nach hinten wieder frei. Er wirkte noch weniger erfreut als zu Beginn ihrer Unterhaltung, aber er stapfte die Hintertreppe zu seinem Büro hinauf. Dort, das wußte Lopez García von einer Hausdurchsuchung am Beginn der Geschäftsbeziehung zu Luna, befand sich der Wandtresor hinter einem Ölgemälde, das den rauchenden Popocatépetl über einem luftigen, ländlichen Valle de México zeigte. Und im Tresor stapelten sich die Peso-Scheinchen, von denen Lopez García und De Soto einen bescheidenen Teil abhaben wollten. Das machte Luna nicht arm, brachte ihn schon gar nicht an die Schwelle des Ruins, wie er Monat für Monat bei stetig dicker werdender Wampe behauptete.

Luna polterte die Treppe herab. Er hielt vier Fünfhunderter in der Hand.

»Den Quittungsblock haben wir leider vergessen«, sagte De Soto. Dafür verzichteten sie auf die zwei Hunderter Aufschlag. Sie waren ja keine Unmenschen.

Luna grummelte Unverständliches. Er bückte sich schwer und begann, die am Boden verstreuten Bücher aufzustapeln.

»Die Firma dankt«, sagte De Soto.

Draußen trennten sie sich. De Soto sollte den Wagen abliefern, und Lopez García würde gleich das Geschenk kaufen. Solange er noch Geld in der Tasche hatte. Es war schon dunkel. Die Gegend um La Lagunilla war nicht gerade dafür bekannt, nächtliche Spaziergänge zu erlauben. Außer jemand riß sich darum, überfallen zu werden. Lopez García sollte doch ab und zu eine Pistole einstecken. Er hastete die República de Chile Richtung Süden. Alles ging glatt, und als Lopez García in die Gegend kam, in der sich ein Brautkleidergeschäft an das nächste reihte, fühlte er sich sicherer. Seltsam. Als ob die Spitzen und Rüschen und Schleppen und Schleier, die weiß aus den Schaufenstern strahlten, die schlimmsten Ganoven besser abschreckten, als es ein bis auf die Zähne bewaffnetes Infanterieregiment könnte. Vielleicht lag es auch nur daran, daß die Straßen sich belebten.

Der Calle Tacuba folgte Lopez García nach rechts. Er drängte sich durch die Menge und bog erst kurz vor Bellas

Artes zur Casa de los Azulejos ab. Die Spielwarenabteilung war im Erdgeschoß. Lopez Garcías Sohn Abel wurde am Donnerstag acht Jahre alt. Er war nett, intelligent und ein bißchen zu weich für die Welt, aber das würde hoffentlich noch werden. Er mußte erst lernen, daß man im Leben die Ellbogen ausfahren und sich durchsetzen mußte. Im Grunde war er ein prächtiger Bursche, der nur darunter litt, daß er seinen Vater so selten sah. Abel wünschte sich eines dieser japanischen Computerviecher, die eigentlich schon längst wieder out waren. Na gut, er wünschte sich so ein Ding, und er würde es bekommen.

»Ein Tamagotchi?« fragte die Verkäuferin.

»Mein Sohn hat Geburtstag«, erklärte Lopez García.

Die Verkäuferin legte ihm drei verschiedene Modelle vor.

»Er muß sich darum kümmern«, sagte sie. »Regelmäßig. Aber dafür reagiert das Tamagotchi mit echten Gefühlen.«

Lopez García nickte. Er hatte nichts gegen echte Gefühle, aber vielleicht wäre ein Spielzeugpolizeiauto mit echter Sirene doch geeigneter.

»Den Hund hier muß man füttern, trainieren, spazierenführen, baden. Und mit ihm spielen«, sagte die Verkäuferin. Sie tippte auf verschiedene Knöpfe. Ihre Fingernägel waren blutrot lackiert.

»Geben Sie mir das da!« Lopez García wies mit dem Zeigefinger auf das Tamagotchi ganz links, das wie eine gequetschte Minihandgranate in Pink aussah. »Und packen Sie es bitte als Geschenk ein!«

Professionell huschten die Finger der Verkäuferin über das Packpapier, zauberten Schleifchen und Bändchen und Rüschchen darüber. Eine Barbiepuppe hätte man nicht niedlicher verpacken können.

»So«, sagte die Verkäuferin und strahlte Lopez García an. Er zog seine Brieftasche hervor. Das Tama-Dings war teurer als erwartet. Nun gut. Wichtig war, daß Abel sich freute, wo doch sein Vater sonst nicht viel Zeit für ihn hatte.

Es roch nach Hühnerbrühe, als Lopez García nach Hause kam. Seine Familie war um den Eßtisch versammelt. Am

Kopfende thronte Maria, und links saßen die beiden Großen, Lilia und Karyme. Die Zwillinge rechts ließen wie auf Kommando ihre Löffel in die Suppe fallen und stürzten Lopez García entgegen, sobald sie ihn an der Tür sahen.

»Hallo, Paps!« krähte Vicky. Sie hängte sich an Lopez Garcías linken Arm und machte sich schwer.

»Iiiih«, kreischte Paty, während sie die Kommode erkletterte, um ihn von oben anspringen zu können.

»Paps, was ist Griechisch-Römisch?« fragte Vicky. Paty war oben. Sie krallte die Arme um Lopez Garcías Hals und warf ihren Körper gegen seinen Rücken. Sie hing an ihm wie eine Kreuzung aus Klette und Kohlensack.

»Und was ist Freistil?« flüsterte sie in sein Ohr.

Gegen den hartnäckigen Widerstand von Vicky, die sich nun auch in seinen Beinen verhakte, schleppte Lopez García sich und zwei wildgewordene Kinder zum Sofa hinüber. Er beugte den Oberkörper tief nach unten, so daß Paty über seinen Kopf abrutschte und kreischend auf dem Polster landete.

»Bei Griechisch-Römisch sind nur Griffe über der Gürtellinie erlaubt«, sagte Lopez García. Er faßte Vicky um die Hüfte, hob sie hoch und packte sie der Länge nach auf ihre Zwillingsschwester. Vickys Kopf zu Patys Füßen. Und umgekehrt.

»Bei Freistil ist alles erlaubt«, sagte Lopez García. Er setzte sich sacht auf das Gewusel von Händen, Beinen und anderen Körperteilen. Das Bündel unter ihm johlte zweistimmig.

»So etwas Kindisches«, sagte Karyme vom Eßtisch her. Sie war schon neun.

»Ist auch Kratzen, Beißen und Spucken erlaubt?« fragte eine der Kleinen. Die Stimme klang ein wenig gepreßt. Lopez García hob seinen Hintern etwas an. Er sollte ein paar Kilo abnehmen. So etwa zehn bis fünfzehn.

»Nein«, sagte er. »Kratzen, Beißen und Spucken nicht.«

»Ich bin trotzdem für Freistil«, sagte Patys Stimme dumpf.

Vicky schlängelte sich irgendwie zur Lehne hin heraus. Sie holte tief Atem und verkündete: »Wir wollen nämlich Ringerinnen werden, wenn wir groß sind.«

»Gute Idee«, sagte Lopez García. Er stand auf, um Maria einen Begrüßungskuß zu geben.

»Hast du uns etwas mitgebracht?« fragte Karyme.

Lilia rührte lustlos in ihrer Suppe herum. Ihre Fingernägel waren blau lackiert.

»Ich will das nicht«, sagte Lopez García. Er deutete auf Lilias Hand.

»Was, die Suppe?« fragte Lilia.

»Du weißt genau, wovon ich rede.«

»Hör mal, Paps, die Tarahumara-Mädchen heiraten in meinem Alter.«

»Du bist aber verdammt noch mal kein Tarahumara-Mädchen«, brüllte Lopez García. Er schlug auf den Tisch. Lilia legte den Löffel neben den Teller.

»Fluch nicht!« sagte Maria.

»Du bist zwölf, du bist verdammt noch mal ein Kind, und du lebst in einer Stadt, in der es selbst dem Teufel zu heiß werden könnte. Ich weiß, was da draußen los ist. Nicht einmal die verdammten Kinder sind ihres Lebens sicher!«

»Ich bin fast dreizehn«, sagte Lilia.

»Ihres Lebens nicht, und von all dem andern ganz zu schweigen!«

»Für wen ist das Geschenk, das du mitgebracht hast?« fragte Karyme. Sie deutete auf das hellblau verpackte Tamagotchi, das Lopez García auf der Kommode abgelegt hatte. Die Zwillinge rauften am Boden. Ihre Begabung lag eindeutig bei Freistil.

»Wenn der Lack morgen nicht ab ist ...!« drohte Lopez García. Er setzte sich vor den leeren Teller an der schmalen Seite des Tischs. Karyme sah Lopez García aufmerksam an.

»Das Geschenk ist für jemand anderen«, sagte er.

»Aha«, sagte Karyme.

Maria stand auf und schöpfte ein paar Löffel Suppe in Lopez Garcías Teller. Es war Caldo Tlalpeño, eine chilischarfe

Brühe, in der ausgelöstes Hühnerfleisch, Reis, Kichererbsen, Karotten und Avocadoschnitze schwammen.

»Mahlzeit!« sagte Lilia so spitz, daß es für das Nagelbett eines Fakirs gereicht hätte.

»Für WEN anderen?« fragte Karyme.

»Paty beißt!« brüllte Vicky unter dem Sofa hervor.

»Abel hat am Donnerstag Geburtstag«, sagte Lopez García.

»Am Donnerstag?« fragte Maria. Sie setzte sich. »Freitag ist sein Tag. Du weißt genau, daß ich mich am Donnerstag mit meinen Freundinnen treffe. Also bleibst du hier und kümmerst dich um die Kinder!«

Als ob Abel nicht auch sein Kind wäre! Lopez García hatte einen harten Tag hinter sich, er hatte sich darauf gefreut, nach Hause zu kommen, zu essen, mit den Kindern zu spielen und nicht mehr an zerstückelte Leichen, Elend und Tod denken zu müssen. Er wollte sich nicht ärgern. Er nahm einen Löffel Suppe. Sie war lauwarm.

»Er hat Geburtstag, Maria«, sagte er ganz ruhig. Er blieb völlig gelassen. Überhaupt kein Problem!

»Und am Freitag ist schon die Wallfahrt«, sagte er.

»Sie hat Anrecht auf einen Tag. Auf Freitag. Wenn du statt am Freitag an einem anderen Tag hingehen willst, von mir aus. Aber nicht am Donnerstag. Und zweimal kommt sowieso nicht in Frage.«

»Es geht nicht um sie«, sagte Lopez García. Er war die Ausgeglichenheit selbst. »Es geht um Abel. ER hat Geburtstag, und IHM will ich eine Freude machen, klar?«

»Gut, wenn es sein muß, laß ihn herkommen«, sagte Maria. Es lag daran, daß er den einzigen Sohn von der anderen hatte. Aber dafür konnte Lopez García doch nichts!

»Du mit deiner ewigen Eifersucht«, sagte er.

»Krankhaft, oder?« Maria flüchtete ins Wohnzimmer. Dabei war alles bestens geregelt. Maria war die ihm angetraute Frau, das hier war sein Zuhause, seine Familie, und seine Töchter waren so legitim, wie Töchter nur sein konnten.

»Ab jetzt gilt auch Kratzen und Spucken«, zischte Vicky von irgendwoher.

Lopez García löffelte lauwarme Suppe. Er dachte daran, daß zerstückelte Leichen zumindest den Vorteil hatten, sich mit niemandem mehr streiten zu können.

Die Zwillinge hatten sich in einen keuchenden, japsenden Knoten verwandelt. Vielleicht würden sie mal als Catcherinnen Karriere machen. Paty Panzerfaust und Vicky, das Vieh. Lilia flüsterte Karyme etwas zu. Karyme kicherte.

»Was ist?« fragte Lopez García.

»Nichts«, sagte Lilia. Sie strich sich mit dem kleinen Finger über die Unterlippe. Spielte Vamp. Mit zwölf Jahren. Der blaue Nagellack sah abscheulich aus. Ausgesprochen ekelhaft.

»Was hast du gesagt?« fragte Lopez García.

Die Zwillinge erwürgten sich gerade gegenseitig. So wenigstens hörte es sich an. Lopez García erwog ihre Berufsaussichten in der Profikillerlaufbahn. Eignung schien vorhanden, Bedarf sowieso.

Karyme sagte: »Lilia fragt sich bloß, ob du …«

»Halt dein blödes Maul, du Petze!« zischte Lilia.

Ein ordinärer Kindervamp, eine geschenkegeile Denunziantin und zwei potentielle Gewaltverbrecherinnen, das waren Lopez Garcías Töchterlein. Und alle waren vollkommen legitim.

Lopez García flüchtete zu seiner Frau, die vor dem Fernseher schmollte. Auf Kanal 11 schlichen irgendwelche wilden Tiere durch irgendwelche Urwälder. Lopez García legte den Arm um Maria und zog sie an sich. Sie war weich und warm und kicherte leise, als er sie sanft in den Hals biß.

Dann schlief Lopez García ein. Er träumte von zwei riesigen Amazonen, die durch den Urwald stampften und abgeschlagene Hände mit blaulackierten Fingernägeln an einen kleinen Hund verfütterten. Der Hund knackte die Knochen und fragte: »Deine Tochter?« Dann verwandelte er sich in den Vengador. Der war weich und warm. Mit flinken Fingern packte er eine Machete in blaßblaues Geschenkpapier ein.

4

Informieren Sie alle Mitglieder Ihrer Familie in adäquater Weise über die Verhaltensweisen, die sie im Fall einer Entführung zu beachten haben!

JOSÉ LUIS TRUEBA BUENFIL U.A.,
EVITE SER VICTIMA DE UN SECUESTRO!

Die Zelle war vier Meter zehn lang und zwei Meter achtzig breit. Sie war gemauert und fensterlos. Eine Glühbirne hing von der Decke, aber der Schalter dazu befand sich außerhalb der Stahltür. Jetzt brannte das Licht, da die vermummte Frau es angeschaltet hatte, bevor sie hereingekommen war und Ruiz das Handy in die Hand gedrückt hatte. Licht oder Dunkel, ihm konnte es egal sein. Er hatte jeden Quadratzentimeter des Raums schon abgetastet. So groß war seine Zelle ja nicht. Vier zehn auf zwei achtzig, per Handspanne gemessen.

Ruiz wählte seine eigene Telefonnummer.

Die Zelle, in die ihn seine Entführer gesteckt hatten, lag irgendwo in der Nähe des Tren Ligero, der von Taxqueña nach Xochimilco führte. Ruiz hatte im Geist den Stadtplan gewälzt, hatte frühere Fahrten rekonstruiert, sich Kreuzungen vorgestellt, die Logik des Einbahnstraßensystems zu simulieren versucht.

Er war kläglich gescheitert. Weder war er sich der Abfolge von Links- und Rechtsabzweigungen sicher, der Fahrstrecke, die seine Entführer eingeschlagen hatten, noch hatte er die leiseste Idee, wo diese Fahrt geendet hatte. In welcher Straße, in welchem Haus er sich befand. Außer daß es ein Haus war, das nicht allzuweit entfernt vom Tren Ligero lag.

Es tutete zum zweiten Mal.

»Bueno?« meldete sich Teresa.

»Teresa?« fragte Ruiz. Er saß auf der Matratze in seiner Zelle und sprach in ein Handy. Die vermummte Wächterin, die von ihren Komplizen Tania genannt worden war, lehnte an der Wand und spielte mit einem Kaktusdorn. Ruiz hatte sowieso verstanden: Es war das einzige Telefongespräch, das er führen konnte, es durfte nicht länger als zwei Minuten dauern, er sollte bloß keine Tricks versuchen, und wenn er sich nicht so verständlich machen konnte, wie er es besser sollte, hätte er die Konsequenzen selbst zu tragen. Trotzdem hätte Ruiz gern ein paar Tricks versucht. Bloß welche?

»Ich weiß nicht, ob du dich erinnern kannst«, sagte Teresa, »aber du hast versprochen, heute früher zu Hause zu sein. Wollten wir nicht …«

»Es ist etwas vorgefallen, Teresa. Ein Unglück. Hör zu …!«

»Wenn du dich schon nicht um mich kümmerst, dann solltest du mich wenigstens soweit achten, daß du mir Bescheid gibst«, sagte Teresa in einem affektiert beleidigten Ton, den sie ruckzuck und bruchlos in telenovelataugliches Schluchzen zu verwandeln vermochte: »Bin ich dir nicht einmal einen Anruf wert? Ein kurzes Telefongespräch? Mag unsere Liebe auch verschüttet sein, doch …«

Verdammte Kitschserien! Ruiz brüllte: »Ich bin entführt worden!«

»Von einer deiner kleinen Verehrerinnen, die dich jetzt nicht mehr loslassen will?« höhnte Teresa.

Sicher hatte Ruiz seine Frau gerade vom Fernseher weggerissen. »Zuviel Gefühl« oder »Die Liebe meines Lebens«, eins von beiden mußte es gewesen sein.

»Die bringen mich um!« flüsterte Ruiz und hoffte, daß er die dramatische Intensität des männlichen Protagonisten von »Ein Licht in der Dunkelheit« annähernd erreichte.

»Mit mir hast du lange genug deine Scherze getrieben«, sagte Teresa zögernd. Es hörte sich nach zwanzig Folgen Schrecken und Erniedrigung an, aber mit einer Prise Erinnerung an die schönen Zeiten, die sie zusammen erlebt hatten. Immerhin schien sie etwas daran zu zweifeln, ob ihre Vorwürfe wirklich berechtigt waren. Sie klang, als ob sie sich noch einmal von ihm herumkriegen lassen wollte. Seine letzte und einzige Chance. Er würde sich Mühe geben.

»Das ist kein Spaß«, sagte Ruiz beschwörend.

»Nein«, sagte Teresa mit dem bitteren Unterton der im Serienleben beharrlich zu kurz gekommenen, nicht mehr ganz jungen, aber immer noch zumindest auf ein kleines Glück wartenden eleganten Mittelschichtsdame. Wenn sie jetzt endlich kapierte, welcher Film in der Realität ablief, würde Ruiz ihr sofort den Oscar für die beste weibliche Nebenrolle verleihen.

»Ich habe zwei Minuten, nein, noch eineinhalb, und wenn du nicht …«

»Du bist entführt worden?« fragte Teresa. Na, Gott sei Dank!

»Du besorgst so schnell wie möglich hundertfünfzigtausend Pesos, gehst zur Bank und zahlst den ganzen Betrag auf unser Girokonto ein.«

Ruiz sah zu seiner vermummten Wächterin auf. Sie schien kaum zuzuhören und piekste mit dem Dorn in ihrem Uhrenarmband herum.

»Das Konto darf unter keinen Umständen gesperrt, die Geheimnummer nicht geändert, meine Karte nicht für ungültig erklärt werden. Sonst bringen sie mich um. Am besten, du zahlst bloß das Geld ein und sagst der Bank überhaupt nichts.«

Es war eine absolut ungewöhnliche und umständliche Methode, Lösegeld zu kassieren, aber ihre Vorteile für die Entführer lagen auf der Hand: Man mußte sich nicht mit ein paar Tausend Pesos wie bei den üblichen Fastfood-Aktionen zufriedengeben und konnte andererseits die gefährlichste Phase des klassischen Entführungsszenarios, nämlich die Geldübergabe, in kleine, alltägliche, praktisch risikolose Kontobewegungen aufsplitten. Irgendein dazu Berechtigter zahlte die Erpressungssumme in der Bank ein und ermöglichte damit Abhebungen in Höhe von jeweils 3 000 Pesos, die Tag und Nacht an Abertausenden Geldautomaten von Bancomer oder einer mit ihr kooperierenden Bank getätigt werden konnten. In México-Stadt, in León, Puebla, in jedem mittelgroßen Kaff der Republik México, an unzähligen Geldautomaten, die unmöglich alle überwacht werden konnten. Und selbst wenn man sie überwachen könnte, würde jemand, der mit einer SB-Karte ankam, die dazugehörige

Nummer zackzack eintippte und 3000 Pesos abhob, unter den Dutzend anderen, die genau das gleiche taten, nicht auffallen.

»Wie geht es dir?« fragte Teresa, wie eine Ehefrau ihren Ehemann fragt, der soeben aus der Narkose erwacht ist und sich Stück für Stück an das heimliche Wochenende mit der Geliebten, den Autounfall auf der Heimfahrt und die Beinamputation zu erinnern beginnt. »Leidenschaftliche Rache«, Folge zweihundertsowieso!

»Ist dir klar, was du zu tun hast?« fragte Ruiz.

Am anderen Ende schniefte es. Wahrscheinlich nickte Teresa dazu. Oder sie schüttelte den Kopf. Sie wartete wohl darauf, daß eine Fernsehkamera ihre tränenerfüllten Augen auf Fußballgröße zoomen würde. Teresa war für die wirkliche Welt nicht geschaffen.

Die vermummte Tania stieß sich mit dem Oberarm von der Wand ab. Ruiz hob abwehrend die linke Hand. Zwei Sätze noch! Er mußte es versuchen. Auch wenn es völlig unwahrscheinlich schien, daß Teresa irgendeine Art von Anspielung verstehen würde. Er hatte vielleicht eine Chance, wenn er sie über seine Worte stutzen ließ und so für den Text zwischen den Zeilen sensibilisierte. Sie sollte sich überlegen, warum er sagte, was er sagte. Am besten begann er mit der Lösegeldforderung. Selbst Teresa, für die Geld so selbstverständlich verfügbar war wie die Fernbedienung des Farbfernsehers, mußte wissen, daß er jede Menge Dollar im Privattresor hatte. Deutlich mehr als den Gegenwert von 150000 Pesos.

»Du kratzt alles Bargeld zusammen, verpfändest deinen Schmuck, bettelst jeden an, den wir auch nur flüchtig kennen. Geh zu Beltrán, der schuldet mir sowieso noch zehntausend! Wenn du die hundertfünfzigtausend beisammen hast, setzt du dich in den Tren Ligero, fährst zu Bancomer und zahlst alles auf unser Konto ein. Keine Polizei, keine Tricks! Spätestens in drei Tagen muß das Geld auf dem Konto sein. Das Lösegeld für mich. Hast du das verstanden?«

Daß Teresa ihren Schmuck verpfänden solle, war etwas dick aufgetragen, aber Tania machte keine Anstalten, Ruiz mit Hilfe des Dorns in die Hölle zu schicken. Gut. Hoffentlich hatte Teresa mehr begriffen. Sie hatte Beltrán erst vor ein paar Tagen kennengelernt. Da er sie mit Handkuß begrüßt und auch sonst einwandfreie Umgangsformen an den Tag gelegt hatte, würde er ihr unvergeßlich bleiben. Die Frage war nur, ob sie sich daran erinnerte, daß er der Pressesprecher des Polizeipräsidenten war, daß sie also Ruiz' Anweisung, keine Polizei einzuschalten, nicht für bare Münze nehmen sollte.

»Hast du das begriffen, Teresa?« fragte Ruiz.

Den Tren Ligero bis zur Bank zu nehmen, das konnte sie einfach nicht ernst nehmen. Er hatte ihr immer ausdrücklich verboten, den Öffentlichen Nahverkehr zu benutzen. Das war viel zu gefährlich! Und dann noch ohne ihn. Allein, mit 150 000 Pesos in der Tasche, von deren Einzahlung sein Leben abhing! Freilich, als vagen Hinweis auf den Ort, an dem er gefangengehalten wurde, würde sie seine Aussage nicht verstehen. Sie nicht, aber eventuell Beltrán oder die Spezialisten der Antientführungseinheit, die sicher eingeschaltet würde. Teresa durfte die Information nur nicht für so unwichtig halten, daß sie sie nicht weitergab.

»Hast du alles begriffen? Hast du dir alles gemerkt?« fragte Ruiz.

»Ich liebe dich«, sagte Teresa. Es klang großherzig, nobel, verzeihend, vergebend und vergessend. Es klang nach Schwamm drüber. Es klang nicht so, als wolle sie jedes seiner Worte auf die Goldwaage legen. Es klang eher so, als ob sie Ruiz' Worten überhaupt nicht zugehört hätte.

»Was immer auch geschehen möge!« sagte Teresa. Ruiz glaubte die Schlußmelodie von »Leonela« zu hören, sah die Protagonistin im Standbild erstarren. Er meinte, einen Stich im Herzen zu spüren, sich im Gefühl der Einsamkeit zu verlieren wie Juan Alberto in »Ich lebe für Elena«, als seine geliebte Elena nach der Entführung und grausamen Ermordung ihres gemeinsamen Sohnes Juanito den Schleier nimmt und sich auf immer in einem Karmeliterinnenkloster vergräbt.

»Verdammt noch mal«, sagte Ruiz.

Teresa hatte nichts kapiert. Sie würde das Geld nicht einzahlen, die Entführer würden nichts abheben können und ihn deshalb zu Tode foltern. Es war zum Ins-Kloster-Gehen.

»Hundertfünfzigtausend Pesos auf dein Girokonto«, sagte Teresa. Ruiz liebte sie. Er hatte sie immer geliebt, er würde sie auf ewig lieben.

»Ich liebe dich«, sagte er.

»Das reicht«, sagte Tania, die verschleierte Klosterwächterin. Sie nahm Ruiz das Handy ab. Ein Kaktusdorn fiel zu Boden. Ruiz hob ihn mit spitzen Fingern auf und hielt ihn seiner Bewacherin entgegen.

»Danke«, sagte sie. Auch wenn unter der Pasamoñtana fast nichts von ihrem Gesicht zu erkennen war, hätte Ruiz geschworen, daß sie lächelte. Er errechnete, daß hundertfünfzigtausend Pesos bei dem täglich höchstens abzuhebenden Betrag von 3000 Pesos eine Gefangenschaft von fünfzig Tagen bedeuteten. Sieben Wochen und einen Tag. 1200 Stunden. 2400 Telenovelafolgen lang. Was würde da nicht alles geschehen! Liebe und Haß, Heirat und Scheidung, Streit und Versöhnung, Entführung, Erpressung, Betrug. Alles konnte da passieren. Jede Menge Betrug. In mehr als sieben Wochen.

»Tja«, sagte Tania spöttisch. Ruiz vermochte sich nicht an den Namen der bösen Schönheit in »Die Schakalin« zu erinnern.

Er legte sich auf die Matratze zurück. Fünfzig Tage! Etwas stimmte dabei nicht. Ob sie ihn wirklich wegen lächerlicher hundertfünfzigtausend Pesos eine halbe Ewigkeit hier festsitzen lassen würden?

Es hatte seit Wochen nicht mehr geregnet, obwohl die verdammte Regenzeit eigentlich bis in den Dezember hinein dauern sollte. Über der Stadt lag eine Dunstwolke wie im Juni, und darunter brutzelte alles im eigenen Schweiß. Lopez García kratzte sich an der Backe. Wenn er der Regen wäre, würde er sich auch ein anderes Ziel als México-Stadt suchen.

»Vertauschte Jahreszeiten, das ist ein Unheilszeichen wie Sonnenfinsternisse, Kometen im Osten oder die Geburt von Kreaturen mit zwei Köpfen«, sagte De Soto.

Lopez García stand auf und schloß das Fenster wieder, das er ein paar Minuten zuvor geöffnet hatte.

»Lauter Vorzeichen, wie sie in den Jahren vor 1519 in Tenochtitlán zu beobachten waren«, sagte De Soto, dem die Bekanntschaft mit dem Wächter des Templo Mayor offensichtlich nicht gut bekommen war.

Lopez García setzte sich vor den Computer und tippte an seinem Bericht weiter. Er arbeitete mit dem Zweifingersystem. Das zog sich hin. De Soto vertiefte sich wieder in sein Buch über den Untergang des Aztekenreichs. Er flätzte im Stuhl. Seine Knie hatte er gegen die Schreibtischkante gepreßt. Ab und zu schüttelte er den Kopf und machte »hm, hm«.

Lopez García tippte: »D-i-e- -B-e-s-c-h …«

Es klopfte an der Tür. De Soto setzte die Füße auf den Boden und rutschte mit dem Rücken nach oben.

Lopez García tippte: »r-e-i-b …«

Es klopfte wieder. De Soto legte das Buch in seine Schreibtischschublade und kläffte: »Herein!«

Es war nur ein Uniformierter mit Panzerweste, der von dort, wo er Objektschutz zu leisten hatte, ausgebüchst war.

Lopez García tippte: »u-n-g …«

Der Polizist trug eine schwarze Tasche mit sich. Er öffnete sie und holte eine Zellophantüte heraus. Es sah aus, als wolle er Brotzeit machen.

De Soto sagte: »Und sonst geht es gut?«

Der Schutzpolizist legte die Zellophantüte auf den Schreibtisch. In ihr war keine Brotzeit. In ihr war eine abgeschlagene Hand.

Lopez García tippte: »%-4—Q-Q-Q …«

Die Hand sah wächsern aus. Bis auf die schwarzen Verkrustungen am Gelenkstumpf.

»Ich soll das hier abgeben«, sagte der Schutzpolizist. »Die Hand wurde heute morgen in der Basilica de Guadalupe gefunden. Genauer gesagt, oben in der Juan-Diego-Kapelle vor dem Seitenaltar. Erst dachte der Pfarrer, jemand habe die Statue des Dornenkronen-Jesus mutwillig beschädigt, aber die steht ja hinter Sicherheitsglas, und außerdem hatte sie noch beide Hände dran, und dann merkten sie ziemlich schnell, daß es die Hand eines Menschen aus Fleisch und Blut war.«

Die Hand lag in ihrer Zellophantüte auf der Schreibunterlage des Schreibtischs. Sie wirkte fehl am Platz. Es war De Sotos Schreibunterlage.

Lopez García tippte auf die Taste »Rückwärts entfernen«. Sechsmal.

Der Schutzpolizist sagte: »Ich soll die Hand hier abgeben, weil es sich wahrscheinlich um die Hand handelt, die an Ihrer Leiche fehlt.«

»An unserer Leiche?« fragte De Soto. Es war auch De Sotos Schreibtisch.

»Adiós«, sagte der Schutzpolizist.

»Um welche Hand es sich handelt, soll der herausfinden, der …«, sagte De Soto.

»Also bis irgendwann«, sagte der Schutzpolizist und war schon draußen. War weg. Rannte wahrscheinlich wie ein Irrer die Treppe hinunter, stürzte an der Pforte vorbei und hielt erst für ein Dankgebet an die Muttergottes an, als er die Plaza Tolsá erreichte.

»… dafür zuständig ist«, sagte De Soto.

Lopez García tippte: »d-e-s …«

Auf De Sotos Schreibtisch lagen ein paar Akten, zwei Tageszeitungen, Schreibmaterialien. Da stand eine als Briefbeschwerer dienende Schneekugel, die ein Bambi in Disneylandkulisse zeigte, und da stand noch eine Schreibtischlampe, an der eine Ansichtskarte aus Cancún lehnte, und da lag eine Hand in einer Zellophantüte.

»Scheiße«, sagte De Soto. Er war ein Häufchen Elend, das fast im Bürostuhl verschwand.

Lopez García tippte: »B-u-s …«

»Soll ich weitertippen?«

Lopez García murmelte »fahr«.

Er tippte: »f-a-h-r …«

»Ein beschissenes, unglückverheißendes Vorzeichen«, sagte De Soto. »Das wird nicht gut gehen mit dieser Stadt. Keine Ahnung, ob es ein Erdbeben sein wird oder ein Vulkanausbruch, der alles unter einer meterdicken Ascheschicht begräbt, irgend etwas ist auf jeden Fall im Anmarsch.«

»e-r-s …«

De Soto stand auf, reckte sich, streckte die Schultern gerade. Wahrscheinlich hatte er gerade beschlossen, dem bevorstehenden Weltuntergang heroisch entgegenzutreten. De Soto sagte: »Ich nehme jetzt die Tüte, in der sich die abgeschlagene Hand befindet, und bringe sie ins Gerichtsmedizinische Institut.«

De Soto streckte die rechte Hand aus.

»Dort gebe ich die Tüte einfach ab, und die netten, hilfsbereiten, den Umgang mit Leichenteilen gewohnten Angestellten des Gerichtsmedizinischen Instituts werden mir die Hand abnehmen und beim Rest der bedauernswerten Leiche verstauen.«

De Soto ließ die Finger der rechten Hand zappeln. Lopez García tippte auf ein paar Tasten ein.

»Im Tode vereint«, sagte De Soto.

Er nickte, er schluckte, er sagte: »Ich gebe einfach die Tüte ab.«

Er klatschte zweimal in die Hände.

»Und schon ist alles in Ordnung«, sagte er.

Dann schluckte er und nickte.

»Einfach abliefern«, sagte er, und endlich griff er sich die Tüte mit spitzen Fingern. Er zischte ab.

Zur Gerichtsmedizin in der Calle Marquéz Sterling war es nur ein Katzensprung, aber trotzdem war De Soto zu schnell wieder zurück. So schnell, daß Lopez García noch nicht einmal die Aussage des Busfahrers fertig getippt hatte. De Soto hielt eine Zellophantüte in der Hand. Das sah nicht gut aus. Lopez García widmete sich mit Hingabe seiner Computertastatur. De Soto warf die Zellophantüte auf den Schreibtisch. Er sagte:

»In der Gerichtsmedizin wollen sie Leichen, keine Leichenteile. Wir sollen froh sein, daß sie die unvollständige Leiche vom Templo Mayor angenommen haben. Aber eine einzelne Hand? Eine Hand ist unzweifelhaft nicht mehr als ein Leichenteil.«

Lopez García sah von seinen Händen auf, als sich De Soto auf die Kante des Schreibtischs setzte.

»Aber, sage ich«, sagte De Soto, »könnte man mit der Hand nicht einfach den restlichen Haufen, der ja auch partiell zerstückelt ist, zu einer kompletten Leiche ergänzen? Vervollständigen?«

»Man konnte wohl nicht«, vermutete Lopez García. Die Hand lag zwei Meter neben ihm und sah wie ein in Zellophan verpacktes Leichenteil aus.

De Soto hob den Zeigefinger. »Man konnte keinesfalls, da alles seine Ordnung haben muß und deshalb jede zugängige Leiche mit einer laufenden Nummer versehen wird, und zwar strikt und ausnahmslos in chronologischer Reihenfolge, so daß sie der Hand, wenn sie diese hätten annehmen können …«

»… was wegen ihres Charakters als Leichenteil natürlich nicht möglich war …«

»Wenn es aber möglich gewesen wäre, hätten sie der Hand die Nummer 12736 zuteilen müssen, während der Rest der Leiche unter 12729 erfaßt war, so daß eine einzige, wenn auch zerstückelte Leiche unter zwei verschiedenen Nummern abgelegt wäre, als ob es sich um zwei verschiedene Leichen handelte …«

»… was natürlich absolut unmöglich ist …«

»… so daß ich mit der Hand und dem guten Rat, das nächste Mal erst dann aufzutauchen, wenn wir das Leichenpuzzle vollständig zusammengesetzt hätten, wieder abziehen durfte.«

»Du könntest ihnen anonym ein Päckchen schicken«, schlug Lopez García vor.

»Die erinnern sich. Der Schutzpolizist war schon vor mir dort. Die von der Gerichtsmedizin haben ihn auf uns gehetzt und ihm mitgeteilt, daß wir für den Rest der Leiche zuständig wären.«

Lopez García studierte seine Fingernägel. Sie waren sauber und gepflegt. Seine ganze Hand war sauber und gepflegt. Ein bißchen verschwitzt vielleicht.

»Auf meinem Schreibtisch bleibt sie auf jeden Fall nicht liegen«, sagte De Soto. Es klang, als sei Lopez García an allem schuld.

»In die Asservatenkammer!« sagte er. »Die Hand ist Beweisstück in einem Mordfall und muß als solches bis zur Gerichtsverhandlung an der dafür bestimmten Stelle aufbewahrt werden. Also in der Asservatenkammer.«

De Soto überlegte, nickte, strahlte. In die Asservatenkammer. Sie befand sich ein paar Stockwerke höher unter dem Dach. Ohne zu zögern, packte De Soto die Zellophantüte und machte sich auf den Weg.

Lopez García druckte seinen Bericht aus und brachte ihn zwei Zimmer weiter zum Chef. Ruiz war nicht da, war nach Aussagen der Sekretärin den ganzen Tag noch nicht dagewesen. Nein, sie wußte nicht, wann und ob er überhaupt käme. Chef müßte man sein! Lopez García legte seinen Bericht auf Ruiz' Schreibtisch. Dort lagen schon die Ergebnisse der kriminaltechnischen Untersuchung. Lopez García blätterte über die ganze Wichtigtuerei mit Adhäsionsmittelwahl, Schwarzfolie, Papillarlinien, Fingerbeerengrundmuster und Minuzienvergleich hinweg zu den Ergebnissen. Auf dem Griff der Machete waren einwandfreie Fingerabdrücke gesichert worden. Und zwar mit absoluter Sicherheit die gleichen, die schon in zehn von dreizehn dem Vengador zugesprochenen Mordfällen festgestellt worden waren. Der Vengador also. Wer hätte das gedacht?

Ansonsten bot der Bericht drei Tatortfotos, ein paar Worte zur Entfernung, aus der der Schuß abgegeben worden war, zum Fundort der Patronenhülsen und zur Systembestimmung der benutzten Waffe: Neun Millimeter Kaliber, eine 38er. Die Kollegen hatten auch die Projektile analysiert. Übereinstimmungen der Schartenbilder ließen sich für zwei der dreizehn Vengadorfälle nachweisen. Nur bei den Mordfällen 5 und 11 war mit Sicherheit dieselbe Waffe wie im Templo Mayor benutzt worden. Das war ungewöhnlich, aber daß der Vengador mit mehreren Pistolen arbeitete, wurde ja auch durch die Aussage des Busfahrers bestätigt.

Gewebespuren unter den Fingernägeln der Opfer waren ebensowenig festgestellt worden wie brauchbare Fuß- oder Objektspuren vom Tatort. Zuviel Volk, das da herumgetrampelt war. Lopez García konnte es egal sein. Er war nicht mehr als ein Zuträger in diesem Fall.

Als Lopez García aus Ruiz' Zimmer trat, kam ihm De Soto auf dem Gang entgegen. Er hatte die Zellophantüte geschultert und hielt sie lässig mit gekrümmtem Daumen fest. Die steifen Finger der abgeschlagenen Hand mußten ungefähr an seinem Schulterblatt herumkratzen.

»Die Hand ist kein Beweisstück?« fragte Lopez García vorsichtig.

De Soto riß die Tür zu ihrem gemeinsamen Dienstzimmer auf, schwang die Zellophantüte wie ein Lasso über dem Kopf und schleuderte sie Richtung Schreibtisch. Er traf, die Hand schlug mit hölzernem Klappern auf der Schreibtischplatte auf, holperte weiter, wischte die Halbnackte-Mädchen-am-Strand-Ansichtskarte weg und kippte über die Tischkante ab.

»N-n-nein«, summte De Soto. »Die Hand KANN kein Beweisstück sein, weil Beweisstücke Objekte zur Feststellung beziehungsweise zur beweislichen Untermauerung eines strafrechtlich relevanten Sachverhalts sind, während einer Hand als nicht unwichtigem Teil eines Menschen das zuzusprechen ist, was den Menschen als solchen auszeichnet: Subjektcharakter. Menschenrechte. Würde. Oder wolle man etwa irgendeinem Menschen, und sei es einem toten, seine Würde absprechen?«

»Das will man natürlich nicht«, sagte Lopez García.

De Soto warf sich in seinen Schreibtischstuhl. Er beugte sich zur Seite, fluchte und begann im Papierkorb zu kramen. Anscheinend war die Zellophantüte dort gelandet. Von irgendwo unten sagte De Soto dumpf:

»Außerdem haben sie nicht einmal einen Kühlschrank.«

Das Teilsubjekt mit Menschenwürde würde menschlichem Ermessen nach bald zu stinken beginnen. De Soto tauchte wieder auf. Er hatte die Hand aus dem Papierkorb gekramt, allerdings ohne Zellophantüte. Er hielt die Hand, als wolle er einen guten Freund begrüßen. Es war eine rechte Hand. Die Finger waren leicht nach innen gekrümmt.

»Wir haben auch keinen Kühlschrank«, sagte Lopez García.

»Wenn ich sie in den Müll werfe«, sagte De Soto, »kommt garantiert ein paar Minuten später irgendein Blödmann daher und fragt, wo ich denn das Beweisstück aufbewahren würde.«

»Ruiz zum Beispiel«, sagte Lopez García.

»Und wenn die Leiche freigegeben wird, merken die Angehörigen natürlich, daß sie im Begriff sind, ein unvollständiges Puzzle zu beerdigen, und dann gehen sie zur Presse, und es gibt fünf Zentimeter hohe Schlagzeilen und jede Menge Artikel mit jeder Menge Ausrufezeichen und überhaupt einen Riesenskandal, weil die Polizei wieder mal die Menschenwürde nicht respektiert habe, und dann braucht man einen Sündenbock, und der bin natürlich ich.«

»Na, mal langsam«, sagte Lopez García.

De Soto legte die abgeschlagene Hand auf seine Schreibunterlage. Sie stand auf Fingerspitzen und Handballen. De Soto schob einen Kugelschreiber unter der Handfläche durch. Dann klemmte er ihn zwischen Zeige- und Mittelfinger, aber der Stift kippte vornüber. De Soto drückte die beiden Finger gegeneinander. Jetzt klappte es. Der Kugelschreiber stand aufrecht. De Soto lachte.

Na, mal langsam, dachte Lopez García.

De Soto zog den Kugelschreiber wieder zwischen den Fingern hervor. Er griff die Hand am Daumenballen und wälzte das vordere Glied des Daumens in der blauschwarzen Tinte des Stempelkissens. Dann rollte er sorgsam einen Daumenabdruck auf seine grüne Schreibunterlage ab. Lopez García sandte ein stummes Gebet zur Virgen.

»Jo«, sagte De Soto. Er nahm sich den Zeigefinger vor,

doch der Mittelfinger schien im Weg zu sein. De Soto zog und rückte und bog und drückte. Etwas knackte.

»De Soto …!« sagte Lopez García. Ihm war etwas übel. So ein seltsames Gefühl im Magen. Er sollte mal hinaus.

»Hm?« sagte De Soto, der vollauf damit beschäftigt war, mit seinem rechten Zeigefinger einen anderen rechten Zeigefinger in einem Stempelkissen herumzuwalken.

Heilige Maria Muttergottes, dachte Lopez García. Er sagte: »Ich bringe mal die Guadalupe-T-Shirts zu Silvio Torreblanca hinauf. Der hat die Liste mit den Bestellungen, und das Geld soll er auch einsammeln, weil ich überhaupt nicht einsehe, daß ich immer alles …«

De Soto rollte einen Zeigefingerabdruck auf den Schirm der Schreibtischlampe, preßte den Finger ins Stempelkissen, rollte wieder ab, machte so weiter. Er arbeitete hart. Er schien irgend etwas bildlich darstellen zu wollen. Es sah nach einer Blume aus. Eine Blume im Zeigefingerabdruckverfahren. Im Stempelkissentintenfarbton.

»Also bis gleich«, sagte Lopez García. Er trug den T-Shirt-Stapel zu den Aufzügen. Da drei von den vieren außer Betrieb waren, fand er genügend Zeit, um vor dem Guadalupe-Altar im Flur ein Gebet für De Soto zu sprechen. Der funktionierende Aufzug war prallvoll mit Bauarbeitern und Zementsäcken. Lopez García quetschte sich dazu und fuhr zwei Stockwerke nach oben. Dort hämmerte sich eine Horde von Arbeitern durch irgendwelche Mauern. Lopez García schlängelte sich durch den Flur. Torreblanca leitete die Sondereinheit Entführungen. Normalerweise. Auch er war heute nicht da. Genausowenig wie die Kollegen aus seinem Zimmer.

»Im Einsatz?« fragte Lopez García.

»Ja, aber streng geheim«, sagte die Sekretärin der Abteilung nebenan. »Ich weiß selbst nicht, was eigentlich los ist.«

»Ich kann die T-Shirts doch nicht einfach auf dem Schreibtisch lassen! Dann wird die Hälfte geklaut und …«

»Tja«, sagte die Sekretärin. Es gab wohl wenig auf der Welt, was ihr dermaßen egal war. Lopez García trug die T-

Shirts zurück. Wenn das so weiterging, hatte er seine Wallfahrt schon abgeleistet, bevor sie Freitag nacht offiziell starteten. Als er den Flur der Mordabteilung entlangging, hörte er Geräusche aus Ruiz' Zimmer. Er legte die T-Shirts auf der Holzbank unter den Fahndungsplakaten ab und klopfte an der Tür. Wurde ja auch Zeit, daß der Chef mal antanzte! Lopez García öffnete. Statt des Chefs sah er zwei Typen. Der eine arbeitete am Computer, und der andere stöberte in den Schubladen von Ruiz' Schreibtisch.

»Aber hallo!« sagte Lopez García, doch dann erkannte er den Kopf, der hinter dem Schreibtisch auftauchte. Er gehörte Torreblanca.

»So ein Zufall!« sagte Lopez García. Vielleicht hatte sich auch die Virgen seiner erbarmt. Auf jeden Fall konnte er jetzt die T-Shirts …

»Tag, Lopez García«, sagte Torreblanca und stellte den anderen als Enrique Ponce, einen Mitarbeiter der Antisecuestro-Abteilung, vor. Er sah aus wie einer der jungen Schönlinge, denen an ihrem Job am meisten stank, daß man bei der Kripo nicht in einer adretten Uniform herumlief.

»Es geht um geheime Informationen zu Vermißtenfällen«, sagte Torreblanca. »Ruiz hat uns autorisiert, hier mal nachzusehen.«

»Mmh«, sagte Lopez García. Das sah Ruiz allerdings gar nicht ähnlich. Irgend jemanden in seinen Sachen herumstöbern lassen. Und noch dazu, wenn er selbst nicht anwesend war.

»Ihr habt sicher etwas Schriftliches?« fragte Lopez García.

Die beiden sahen einander an, als ob sie sich stumm fragten, ob man Lopez García trauen konnte. Immerhin gehörten Torreblanca und er dem Guadalupe-Club der Kriminalpolizei an. Das sollte doch …

»Es ist wirklich sehr vertraulich«, sagte Torreblanca entschuldigend.

»Klar«, sagte Lopez García. Sie waren im Einsatz, das hatte die Sekretärin bestätigt.

»Ich habe die Guadalupe-T-Shirts hier«, sagte er.

Ruiz war den ganzen Tag über nicht im Büro gewesen. Nicht einmal seine Sekretärin wußte, wo er steckte. Und in seinem Büro trieben sich Spezialisten der Antientführungseinheit herum!

»Super«, sagte Torreblanca.

Lopez García hätte ein Monatsgehalt darauf verwettet, daß der Rest der Spezialabteilung sich in Ruiz' Haus befand, um Strategien mit seiner Frau zu vereinbaren, ihr das richtige Gesprächsverhalten anzutrainieren und das Telefon zu präparieren. Es war sonnenklar. Ruiz war entführt worden. Mann, o Mann!

»Wir sind sowieso fertig«, sagte Ponce. Er schaltete den Computer aus. Lopez García begleitete die beiden auf den Gang hinaus und übergab die T-Shirts.

»Danke!« sagte Torreblanca. »Du bist am kommenden Freitag mit dabei?«

»Klar, und De Soto auch.«

»Also dann ...«

Sie zogen ab, ohne mit der Sprache herauszurücken. Lopez García winkte ihnen nach, als sie ums Eck bogen. Er lehnte sich an die Wand des Flurs und stierte auf das Anschlagbrett gegenüber, an dem Fahndungsplakate hingen, die ihn nicht im geringsten interessierten.

Ruiz war entführt worden. Und die oben hielten es geheim, weil sie keine hämischen Pressekommentare über die Unfähigkeit der Polizei, wenigstens sich selbst zu schützen, wünschten. Sie hofften, das still erledigen zu können. Ruiz zu befreien oder loszukaufen, bevor die Öffentlichkeit bemerkte, daß er entführt worden war. Offiziell war er also gar nicht entführt worden. Offiziell war er noch da, war er der Chef der Mordkommission, arbeitete, trug Verantwortung. Deswegen würden sie auch keinen Stellvertreter für ihn benennen.

Lopez García klatschte mit den Händen gegen die Wand, stieß sich ab und ging zurück ins Dienstzimmer, wo De Soto gerade versuchte, die abgeschlagene Hand mit Stecknadeln im Ärmel seiner Lederjacke zu befestigen. Wahrscheinlich wollte er als dreihändiges Monster die Sekretärinnen erschrecken.

»Schluß mit dem Blödsinn!« sagte Lopez García. De Soto schaute beleidigt, protestierte aber nicht, als Lopez García ihm die Hand abnahm. Sie fühlte sich eklig an. Tot. Und eiskalt. Wahrscheinlich lag es nur daran, daß er unwillkürlich eine Temperatur um die 35 Grad zu spüren erwartete, wenn er eine Hand anfaßte. Sicher hatte sie ebenso Zimmertemperatur wie alle anderen Gegenstände im Raum. Lopez García warf De Soto die Hand zurück.

»Und jetzt?« fragte De Soto.

»Ruiz hat einen Kühlschrank«, sagte Lopez García.

»Spinnst du?«

»Der Chef ist entführt worden.«

»Was?«

»Streng geheim. Ich habe gerade Torreblanca und Ponce getroffen.«

»Ich liebe Ruiz ja nicht gerade, aber Gott steh ihm bei, wenn diese Flaschen die Sache in die Hand nehmen.« De Soto konnte sich ein Urteil erlauben. Früher hatte er in ihrer Abteilung gearbeitet.

Lopez Garcías Mitleid hielt sich in Grenzen.

»Kein Chef, keine Kontrollen, keine Besserwissereien«, sagte er.

»Nichts als grenzenlose Freiheit!« Auch De Soto strahlte.

»Also los!« sagte Lopez García. De Soto trug die Hand ins Zimmer des Oberkommissars. Im Kühlschrank lagen ein paar Flaschen Corona und zwei Stück Cremetorte. Die Hand fand problemlos Platz. Der Kühlschrank begann leise zu brummen, als Lopez García ihn schloß. Er war froh, daß er die Hand nicht mehr vor Augen hatte. An der Wand zum Flur hing eine riesige Karte von México-Stadt. Vor dem rechten Fenster befand sich eine Sitzgruppe mit niedrigem Glastischchen. Daneben standen ein Topf mit Grünzeug und eine nachgemachte Aztekenstatue. Der Schreibtisch ging über Eck. Computer, zwei Telefone, Fax. Auf der Schreibplatte lag neben den Berichten, die Lopez García und die von der Spurensicherung abgeliefert hatten, noch anderer Papierkram. Den hatte wahrscheinlich Torreblanca irgendwo herausgezogen. Der Chefsessel war mit schwarzem Leder bezogen. Er sah bequem und wichtig aus. Lopez García setzte sich probeweise hinein. Das Leder war schmiegsam und die Sitzfläche breit genug. Der Sessel schien wie für ihn gemacht.

»Ich will auch mal«, sagte De Soto. Lopez García hoffte nur, daß die Entführer lang und zäh verhandelten, bevor sie Ruiz freigaben. Wenn sie ihn schon mal hatten!

Ruiz wußte nicht, ob es Nacht oder Tag war. Alles war schwarz. Er lag auf der Matratze und fühlte etwas auf seiner Brust. Er atmete tief ein. Seine Brust hob sich und mit ihr das Etwas, das auf ihr lastete. Ruiz atmete tief aus. Was immer das Ding sein mochte, es sackte nach unten, schien in seiner Brust zu versinken. Vielleicht war es eine mörderische Drei-Kilo-Ratte, die sich gerade zu seinem Herzen durchknabberte.

Das wäre nicht schlecht. Wenn eine Drei-Kilo-Ratte in seine Zelle hineingefunden hatte, würde er vielleicht auch hinausfinden. Er sollte noch einmal alles absuchen. Wände, Boden, Decke. Zum vierten Mal. Sobald er sich wieder zu bewegen vermochte. Wenn sich dieses verfluchte drei Meter fünfzig lange und hundertfünfzig Kilo schwere Flußkrokodil endlich über seine Brust hinweggeschoben haben würde.

Das Vieh lastete auf Ruiz' Rippen, und die Rippen quetschten sein Herz, und das Herz pumpte schwerer und schwerer. Ruiz nahm all seinen Willen zusammen. Er hob den rechten Arm und tastete nach dem ausgewachsenen Tyrannosaurus Rex, der auf seiner Brust trampelte. Mit der hohlen Hand umschlang er den Tyrannosaurus, der sich haarig anfühlte und so blitzschnell in seiner Hand umhersauste, als habe er acht Beine, acht lange Spinnenbeine, und dann wischte Ruiz' Hand die Spinne blitzschnell von seiner Brust.

Er ekelte sich vor Spinnen. Vielleicht war sie sogar giftig. Auf jeden Fall krabbelte sie durch seine Zelle. Durch seine ewige Nacht. Irgendwo da oder da oder dort. Ruiz setzte sich auf.

5

Das interessanteste Faktum bei der Wahrnehmung eines Gegenstands durch den Tastsinn ist, wie die anhand der spezifischen Merkmale des Gegenstands sukzessive gewonnenen Informationen in ein simultanes Gesamtbild transformiert werden.

A. R. LURIA, SENSACIÓN Y PERCEPCIÓN

Der Bequemlichkeit halber waren sie in Ruiz' Büro umgezogen. De Soto hatte aus seinen ehemaligen Kollegen von der Antientführungseinheit herausgekitzelt, daß die Entführer Ruiz' Konto häppchenweise plündern wollten. Das konnte dauern. So schnell würde sich der Chef in seinem Büro nicht wieder sehen lassen.

De Soto fläzte auf der Couch am Fenster. Die Cowboystiefel hatte er auf dem Glastisch übereinandergelegt. Sie waren schwarz-weiß, liefen unglaublich spitz zu und sahen ekelhaft aus. Das, was so stank, konnte aber auch die halbvolle Flasche Modelo Especial daneben sein. De Soto schlug den nächsten Aktenordner auf und sagte:

»Fall 10, 12.10.1998, 6.30 Uhr morgens. Ruta 86, Ecke Avenida Morelos - Calle Industria, Colonia Magdalena Mixhuca: Vier mit Messern bewaffnete Angreifer. Der Vengador hat drei erschossen, während der vierte fliehen konnte und seitdem spurlos verschwunden ist.«

Lopez García stand vor der riesigen Wandkarte von México-Stadt und markierte die Tatorte mit Stecknadeln. Da es sich um blutige Fälle handelte, benutzte er Nadeln mit rotem Kopf. Er hatte auch blaue, grüne, braune, weiße und schwarze zur Verfügung, so daß er nach der Art des Delikts oder nach der Vorgehensweise des Täters oder nach sonst irgend etwas hätte unterscheiden können. Nur gab es keine wesentlichen Unterschiede in der Art des Delikts oder in der Vorgehensweise oder sonst irgendwie. Der Vengador erschoß Typen, die einen Microbus überfielen. Das war alles.

Eigentlich hätte es Lopez García egal sein können, aber

seltsamerweise hatte sich sein Arbeitseifer mit dem Wissen um Ruiz' Entführung vervielfacht. Irgend etwas in ihm schien ihn anzustacheln, den Vengador zu schnappen. Vielleicht lag es auch an der Hand, die dahinten im Kühlschrank zwischen Tortenstücken vor sich hin gammelte. Jetzt müßte sie wirklich kalt sein. Sie hätten die Hand doch wegwerfen sollen, Menschenwürde hin oder her.

De Soto nahm einen Schluck Bier und sagte: »Fall 11, 27.10.98, 22.00 Uhr, Ruta 44, Avenida Angel Albino Corzo, kurz vor der Metro Bondojito, ein Angreifer mit 25er Pistole ...«

»Auch erschossen?« Lopez García nahm zur Abwechslung eine Stecknadel mit schwarzem Kopf.

»Erschossen. Dem Toten legte der Vengador einen Keramikschmetterling auf die Zunge ...«

Man könnte allerdings zwischen normalen Morden und solchen mit Aztekenschnickschnack unterscheiden.

»... bei den Azteken ein Symbol für den heiligen Krieg. Weißt du ja!« sagte De Soto.

»Für Krieg, klar!« sagte Lopez García. Er machte sich daran, ein paar rote durch schwarze Stecknadeln zu ersetzen. Bei Fall 3 war zum erstenmal eine Anspielung auf die Azteken aufgetaucht. »Anspielung« war vielleicht nicht das richtige Wort. »Aufgetaucht« auch nicht. Der Vengador hatte ein Obsidianmesser, wie man es im Shop des Anthropologischen Museums kaufen konnte, im Magen des Toten versenkt.

Schwarze Stecknadeln für Aztekenschnickschnack, rote für ganz gewöhnliche Blutbäder.

»Fall 12, 23. 11. 98, 14.30 Uhr, Ruta 1, Calzada de Tlalpan zwischen Aztekenstadion und Huipulco, zwei Angreifer, die abgeknallt wurden, bevor sie ihre Pistolen benutzen konnten. Eine 25er, eine 38er.«

»Irgendwelche rituellen Verstümmelungen, Götterfigürchen, heiligen Quetzalfedern?«

»Técpatl!«

»Ach so«, sagte Lopez García. Er fingerte sicherheitshalber mal eine schwarze Stecknadel hervor.

»Der achtzehnte Tag im Aztekenkalender. Er wurde durch das Zeichen eines dolchförmigen Feuersteins dargestellt, und dementsprechend wurden auch die Messer Técpatl genannt, die für Menschenopfer benutzt wurden.«

Schwarz war richtig.

De Soto schüttete sich den Rest Corona in die Kehle.

»Der Vengador zeichnete den Técpatl-Glyphen mit dem Blut eines der Opfer auf die Windschutzscheibe des Busses.«

Nummer 13 war die Sache am Templo Mayor. Lopez García steckte eine schwarze Stecknadel in die Mitte des Stadtplans. Er trat ein paar Schritte zurück. Der Stadtplan sah aus wie eine detailversessene Schemazeichnung eines hochkomplexen Organismus. Venen, Arterien, Lymphsystem, Nervenbahnen. Und nach irgendeinem undurchschaubaren Kalkül hatte ein größenwahnsinniger Akupunkteur seine Nadelstiche darin plaziert.

De Soto holte sich noch ein Modelo aus Ruiz' Kühlschrank.

»Huch!« sagte er.

»Was?«

»Ziemlich kühl.«

»Das Bier?«

»Die Hand.«

»Mach den Kühlschrank zu!« sagte Lopez García. Es waren neun schwarze und vier rote Nadeln.

»Tot wahrscheinlich«, sagte De Soto.

»Wer?«

»Na, die Hand.«

»Hoffentlich.«

Die Nadeln waren über das ganze Stadtgebiet verteilt. Sie zeigten keine signifikante Häufung in einer Colonia, aus der man eventuell auf die Wohngegend des Vengadors hätte schließen können. Weder in den zeitlichen Abständen der Morde noch in der Abfolge der Tatorte existierte ein nachvollziehbares Muster, aufgrund dessen Prognosen für das nächste Mal möglich gewesen wären. Sonst hätte man an einem kritischen Tag alle Microbusse eines kritischen Viertels mit zwei, drei Zivilpolizisten bestücken und den Vengador auf frischer Tat schnappen können.

De Soto knallte endlich die Kühlschranktür zu.

»Bei den Nummern 1, 2, 7 und 10 gibt es keinen Hinweis auf die Azteken«, sagte er, »sonst immer. 7 und 10, das sind zwei Fälle, in denen der Vengador jeweils vier Tätern gegenüberstand. Vielleicht war es da so hektisch, daß er sein Programm einfach nicht durchziehen konnte. Dann würden nur noch die ersten beiden Morde aus dem Rahmen fallen.«

De Soto sagte: »Entweder ist die Aztekengeschichte nur ein Gag, der dem Vengador erst in den Sinn kam, als ihm die normale Morderei zu langweilig wurde, oder er versuchte anfangs noch, seine wahren Absichten zu verbergen.«

»Dafür spricht, daß die Spurensicherung zumindest bei den ersten beiden Fällen auch keine Fingerabdrücke des Vengadors feststellen konnte. Später war ihm das dann offensichtlich egal.«

»Aber wieso?«

»Seinen Ruf hat er sich sowieso als Vengador erworben, als Rächer und Helfer der unschuldig unter der Verbrechenswelle leidenden Bevölkerung, und bei jeder Gelegenheit hat er – Azteken hin oder her – eine Ansprache mit dem Tenor gehalten, es gehe ihm um die Sicherheit in der Stadt.«

»Das sagen die Zeugen«, sagte De Soto. »Aber die Zeugen sprechen dem Vengador auch Körpergrößen zwischen eins fünfzig und zwei Metern zu. Die einen sahen ihn als indianischen oder mestizischen Typ, während andere auf nordeuropäische Abstammung tippten. Er erschien ihnen blond, schwarz, braun, rothaarig oder kahlköpfig. Und die besonderen Kennzeichen gehen von einer typischen Judennase über abstehende Ohren …«

De Soto blätterte in den Ordnern.

»… Schuppenflechte und einen fehlenden linken Daumen bis zur Tätowierung am rechten Unterarm, die mit Sicherheit entweder den Teufel auf einer Harley-Davidson oder aber eine Meerjungfrau darstellt.«

Lopez García ließ sich in Ruiz' Lederchefsessel fallen. Links stand der Computertisch, rechts zwei Telefone. Von hier sah die Welt gleich anders aus. Ferner, kleiner, übersichtlicher, putziger. Lopez García sollte sich angewöhnen, den großen Linien nachzufahren. Wenn man sich mit Details aufhielt, tauchten immer Widersprüche auf. Unstimmigkeiten, Brüche, die jede vorsichtig vorantastende Hand zögern ließen. So kam man nie weiter.

Man mußte abheben, sich über die Oberfläche der Dinge erheben, bis die Brüche nur noch haarfeine Risse waren und dann ganz in dem Mosaik verschwanden, das auf wunderbare Weise plötzlich im wirren Liniengeflecht erkennbar wurde. Motiv, Form, Farbe, alles wurde aus der Distanz deutlich, und wenn eine, zwei, drei Einzelheiten nicht paßten, dann waren das nur statistisch zu erwartende und erklärbare Ausreißer, die überhaupt nichts an der Stimmigkeit des Gesamtbilds änderten.

Statistisch! dachte Lopez García. Er blinzelte dem Stadtplan zu, in dem dreizehn Stecknadeln steckten. Wozu gab es denn eine Dirección General de Política y Estadística Criminal? Er griff zum linken der beiden Telefone und sagte zu De Soto:

»Gib mir auch mal ein Bier!«

Nein, alles war in Ordnung. Dolores und José spazierten durch den Zoo im Chapultepec-Park und sahen sich die Tiere an. Dolores liebte Tiere. José liebte Dolores. Sie liebte ihn auch, sie wollte nur nicht, daß er seinen Arm um sie legte. Er sollte sie nicht anfassen. Er sollte einfach neben ihr gehen und sie nicht berühren. Das war alles.

Der Jaguar lag mit zitternden Flanken hinter der Glasscheibe. Er leckte seine Tatzen.

Sonst klappte ja nichts in dem Saftladen hier, aber die Statistiker waren wirklich auf Zack. Die übertrafen sich selbst, hatten Zahlen auf Lager, die besser als ihre eigenen Zahlen waren. Natürlich hatte Lopez García zuerst nach der vermutlichen Dunkelziffer gefragt. In einer Stadt, die ihre

Bewohner nach der Anzeige eines Überfalls mit stundenlangem Warten in diversen Polizei- und Staatsanwaltsbüros bestrafte, war nur diese von Belang.

Die Statistiker hatten neben den polizeilichen Daten auch die wesentlich zuverlässigeren der Dirección General de Servicios al Transporte. Danach gab es in México-Stadt täglich durchschnittlich 105 Überfälle auf Microbusse. Das war hochzurechnen auf 109 Linien und 28 000 zugelassene Busse, mit denen sechzig Prozent des öffentlichen Verkehrsaufkommens in der Stadt abgedeckt wurden.

»Sechzig Prozent. Wieviel ist das in absoluten Zahlen?«

»Etwa achtzehn Millionen Einzelfahrten pro Tag«, sagte der Statistiker, ohne auch nur einen Moment zu zögern. Entweder hatte er auf zig Computerbildschirmen schon jede nur möglicherweise interessante Information präsent, oder er war selbst ein Computer, dem sie eine menschliche Stimme verpaßt hatten.

De Soto legte die Füße auf die Couch hoch. Das vierte Modelo Especial schien ihm zu Kopf zu steigen. Immerhin war er noch fit genug, die neueste Ausgabe von »Arqueología mexicana« zu studieren.

»Wie viele Fahrten führen die 28 000 Busse täglich durch?«

Natürlich hing das vom Verkehrsaufkommen, von Jahreszeit, Wetter und allem möglichen ab, aber einen Näherungswert wußte das statistische Superhirn sicher.

»Circa 560 000 Fahrten pro Tag.«

560 000 Fahrten geteilt durch 105 Überfälle, das bedeutete, ähm, Moment, daß man bei einer von 5 333 Fahrten überfallen wurde. Bei zwei Fahrten täglich also einmal in 7,27 Jahren. Das war erträglicher, als Lopez García es sich vorgestellt hätte. Na gut, dazu kamen noch die Überfälle auf Passanten, Wohnungseinbrüche, Auto- und Taschendiebstähle, Schlägereien, Entführungen, Vergewaltigungen, Morde und so weiter, doch das war jetzt nicht Lopez Garcías Problem. Sein Problem bestand darin, zu erklären, wie es der Vengador geschafft hatte, in sieben Monaten dreizehn Microbusüberfälle

zu vereiteln. Wenn er zwölf Stunden am Tag Verbrecher jagte und pro Fahrt eine halbe Stunde in einem Bus verbrachte, dann deckte er gerade mal vierundzwanzig Fahrten pro Tag ab, und das hieß bei der errechneten Wahrscheinlichkeit von 1 zu 5333, daß er nur alle 222 Tage einen Überfall miterleben und die daran beteiligten Kriminellen abknallen konnte. Statistisch gesehen. Alle 7,4 Monate, und nicht alle zwei Wochen!

»Es gibt natürlich Routen und Gegenden, in denen das Risiko wesentlich höher als im statistischen Mittel ist«, sagte der Statistiker, »zum Beispiel in der Colonia Atlampa, wo man mit zehn bis zwölf Angriffen täglich rechnen kann, oder auf der Linie 3, die mit knapp fünfzehn Überfällen pro Tag in Führung liegt.«

Linie 3. Die Überfälle 2, 6 und 7 hatten tatsächlich auf der Linie 3 stattgefunden. Drei von dreizehn. Zehnmal war der Vengador aber auf anderen Linien erfolgreich gewesen. Nein, er mußte einen Riecher für Gewalttaten haben, einen speziellen Sinn für Microbusse, die überfallen werden würden. Instinkt vielleicht. Anders war das nicht zu erklären.

Der Statistiker sagte: »Die gefährlichsten Stunden sind in dieser Reihenfolge: 22.00 Uhr bis 23.00 Uhr, 21.00 Uhr bis 22.00 Uhr, 5.00 Uhr bis 6.00 Uhr und 12.00 Uhr bis 13.00 Uhr. Wenn sich Ihr Mann darauf konzentriert, kann er die Ausbeute noch einmal steigern.«

»Ja, klar«, sagte Lopez García.

»Danke«, sagte er. Er legte auf. Eins war klar. Der Vengador wußte Bescheid. Er mußte sich gut informiert haben. Wie? Wo? Kannte er jemanden aus dem Statistikamt? Man konnte sich die nötigen Informationen auch durch Printmedien, Internet oder bei den regelmäßigen Pressekonferenzen der Secretaría de Seguridad Pública beschaffen, wenn man gewohnt war, solche Informationskanäle zu nutzen. Das schloß schon mal drei Viertel der Bevölkerung Méxicos aus. Mindestens. Blieben fünf Millionen übrig. Mindestens.

Lopez García sah auf die Arcos de Belén hinunter. Zwischen Salto del Agua und der Kirche zählte er fünf Microbusse. Auf jeden Fall fuhr der Vengador nicht auf gut Glück in der Stadt umher, sondern wählte Routen und Zonen genau aus. Die Zeiten wohl nicht, denn seine Erfolgsquote ließ eher vermuten, daß er rund um die Uhr unterwegs war.

»Also arbeitet er nicht«, sagte Lopez García. »Zumindest seit sieben Monaten fährt er Tag und Nacht mit Microbussen durch die Stadt. Er findet überhaupt keine Zeit, zu arbeiten oder sich um eine Familie zu kümmern. Er findet für überhaupt nichts anderes Zeit.«

Auf Kanal 13 lief »Perla«. »Perla« war nach »Ein wenig Liebe« die zweitbeste Serie. In der aktuellen Folge verreiste Perla mit Roberto, und da würde es wohl endlich zwischen ihnen funken. Sie paßten ja auch gut zueinander, fand Teresa. Sie zauste das Plüschfell von Max II. Das Geld hatte sie auf das Girokonto eingezahlt, das Mädchen war gerade einkaufen, die beiden Polizisten saßen in der Küche und futterten den Kühlschrank leer.

»Alles wird gut, Max«, sagte Teresa. Sie kraulte Max II am Nacken. Das hatte er gern. Er sah sie aus seinen schwarzen Knopfaugen dankbar an und kuschelte sich in ihre Armbeuge.

Perla und Roberto spazierten im Regen durch eine fremde Stadt. Lichter blinkten im Naß, und natürlich gab es nur einen Schirm, und Roberto hielt ihn ein klein wenig linkisch über Perla, und sie mußte sich an ihn drücken, sonst wäre er völlig naß geworden, und jetzt müßten sie sich küssen, aber selbstverständlich küßten sie sich noch nicht, denn der erste Kuß kam immer später, als er zu erwarten war, und Teresa fragte sich, ob sie selbst in so einer Situation den ersten Kuß aufschieben könnte, wenn eigentlich alles dafür reif war.

Der Regen prasselte im Fernseher. Sie würden sich erst in der nächsten Folge küssen. Teresa stand auf und stellte Max II zu den anderen Stofftieren aufs Bord. Sie hätte Lust, mal auszugehen. Allein. Zum erstenmal seit Jahren.

»Ja, ja, ja und ja!« De Soto stieß die Tür so ungestüm auf, daß sie hinten an der Wand anschlug. Aus der Ferne drang der Klang von Hammerschlägen herein. Anscheinend hatten sich die Arbeiter durch zwei Stockwerksdecken nach unten gearbeitet. De Soto blieb auf der Schwelle stehen und reckte die Arme nach oben, als habe er gerade den entscheidenden Elfmeter verwandelt, der seinem Team die Copa Libertadores sicherte. Was nicht ganz ins Bild paßte, waren die Papiere in seiner linken Hand.

»Wir werden berühmt, wir werden befördert, bald sitzen wir an den Fleischtöpfen, und dann werden wir stinkereich!«

Er tänzelte zwei Schritte nach vorn, schlug die Tür hinter sich zu, drehte sich vor Lopez Garcías Schreibtisch im Kreis und sagte: »Schau mich an! Schau mich genau an! Weißt du, wen du vor dir siehst?«

»Den, der gleich Bier holen geht?« fragte Lopez García zurück.

»Den, der unseren ehemaligen Chef um Bier schicken wird, falls Ruiz überhaupt den Mut findet, je wieder hier anzutanzen. Sieben Monate hat er nach dem Vengador gesucht, vergeblich, sieben Monate ohne den gerinsten Erfolg, und dann kommt der kleine, aber feine Oberinspektor De Soto, langt einmal hin, und zack …!«

De Soto knallte die paar Blätter Papier auf den Schreibtisch. Es waren Computerausdrucke.

»… schon hat er den Vengador am Schlawittchen!«

De Soto schlug die Jacke zurück, schnippte irgendwelche Fusseln vom Hemd und versuchte vergeblich, die Knitterfalten glattzustreichen. Er klopfte sich auf die Brust.

»Dahin kommt der Orden«, sagte er. Dann setzte er sich auf den Schreibtisch.

»Ein Orden zur Lederjacke?« fragte Lopez García. Er zog das oberste Blatt heran.

»Wieso nicht? Man kann doch zeigen, was man erreicht hat«, sagte De Soto.

Der Computerausdruck listete die Vermißtenmeldungen vom 5. Mai bis zum 25. Mai auf. Seinen ersten Mord hatte der Vengador am 15. Mai verübt. Ein paar Namen auf dem Blatt waren angekreuzt.

»Der Jugend ein Vorbild!« sagte De Soto.

Lopez García überflog die Daten. Die gekennzeichneten Namen gehörten zu fünf Männern, keiner älter als fünfundvierzig. Ein Unidozent, zwei Polizisten, ein Abteilungsleiter im Gesundheitsamt und ein Referent der PRD in der Delegación Gustavo Madero. Männer, die vor sieben Monaten aus ihrem Alltagsleben verschwunden waren und denen De Soto zutraute, sich sachgerecht über Microbusüberfälle informieren zu können.

»Und?« fragte Lopez García.

»Keiner von denen!« sagte De Soto triumphierend. »Bis auf den vom Gesundheitsamt sind alle wieder aufgetaucht, und der hat so viel unterschlagen, daß er zum Einsperren blöd wäre, wenn er je wieder aus der Südsee zurückkehrte.«

»Kein Vengador also. Was ist dann mit deinem Orden?«

De Soto grinste. Er tippte sich an die Stirn. »Da drin muß man es haben.«

Das Grinsen reichte von einem Ohr zum anderen.

»Vielleicht später, dachte ich mir. Vielleicht zwischen dem zweiten und dritten Anschlag! Und bingo! Da war er. Da war er abgetaucht. Erst zu dieser Zeit wurde der wahre Vengador geboren, der von seiner Mission erfüllt war, der sich stolz zu seinen Taten bekannte, zu seinem neuen Leben, seinem Vollzeitberuf, seiner Berufung zum einsamen Hüter von Recht und Ordnung. Vorher, das war nur halbherzig gemordet, da hatte unser Mann noch andere Interessen, einen Alltagsjob, eine zweite Identität, da hatte er sich noch nicht endgültig entschieden, niemand anders zu sein als El Vengador.«

»Der Aztekenschnickschnack?« fragte Lopez García. »Bist du über den Aztekenschnickschnack …«

»So ist es«, sagte De Soto feierlich. »Und über die Fingerabdrücke, die jemand ab dem dritten Mord so aufdringlich zurückgelassen hat, als wolle er sich zu seinen Taten bekennen. Vorher war da nichts als Heimlichtuerei und schlechtes

Gewissen. Zwischen Fall 2 und 3 hatte sich etwas verändert. Etwas Entscheidendes. Ich schaue mir also die siebzehn Tage an …«

Er fingerte das entsprechende Blatt unter den anderen heraus und tippte auf einen rot umrandeten Namen.

»… und da, am 13. August! Jesús Gabriel Moreno Villaseca, vierunddreißig Jahre alt, freier Journalist, der für La Jornada, El Proceso, Viceversa und andere versponnene Intellektuellenblätter arbeitet, wird als vermißt gemeldet.«

»Und was macht gerade ihn zum Vengador?«

»Erstens war es keine Entführung, zumindest gab es nie eine Lösegeldforderung. Zweitens ist er bis heute nicht wieder aufgetaucht.«

»Und?«

»Und dann das!« De Soto blätterte Lopez García ein paar Zeitungsausschnitte unter die Nase. Der Titel des ersten Artikels lautete: *Schafe im Wolfspelz*. Als Autor firmierte Jesús G. Moreno.

»*Schafe im Wolfspelz*, das bezieht sich auf uns Polizisten«, sagte De Soto. Er zitierte aus dem Artikel: »*… steigert sich die Unfähigkeit der Sicherheitsorgane mit der Einrichtung immer neuer Spezialeinheiten, Strategien und Sicherheitsinitiativen exponentiell, so daß die Polizei fast überfordert scheint, ihre traditionellen Aufgaben wie Nötigung und Erpressung zur eigenen Zufriedenheit zu erfüllen. Insofern gebiert die Unsicherheit – in sarkastischer Ironie – sogar partiell ein Mehr an Sicherheit*. Zitat Ende, 24. 5. 1998.«

Im nächsten Artikel hatte De Soto ebenfalls ein paar Zeilen unterstrichen und zusätzlich mit einem dicken Ausrufezeichen markiert:

»In Colonias mit höchstem Risiko bleibt der Bevölkerung gar keine andere Wahl, als ihre Sicherheit kollektiv selbst zu organisieren, sosehr das auch das Gewaltmonopol des Staates in Frage stellen mag.«

»Das war vom 21. 6.«, sagte De Soto. »Und jetzt wird es immer wilder. 1.7.98: *México-Stadt ist inzwischen auf Platz vier in der Rangfolge der gefährlichsten Stadte der Welt vorgerückt, Tendenz steigend. Auch wer sich – noch – weigert, dem Kriminalitätsproblem mit apokalyptischer Begrifflichkeit zu begegnen, muß dennoch die Frage nach den Ursachen neu und erweitert stellen. Ich glaube, daß jede Kritik an México mit einer Prüfung dessen beginnen muß, was man die aztekische Weltanschauung nennen kann.*«

»Aztekische Weltanschauung?« fragte Lopez García.

»18.7.98: *México begreift sich somit nicht als Zukunft, die verwirklicht werden muß, sondern als Rückkehr zu den Ursprüngen. Der Radikalismus der mexikanischen Revolution besteht in seinem Willen zur Rückkehr zu den Wurzeln, die das einzige Fundament unserer Institutionen bilden.* Und dann, am 11.8.98, schreibt Herr Moreno unter dem Titel *Götterdämmerung*: *Schöpfung und Vernichtung sind für den Menschen antithetische, für die Götter aber identische Begriffe. Bei ihrem Spiel – ob Krieg oder Tanz – vernichten sie manchmal sich selbst. Und ihr Selbstopfer bedeutet die Neuerschaffung der Welt.* Und so weiter, ich lasse jetzt ein paar Zeilen aus, und dann kommt: *Dies alles hat sein irdisches Abbild. Der rituelle Krieg – bei den Azteken der ›blumige‹ genannt – ist die Entsprechung zum Kriegstanz der Götter: er kulminiert in der Opferung der Kriegsgefangenen.*«

»Ein Schreiberling mit weicher Birne«, sagte Lopez García. »Das beweist noch gar nichts.«

»Erstens ist ihm die Stadt zu kriminell, zweitens traut er der Polizei nichts zu, weshalb er drittens Selbstjustiz für erwägenswert, ja notwendig hält. Radikale Lösungen sieht er viertens als typisch mexikanisch an, was er fünftens historisch damit begründet, daß die Azteken mit bestem Gewissen immer schon Menschen abgeschlachtet hätten, das habe nämlich sechstens nichts weniger als eine kosmische Dimension. Genügt das etwa nicht?«

»Das genügt, um den Mann für einen Spinner zu halten. Es genügt nicht, ihn zu einem verrückten Fanatiker zu erklären, der monatelang von früh bis spät Bus fährt, nur um Verbrecher hinzurichten.«

»Am 11. 8. faselt er davon, daß Schöpfung und Vernichtung für die Götter identisch seien, am 13. 8. wird Jesús Gabriel Moreno von seiner Frau als vermißt gemeldet, und am 20. 8. definiert der Vengador sein Vernichtungswerk schöpferisch neu, indem er eine Huitzilopochtli-Statuette am Tatort zurückläßt, auf der sich die Fingerabdrücke des Täters klar wie die fünfte aztekische Sonne ausmachen lassen.«

Lopez García schüttelte den Kopf. Ein Journalist? Ein Schreiberling, der plötzlich mit der 38er in der Hand die Welt in Ordnung bringen will? Der die Pistole nur aus den Fingern legt, um Leichen in archäologischen Stätten die Hände abzuschlagen?

»Kein Problem!« sagte De Soto. »Es ist ein wunderschöner Nachmittag, und wir haben sowieso nichts anderes zu tun. Wir fahren einfach zu Moreno nach Hause. Wir holen uns seine Fingerabdrücke. Dann werden wir ja sehen!«

»Moreno ist seit sieben Monaten verschwunden. Wer weiß, ob wir überhaupt noch Fingerabdrücke finden.«

»Fahren wir?« fragte De Soto.

Ruiz würde diesmal nicht kratzen. Es juckte auch gar nicht. Er bildete sich das Jucken nur ein. Wenn er überlegte, ob es ihn vielleicht juckte, dann juckte es plötzlich. Also war das Jucken pure Einbildung, also lief alles nur im Kopf ab. In seinen schwarzen Gedanken. Um Ruiz gab es nur Finsternis, und in ihr schwamm sein Kopf, und in seinem Kopf wabbelte Finsternis, und …

Ruiz kratzte. Er kratzte auf und ab. Er hatte das Hosenbein hochgezogen und kratzte am Schienbein. Das tat gut. Ah. Er spürte Nässe unter seinen Fingernägeln. Ruiz leckte am Zeigefinger. Blut. Er hatte sich blutig gekratzt.

Ab sofort würde er nicht mehr kratzen. Höchstens dann, wenn es wirklich juckte.

Sie wollten eigentlich nur schnell seine Fingerabdrücke sicherstellen.

»Morenos Fingerabdrücke«, sagte Lopez García. De Soto nickte. Manolo von der Spurensicherung nickte auch.

»Abgehauen ist er«, sagte der Typ. Er thronte fett in einem pompösen Fernsehsessel und befand es nicht für nötig, die nackten Füße vom zugehörigen Beistelltischchen zu nehmen. Wenigstens hatte er den Fernseher ausgeschaltet.

Der Fettwanst sagte: »Wahrscheinlich ist er mit einer seiner Huren in Acapulco. Oder gleich in die Vereinigten Staaten abgezischt. Auf ein süßes Leben in Südkalifornien. Und seine Frau hat er schwanger hier sitzenlassen!«

Die Frau saß am Eßtisch. Sie war nicht schwanger, sie stillte ein in Weiß gewickeltes Etwas. Kind Nummer drei anscheinend, denn über den Boden krabbelten zwei gerade dem Krabbelalter entwachsene Jungs. Sie gaben tuckernde Geräusche von sich und schoben Plastikautos um die Stuhlbeine.

»Er wird seit sieben Monaten vermißt«, sagte die Frau. »Ich habe es damals gemeldet, auch nachgefragt, aber nie habe ich etwas von der Polizei ...«

»Komm her!« Der Dicke fiel ihr ins Wort.

Sie zog sich die Bluse über die Brust und stand auf. Das kleine Etwas quengelte, und der Kerl sagte aus dem Fernsehsessel zu Lopez García:

»Ihr hattet völlig recht, euch nicht um Moreno zu kümmern. Ich kenne ihn schon lange, er ist immer ein selbstsüchtiges Schwein gewesen, bei dem war so etwas schon seit langem zu erwarten. Er markierte den großen Gesellschaftskritiker und wollte doch bloß seinen Namen ins Gespräch bringen, um noch mehr Praktikantinnen und Journalistikstudentinnen vögeln zu können, als er es sowieso schon tat. Schauen Sie sich doch hier um: eine Spießbürgergegend, zwei Zimmer plus Kochnische, ein paar Kinder, die am Boden entlangsabbern, und dazu eine Frau, die nichts kann, als schwanger zu werden. Das war kein Leben für Moreno. Der hatte etwas Besseres für sich vorgesehen. Er hat die Tür hinter sich zugeschlagen und ist abgezischt, sobald er irgendeinem Millionärstöchterchen eingebumst hatte, wie toll er sei.«

»Hat Moreno ...«

»ICH habe mich dann um sie gekümmert.« Der Fettkloß patschte Morenos Frau ein paarmal auf den Hintern. »Sie hat ja nichts gelernt, hat keine Arbeit, keinen Peso zurückgelegt. Ich zahle alles, die Tortillas, die Miete, die Kleidung für die Kinder, einfach alles. Stimmt's?«

Sie nickte stumm. Sie stand neben dem Sessel, schaukelte sacht ihr Jüngstes und schien gar nicht zu bemerken, daß er über sie sprach, als wäre sie bei Comercial Mexicana als Restposten verramscht worden.

Einer der Jungs ließ sein Spielzeugauto über De Sotos linke Schuhspitze fahren. Es war ein weißer Kleinbus mit aufgemaltem roten Kreuz.

»Sehen Sie denn jetzt noch eine Chance, daß mein …«, sagte die Frau.

Der Typ im Sessel schnaubte durch die Nase.

»… daß Jesús Moreno wieder auftaucht?«

Der kleine Junge ließ den Krankenwagen zurückstoßen und versuchte, ihn zwischen De Sotos Stiefeln durchzumanövrieren.

»Oha«, sagte De Soto. Er stellte den linken Fuß zur Seite.

»Dein Sohn belästigt unseren Gast!« sagte der Dicke zu Morenos Frau. Sie wiegte ihr Kind an der Schulter, hörte ihn nicht, war mit ihren Gedanken in anderen Welten.

Der Fettwanst zischte zu dem Jungen hin: »Laß das, Héctor!«

Die Mutter schrak auf. Héctor Hosenscheißer ließ den Krankenwagen im Stich und flüchtete unter den Tisch. Er schien handgreiflichere Ermahnungen gewohnt zu sein.

»Laß das, Héctor!« echote Morenos Frau.

»Moreno ist vor sieben Monaten …«, sagte Lopez García.

»Abgehauen«, sagte der Zweitvater, »und hat seine freche Brut hier zurückgelassen, damit ich mich mit ihr herumärgern darf.«

»Ja«, sagte Lopez García. »Ich meine, gibt es hier noch persönliche Habseligkeiten von Moreno? Irgend etwas, was Sie nicht benutzen?«

Der Dicke wurde laut: »Natürlich benutze ich alles hier.

Das ist jetzt mein Zeug. Moreno gehört gar nichts mehr! Das wäre ja noch schöner! Wer stopft denn die hungrigen Mäuler, hä? Er oder ich?«

»Sie!« sagte De Soto. »Wir brauchen nur etwas, auf dem Morenos Fingerabdrücke sein könnten.«

»Da werden Sie Pech haben«, sagte Morenos Nachfolger. Er deutete auf die Frau. »Sie macht hier schließlich sauber, putzt, spült, wischt Staub und so weiter. Das hoffe ich wenigstens!«

Bis auf das Kinderspielzeug am Boden sah alles tipptopp aus. Die Glasscheiben der Vitrine blitzten, die Tischplatte glänzte, der Messingleuchter schien frisch poliert, und über den Nippeskram an den Wänden ging offensichtlich regelmäßig der Staubwedel. Lopez García sah in die Kochnische nebenan. Herd und Kühlschrank wirkten wie aus dem Werbeprospekt eines Gebrauchtwarenladens. Tassen, Teller, der ganze Alltagskram, nein, das taugte alles nicht, daran waren sicher keine Fingerabdrücke mehr.

Also neu überlegen! Moreno war Journalist. Besaß er keinen Computer? Keine Disketten, auf die er seine Schwachsinnsartikel abgespeichert und die nie jemand außer ihm berührt hatte?

»Nö«, sagte der Dicke.

Moreno war Journalist und Intellektueller. Zumindest interessierte er sich für aktuelle Gesellschaftsprobleme und für mexikanische Geschichte. Er wußte über die Azteken und über Polizeikorruption Bescheid. Woher? Aus Zeitschriften, aus Büchern. Lopez García sah nirgends ein Buch. Vielleicht im Schlafzimmer?

»Darf ich mal nach nebenan schauen?« fragte Lopez García.

»Nein«, sagte der Dicke.

»Hatte er keine Bücher?«

»Doch, jede Menge, aber wir haben den Schund verkauft. Mitsamt den Regalen. Schon wegen des Raums, den das alte Zeug eingenommen hat. Die Kinder konnten sich ja gar nicht mehr in der Wohnung bewegen!«

Der kleine Héctor saß immer noch wie festgewachsen unter dem Tisch. Sein Bruder krabbelte im Zeitlupentempo auf De Sotos Beine zu. Er versuchte den Eindruck zu erwecken, daß er den Boden überhaupt nicht berührte. Anscheinend wollte er den Krankenwagen bergen, ohne Aufsehen zu erregen. Panik stand dem Kleinen ins Gesicht geschrieben. Als müßte er sich aus dem Fenster stürzen, wenn jemand »kusch« sagte und in die Hände klatschte.

»Für Bücher und Regale sprang immerhin der Fernsehsessel heraus«, sagte der Dicke. Er lehnte sich zurück.

»Fotos«, sagte Manolo von der Spurensicherung. Er wandte sich an die Frau: »Sie haben doch sicher ein Fotoalbum von Ihrer Hochzeit mit Moreno?«

»Moreno, Moreno, Moreno, Moreno!« schrie der Fettwanst. »Gibt es denn überhaupt nichts anderes? Ich kann den Namen nicht mehr hören! Schon lange nicht mehr! Er war ein Scheißkerl, verstehen Sie? Er hat seine Frau sitzenlassen, und sie soll sich dann Tag für Tag die dämlichen Hochzeitsfotos ansehen?«

»Kein Album?« fragte Lopez García. Daß der Bräutigam mal ein paar der Hochzeitsbilder in der Hand gehabt hatte, bevor sie unter Transparentpapier endgelagert wurden, schien recht wahrscheinlich.

»Wir haben die Bilder verbrannt«, sagte die Frau leise. Ihr Zweitältester griff vorsichtig nach dem Krankenwagen.

»Verbrannt?«

»Damit ich nicht immer an den Scheißkerl erinnert werde«, sagte die Frau. Mit leisem Plop stieß das Heck des Krankenwagens an den Absatz von De Sotos Cowboystiefel. Der Junge erstarrte in der Bewegung.

Der aktuelle Herr des Hauses zog Morenos Frau auf die Sessellehne hinab und legte den Arm um ihre Hüfte. Die Frau klammerte sich an den Säugling.

»Sie haben alles verkauft, vernichtet, verschenkt, was an Moreno erinnern könnte?« fragte Lopez García zur Sicherheit nach.

»Gott sei Dank gibt es ja die Polizei, die ab und zu vorbeikommt, um alles wieder aufzuwühlen«, sagte der Dicke und klopfte an der Frau herum. »Ansonsten sind wir absolut glücklich.«

Der Junge ließ den Krankenwagen im Tiefflug Richtung Tisch schweben. Knapp über den Bodenfliesen. Brüderlein Héctor saß immer noch unter dem Tisch, ohne sich zu rühren. Vielleicht war er vor Schreck gestorben. Seine Umrisse verschwammen im Schatten der Tischplatte. Es wurde langsam dunkel. Man sollte vielleicht das Licht ...

Ja, dachte Lopez García, das Licht!

Er fragte: »Wie lange haben Sie mit Moreno hier gewohnt?«

»Wir sind eine glückliche Familie«, sagte der Typ.

»Acht Jahre«, sagte die Frau.

In acht Jahren ging einiges kaputt, auch wenn man aufpaßte. Das war ganz normal. Verschleiß eben.

»Glühbirnen!« sagte Lopez García. An Glühbirnen putzte man nicht herum, die berührte man auch nicht dauernd. Eine Glühbirne drehte man aus der Fassung, wenn sie defekt war, und an ihrer Stelle drehte man eine neue Birne ein. Fertig. Und man war Mann. Glühbirnen in die Fassung zu drehen war eindeutig ein Männerjob.

»Klar, die Glühbirnen!« sagte Manolo von der Spurensicherung. Er öffnete seinen Koffer, zog dünne Gummihandschuhe über, stieg auf einen Stuhl und weiter auf die polierte Tischplatte.

»He!« sagte der Kerl aus dem Fernsehsessel heraus.

Die Kinder schossen unter dem Tisch hervor und flüchteten ins Schlafzimmer.

In dem Messingleuchter steckten fünf Glühbirnen. Manolo faßte die erste an der schmalen Stelle direkt über der Fassung und drehte sie heraus. Es war eine 40-Watt-Birne. Matt. Manolo tauchte einen weichen Pinsel in ein Fläschchen mit Rußpulver. Die Birne hielt er vorsichtig mit zwei Fingern.

»Komm, komm, komm!« sagte er beim ersten zarten Pinselstrich.

»Na, komm schon!« sagte er, als er das Kohlenstoffpulver

auf die gläserne Rundung stäubte. Lopez García trat näher. Da war die Spur! Da waren zumindest Papillarlinien. Manolo folgte mit seinen Pinselstrichen dem Verlauf der Linien.

»Ei, ei, ei«, sagte er. Obwohl die Spur gut kontrastierte, fand er anscheinend nichts wirklich Brauchbares. Es gab zu viele verschiedene Abdrücke, die sich überlagerten. Daumen, Zeigefinger und Mittelfinger, mit diesen drei Fingern schraubte man eine Glühbirne ein, mit diesen Fingern faßte man nach, sobald die Schraubwindung gegriffen hatte. Drei Finger, mit denen Moreno so lange auf der Glühbirne herumgetatscht hatte, bis nur noch ein wüstes Durcheinander von Fingerspurfetzen übrig war. Trotzdem zog Manolo die Spur mit einem Stück transparenter Klebefolie ab.

»Ich kann versuchen, Überlappungsebenen zu definieren und die Einzelspuren so auseinanderzuklauben«, sagte er, »aber das ist immer ein Stück weit Interpretationssache.«

Er beschriftete die Folie und verstaute sie im Koffer.

»Gerichtsverwertbar sind die Spuren nur, wenn mindestens zwölf zweifelsfrei identifizierte anatomische Merkmale mit den Vergleichsabdrücken übereinstimmen.«

Manolo nickte zu seinem Koffer hin.

»Zwölf klare Minuzien bekomme ich aus dem Chaos garantiert nicht heraus. Nicht zweifelsfrei«, sagte er und holte sich die nächste Glühbirne. Er bestäubte sie mit feinen Pinselstrichen.

»Hm, hm«, sagte Manolo.

»Nein, nein, nein«, murmelte er und schüttelte dazu in einer Tour den Kopf. Vielleicht ein Wackelkontakt? Erst bei der letzten Glühbirne begann Manolo zu strahlen, als habe er soeben die Elektrizität entdeckt.

»Und?«

»Zwei glasklare Abdrücke. Ich selbst hätte ihm die Finger nicht besser darauf abrollen können.«

Manolo zog die Spuren ab. Dann begann er, die restlichen Glühbirnen in Wohnzimmer und Küche zu untersuchen. Er brabbelte kontinuierlich vor sich hin. Sein Job schien ihm Spaß zu machen.

»Daß eines klar ist«, sagte der Dicke, »die Birnen werden alle wieder hineingedreht!«

Lopez García und De Soto sahen sich an. Eigentlich sprach nichts dagegen, die Leute hier in Ruhe wohnen zu lassen. Selbst wenn Moreno sich als der Vengador entpuppen sollte, bewiesen Fingerabdrücke aus seiner Wohnung gar nichts. Erstmal ging es nur darum, De Sotos Theorie zu überprüfen. Dazu reichten die abgezogenen Abdrücke allemal.

»Wir lassen Sie doch nicht im Finstern sitzen«, sagte Lopez García.

Da Manolo noch beschäftigt war, stieg De Soto auf den Tisch, um die Birnen wieder einzuschrauben.

»Moment!« sagte der Dicke.

»Leg mal das Kleine weg!« sagte er zu Morenos Frau. »Wenn die Birnen schon mal draußen sind, könntest du sie ja gleich putzen.«

»Putzen?« fragte die Frau.

»Putzen, säubern, wischen. Mit einem feuchten Tuch oder so. Der Dreck nimmt doch das Licht weg! Willst du dir die Augen verderben?«

»Nein«, sagte Morenos Frau. Sie schaukelte den Säugling auf ihrem Arm.

»Leg jetzt das Kind weg!« Der Dicke räkelte sich in seinem Sessel.

Die Frau ging ins Schlafzimmer und kam ohne das Kind zurück. Sie holte einen Lappen aus der Küche. Sie wischte eine Glühbirne nach der anderen ab und gab sie an De Soto weiter, der sie einschraubte.

Manolo war fast fertig. Er mußte nur noch die Fingerabdrücke des Dickwanstes aufnehmen. Zur Sicherheit. Um Verwechslungen auszuschließen. Der Dicke wohnte schließlich hier und war deshalb eine tatortberechtigte Person. Er wäre eine tatortberechtigte Person gewesen, wenn es sich bei der Wohnung um einen Tatort gehandelt hätte.

Die Polizistin war nach der Nachtschicht abgelöst worden. Ihre Kollegen ließen Teresa in Ruhe, und sie hielt sich ebenfalls zurück. Selbst unter normalen Umständen lebte Teresa hauptsächlich in ihrem Schlafzimmer, in dem auch der Zweitfernseher stand. Den Rest des Hauses und den Garten nutzte sie kaum, und deshalb machte es ihr nicht viel aus, daß sich die Polizisten überall breitmachten. Es störte nur Teresas Stilgefühl, daß der eine von ihnen auf der Couch in der Eingangshalle vor sich hin schnarchte. Bei der Couch handelte es sich um ein schön renoviertes Stück aus der Porfiriatszeit, und der Polizist hatte sich gestern als Torreblanca vorgestellt. Er schien der Leiter der Einsatzgruppe zu sein. Sein Kollege war nirgends zu entdecken. Irgendwo steckte er aber sicher, der junge, hübsche Inspektor mit den Strubbelhaaren und dem Goldohrring, den Teresa für ein klein wenig zu gewagt hielt, obwohl Ohrringe durchaus zu dem eigenwilligen, etwas frechen und ziemlich sinnlichen Typ Mann paßten, dem der Inspektor angehörte. Enrique hieß er, glaubte Teresa aufgeschnappt zu haben. Inspektor Enrique.

Vielleicht döste er im Wohnzimmer neben dem Telefon. Irgendeiner von ihnen mußte immer dort sitzen, um das Gespräch aufzuzeichnen und die Fangschaltung anzuleiern, falls die Entführer noch einmal anriefen. Allerdings schien es unwahrscheinlich, daß die Entführer ein solches Risiko auf sich nehmen würden. Wozu denn? Sie hatten die Kontokarte und brauchten nur Tag für Tag ihr Geld abzuheben.

Teresa schlüpfte in ihre Kostümjacke, hängte sich die Handtasche über die Schulter und öffnete leise die Haustür. Der Polizist auf der Couch schnarchte weiter. Im Garten blinkte der Tau im Gras. Ein Kolibri schwirrte um die Limonenbäume, und violette Bougainvilleen hingen schwer von der drei Mann hohen Mauer. Kein Inspektor Enrique, keine Spur von irgendwelchen Polizisten. Teresa ließ per Fernbedienung das schwere Metalltor zur Seite rollen.

Jetzt war sie draußen, in der Welt, in México-Stadt, wo Mord und Totschlag auf sie warteten, wo sie beraubt und vergewaltigt würde, wie das in Kriegszeiten wehrlosen Frauen gegenüber nun mal üblich war.

Das wenigstens hatte ihr Mann behauptet und ihr für die

paar Male, die sie mit ihren Freundinnen nach Polanco ins Café gefahren war, immer eine Eskorte der Seguridad Pública hinterhergeschickt. Teresa fand so etwas peinlich. Es nützte auch nichts. Das sah man am besten an ihrem Mann, der nun selbst entführt worden war, obwohl er die halbe Kriminalpolizei Méxicos zu seinem Schutz herumkommandieren durfte. Es schien tatsächlich eine unglaublich gefährliche Stadt zu sein, in der man mit jedem Schritt sein Leben riskierte.

Teresa machte einen Schritt. Sie sah sich um. Hohe Mauerfluchten schirmten die Nachbargrundstücke ab. Die Tore waren versperrt. Verrammelt und verriegelt. Abweisend. Es war schwer vorstellbar, daß menschliche Wesen dahinter wohnten.

Am Straßenrand wuchsen Jacarandabäume, deren Wurzeln den Asphalt des Gehsteigs aufwarfen. Ein Scherenschleifer radelte von der Calle Hidalgo her. Ein Dienstmädchen führte einen gestriegelten Hund aus. Sonst war niemand unterwegs. Teresa tat einen zweiten Schritt. Sie lebte noch. Sie marschierte los.

Zwei Blocks weiter füllten sich die Straßen. Ein paar Kinder in Schuluniformen hasteten auf den Eingang ihrer Primaria zu, wo sie ein grimmig dreinschauender Pförtner erwartete. An der Ecke zur 5 de Mayo brutzelten schon die ersten Doradas in heißem Öl. Speckige Hände hackten Koriander klein, und ein Schnurrbartträger, der wie Emilio in »Zuviel Liebe« aussah, kleckste genüßlich Mayonnaise und Chilipaste über einen gekochten Maiskolben. Am Straßenrand bot ein Zeitungsverkäufer die druckfrische »Reforma« an. In den Microbussen zogen Sekretärinnen ihren Lidstrich nach, die Fahrer fuhren an, hupten, stoppten. Zwei junge Mädchen sprangen kichernd aus einem Bus der Linie 1, der Verkehrspolizist trillerte ihnen nach, Taxis bogen aus der zweiten Reihe ab, und eine Indiofrau zupfte Teresa am Ärmel. Sie bat um Geld für ihre beiden Kinder, die in der Unterführung mit Coladosen spielten.

Teresa begann zu leben.

Sie gab der Indiomutter einen Peso. Geld! dachte sie. Geld und wahre Liebe gingen schwer zusammen. Darin waren sich alle Telenovelas einig, sosehr sie sich auch sonst unterscheiden mochten. Doch wahrscheinlich verhielt es sich im richtigen Leben ganz anders. Da besaßen auch die Guten Geld und konnten es für gute Zwecke einsetzen. Nicht, daß man Freiheit und Glück und Liebe direkt kaufen konnte, doch es half zweifelsohne, über Geld zu verfügen.

Teresa fragte sich, was wohl mit ihrem Mann passiert wäre, wenn sie das geforderte Lösegeld nicht hätte auftreiben können oder einfach nichts auf das Girokonto eingezahlt hätte. Natürlich war Geld wichtig. Es konnte über Leben entscheiden. So oder so.

Gemütlich schlenderte Teresa die Calzada de Tlalpan entlang, beobachtete einen einarmigen Parkwächter, der mit seinem roten Lappen parkwillige Autofahrer in das von ihm besetzte Stück Parkverbotszone zu lotsen versuchte. Vor dem Superama verkaufte ein Junge selbstaufgenommene Musikkassetten. Aus seinem Radiorecorder klang verzerrte Rancheromusik. Zwei Jugendliche lehnten am Zaun und küßten sich. Daneben Zeitungsstände, Essensbuden, ein Schuhputzer, ein Schlüsseldienst. »Arturo!« rief eine Frauenstimme aus der Menge. Schwämme und geschnitzte Holzlöffel lagen auf einer Plastikplane aus, und ein paar Bauchladeninhaber boten Kaugummi, einzelne Zigaretten und verschiedenen Krimskrams an. Es war laut, der Gehsteig war eng und voll, ein paar Männer schoben voran, aber Teresa fühlte sich sicher.

Es herrschte keine Gefahr. Teresa befand sich unter Menschen, die lieben und hassen und gleichgültig sein konnten wie die im Fernsehen, nur mußten sie zusätzlich ein paar Pesos verdienen. Ohne Geld überlebte man schwer in der wirklichen Welt.

Vor der Filiale von Bancomer stand ein Wachposten mit umgehängtem Gewehr. Der Lauf zeigte nach unten. Neben ihm sammelte eine Frau für behinderte Kinder. Ohne Geld sah es ganz schlecht aus in der wirklichen Welt. Teresa stieg drei Stufen hoch und wandte sich nach rechts zu den Geldautomaten. Sie benutzte ihre Kontokarte fast nie, doch ihre Geheimzahl hatte sie nicht vergessen.

Teresa hob 3000 Pesos ab und steckte die Scheine in ihre Handtasche. In einer Minute war alles erledigt. Eine harmlose kleine Alltagstransaktion, und doch würden die Entführer ihres Mannes Augen machen! Kein Geld heute! Teresa lächelte. In der dunkel verglasten Trennwand zum Schalterraum beobachtete sie ihr Lächeln. Zwei kleine grausame Falten umspielten ihren Mund. Sie zog den linken Mundwinkel etwas nach oben.

Im Grunde hatten ihr intrigante und elegante Gegenspielerinnen wie Karina in »Leidenschaftliche Rache« immer mehr behagt als die nur jungen und schönen und unschuldigen Heldinnen. Sie besaßen mehr Tiefe, vielschichtigere Emotionen. Charaktere, in denen sich Liebe und Haß untrennbar mischten, in denen grenzenlose Enttäuschung und hoffnungsvolle Sehnsucht so hart aufeinanderstießen, daß die Funken sprühten. In diesen Frauen schien die Unergründlichkeit des menschlichen Daseins auf. Und Geld besaßen sie außerdem.

»Ja, die stammen vom Vengador«, sagte der Typ hinter seinem Computer hervor.

Er sprach von den Fingerabdrücken auf den Glühbirnen. Aus Morenos Wohnung. Moreno. Jesús Gabriel Moreno Villaseca.

»Sicher?« fragte Lopez García.

Der Computermensch rückte am Kragen seines Hemds, streckte Lopez García seine Handflächen entgegen und sagte: »Ich bin dreiundvierzig Jahre alt, gehöre seit knapp zwanzig Jahren zu dem Laden hier, und seitdem ziehe ich mit diesen Händen Folien aus Plastiktütchen. Damit es nicht so eintönig wird, darf ich dann gleich zwei Aufgabenbereiche erledigen: Zum einen klassifiziere ich Fingerabdrücke, zum anderen vergleiche ich Klassifizierungsformeln mit neuen Abdrücken. Klassifizieren, vergleichen, klassifizieren, vergleichen. Seit siebzehn Jahren. So langsam habe ich begriffen, wie man das macht.«

Der Mann sah müde aus. Faltig. Seine Augen lagen tief im Gesicht. Vielleicht lag es am ewigen Kunstlicht im Keller der Kripozentrale.

»Die Abdrücke könnten ja eventuell nicht ganz optimal sein«, sagte Lopez García.

»Die Abdrücke waren in Ordnung. Ein paar waren sogar optimal. Sie wissen vielleicht, daß man im Abdruck eines einzelnen Fingers zwischen hundert und hundertdreißig anatomische Merkmale unterscheiden kann. Ich versichere Ihnen, daß die Fingerabdrücke, die Sie mir gestern vorbeigebracht haben, bis aufs letzte dieser Merkmale mit den Fingerspuren übereinstimmen, die wir von den diversen Tatorten der Vengadormorde erhalten haben.«

»Hundertprozentig?«

»Hundertfünfzigprozentig.«

Moreno war der Vengador. Zweifelsfrei identifiziert, praktisch überführt. Man mußte ihn nur noch finden, festnehmen und erkennungsdienstlich behandeln. Und schon war der spektakulärste Kriminalfall Méxicos, seit Präsident Salinas und sein Clan den Staat ausgeplündert hatten, gelöst. De Soto hatte recht vermutet.

Lopez García verließ das Hochhaus der Policía Judicial und überquerte die Arcos de Belén. In der Kirche auf der anderen Straßenseite dankte er der Jungfrau und betete drei Ave-Maria. Dann schlenderte er Richtung Metrostation Salto del Agua. An der überdachten Ecke zur Eje Central trennte eine Kette einen improvisierten Videospielsalon vom Gehsteig ab. Lopez García drängte sich durch die Zuschauer. Die Apparate reihten sich an der Hauswand entlang. De Soto saß vor einem Bildschirm, aus dem eine futuristische Stadtlandschaft, die voll von irgendwelchen zu erledigenden Außerirdischen war, auf ihn zuraste. De Soto kurvte um die Wolkenkratzer und erledigte alles, was zu erledigen war. Seine Hand schien mit dem Steuerknüppel verwachsen. Sein Daumen war auf Dauerfeuer eingestellt.

»Sieht ganz so aus, als ob Moreno der Vengador ist«, sagte Lopez García.

De Sotos Bildschirm-Ich zerplatzte in einem gewaltigen Feuerball. Die Außerirdischen hatten letztlich gesiegt. De Soto war das anscheinend egal. Er stand auf, gab dem Videokasten einen sanften Klaps und sagte ein Wort, in dem sich Jahrzehnte harter und entbehrungsreicher Arbeit in der Gewißheit längst überfälliger Anerkennung, verdienten Reichtums und einer wohlgeordneten Zukunft lösten.

Er sprach: »Ja!«

6

Es gibt keine schlimmere Bürde als die Hoffnung, glücklich zu werden.

CARLOS FUENTES, DIANA O LA CAZADORA SOLITARIA

»Ob ich was …?« fragte Teresa.

Stundenlang war sie durch die Straßen gelaufen, hatte bei Sanborne's eine heiße Schokolade getrunken, hatte ein paar Schuhe gekauft, sich die Hände maniküren lassen, Menschen beobachtet, sich in der Masse treiben lassen und und und. Jetzt taten ihr die Beine weh. Sie fühlte sich müde und wollte »Dreimal Sofía« auf Kanal 2 ansehen. Durfte sie nicht einmal kurz ausspannen? Sie stöhnte vernehmlich und sagte:

»Nein, natürlich habe ich nichts abgehoben.«

»Die waren stinksauer am Telefon«, sagte die Polizistin.

Mußte Teresa sich in ihrem eigenen Haus von irgendwelchen Polizisten irgendeiner Sondereinheit Vorhaltungen machen lassen? Mußte sie sich eigentlich alles bieten lassen? Nur weil ihr Mann entführt worden war? Nur weil sie der Welt draußen als Frau allein und schutzlos gegenüberstand? Sie streifte die Schuhe ab und kickte sie Richtung Klavier.

»Wir sind auch sauer«, sagte die Polizistin. »Sie hätten uns zumindest mitteilen sollen, daß Sie eine zweite Kontokarte besitzen.«

Die Polizistin hieß Marta Vasco und sah recht hübsch aus. Ein bißchen vulgär vielleicht. Nach Flittchen. Eine unangenehme Person, der nicht zu trauen war. Teresa setzte sich und massierte ihre Zehen. Und die Zehenballen. Sie sagte: »Besitze ich eine zweite Karte? Kann sein, kann auch nicht sein. Ich weiß nicht. Immerhin ist mein Mann entführt worden. Ich stehe unter Schock, ich kann an nichts anderes denken …«

Sie schluckte, atmete tief durch und drückte zwei Tränen in die Augenwinkel. Sie wußte, daß ihre Augen feucht schimmerten, und sie sagte mit einer wackligen Stimme, die fest zu klingen versuchte: »Für mich ist das alles einfach zuviel. Ich halte das nicht aus, es geht nicht, ich schaffe es einfach nicht. Am liebsten würde ich …«

Sie sagte nicht, was sie am liebsten würde. Sie streckte sich. Ihr Rücken war verspannt. Vom Hals abwärts. Am schlimmsten schmerzte die rechte Schulter.

»Sie müssen jetzt stark sein!« sagte Inspektor Enrique. Er wußte, wie man zu einer Frau sprach. Er besaß nicht nur einen gar nicht so üblen Ohrring, sondern auch Gefühl. Zartgefühl. Vielleicht sah er auch nur regelmäßig »Ich lebe für Elena« an.

»Ich weiß nicht, wo die Karte ist«, sagte Teresa.

»Wenn nicht Sie die Person waren, die heute 3 000 Pesos abgehoben hat, ist die Karte jetzt sowieso in anderen Händen«, sagte Inspektor Enrique. Ob Teresa ihn bitten sollte, ihr den Rücken zu massieren? Sie rollte die rechte Schulter.

»Vielleicht hat das Dienstmädchen sie geklaut«, sagte Teresa. Sie wollte Marguerita sowieso entlassen. Wenn Marguerita im Bad putzte, räumte sie alles so um, daß nichts wiederzufinden war. So etwas konnte Teresa einfach nicht ausstehen! Und dann noch der freche Blick der Göre!

Inspektor Enrique sagte mit samtweicher Stimme: »Wenn die Entführer morgen wieder kein Geld abheben können, wollen sie damit beginnen, Ihren Mann zurückzuschicken. Stückchenweise.«

Teresa kniff die Augen zu, schüttelte den Kopf. Ihre Lippen zitterten leicht, doch sie wußte, daß es immer einen Weg gab. Sie mußte nur stark sein. Stark bleiben.

»Ich glaube nicht, daß das nur ein Scherz sein sollte«, sagte Inspektor Enrique.

Er sah gut aus, aber auch er gehörte zu denen, die eine unglückliche, von allen verlassene Frau unter Druck setzten. Vielleicht ohne es zu wollen. Teresa wollte ihn noch nicht endgültig verdammen. Man mußte Männern mehr als eine Chance geben. Alfonso in »Zuviel Liebe« zum Beispiel war wirklich süß geworden, obwohl er mindestens zehn Folgen lang so ziemlich alles falsch gemacht hatte, was man falsch machen konnte.

Teresa schluchzte: »Aber was kann ICH denn tun?«

»Zumindest die Zweitkarte sperren lassen«, sagte die Polizistin. »Sie ist Ihnen schließlich abhanden gekommen, und nun treibt ein Unbefugter damit Unfug.«

»Das wollen Sie doch sicher nicht«, sagte Inspektor Enrique.

»Ihr Mann sicher auch nicht«, sagte die Polizistin. Es klang irgendwie höhnisch.

Teresa blickte Inspektor Enrique hilfesuchend an. Er lächelte zart, nickte und sagte: »Ich glaube auch, daß Sie die Karte besser sperren sollten.«

Teresa schniefte und lächelte zurück.

»Wenn Sie meinen«, sagte sie. Sie stand auf und stakste zur Tür.

»Gleich morgen früh«, sagte sie.

Inspektor Enrique räusperte sich. Die Polizistin sagte: »Vielleicht wäre es angebrachter, jetzt gleich …«

Teresa ließ die Türklinke los und wandte sich um.

»Mmh«, sagte Inspektor Enrique.

»Wenn Sie meinen«, sagte Teresa. Sie mußte stark sein. Alles kam darauf an, stark zu sein.

De Soto starrte begeistert auf seine Handflächen. Wahrscheinlich prophezeiten ihm Lebens-, Kopf-, Herz- und Schicksalslinie einhellig Glück, Erfolg und die Erfüllung jeglicher Wünsche.

»Wir packen zu«, sagte er und knallte die linke Hand auf den Schreibtisch. »Wir kratzen alles zusammen, was eine Pistole halten kann, und starten die größte Großfahndung seit Menschengedenken.«

»Moreno ist gefährlich«, sagte Lopez García.

»Wir werden Dreierteams bilden. Alle werden mit Funkgeräten ausgestattet und bleiben in ständigem Kontakt mit der Zentrale. Da sitzen wir und halten die Fäden in der Hand.«

De Soto lehnte sich zurück und verschränkte die Arme. Er grinste zufriedener als Pancho Villa in seinen besten Jahren.

Pancho Villa hatte ja auch bloß eine Revolution zustandegebracht, halb México erobert und die Gringos jahrelang an der Nase herumgeführt.

»Auf welchen Buslinien setzen wir die Eingreiftrupps ein?« fragte Lopez García.

»Auf allen natürlich. Nicht von Endstation zu Endstation, sondern mittendrin. Sie steigen ein, schauen sich nach Moreno um, und wenn er nicht drin ist, steigen sie bei der nächsten Station in die Gegenrichtung um.«

»Das kostet jedesmal einen Peso fünfzig pro Polizist. Wenn wir das ein paar Tage lang machen, ist die Kriminalpolizei pleite.«

»Ist sie sowieso«, sagte De Soto fröhlich. »Und von nichts kommt nichts.«

»Wir müssen ein Foto von Moreno vervielfältigen lassen. Zumindest einen Abzug pro Einsatzgruppe.«

»Den Kerl greifen wir uns«, sagte De Soto. Er wippte auf seinem Stuhl. Er lachte zufrieden.

»Seine Frau hat kein Foto mehr, aber vielleicht bekommen wir eins in einer der Zeitungsredaktionen, für die er gearbeitet hat.«

»Wieso nehmen wir nicht das aus den Akten?« fragte De Soto.

»Was?« fragte Lopez García.

»Das ist doch gar nicht so schlecht.«

»Bei den Akten ist ein Foto von Moreno?« fragte Lopez García zur Sicherheit nach. Vielleicht hatte er plötzlich was an den Ohren.

»Äh … ja«, sagte De Soto. Er rutschte auf die Stuhlkante vor, schien tatsächlich bemerkt zu haben, daß etwas nicht in Ordnung war. Offensichtlich fühlte er sich etwas unwohl. So, als habe er sich plötzlich daran erinnert, daß Pancho Villa 1923 letztlich doch ermordet worden war. Unter bis heute ungeklärten Umständen.

»Bei welchen Akten?« fragte Lopez García. Er lehnte sich ebenfalls nach vorne. De Soto klappte den Deckel des Stempelkissens zu und auf.

»Bei … welchen … Akten?« fragte Lopez García klar und deutlich. Wie man halt Geistesgestörten gegenüber fragt. Da blieb man ganz ruhig, ganz beherrscht. Es lohnte gar nicht, sich aufzuregen.

»Bei Ruiz' Akten?« De Sotos Antwort hörte sich nach einer Frage an. Ziemlich unsicher. Als befürchte er, Lopez García greife mit der Hand über den Schreibtisch, packe ihn am Schlawittchen, ziehe ihn herüber und ohrfeige ihn so lange, bis seine Wangen die Farbe des Stempelkissens angenommen hätten. Das war keine ganz grundlose Befürchtung.

»Und was ist mit den Vermißtenmeldungen, mit Morenos Zeitungsartikeln?«

De Soto schluckte. Man könnte ihm den Adamsapfel ins Hirn stopfen. Da war schließlich Platz genug.

»Okay, okay, okay.« De Soto streckte abwehrend die Arme aus. »Ich gebe ja zu, es war alles schon da. Aber ich war es, der zwei und zwei zusammengezählt hat. Ein wenig Material aufeinanderhäufen, das kann jeder. Sogar einer wie Ruiz. Man muß halt etwas daraus machen, und dafür braucht es Grips.«

»Grips?« fragte Lopez García. Auch wenn De Soto sich noch so sehr mit fremden Federn schmückte, es war Ruiz, der schon alles beisammen gehabt hatte: Morenos Fingerabdrücke, die Vermißtenmeldung, die journalistische Vorgeschichte, die Erklärung für den Aztekenkram, alles.

»Ist doch egal«, sagte De Soto. »Jetzt sind erst einmal wir dran!«

Und einer wie Ruiz sollte nicht die einfachste Schlußfolgerung daraus gezogen haben? Dagegen war zwei plus zwei höhere Mathematik!

»Mit der gigantischsten Großfahndung aller Zeiten!« sagte De Soto.

Daraus würde nichts werden. Ruiz mochte ein mediengeiler, arroganter, herrschsüchtiger Karrieretyp sein, aber doof war er nicht. Nicht halb so doof wie De Soto.

»Finger weg!« sagte Lopez García. »Das Ding ist heiß. Daran verbrennen wir uns die Flossen.«

»Wir?« De Soto zupfte an seiner Nase. Mit Daumen und Zeigefinger. De Soto war so etwas von doof, daß sich Lopez García verpflichtet fühlte, ihm auch das Offensichtlichste zu erklären.

»Den rauchenden Colt in der Hand, den Fuß auf der Wampe des erlegten Vengadors – das wäre genau die Szene gewesen, nach der Ruiz seit Jahren hechelt. Glaubst du im Ernst, daß er sich so eine Chance hätte entgehen lassen? Wenn er keine Großfahndung eingeleitet hat, dann gibt es gewichtige Gründe dafür.«

»Moreno ist überführt. Wir brauchen ihn bloß zu schnappen, und dann nichts wie ab in den Knast mit ihm! Er kriegt ein paar dutzendmal lebenslänglich, und wir …«

»Ruiz wollte ihn nicht schnappen! Verstehst du, De Soto?«

»Er wollte nicht?«

»Nein.«

De Soto kratzte sich an der Schläfe. Dann sagte er: »Geld! Viel Geld! Moreno hat Ruiz bestochen, damit …«

»Nein.«

»Nein?«

Lopez García schüttelte den Kopf. Woher sollte ein Schreiberling wie Moreno genug Geld haben, um Ruiz einen solchen Coup auszureden?

»Was dann?« fragte De Soto.

Lopez García wies mit dem Zeigefinger nach oben.

»Gott?« fragte De Soto vorsichtig.

»Beinahe«, sagte Lopez García.

De Soto runzelte die Stirn.

»Jemand von ganz weit oben. Knapp unter Gott und weit über einem Polizeioberkommissar.«

»Poitiker?« De Soto lehnte sich wieder zurück. Er verzog den Mund. »Wieso sollten die denn …?«

Er unterbrach sich, dachte nach, sagte: »So schnell geben wir nicht auf. Wir fragen einfach nach. Rufen an und lassen uns unsere Großfahndung von ganz oben absegnen. Wir stellen uns doof.«

»Dafür bist du zuständig«, sagte Lopez García, aber die Idee war gar nicht so übel. Und wenn De Soto sich in die Nesseln setzen wollte, bitte sehr.

Er rief ein paarmal an und schaffte es tatsächlich, sich von hohen zu höheren Stellen weiterzuhangeln. Zu höchsten Stellen, wie aus der Begeisterung zu schließen war, mit der De Soto sein »Sí, Señor« ins Telefon brüllte. Fehlte nur noch, daß er am Boden kroch und in Ermangelung einer Vorgesetztenschuhsohle Bürostaub leckte.

»Aber natürlich, Eure Exzellenz«, sagte De Soto. Anscheinend war er kurz unterhalb von Gott angelangt.

»Sie können sich hundertprozentig auf uns verlassen«, sagte De Soto. Er buckelte und dienerte der Sprechmuschel entgegen.

»Mein Name? Oberinspektor De Soto, Ihr ergebenster Diener.« Er reckte Lopez García den erhobenen Daumen entgegen. Den Jetzt-stehen-uns-alle-Wege-offen-Daumen. Und dazu strahlte sein Kennst-du-den-zukünftigen-Innenminister-Grinsen.

»Vielen Dank, Exzellenz!« sagte De Soto. Vorsichtig legte er den Hörer auf, als befürchte er, dabei seine Karriere ruinieren zu können.

»Und?« fragte Lopez García.

»Natürlich haben wir völlig freie Hand«, sagte De Soto, »und können im Rahmen der Dienstvorschriften unseren Aufgaben nach eigenem Ermessen nachkommen.«

»Aber?«

»Andererseits ist die innere Sicherheit tangiert. Die Presse hat den Vengadorfall im Visier, mit halbseitigen Tatortreportagen, Hintergrundberichten, Kommentaren, Statistiken und Fluten von Leserbriefen. Das wissen wir ja alle. Ebenso, daß ein beträchtlicher Teil der Bevölkerung mit diesem Mörder sympathisiert und seine Gewalttaten als im Vergleich zur Polizeiarbeit sehr effiziente Art der Verbrechensbekämpfung betrachtet. Das Gewaltmonopol des Staates, das gerade auch uns als Polizisten nicht egal sein dürfte, steht noch nicht explizit zur Diskussion, aber viel fehlt dazu nicht mehr.«

»Ah ja?«

»Deswegen sollte alles, was wir unternehmen, hundertprozentig abgesichert sein. Sauber, korrekt und vor allem überlegt. Sehr überlegt. Lieber einmal zu lang als einmal zu kurz überlegt.«

»Keine Großfahndung?« vermutete Lopez García.

De Soto machte eine bedeutungsvolle Pause, die er dazu nützte, staatsmännisch in irgendwelche Weiten zu blicken.

»Wenn ich es mir recht überlege«, sagte er dann, »sollten wir die Großfahndung vorerst auf Eis legen und noch ein wenig tiefer schürfen. Noch ein paar Tage vorsichtig weiter ermitteln, um ganz sicher zu sein.«

»Nun rück schon heraus mit der Sprache!«

»Aktive Zurückhaltung sozusagen. Nur für vier, fünf Tage.«

Vier, fünf Tage?

»Zum Beispiel bis Montag. Da wird der Etat für das nächste Jahr verabschiedet. Natürlich wolle jeder ein möglichst großes Stück vom Kuchen abbekommen, harte Auseinandersetzungen seien abzusehen, die mit größtmöglicher Rationalität und Objektivität geführt werden sollten. Ein solch aufsehenerregender Erfolg wie die Verhaftung des Vengadors zum jetzigen Zeitpunkt könne als Versuch der Polizei angesehen werden, in letzter Minute noch einen öffentlichkeitswirksamen Treffer zu landen, als eine Art Tiefschlag, als Provokation, die nur emotional beeinflußte Gegenreaktionen der Abgeordneten hervorrufen könne.«

De Soto schniefte betroffen und kam zum Ende: »Und das wäre doch bedauerlich.«

In der Tat. Weniger Geld für die Polizei, das hieß Stellenkürzungen, unbezahlte Überstunden, ausgesetzte Beförderungen, gestrichene Sachmittelaufwendungen, verschobene Neuanschaffungen, erhöhte Raffgier der Vorgesetzten, die sich nur unzureichend aus den leerer gewordenen Töpfen bedienen konnten, und so weiter und so fort. Weniger Geld bedeutete: härtere Zeiten.

Lopez García nickte.

»Also aktive Zurückhaltung«, sagte er.

Vielleicht sollte José doch warten, bis es dunkel war. Und bis dahin? Noch fünfmal die Insurgentes hinauf- und hinabfahren? Und wenn es endlich dunkel war? Welche Ausrede würde er sich dann einfallen lassen?

José sah aus dem Fenster des Microbusses der Linie 2. Vor dem Hotel Roosevelt wurde gerade eine Herde Touristen ausgeladen. Noch ungefähr ein Kilometer bis zur Kreuzung Insurgentes - Baja California. Bis zur Metro Chilpancingo. Dort war der geeignetste Ort. Diesmal würde José es tun. Er würde auf überhaupt nichts warten. Josés Hände zitterten. Die Hände der anderen Passagiere zitterten auch. Das lag an den Erschütterungen durch den fahrenden Microbus.

Dunkelheit wäre eher abträglich. Man mußte José genau sehen können, sollte erkennen, was er in der Hand hatte und daß er es ernst meinte. Er meinte es tatsächlich ernst. Ihm blieb gar nichts anderes übrig, als es ernst zu meinen. Er unterdrückte den Impuls, nach dem zu tasten, was in der Innentasche seiner Windjacke war.

José würde den Job erledigen, sobald sie an der Metro Chilpancingo hielten. Egal, ob jemand einstieg, der verdächtig wirkte. Auf keinen Fall würde er noch einmal wie gelähmt sitzen bleiben und warten, bis die Ampel wieder auf Grün sprang, und mit schweißnassen Händen weiterfahren und sich einreden, daß er bloß auf die Nacht warte. Jetzt war die ideale Stunde, auch um danach abzuhauen. Hauptgeschäftszeit, das dickste Gedränge in den Straßen. José würde die Sache durchziehen, er würde aus dem Bus springen, sich die paar Meter bis zum Metroeingang durchs Gewühl stoßen, und dann die Stufen hinab, langsamer werden, genauso schnell wie alle anderen, sich unauffällig in der Menge vorwärts schieben.

Dann standen ihm alle Möglichkeiten offen. Er konnte mit der U-Bahn flüchten, die um diese Uhrzeit im Zwei-Minuten-Takt verkehrte. Er konnte sich auch einen der drei anderen Metroausgänge aussuchen. Wenn er die Baja California unterquerte, konnte er links in dem für den Autoverkehr gesperrten Stück der Calle Chilpancingo verschwinden. Am frechsten wäre es, jenseits der Insurgentes aufzutauchen, sofort in einen der Microbusse Richtung Tacubaya zu steigen und in diesem gleich wieder zuzuschlagen. José würde sehen, ob ihm jemand folgte, und sich dementsprechend entscheiden. Abzuhauen war das geringste Problem.

Der Fahrer bremste hart und zog den Microbus auf die ganz linke Spur hinaus. Irgendein Idiot in einer dicken schwarzen Limousine hatte ihm die Vorfahrt genommen und sich in weitem Bogen gleich auf die Mittelspur der Insurgentes eingeordnet. Wahrscheinlich war er in Gedanken noch in einem der schicken Restaurants oder Cafés, die sich in der Condesa aneinanderreihten. Dorthin würde José Dolores auch gerne mal einladen. Dolores. Etwas schien in ihr zerbrochen zu sein. José hätte ihr gern geholfen, nichts lieber als das, aber er kam ja nicht an sie heran. Sie machte einfach zu, verschloß sich, strahlte so etwas von Kälte und Unnahbarkeit aus, daß José fröstelte, wenn er nur daran dachte. Die verdammte Hand! José zitterte. Er preßte seine Hände gegen die Oberschenkel.

Am linken Seitenfenster wischten die Bäumchen vorbei, die zwischen dem Gußbeton der Fahrbahnbegrenzung vor sich hin welkten. Die alte Frau neben José rutschte auf die Kante ihres Sitzes vor und bat den Fahrer, vorne aussteigen zu dürfen. Der Fahrer antwortete nicht, schaltete aber die Warnblinkanlage an und schnitt über zwei Fahrspuren nach rechts an den Straßenrand. Hinter der Einmündung der Calle Campeche brachte er den Bus zum Stehen. Noch drei Blöcke bis Chilpancingo.

Die alte Frau stemmte sich hoch und ächzte über die Trittbretter des Vordereinstiegs hinaus. Glück gehabt, Oma! dachte José. Gerade noch rechtzeitig ausgebüchst! Er hätte keine Ausnahme gemacht, würde keine Rücksicht nehmen. Ob fußkranke Oma oder unschuldiges Kleinkind, ihm war das egal. Auf ihn nahm auch keiner Rücksicht. José versuchte, sich in seine eigene Lage einzufühlen. Er mußte sich ihrer bewußt werden, im Kopf, im Herzen. Bis in die Poren mußte er spüren, wie verzweifelt er war, mehr als verzweifelt. Verloren. So gut wie tot. Eine Leiche auf Abruf.

Wer keine Zukunft besaß, woher sollte der Hoffnung schöpfen? Was ging den die Menschheit an? Menschlichkeit gar? José musterte die Fahrgäste. Männer, Frauen, Kinder, Reiche und Arme, eine Schwangere, Schüler und Rentner. Irgendwelches Pack, das nicht das geringste Recht hatte, an Josés Hoffnungslosigkeit zu zweifeln. Zur Sicherheit würde er die schwangere junge Frau nehmen. Sie saß ihm schräg gegenüber, direkt hinter dem Fahrer.

Josés Hände zitterten. Das war völlig in Ordnung. Es lag an der Verzweiflung, der Hoffnungslosigkeit. Er tastete nun doch vorsichtig an seiner Brusttasche, fühlte der Rundung nach, die er durch den glatten Stoff der Windjacke erspürte. Ein junger Kerl, der Kaugummi kaute, ließ sich auf den freien Platz neben José fallen. Der Bus fuhr an, passierte die Calle Aguascalientes. Noch hundert Meter. José wischte sich über die Stirn. In der hinteren Hälfte des Busses standen die Leute dicht aneinander. Sie hielten sich an der Haltestange unter dem Dach des Microbusses fest. War es nicht viel zu riskant, sich an denen vorbeidrücken zu wollen? Sollte er nicht doch besser …?

»Scheiße!« sagte er. Der Kerl neben ihm rückte ein wenig zur Seite. Weg von ihm. José holte die Plastiktüte aus der Hosentasche, knüllte sie in der linken Hand, steckte sie wieder ein. Er ballte die Faust, dachte daran, daß er nie eine Chance gehabt hatte, daß sie ihn wie einen Straßenhund geschlagen und getreten hatten, daß er ein Aussätziger war, schlimmer, ein für den Rest der Welt Unberührbarer. Es wurde Zeit, dieser wunderbaren Welt die Rechnung zu präsentieren. Allerhöchste Zeit.

Durch die Frontscheibe sah José die Ampel an der Kreuzung grün leuchten. Ein paar Sekunden noch bis zur Haltestelle. Der Busfahrer scherte auf die Standspur ein. Der Gehsteig war mit Verkaufsständen gesäumt, an denen sich die Passanten vorbeischoben.

Die Schwangere stand auf. Wollte wohl aussteigen. Sie trug ein weißes Kleid mit aufgedruckten bunten Blümchen. José stand auch auf. Er wollte nicht aussteigen. Er haßte

Blümchen und weiße Kleider und die dicken Bäuche von schwangeren Frauen. Alles andere haßte er auch. Kalt und entschlossen haßte er, doch das Zittern seiner Hände verriet, daß er nur nach außen hin kalt war, daß mühsam kontrollierte Wut in ihm brannte, eine wahnsinnige Wut auf die Welt, die er mit diesen Händen gern in Stücke gerissen, zerfetzt und zerbröselt hätte. Ja, er war nun bereit.

Der Busfahrer bremste, und José griff mit der rechten Hand in die Innentasche seiner Jacke. Das Blut pochte in seinen Schläfen, und als die Vordertür des Busses aufsprang, war José direkt hinter der Schwangeren. Er würde es tun.

Jetzt stand der Bus, und José zog die Einwegspritze aus der Jackentasche, riß mit den Zähnen die Schutzkappe über der Nadel ab wie Rambo den Sicherungsstift einer Handgranate. Er haßte und war kalt, und zugleich war er so heiß vor Wut auf die Welt, daß er liebend gern eine Handgranate gezündet hätte, aber er hatte nur eine Einwegspritze, die mit fast schwarzem Blut gefüllt war, mit seinem eigenen Blut, und endlich tat es José. Blitzschnell, mit schwarzem Haß, mit Herzblut.

José sprang auf den vordersten Sitz, fuhr mit der Linken der Schwangeren ins Haar, faßte fest zu, griff sie sich und reckte mit der Rechten die Spritze über die Köpfe der Passagiere, die in stummem Schreck erstarrten. Mit kalter, heißer Wut sagte José: »Aids. Ich habe Aids.«

Er zog der Schwangeren den Kopf in den Nacken. José stand über der Welt.

»Das ist mein Blut!« schrie er. Die Spritze hielt er zwischen Zeige- und Mittelfinger. Mit dem Daumen drückte er sacht aufs Ende. Eine kleine Fontäne stieg aus der Nadelspitze auf, zerfiel in ein paar dicke Tropfen, die auf der Schulter der Schwangeren zerplatzten. Dunkelrote Flecken auf weißem Stoff. Aus dem Körper der Frau lief ein Zittern bis in die Haarsträhnen hinauf, die José umkrallt hatte. Josés Hand zitterte nicht. Er sagte:

»Ein Wort, eine Bewegung von irgendeinem von euch Scheißern, und die Spritze steckt in ihrem Hals. Ich pumpe ihr Blut hinein, bis ihr der Virus zu den Ohren hinausschießt.«

José riß an den Haaren. Eine lange, braune Kehle, durch die sich dunkle Adern zogen, bot sich ihm an.

»Zwei Monate habe ich noch zu leben. Vielleicht weniger. Ich habe verdammt noch mal nichts zu verlieren.«

Von unten starrte ihm Todesangst aus riesigen schwarzen Augen entgegen. Trotzdem wirkte das Gesicht der Frau falsch. Fast heimtückisch. Vielleicht, weil José es verkehrt herum sah. Er ließ die Haare los, zog die Plastiktüte aus der Hosentasche und drückte sie der Schwangeren in die Hand. Dann sprang er vom Sitz herab, legte ihr den linken Arm um den Hals und drückte ihren Kopf mit dem Handrücken zur Seite. Die Spritze setzte er am Halsansatz an. Die Frau stöhnte auf.

»Wir gehen jetzt durch den Bus«, sagte José, »und jeder von euch Arschlöchern wirft seine Geldbörse in die Plastiktüte!«

Langsam faltete die Frau die Plastiktüte auseinander.

»Sonst …!« sagte José.

An der Vordertür rührte sich etwas. Jemand wollte einsteigen.

»Raus!« schrie José über die Schulter. Der Jemand zuckte zurück. Blieb, wo er war. José sah es nicht, aber er spürte, was hinter ihm geschah. Er war heiß, er war kalt, er tat es, er hatte alles im Griff. Fast alles. Wer wußte schon, wie lange er noch zu leben hatte? Er oder die Schwangere oder der Balg in ihrem Leib.

»Los!« sagte José.

Der Fahrer des Microbusses kippte das Münzgeld aus seiner Kasse in die Tüte, zögerte einen Moment und warf ein paar Scheine hinterher, die er unter seinem Sitz hervorgefingert hatte. José schob die Schwangere einen Schritt voran. An ihrem Nacken trat ein schwarzes Muttermal hervor. Ihr Teint war ein wenig dunkler als der von Dolores, aber die Haut wirkte genauso rein und fein, so weich, daß die Nadelspitze wie in Butter eindringen würde. Wie zufällig kam Josés kleiner Finger auf ihrem Hals zu liegen. Zart und glatt!

Wunderbar warm und voller Leben! Die verdammte Spritze zitterte leicht in Josés Händen.

»Scheiße!« brüllte er.

Die Schwangere streckte die Plastiktüte hastig nach links. Eine Frau ließ einen bunt bestickten Geldbeutel hineinfallen. Der junge Kerl mit dem Kaugummi warf einen losen Hunderter dazu. Er kaute nicht mehr, grinste nur starr. José schob das linke Knie nach vorn, dirigierte die Schwangere nach rechts, und da stieß etwas Hartes an seine Schläfe. Unwillkürlich zuckte er mit dem Kopf zurück, und bevor er noch erkannt hatte, was sich da abspielte, wußte er, daß alles vorbei war. Zu Ende. José wußte, daß das harte, kalte, metallene Ding an seiner Schläfe eine Pistole war und daß der Besitzer dieser Pistole sich von der Aids-Geschichte nicht hatte beeindrucken lassen, daß ihm die schwangere Frau tatsächlich so egal war, wie José es sich nur eingeredet hatte, und daß der Mann ihn eiskalt und ohne die geringste Wut erschießen würde.

»Schluß jetzt!« sagte der mit der Pistole. Alles war vorbei.

José spürte, daß die Spritze in seiner Hand viel zu sehr zitterte, und seine Stimme zitterte auch, als er sagte: »Ich tu es! Ich bin HIV-positiv! Und die Frau und ihr Balg werden es auch gleich sein!«

»Schön«, sagte die Männerstimme hinter ihm, »das ist dein Beitrag gegen die Überbevölkerung. Meiner besteht dann darin, dich wegzublasen.«

Die Schwangere ließ die Plastiktüte fallen.

»Also?« fragte der Mann.

Er wollte José erschießen. Er würde ihn auf jeden Fall erschießen, egal, ob José die Frau losließ oder nicht. Die Pistolenmündung lag ruhig an Josés Schädel. Da zitterte nichts.

»Ich bin El Vengador«, sagte der Mann. »Sie werden von mir gehört haben. Ich sorge für Sicherheit und Gerechtigkeit. Ich erledige den Job, bei dem unsere Polizei versagt. Wenn Sie …«

Er sprach zu den anderen Passagieren. José war für ihn schon tot. Erledigt, abgehakt. Mit Toten redete man nicht.

»... wollen, daß man in México-Stadt irgendwann wieder sicher und ruhig leben kann, dann ...«

Als Toter hatte man nichts zu verlieren. Man brauchte keine Rücksicht zu nehmen. Nicht auf sich, nicht auf andere.

»... dann lassen Sie nachher beim Verhör ...«

José warf sich nach links, schrammte mit dem Kopf an Schulter und Oberarm der Schwangeren entlang, wirbelte sie um ihre eigene Achse, während er abtauchte, ließ seinen rechten Arm mit dem Körperschwung nach hinten schießen, stieß zu, rammte die Nadel mit aller Gewalt in irgend etwas, Fleisch, Muskeln, und die Schwangere kippte über Josés Arm ab, auf die Stimme des Vengadors zu, die vor Schmerz aufjaulte, weil Josés Hand die Spritze bis zum Knochen durchhämmerte, ein Schuß bellte, und José spürte die Nadel brechen, und er warf sich nach vorn, krabbelte durch den Gang des Busses, rumpelte gegen Körbe und Taschen, wühlte sich durch Beine, walzte über die Köpfe der Passagiere, die sich zu Boden geworfen hatten. Alles schrie wild durcheinander, und José hechtete auf den hinteren Ausgang zu.

Einmal hatte der Vengador geschossen, doch José war nicht getroffen. Zumindest fühlte er keinen Schmerz. Er betete, daß die Schwangere den Vengador umgerissen hatte, daß sie ihn mitsamt seiner verdammten Pistole unter sich begraben hatte. Kopf voran stürzte sich José die Stufen des Ausstiegs hinab, hart schrammten die Metalltritte an seinen Armen entlang, zogen ihm die Haut in Streifen ab, und da knallte der zweite Schuß, Glas zerplatzte, doch José war schon draußen, zog sich am Randstein hoch und spürte, wie die Splitter auf ihn einregneten. Weg, nichts wie weg! Er rappelte sich auf, knickte wieder ein, weil spitzer Schmerz durch seinen linken Oberschenkel stach. War er doch getroffen worden? Hatte anfangs nur der Schock ...?

José humpelte am Bus entlang, zog das linke Bein nach, als er das Heck umrundete. Mit der rechten Hand stützte er sich am schmierigen Blech ab. Hatte er nicht einen Fluchtplan? Wie hatte nur sein Fluchtplan ausgesehen?

Hinter sich hörte José das Trittbrett des Busses klappern,

Stiefel kamen auf dem Asphalt auf. Der Vengador! Er folgte José. Er wollte töten. Zum Teufel mit irgendwelchen Fluchtplänen! José stieß sich vom Bus ab, sprang auf die erste Fahrspur der Insurgentes hinaus, Richtung Kreuzung, knickte links ein, stolperte weiter, hinter der Banamex-Bank flackerte eine Leuchtreklame auf, Bremsen quietschten, da und dort und überall, schon torkelte José auf die Mittelspur, spürte den Luftzug des Wagens, der ihn um Haaresbreite verfehlte, und die Neonschrift des Centro Médico verkündete »Emergencia«. Reifen knirschten, ratterten, blockierten, rieben sich in schwarzen Spuren auf, Bremsen bremsten, Hupen hupten, und dann schlugen ein paar hundert Kilo windschnittiges, verchromtes Blech in Josés Rücken ein, ein gewaltiger Stoß, ein dumpfer Rums, der José zwischen splitternden Scheinwerfern abheben ließ, ihn hochschleuderte, und er sah ganz genau, daß das Bürohaus an der Ecke, das er nie mehr erreichen würde, leer stand, verlassene Zimmer, kahle Wände, zerfetzte Tapeten hinter verdreckten Fenstern, und José knallte rücklings auf die Schnauze eines Landcruisers, wurde herumgeschleudert, schoß auf das schreckverzerrte Gesicht der Fahrerin zu, und seine Oberschenkelknochen splitterten gleichzeitig mit der Windschutzscheibe, hinter der die Fahrerin das Steuer nach links riß. José kippte zur Seite ab, während der Landcruiser schleuderte, mal hier, mal dort anrammend über die Fahrspuren schlingerte, bis er gegen einen VW Golf prallte, der sich eineinhalbmal um die eigene Achse drehte und endlich quer zur Mittelspur mit gequetschtem Heck stehenblieb. Dann war Ruhe. Hier war es vorbei.

Aus Richtung Norden hörte José noch das blecherne Scheppern der Auffahrunfälle, doch er sah nichts davon. Er lag mitten in der Kreuzung Insurgentes - Baja California, lag mit ausgebreiteten Armen auf dem Rücken und spürte seinen Leib nicht. Kein Glied vermochte er zu rühren.

Über ihm stand grauverhangener Himmel, ein verschlissener Vorhang, durch den es im Westen blutig schien. Der Himmel. José fragte sich, ob er wirklich dahinauf wollte, falls sie ihn überhaupt einluden. Der Weg in die Hölle war bequemer. José brauchte nur liegenzubleiben und zu warten, bis sich ein Spalt in der Insurgentes auftat und die Erde ihn verschlang. Hinunterzog ins lustig flackernde Höllenfeuer, weg vom düsteren Himmel, vor den sich nun ein Mann schob, in dessen Oberschenkel eine daumenlange, blutbeschmierte, abgebrochene Spritzennadel steckte. In der Hand hielt der Mann eine Pistole. Er schüttelte den Kopf und sagte: »Ts, ts, ts!«

José fühlte keinen Schmerz. Er hatte keine Ahnung, was in ihm eventuell noch funktionierte, er spürte nichts, konnte keinen Muskel bewegen, lag einfach nur auf dem Rücken und sah zu, wie der Mann mit der Pistole sich über seinem Kopf aufbaute, einen Fuß neben sein rechtes Ohr stellte und den anderen neben sein linkes.

Die Pistole zeigte nach unten, und José dachte, daß er sich über den Weg in die Hölle vielleicht doch getäuscht hatte. Vielleicht führte er durch ein kleines, rundes, schwarzes Loch, das nur für eine Kugel, nicht aber für einen Kerl wie ihn gemacht schien. Es stank nach Blei und Abgasen, und der Höllenbote grinste nach unten. Er sagte: »Adiós, mein Kleiner!«

Die stählerne Höllenpforte stand offen, einen halben Meter über Josés Stirn. Er versuchte hineinzusehen, zu erkennen, was ihm die Zukunft brachte, aber er sah nur schwarz, keine Zukunft. Dann zuckte es im Arm des Vengadors, die Pistolenmündung zuckte auch, doch sie blieb schwarz, als der Knall des Schusses losbrach, sie spie keine Flammen, holte José nicht heim ins Höllenfeuer. Der Vengador ging in die Knie und fluchte, während er vergeblich versuchte, die Pistole in Position zu bringen. Aus seinem rechten Unterarm quoll Blut.

Ein zweiter Schuß krachte, ein satterer, tieferer Klang als vorher im Bus, wie von einem Gewehr. Die Kugel kam von jenseits der Kreuzung. Sie schlug in die Schulter des Vengadors. Die Pistole glitt aus seiner Hand, schrammte an Josés Hals vorbei, klapperte auf den Asphalt und blieb irgendwo liegen. Der Vengador schrie »Scheiße« und warf sich flach auf den Boden, um hinter José Deckung zu suchen.

Mit ungeheurer Anstrengung vermochte José den Kopf so weit zu drehen, daß er den Wachmann der Banamex-Bank ins Blickfeld bekam. Der trug eine unförmige Panzerweste über einer schwarzen Uniform. Sein Gewehr hatte er auf dem Handlauf des Treppengeländers aufgelegt, das zum Eingang der Bank hinaufführte. Von dort oben beherrschte er die Kreuzung. Er schoß erneut, und der Vengador drückte sich gegen Josés kaputten, gefühllosen Körper, als wolle er ihn mit neuem Leben beseelen. Die Kugel pfiff über sie hinweg und schlug in eine der ineinander verkeilten Blechkisten ein, die die Insurgentes blockierten.

»Verdammtes Arschloch!« flüsterte der Vengador. Über Josés Körper hinweg tastete er nach seiner Pistole. Aus seinem Unterarm pumpten offene Adern fleißig Blut über Josés Brust. José lag da. Etwas rann ihm aus der Nase, bahnte sich einen Weg zum Mundwinkel. Es war warm. Schmeckte nach Blut. Es war Blut. Jetzt sollte endlich Schluß sein! Himmel oder Hölle, das war José egal. Er wollte sterben, hatte genug von der Ballerei. Von diesem verdammten Blut überall.

Der Wachmann zielte und schoß. Vielleicht bohrte sich die Kugel in den Straßenbelag, vielleicht in Josés Körper. Er spürte ja nichts. Der Vengador hatte die Pistole gefunden und hievte sie zittrig auf Josés Brust. Die Pistole war rot. Der Vengador stöhnte. Er legte die Handfläche an den Griff der Pistole, schaffte es aber nicht, den Zeigefinger so weit zu beugen, daß er ihn an den Abzug brachte. José sah mäßig interessiert zu.

Plötzlich ballerte ein Revolver hinter dem Microbus an der Haltestelle hervor. Dort gab es noch zwei Banken, Bital und Bancrecer. Anscheinend hatte ein zweiter Wachmann Blut geleckt. José lag auf dem Rücken. Der Himmel war nun knallrot. Dem Vengador gelang es nicht, den Finger zu krümmen.

»Hasta la vista«, sagte er, ließ die Pistole auf Josés Brust fallen, robbte quer durchs Sperrfeuer und verschwand unter dem Bodenblech eines demolierten Taxis.

Ein Lufthauch strich die Insurgentes herauf, spielte mit Josés Haar. José wunderte sich ein wenig, wie egal ihm der letzte Sinneseindruck war, den er aus diesem Leben mitnehmen würde.

Die Nacht fiel am entfernten Ende des Flurs durchs Fenster und glitt am gebohnerten Boden entlang. Die paar Neonröhren kämpften flackernd ums Überleben.

An beiden Wänden des Flurs reihte sich Bett an Bett, nur die Türen zu den eigentlichen Krankenzimmern blieben notdürftig passierbar. In diese Aussparungen mußten sich die Angehörigen der Flurpatienten drücken, wenn ab und zu ein paar weißgekleidete Pfleger einen Neuankömmling durch die Bettenreihen schoben, auf der Suche nach irgendeinem freien Eck, in dem sie ihn abstellen konnten. In den Zimmern lag, wer den Tagessatz bezahlen konnte. Für Dolores wäre schon ein Stundensatz zuviel gewesen, und so stand Josés Bett eben auf dem Flur. Sie hätten José überhaupt nicht aufgenommen, wenn nicht der uniformierte Polizist, der ihn bewachen sollte, darauf bestanden hätte. Er lehnte ein paar Schritt weiter unter einer Neonröhre und blätterte in einem Comic-Heftchen. Es stand nicht zu befürchten, daß José flüchtete.

Um jedes Bett drängten sich Besucher. Ganze Großfamilien schienen sich bei ihren Kranken zu treffen. Die Mutter des jungen Kerls hinter José hatte einen Gaskocher auf dem Boden aufgestellt und wärmte schwarze Bohnen auf. Irgendwo wimmerte jemand vor Schmerz. Weiter hinten heulte ein Mädchen.

»Ich hole uns ein paar Tortillas«, sagte Dolores, um irgend etwas zu sagen. José verzog die Lippen. Dolores wußte, daß das »nein« bedeutete. Vorhin hatte José wenigstens noch den Kopf geschüttelt. Die paar Bewegungen, die José möglich waren, schienen mehr und mehr zu schmerzen. Dolores wunderte sich, daß er noch sprechen konnte.

»Bleib hier!« flüsterte José. »Bleib bei mir!«

Dolores nickte. Er spürte, daß sie es in diesem muffigen, dunklen Gang kaum aushielt, unter Hunderten von Leuten. Vor dieser erzwungenen Nähe wäre sie zu gern geflüchtet. Vor der Schamlosigkeit, mit der hier Mütter ihren Söhnen den Schweiß von der Stirn wischten und kranke Männer in aller Öffentlichkeit stöhnten.

»Das nächste Mal bringe ich etwas zu essen mit«, sagte Dolores.

Es war mehr als zweifelhaft, ob es ein nächstes Mal gab. Dolores hatte mit einer Schwester in der Notaufnahme gesprochen. Die Ärzte waren alle beschäftigt gewesen, kümmerten sich um Fälle, in denen noch etwas zu tun war. Bei José hatten sie die Decke aufgeschlagen, einen Blick auf das Schlachtfeld darunter geworfen und die Decke wieder darübergeschlagen.

Auf das Schlachtfeld, hatte die Schwester gesagt.

»Er wird gar nicht operiert?« Dolores hatte es nicht glauben wollen.

»Der Unterleib ist zerquetscht, Steckschuß in der Nierengegend, und auch sonst blieb kein inneres Organ unbeschädigt. Dazu hat er eine Rückenmarksverletzung, x-fach gebrochene Ober- und Unterschenkel und so weiter. Da könnten zehn Chirurgen tagelang herumflicken, und er würde wahrscheinlich trotzdem sterben.«

»Er würde was?« Die Welt hatte zu schwanken begonnen, so daß sich Dolores mit beiden Händen an der Theke der Notaufnahme festgeklammert hatte.

»Tut mir leid.«

Das Schlachtfeld war Josés Körper. Nach der Schlacht trieben sich da höchstens noch Leichenfledderer herum. Keine ehrbaren Ärzte. Sie hatten nicht den kleinsten Versuch unternommen, Josés Leben zu retten, hatten nicht an Transplantationen gedacht, hatten an ihn keine Blutkonserve verschwendet, keine Infusion, keines ihrer wunderwirkenden Medikamente.

»Doch, etwas gegen Schmerzen«, hatte die Schwester gesagt.

Sie hatten keine Röntgenaufnahme gemacht, ihre teuren

Apparate gar nicht erst eingeschaltet, die Funktionsfähigkeit von Josés Organen nicht einmal überprüft.

»Es wäre sowieso sinnlos«, hatte die Schwester gesagt.

Sie hatten ihn nicht untersucht. Sie hatten ihm nicht einmal den Puls gefühlt.

»Beten! Jetzt können Sie nur noch beten!« hatte die Schwester empfohlen und sich abgewandt. José hatte ein Schmerzmittel und ein Bett bekommen, das war genug, mehr war sowieso sinnlos, und dann hatten zwei Pfleger Josés Bett in den zweiten Stock gefahren. Dolores war nebenher-, der Polizist hinterhergelaufen. Sie hatte gebetet. Den ganzen Weg durch die Notaufnahme, im Aufzug, durch überfüllte Gänge, um enge Ecken, bis in diesen halbdunklen Flur hatte sie um Josés Leben gebetet. Ave-Marias und Vaterunser und Fürbitten an alle Heiligen, die ihr eingefallen waren.

José hatte gestöhnt, einer der Pfleger hatte leise vor sich hin geflucht, doch kein Heiliger hatte es für nötig befunden, Dolores auf ihre Gebete zu antworten. Gott nicht, Maria nicht. In Dolores war verzweifelte Wut aufgestiegen. Auf Gott, auf die Ärzte, auf die Armut, auf die verdammte Schwester, die ihr zu beten empfohlen hatte. Weil Beten im Gegensatz zu ordentlichen Untersuchungen, Röntgenbildern und Transplantationen nichts kostete. Das hatte es mit Sterben gemein. Beides war gratis. Leben dagegen kostete.

Mit Beten war Dolores fertig. Josés Körper war ein Schlachtfeld, auf dem die Schlacht schon entschieden war. Blutig verloren. Daran würden auch die letzten Rückzugsgefechte nichts ändern. Dolores stand neben Josés Bett und wartete darauf, daß er starb und sie endlich flüchten konnte, fort aus diesem überfüllten Flur und aus diesem Krankenhaus, hinaus, irgendwohin, wo sie allein sein konnte und vielleicht den Schmerz und die Trauer fand, die sich hier ums Verrecken nicht einstellen wollten.

Nebenan löffelte die Mutter ihrem Sohn Bohnen in den Mund. Aus den Mundwinkeln quoll der schwarze Brei wieder heraus. Der Junge schien weder ordentlich schlucken noch den Mund schließen zu können.

José sagte leise: »Ich werde sterben, nicht?«

»Wir sterben alle mal«, sagte Dolores. »Irgendwann.«

Sie mußte sich zur Seite drücken, um einen Patiententransport vorbeizulassen. Der Patient war ein Mann mit Kopfbinde, der laut schreiend um sich schlug. Zwei Pfleger schoben sein Bett, und zwei andere gingen nebenher, um zu verhindern, daß er von der Pritsche sprang.

»Es tut mir leid«, sagte José. »Daß ich dir kein besseres Leben bieten konnte. Daß ich versagt habe. In allem. Was ich auch angepackt habe.«

Er hustete zur Seite. Ein wenig Blut lief aus dem Mundwinkel.

»Du brauchst Ruhe, das ist alles«, sagte Dolores. »Ein paar Tage Ruhe, Frieden, Erholung, und alles ist wieder völlig in Ordnung.«

»Alles tut mir leid, was ich dir angetan habe!« sagte José.

Ein paar Kinder krabbelten unter der rechten Bettenreihe durch. Sie hielten sich an den Fesseln des jeweiligen Vordermannes fest und schoben sich im Gleichschritt voran. Der vorderste machte »Tsch, tsch, tsch«. Sie spielten Eisenbahn.

Vom Aufzug her wurde Josés Name ausgerufen. Dolores hob die Hand. Eine Krankenschwester führte einen Mann her. Er war nicht groß, ziemlich korpulent und musterte Dolores von oben bis unten. Es war ein Mann, vor dem sie in einer überfüllten U-Bahn nicht stehen wollte. Das galt allerdings für alle anderen Männer der Welt ganz genauso.

Der Uniformierte salutierte, und der andere streckte Dolores seinen Ausweis hin. Ein Kommissar Lopez García von der Kriminalpolizei.

»Kriminalpolizei?« Josés kurzes Lachen ging in Husten über. Mit einem Papiertaschentuch wischte die Krankenschwester blutigen Speichel ab. Dolores stand am Kopfende des Betts und rührte sich nicht.

»Nur ganz kurz«, sagte Lopez García. Offensichtlich fühlte er sich nicht wohl in seiner Haut. Das konnte Dolores verstehen.

»Ich sterbe«, sagte José.

Lopez García verschränkte die Arme vor der Brust. Er sagte: »Es geht um den Vengador. Sie müßten doch auch daran interessiert sein, daß er geschnappt wird.«

»Ich sterbe gerade«, sagte José.

»Ihr Überfall, die Spritze, die Aids-Geschichte, das ist mir egal. Das kümmert mich nicht. Ich will den Vengador. Wir haben einen Verdächtigen und brauchen nur …«

»Ich bin am Sterben, wissen Sie?«

Lopez García zog ein Foto hervor und hielt es José unter die Augen.

»War es der? Ist das der Mann, der sich im Microbus als Vengador präsentiert hat, der Sie erschießen wollte, dann selbst angeschossen wurde und geflüchtet ist?«

»Sterben geht einem verdammt nah, wenn man selbst daran beteiligt ist«, sagte José.

»Ist er das? Ja oder nein? Ein kleines Wörtchen von Ihnen, und schon bin ich verschwunden.«

»Verschwunden«, sagte José. »Einfach so verschwinden.«

Lopez García blickte zur Krankenschwester, zu Dolores, zu dem Uniformierten und dann wieder auf José. Er klopfte mit dem Foto auf die Bettdecke.

»Ja«, sagte er. »Sie sterben gerade vor sich hin. Für Sie ist der Krieg vorbei. Sie sind am Verrecken. Und wer nach Ihnen verreckt, das kann Ihnen scheißegal sein, nicht? Das kriegen Sie nicht mehr mit. Das berührt Sie dann noch weniger, als es das jetzt schon tut. Sie haben ja recht. Es würde Ihnen nichts nützen, die Würmer würden Sie trotzdem fressen, Sie würden dennoch verfaulen und vermodern.«

Der Kindertrupp kam unter der anderen Bettenreihe wieder zurück. Aus der fauchenden Eisenbahn war eine Meute wild heulender Coyoten geworden.

»Sie haben völlig recht«, sagte Lopez García, »Sie sterben gerade!«

Er steckte das Foto ein, rückte sich den Kragen zurecht.

»Sterben Sie wohl!« sagte er.

Mit einer flüchtigen Handbewegung grüßte er zu Dolores

hin und wandte sich zum Gehen. Er hatte sich erst drei Schritte entfernt, als José ihn zurückrief: »Kommissar?«

Lopez García drehte den Kopf zur Seite.

»Nein«, flüsterte José durch das sich entfernende Geheul der Coyoten.

»Er ist es nicht?« Lopez García wandte sich vollends um. Er schien plötzlich eine Menge neuer Fragen auf Lager zu haben, Personenbeschreibungen, Tathergangsberichte, Lageskizzen, firmierte Zeugenaussagen einfordern zu wollen.

»Nein, er ist es nicht«, stöhnte José.

Dolores schüttelte den Kopf. Lopez García nickte.

»Danke«, sagte er und verschwand zum Aufzug hin. Er hatte es sich wohl anders überlegt. Er würde José nicht beim Sterben stören. Das brauchte er auch nicht. Das besorgten schon andere. Die kleinen Coyoten zum Beispiel, die gerade kläffend übereinander herfielen. Oder die Bürobelegschaft, die mit lautem Hallo Zimmer für Zimmer stürmte, um einen Kollegen zu finden.

»Ich will anderswo sterben«, sagte José. Auch wenn das sein letzter Wunsch gewesen sein sollte, würde er nicht in Erfüllung gehen. José würde hier sterben. Er selbst vermochte sich nicht zu bewegen, und Dolores konnte ihn auch nicht wegschaffen. Wie hätte sie das anstellen sollen? Was hatte sie denn …?

Dolores schüttelte den Kopf. Es war auch nicht Josés letzter Wunsch. José bat leise:

»Hältst du meine Hand, während ich sterbe?«

Erschrocken sah er Dolores an, entsetzt wie ein Kleinkind, das mit untrüglicher Sicherheit weiß, daß die Mami nie mehr vom Einkaufen zurückkehren wird, wenn sich die Tür erst einmal hinter ihr geschlossen hat. Doch José war kein Kleinkind. Er war Dolores' Mann. Er war jemand, der starb.

»Ja«, sagte Dolores.

Sie setzte sich vorsichtig auf die Bettkante und schlug Josés Bettdecke zurück.

»Natürlich halte ich deine Hand«, sagte sie. Seine Hand

lag unbeweglich neben seinem Oberschenkel. Die Fingerknöchel waren aufgeschlagen, und Hautstreifen hingen von rohem Fleisch. Dennoch, es war eine große, kräftige Hand. Eine Männerhand. José war ein Mann, der starb.

Dolores hob ihre Hand und ließ sie wieder sinken.

»Du wirst nichts spüren«, sagte Dolores. »Die Nervenbahnen …«

»Bitte!« hauchte José. Dolores nickte. Versuchte, ihm zuzulächeln.

»Natürlich«, sagte sie. Sie legte ihre Hand auf die Bettkante. Ihre Hand zitterte. Dolores konnte es nicht. Etwas in ihr ließ es nicht zu. José war ihr sterbender Mann, und sie schaffte es nicht, ihm beim Sterben die Hand zu halten!

»Ich nehme jetzt deine Hand«, sagte sie. Sie ließ ihre Linke auf dem Leintuch entlanggleiten, stoppte, knapp bevor sie Josés aufgeschürfte Handkante berührte, krallte die Fingernägel ins Tuch, zog ihre Finger um nichts zusammen, ballte ohnmächtig eine Faust, und Josés Hand lag ruhig und wie tot daneben. Dolores schloß die Augen. Sie sagte: »Jetzt halte ich deine Hand.«

»Ja«, sagte José. Es klang glücklich. Dolores machte die Augen auf.

»Ich spüre es«, sagte José. Er lächelte schwach.

Blut floß nun auch aus Josés Ohr. Dolores öffnete ihre Faust, strich mit den Fingernägeln leicht über das Leintuch. Sie berührte Josés Hand nicht.

»Ich spüre deine Hand«, sagte José. »Warm und weich.«

Es mußte eine Art Phantomschmerz sein. Mehr als nur Einbildung. Etwas, was den Teil von Josés Gehirn stimulierte, der für Tastempfindungen der linken Hand zuständig war. Signale, die irgendwoandersher stammen mußten. Irrläufer aus seinem eigenen Kopf vielleicht. Aus seinem Willen, der zum letzten Male wild aufzuckte und falsche Nervenreize in beliebige Hirnregionen sandte.

»Schön, daß du es spürst«, sagte Dolores. Ihre Hand fühlte sich seltsam an. Irgendwie ungelenk. Dolores drehte sie und schloß ein paarmal schnell hintereinander die Finger über dem Handteller, damit das Blut besser zirkulierte. Es nützte nichts. Die Sehnen gingen schwer, die Gelenke schienen eingerostet. Als ob etwas ihre Hand umfloß, das Haut und Muskeln erstarren ließ. Schon waren ihre Fingerspitzen gefühllos, als hätte sich das Gewebe in Porzellan verwandelt. Zentimeter um Zentimeter stockte das Blut die Finger hinauf, verfestigte sich zu Kristallgittern, hübsch anzusehen, doch bald würde man sie wie Eiszapfen abbrechen können, und dann würde die ganze Hand in tausend Stücke zerspringen.

»Dolores«, hauchte José. Entsetzen stand in seinen Augen, als würde eine ganze Welt zerbrechen. Dolores nahm ihre Hand von der Decke und sah sich um. Eine Frau weinte. Zwei Putzfrauen arbeiteten sich Richtung Fenster vor. Die eine fegte Dreck, Splitter und Trümmer unter den Betten hervor. Rauchende Schuttberge, die von der anderen mit Handschaufel und Kübel beseitigt wurden. Der Mann mit der Kopfbinde wurde von zwei Kriegern zurück zum Aufzug geschoben. Er schrie nicht mehr, sondern lag mit glasigen Augen da, in denen sich lodernde Neonfeuer spiegelten. Seine Hände hatten sich um die Herzgegend ineinander verkrampft. Die Pyramide brannte. Es stank nach Bohnen und versengtem menschlichen Fleisch.

»Dolores«, hauchte José. Er atmete noch einmal ein. Und noch einmal aus. Und nicht mehr ein. Nie mehr. Es war Schluß. Ein Blutfaden hing zwischen halb geöffneten Lippen. Josés Augen starrten voller Angst dem Jenseits entgegen. Was immer einen dort erwartete, es schien keine Verbesserung zu diesem Leben darzustellen.

»Ich bin hier«, sagte Dolores. Sie war nicht hier. Sie streifte über einen Kriegsschauplatz, auf dem das Gemetzel vorbei war. Die Leichenhaufen schienen im zuckenden Licht der brennenden Stadt zu neuem, unheimlichem Leben zu erwachen. Dächer stürzten ein, töteten Tote ein zweites Mal, und durch die grollende Nacht beklagten gefangene Frauen, daß sie noch lebten. Selbst die Götter wankten und fielen und mordeten sich in glühender Asche.

Beide Flügel der Terrassentür standen weit offen. Im Dunkel waren die Umrisse des gemauerten Grills und einiger Gartenstühle zu erahnen. An der Mauer wucherten Bougainvilleen und gelb blühender Hibiskus. Von Zeit zu Zeit schien ein Hauch ihres Dufts ins Schlafzimmer zu fließen und Teresas Körper sanft zu umspielen. Das fühlte sich gut an. Deshalb lag Teresa auch nackt auf dem Bett, obwohl es eigentlich zu kühl war. Sie versuchte, die Gänsehaut auf ihren Unterarmen wegzureiben.

Im Fernsehen lief die Wiederholung der nachmittäglichen Folge von »Der Blick einer Frau«. Teresa hatte den Ton abgestellt und sah auch nur den Reflexen der Bilder im Glas der Terrassentür zu. Wie die Helligkeit im Wechsel der Einstellungen umsprang, einen seltsam flackernden Lichtrhythmus schuf. Teresa fragte sich, ob sie noch schön und begehrenswert sei.

Sie stand auf und ging barfuß zur Terrassentür. Die Terracottafliesen waren kühl. Von draußen duftete es frisch. Das Licht aus dem Fernseher warf graue Felder auf die Rasenfläche, die sich nach rechts verloren. Aus der Dunkelheit hörte Teresa Wasser in den Brunnen plätschern. Es klang nach Vergänglichkeit. Als ob sich die Zeit beiläufig ans Nichts verschwendete.

Teresa betrachtete ihr Spiegelbild in der Terrassentür. Ihr Körper schien hell aus der Nacht herausmodelliert. Das Dunkel schmeichelte, deckte Falten zu, überschminkte Schwachstellen. Teresa warf den Kopf zurück, drehte sich ins Profil. Sie strich vom Oberschenkel über die Hüfte bis zum Busen hinauf, legte die Hand unters Kinn, musterte sich noch einmal prüfend. Nein, sie konnte sich durchaus sehen lassen.

Teresa schaltete den Fernseher ab. Im Bad zog sie das kurze Nachthemd an, das ihr Ruiz vor zwei Jahren zum Hochzeitstag geschenkt hatte. Es war schlicht weiß, aber aus echter Seide, die den Körper liebkoste. Dazu ein paar Spritzer »Acqua di Giò«. Das war alles. Sie verzichtete auf Schminke, auf Lippenstift, Rouge, Cajal und den ganzen Rest.

Teresa war eine natürliche Frau mit einfachen, starken Gefühlen, die sie weder verbergen konnte noch wollte. Sie war eine Person, die rein und ursprünglich und nackt vor die Welt trat. Fast nackt.

Teresa durchquerte das nachtschwarze Schlafzimmer. Auch im Flur war es dunkel. Barfuß tappte sie auf den Lichtstreifen zu, der unter der Wohnzimmertür durchdrang. Sie öffnete die Tür. Er lag auf der Couch, den Kopf auf die Armlehne gebettet. Sein Gesicht war hinter einem Buch versteckt. Teresa fand es süß, daß er Bücher las. Auf dem Couchtisch standen Ruiz' schottischer Whisky und ein halbvolles Glas. Teresa hätte auch einen vertragen können. Das Herz schlug ihr bis zum Hals. Sie war nur eine schwache Frau.

Er ließ das Buch sinken. Als er Teresa in der Tür stehen sah, nahm er hektisch die Füße von der Couch.

»Ich habe Angst«, sagte Teresa mit dünner Stimme.

Er legte das Buch zur Seite. Rückte verlegen hin und her wie ein Schuljunge.

»Ich fürchte mich«, sagte Teresa. »So ganz allein. Verlassen in der dunklen Nacht, aus der unheimliche Geräusche in meine Träume schleichen, und ich schrecke hoch, mein Herz pocht so laut, daß die Monster erwachen und von überallher durch die schwarzen Wände auf mich eindringen, sich über mich werfen, mich unter sich begraben, daß ich beinahe ersticke.«

Er starrte sie an. Sein Blick glitt an ihr herab und blieb am unteren Saum ihres Nachthemds kleben.

»Ich brauche jemanden Starken, der mich beschützt«, sagte Teresa mit seidenweicher Stimme.

»Ah ja?« sagte er. Er griff nach der Whiskyflasche.

»Enrique!« sagte Teresa mit nachtschwarzer Stimme.

Er füllte sein Glas. »Für Sie auch, Frau Ruiz?«

»Teresa«, flüsterte Teresa.

»Teresa«, sagte Enrique.

»Ja, bitte«, hauchte Teresa.

Enrique holte ein zweites Glas aus der Bar. »Mit Eis?«

»Bitte!« Sie lächelte ihm zu. Er nickte, ging nach nebenan, und Teresa setzte sich auf die Couch. Dorthin, wo Enrique gesessen hatte. Der Titel seines Buches lautete »Moderne polizeiliche Untersuchungsmethoden«. Teresa ließ es hinter der Couchlehne zu Boden fallen.

»Ich glaube nicht, daß Sie in Gefahr schweben«, rief Enrique aus der Küche. Dann klingelten Eiswürfel in ein Glas.

»Du«, rief Teresa zurück.

»Was?« Er tauchte in der Küchentür auf, stutzte einen Moment und brachte ihr dann das Glas.

»Ich glaube nicht, daß DU in Gefahr schwebst, Teresa«, sagte Teresa.

»Nein«, sagte Enrique, »du nicht!«

Sie nahm ihm das Whiskyglas aus der Hand und schenkte ihm ein Lächeln. Enrique gab sich Mühe, nicht auf ihre Beine zu starren, aber es fiel ihm sichtlich schwer. Teresa zog das rechte Bein auf die Couch hoch und winkelte es so ab, daß sie mit den Zehen ihren linken Oberschenkel streicheln konnte. Das Nachthemd war ziemlich kurz. Teresa fragte sich, was sich Ruiz dabei gedacht hatte.

»Zum Wohl«, sagte Teresa. Sie stieß mit Enrique an. Glas an Glas erst mal. Er setzte sich neben sie. Mit der Ohrringseite.

»Ihr, äh, dein Mann schwebt schon eher in Gefahr«, sagte Enrique.

Teresa nahm einen Schluck Whisky.

»Wegen dieser vermaledeiten Zweitkarte! Gott sei Dank hast du sie ja sperren lassen, nicht?«

Teresa nahm einen zweiten Schluck Whisky. Sie sagte: »Ich bin sonst nicht so ängstlich, aber die Entführung und das alles … Diese Situation macht mich so verwundbar. Ich glaube, ich sollte möglichst wenig darüber reden. Ich sollte lieber an etwas ganz anderes denken. An etwas Schönes.«

Woran zum Beispiel? müßte er jetzt fragen. Das bot sich doch an! Mehr brauchte er gar nicht zu tun. Teresa würde ihm sogar das Gefühl lassen, die Initiative ergriffen zu haben. Sie würde ihm in die Augen sehen, als habe er sie mit einer einzigen kleinen Frage verführt. Sie würde lachen, und dann würde sie sagen: an Ohrringe. Und sie würde ihn zum erstenmal berühren, würde seinen Ohrring anstupsen und plötzlich sein Ohrläppchen zwischen ihren Fingern haben, und sie würde ihm durchs Haar streichen und dann …

»Du hast doch die Karte sperren lassen, oder?«

»Natürlich«, sagte Teresa. Sie lächelte ihm trotz allem zu.

»Ich meine, es könnte ja sein, daß es nicht geklappt hat, daß du vielleicht niemanden angetroffen hast oder irgend etwas anderes dazwischenkam.«

»Nein«, sagte Teresa, »ich habe die Karte sperren lassen.«

»Gut«, sagte Enrique. Er lehnte sich zurück. Er sah auf die glatte, straffe Haut von Teresas Beinen hinab. Ihre Oberschenkel bildeten einen 45-Grad-Winkel. Über dem Scheitelpunkt des Winkels spannte sich dünner weißer Seidenstoff.

Enrique sah wieder nach oben, blinzelte Teresa in die Augen. Er grinste. Teresa stellte das Whiskyglas auf den Tisch.

»Hier oder im Bett?« fragte sie. In »Blick einer Frau« hätte sie sich noch etwas zieren, hätte mit schmachtenden Blicken weiterturteln müssen, aber das hier war die Wirklichkeit. Wer wußte schon, wann es die nächste Folge geben würde. Und ob überhaupt.

»Wie bitte?« fragte Enrique, doch Teresa konnte die Lust in seinen Augen sehen. Sie zog das Seidenhemd über den Kopf.

»Komm!« sagte sie.

Beide Flügel der Terrassentür standen weit offen, so daß die Hitze in die Nacht entweichen konnte. Teresa saß oben, und unter ihr stöhnte zuckendes Fleisch. Junges, nacktes Polizistenfleisch. Eine appetitliche Portion Spezialeinheitenfleisches, das mit einem goldenen Ohrring nett angerichtet war. Mahlzeit!

»Los!« sagte Teresa. Sie schlug die Fingernägel in seine Brust und zog sie nach unten. Er stöhnte.

»Weiter!« befahl Teresa. Weiter und tiefer und noch einmal und noch einmal! Es war ihre Nacht, und sie würde sie bis zum letzten Tropfen auskosten. Bis das Inspektorlein unter ihr so ausgezehrt war, daß nur noch Haut und Knochen übrigblieben.

»Halt!« sagte Enrique. Er umschlang ihre Handgelenke, daß es schmerzte.

»Wie hast du das auf der Bank angestellt?« fragte er. »Ruiz' Karte ist in Händen der Entführer, deine ist verschwunden. Wie konntest du sicher sein, daß es deine Karte war, die gesperrt wurde?«

Teresa wand sich in seinem Griff. Enrique war stark und schön und hart, aber er blieb doch ein Polizist.

»Die Bank hat natürlich die Kartennummern, aber du wußtest doch nicht, wer welche hatte, oder?« fragte er.

Teresa wippte sanft auf ihm. Es war eine Aufforderung.

»Oder?« fragte er.

Sie bekam endlich ihren rechten Arm frei und umkreiste mit dem Zeigefinger seinen Nabel. Enrique war Polizist einer Antientführungseinheit. Er mußte sich mit schwachen Frauen auskennen, die nicht wußten, wie die Welt lief. Jemandem wie ihr konnte doch mal ein Fehler unterlaufen, auch wenn sie versuchte, alles richtig zu machen. Gerade dann.

»Ich habe beide Karten sperren lassen«, sagte sie.

»Beide?« Er ruckte mit dem Oberkörper nach oben.

»Zur Sicherheit. Wir wollen doch nicht, daß jemand Unsinn damit anstellt. Das habt ihr doch gesagt, nicht?«

Enrique ließ sich zurückfallen. Schuld war letztlich Ruiz. Er hatte sie immer von der Welt ferngehalten, so daß sich niemand zu wundern brauchte, wenn sie in solch einer Situation überfordert war. Teresa zupfte an den Haaren auf der Brust unter ihr. Sie waren naß vor Schweiß.

»Ich habe es gewußt«, sagte Enrique. »Du willst ihn gar nicht zurückhaben. Sie sollen ihn abschlachten!«

Teresa strich über seine Brust. Sie antwortete nicht, mußte ihm Zeit lassen. Er war bloß ein kleiner Polizist, ein junger Kerl mit festem Fleisch und einem neckischen goldenen

Ohrring. Sie mußte ihm langsam beibringen, wie es im Leben zuging. Daß man manchmal lange und geduldig auf eine Chance warten, dann aber blitzschnell zugreifen mußte, sobald sie sich bot. Da hieß es, stark zu sein. Vor allem, wenn man nur eine schwache Frau war.

»Du Biest!« sagte Enrique.

Sie war kein Biest. Sie wollte nur ein wenig Leben. Eine kleine Portion Glück. Ein bißchen Polizistenfleisch.

»Du abscheuliches, hinterhältiges, mordlüsternes kleines Biest!« sagte Enrique und krallte die Hände in ihren Rücken, wühlte die Finger in ihre Haut und riß ihren Oberkörper nach unten. Zu sich. Er preßte sie an sich, an seinen schweißnassen Leib, ja, komm, komm, komm, und Teresa schwamm auf ihm, löste sich auf in hechelndem Schmerz. Es war Nacht, ihre wilde Nacht, Schönheit und Scheußlichkeit, Leben und Tod, alles wurde eins, verschwamm auf nasser Haut, verklebte zu wahnsinniger Lust. Teresa löste sich, tauchte wieder ein, sie kratzte und schlug, küßte und biß, und dann spürte sie plötzlich nicht nur Fleisch und Lust, plötzlich war da noch etwas anderes, ein Gefühl, das von außen herandrängte, über das wilde Jetzt herfiel, ein kalter Hauch in ihrem Rücken, eine andere Gegenwart. Teresa spürte, wie sich ihr Körper versteifte, wie der Augenblick zerbrach, und da fragte eine zerschundene Männerstimme von der Terrassentür her: »Señor …?«

Enrique fuhr hoch, schleuderte Teresa von sich. Stumm vor Schreck drückte sie sich aufs Kopfkissen, zog die Beine an und umklammerte ihre Knie. Sie starrte auf den Schatten an der Terrassentür.

»Wer in Dreiteufelsnamen …?« fragte Enrique.

Der Schatten schwankte und stieß gegen die Tür. Glas klirrte. Teresa zog das Leintuch über ihre nackten Beine.

»Ich brauche Hilfe«, stöhnte die Stimme. »Sie haben mich angeschossen, und ich weiß nicht …«

Der Schatten tat zwei schwankende Schritte ins dunkle Zimmer herein und sackte dann langsam nach unten. Er sank auf die Knie. Plötzlich spürte Teresa, welch kalte Luft aus dem Garten hereindrang. Enrique setzte sich auf die Bettkante.

»Mach Licht!« sagte er und stand auf.

»Aber ...«, sagte Teresa. Sie war nackt, war nicht allein nackt, und wer auch immer mitten in der Nacht über die Gartenmauer geklettert war, der brauchte sie so nicht zu sehen. Der brauchte sie gar nicht zu sehen.

»Wo ist der verdammte Lichtschalter?« fragte Enrique. Er tappte an der Wand entlang.

»Señora? Señor?« fragte der Mann. Seine Stimme klang schwach und verwundert. Teresa zog das Leintuch bis zum Hals hoch.

Das Licht des Deckenleuchters flammte auf. Zwei Meter vor dem Bett saß der Mann auf seinen Fersen und krümmte den Oberkörper nach vorn. Sein rechter Arm war blutüberströmt und hing seltsam starr nach unten. Als sei er von einer Gliederpuppe ausgeliehen. Ein paar rote Tropfen waren schon auf die Fliesen gefallen.

Der Mann hob den Kopf und blickte zu Enrique, der neben der Tür am Lichtschalter stand. Enrique sah wirklich gut aus. Kein Gramm Fett am Körper, wohlproportioniert und von einer geradezu aufreizend natürlichen Nacktheit.

»Sie sind ...«, sagte der Mann. Er versuchte aufzustehen, aber es gelang ihm nicht. Mit der linken Hand tastete er hinter seinen Rücken und zitterte eine Pistole hervor. Teresa hatte gleich geahnt, daß alles schieflaufen würde. Wenn sie schon mal eine Nacht genießen wollte! Eine einzige kurze Nacht in einem Leben, das über Jahre hinweg die Bezeichnung Leben nicht verdient hatte. Es war zum Heulen!

Enrique streckte dem Mann mit der Pistole beide Handflächen entgegen. Er sagte: »Was soll das? Warten Sie!«

Das Gesicht des Mannes verzerrte sich, als er versuchte, den rechten Arm etwas anzuheben. Vergeblich. Die Pistole schwankte in seiner Linken. Der Mann steckte sie zwischen seine aneinandergepreßten Oberschenkel. Mit der linken Hand kramte er in seiner Hosentasche. Die Pistole war ...

»Sie ist nicht geladen«, rief Teresa. Er konnte noch gar

nicht schießen, und wenn Enrique schnell machte, war noch nichts verloren.

Der Mann zog zwei Patronen hervor. Kleine zylindrische Dinger, in die unten eine Rille eingefräst war.

»Los!« schrie Teresa. »Pack ihn dir!«

Schließlich war Enrique Polizist. Ein Polizist mußte doch in so einer Situation eingreifen. Der würde doch einen schwerverwundeten Einbrecher überwältigen, ihm eine noch nicht geladene Waffe entwinden können. Der Einbrecher hielt den Lauf der Pistole mit den Oberschenkeln fest und zog mit der Hand das Magazin aus dem Griff.

»Ich bin Polizist«, sagte Enrique, »ich helfe Ihnen. Sie brauchen sich keine Sorgen zu machen.«

Der Einbrecher fingerte die beiden Patronen ins Magazin.

»Los!« schrie Teresa und schlug mit den Händen aufs Bett. »Los, los, los!«

Der Einbrecher stieß das Magazin mit dem Handballen in den Griff der Pistole zurück, und endlich sprang Enrique los, machte zwei schnelle Schritte, stieß sich ab, tat einen gewaltigen Satz und schlug mit dem Fuß gegen den Oberarm des Einbrechers, als der die Pistole wieder fest im Griff hatte. Der Einbrecher schrie auf, ein Schuß knallte, Enrique krachte gegen den Schrank, und Teresa schrie auch, warf sich zur Seite, aus dem Bett, mitsamt dem Kopfkissen, das sie an sich drückte, als könne es eine Panzerweste ersetzen.

Sie wußte nicht, ob der Schuß jemanden getroffen hatte. Sie spürte nur die Terracottafliesen kalt gegen ihre nackten Beine drücken. Sie umklammerte das Kopfkissen und dachte, daß sie unbedingt versuchen sollte, bis zur Terrassentür zu kriechen und im Dunkeln zu verschwinden. Dann sah sie die Pistole. Sie lag am Fuß des Betts, vielleicht drei Armlängen von ihr entfernt. Teresa schob sich nach vorn.

Hinter dem Fußende des Betts keuchte es schwer. Es klang nicht nach Enrique. Teresa rutschte auf dem Kissen voran, streckte den Arm nach der Pistole aus. Sie war schwarz. Unter dem geriffelten Handgriff befand sich das Magazin, in dem noch eine Patrone steckte. Eine einzige läppische Patrone. Eine Patrone reichte, um jemanden zu töten. Oder getötet zu werden. Über den Griff zogen sich dunkle Schlieren. Blut. Teresa zögerte.

»Nein«, sagte Enrique von irgendwoher.

Teresa zögerte einen Moment, bevor sie zugriff, und da schoß eine Hand hinter der Bettkante hervor, eine schmutzbedeckte, blutverkrustete Hand, die mit breit gespreizten Fingern auf die Pistole niederfiel, als gebühre ihr die unumschränkte Herrschaft über einmal Tod. Unwillkürlich zuckte Teresas Hand zurück, verweigerte den Kampf um die Waffe. Sie wollte nicht in Berührung kommen mit dieser Mörderhaut, ekelte sich zu sehr vor Blut und Dreck.

Die Finger krallten sich so fest um den Pistolengriff, daß das Blut unter den Fingernägeln zurückwich, und dann klatschte eine zweite Hand darauf, Enriques Hand, die an des anderen Hand riß und zerrte, und zwei Männerstimmen kreischten mordlüstern gegeneinander.

Plötzlich erschien Teresa all das lächerlich. Sie rutschte auf einem Kopfkissen über den Steinboden und hörte auf das halb erstickte Quieken zweier raufender Buben, die die Welt um sich vergessen hatten, für die nur dieses kleine Spielzeug mit fast leerem Magazin existierte. Von draußen wehte schwarzer Todeshauch herein. Wut auf das Leben machte sich in Teresa breit. Wieso mußte gerade sie immer und immer wieder betrogen werden? Sie rutschte auf den Knien bis zum Bettrand. Enrique lag quer über der Brust des anderen Mannes, hielt ihn so am Boden, während er versuchte, ihm die Pistole zu entwinden. Unter Enriques nacktem Körper ragten Hals und Kopf des Einbrechers hervor. Schweiß stand auf seiner Stirn, die Haare klebten an der Schläfe. Vor Anstrengung und Schmerz verzog er das Gesicht zu einer Grimasse. Als ob es etwas zu lachen gäbe.

Teresa graute es vor diesem Gesicht. Sie wollte es nicht mehr sehen. Sie warf das Kopfkissen darauf. Durch den Stoff ertastete sie Mund und Nase des Mannes und drückte mit all ihrer Kraft nach unten. Dumpfes Stöhnen drang durch das Kissen. Es klang fürchterlich. Es war nicht auszuhalten. Man mußte es ersticken. Teresa warf sich mit ihrem ganzen Gewicht auf das Kopfkissen.

Schräg neben ihr keuchte Enrique, dessen Körper den Einbrecher gegen die Fliesen preßte. Sein schöner Körper mit der glatten Haut, die nur ein paar Zentimeter von Teresas Gesicht entfernt war. Jede einzelne Pore war zu erkennen, er würde den Luftzug spüren, wenn Teresa ausatmete, und wenn sie die Zunge ausstreckte, könnte sie vielleicht …

Unter Teresa lag ein körperwarmes Kissen, und unter dem Kissen versuchte der Einbrecher, seinen Kopf freizuschütteln. Er schlug panisch mit den Beinen, trat gegen das Bettgestell, wann war denn endlich Schluß? Sogar der zerschossene, blutende Arm unter Enriques Schulter zuckte in verzweifelter Gegenwehr. Wieder und wieder und noch einmal knallte der Schuh des Mannes gegen das Bett, dumpfe Schläge wie an der Höllenpforte, und dann fielen die Beine nach unten. Das Stöhnen hörte auf. Arm- und Beinmuskeln des Mannes verkrampften sich. Er hatte das Bewußtsein verloren, aber Teresa wußte, daß er noch lange nicht tot war.

»Ich habe sie!« rief Enrique. »Ich habe die Pistole.«

Teresa war wie gelähmt. Sie konnte das Kissen nicht loslassen, mußte immer weiter nach unten drücken. Durch den Stoff spürte sie, daß bei dem Mann Schnappatmung eingesetzt hatte. Lang konnte es nicht mehr dauern.

Enrique rollte sich über den Körper des Mannes ab. Mit beiden Händen hielt er die Pistole.

»Was …?« fragte er.

Teresa drückte ein Kissen ins Gesicht eines Mannes, der in ihr Haus eingebrochen und herumgeballert hatte. Der ihr Leben zerstören wollte. Teresa wehrte sich nur. Sie kämpfte gegen das Schicksal, das ihr nicht das Geringste gönnen wollte. Es war eindeutig Notwehr.

»Laß ihn um Himmels willen los!« zischte Enrique. Die Pistole zitterte in seinen Händen.

Gleich, sofort. Die Schnappatmung hatte sowieso aufgehört. Ein letztes Mal drückte Teresa mit den Ellenbogen auf das Kissen und ließ sich dann zurücksinken. Der Einbrecher versuchte nicht mehr, sich von irgend etwas zu befreien. Er lag bewegungslos auf dem Rücken.

»Du hast ihn umgebracht!« sagte Enrique leise. Er sagte nicht, daß er kräftig mitgeholfen hatte. Teresa hatte es ja sowieso nur für ihn getan. Wegen ihm. Von der Brust bis zu den Schenkeln war Enrique mit Blut aus den Wunden des Einbrechers befleckt.

»Geh duschen!« sagte Teresa. Sie wies Richtung Bad.

»Er ist tot«, sagte Enrique ungläubig und ließ die Pistole fallen. Ja, er war tot.

Teresa stand auf und führte Enrique nach nebenan zur Dusche. Sie drehte den Hahn auf.

»Es dauert ein bißchen, bis warmes Wasser kommt«, sagte sie. Enrique stand da. Er nickte. Er war nur ein kleiner, schwacher Polizist.

Teresa streckte den Fuß unter den Wasserstrahl, um nach der Temperatur zu fühlen. Als sie alles richtig eingestellt hatte, schob sie Enrique unter die Dusche und ging ins Schlafzimmer zurück. Mit Mühe zog sie den Toten über die Fliesen bis zur Wand. Sie breitete das Bettuch über ihn und stellte zusätzlich den Paravent davor. So. Dann holte sie ein Glas Whisky. Enrique würde es brauchen können.

Er stand immer noch stocksteif unter dem Wasserstrahl. Immerhin waren die Blutspuren von seiner Haut verschwunden, schimmerten nur noch als rötlicher Abglanz im Wasser, das sich über dem Abfluß der Duschwanne staute. Teresa ließ ihren Blick an Enriques Körper nach oben wandern, den Bächen entgegen, die an seinen Muskeln entlangstürzten.

Teresa war noch immer nackt, hatte eiskalte Füße und einen völlig ausgekühlten Körper. Sie schüttete den Whisky hinunter. Eine heiße Dusche würde ihr sicher auch guttun. Genauso gut wie Enrique. Sie brauchte den armen Kerl ja nicht zu vertreiben. Wenn sie sich ein wenig aneinanderschmiegten, hatten sie beide in der Duschkabine Platz.

Das Wasser war herrlich warm. Teresa schloß die Augen und lehnte sich sacht nach vorn. So weit, daß ihre Brüste zart wie Wassertropfen über Enriques Haut strichen. Ein Zittern lief durch seinen Körper, schien sich aufzuladen, als ob eine Empfindung in wahnwitziger Geschwindigkeit seine Nervenbahnen auf und ab raste und sich dabei verstärkte, vervielfältigte, bis die Muskeln zuckten, und dann schrie Enrique auf und stieß Teresa mit aller Gewalt von sich. Sie schlug hart gegen die Wand der Duschkabine.

»Du Ungeheuer!« stieß Enrique hervor, doch nicht diese Beschimpfung erschreckte Teresa, sondern das Entsetzen, das in sein Gesicht geschrieben stand. Als ob sie ihm weiß Gott was antun wolle.

»Enrique …«, sagte sie zart. Sie versuchte den Schmerz zu ignorieren, der sich in ihrer Schulter ausbreitete.

Er sah sie nicht einmal mehr an, flüchtete aus der Dusche, hastete aus dem Badezimmer, ohne sich abzutrocknen. Alles war ihm egal, er hatte nichts im Sinn, als aus ihrer Reichweite zu gelangen. Das hatte Teresa nicht gewollt. Sie ließ sich an der Duschkabinenwand nach unten rutschen. Das Wasser fiel heiß auf sie, rann über ihr Gesicht wie Tränen, und vielleicht weinte Teresa wirklich ein wenig, denn sie war nur eine schwache Frau, die der Welt nicht gewachsen war. Sie schüttelte den Kopf. Nein, sie war kein Ungeheuer. Sie hatte nur einmal vom Leben kosten wollen. Ein einziges Mal fühlen, wie wild sein Puls schlagen konnte. Sicher hatte sie vieles falsch gemacht, vielleicht alles, aber dafür war sie hart bestraft worden. Vorher schon. Lange, lange Jahre. In Einzelhaft vor den verdammten Telenovelas.

Irgendwo knallte eine Tür. Warmes Wasser strömte an Teresas Haut herab. Sie wünschte, sie wäre tot. Sie könnte sich jetzt die Pulsadern öffnen und ganz in Ruhe ausbluten. Sie war allein.

7

... sind wegen verschiedener Delikte, unter anderem Amtsmißbrauch, Vergewaltigung und Entführung, gegen 84 Kriminalbeamte Strafverfahren eingeleitet worden. 60 befinden sich jedoch auf der Flucht.

TAGESZEITUNG »LA JORNADA«, 25. 11. 1998

Ruiz hielt den Oberkörper gerade, wie er es mal in der Primaria gelernt hatte. Er saß mit untergeschlagenen Beinen in der Mitte des Betts. Er konzentrierte sich, bündelte seine Willenskraft zu schwarzem Gift, mit dem er die Bettfüße zu imprägnieren versuchte. Es hielt nie lange, aber noch hielt es.

Noch hielt es die x-tausend ekligen, giftigen, tödlichen Spinnen zurück, die mit ihren acht mal x-tausend dünnen, flinken Beinen über den Boden seiner Zelle staksten, übereinander krabbelten, ihre fetten, haarigen Leiber auf andere fette, haarige Leiber hievten, ein paar Lagen wurlendes Spinnengetier, gierig nach etwas Lebendigem, auf das sie sich stürzen, das sie in klebrige Netze einspinnen und aussaugen konnten. Etwas einigermaßen Lebendiges wie Ruiz, der sie nur in Schach halten konnte, wenn er absolut regungslos auf seiner Pritsche saß und all seine Konzentration darauf verwandte, ihre Attacken abzuwehren.

Ruiz drückte den Rücken durch, ließ die Hände unbeweglich auf den Knien ruhen. Um die Lendenwirbel schmerzte es. Ruiz war nicht zum Buddha geboren. Es gab sowieso keine Spinnen in seiner Zelle. Gut, ein, zwei vielleicht, aber nicht Zehntausende, die zentimeterhoch über den Boden wuselten. Ruiz hatte alles abgetastet, mehrfach, war auf keine Spinnen gestoßen. Und wo hätten die jetzt plötzlich herkommen sollen? Wenn er vom Bett stieg, seine bloße Fußsohle aufsetzte, würde er den kühlen Stein spüren und sonst nichts. Gar nichts. Keine platzenden Spinnenleiber, kein entsetzliches Versinken in einem bösartig wimmelnden Teppich, keine tödlichen Bisse durch seine Haut.

Nur weil Ruiz sonst nichts zu tun hatte, baute er seine mentalen Abwehrbatterien auf. Ein bißchen vielleicht auch aus Vorsicht. So ganz sicher konnte man ja nie sein, und wenn er irgend etwas vermeiden wollte, dann den Überraschungsangriff einer Spinnenarmee.

Ruiz konzentrierte sich. Er atmete ruhig. Nicht zu tief. Jede Bewegung war zu vermeiden. In seiner Zelle war es stockdunkel, und da …

Verdammt, er hatte es geahnt, instinktiv gespürt, alles war umsonst, Konzentration, Willenskraft, jede Anstrengung verpuffte sinnlos, jetzt griffen sie an, jetzt kriegten sie ihn, eine Woge von Spinnen würde über ihm zusammenschwappen, es mußten Zigtausende von verdammten Spinnenbeinen sein, die sich gleichzeitig in Bewegung setzten und ein mordlüsternes Zittern durch den Raum schwingen ließen …

… denn da lief eine kurze Erschütterung durch Boden und Wände, ließ schwarze Mauern wackeln, rüttelte an Ruiz' Pritsche, ließ seinen Körper bis in die Seele hinein beben, eine Erschütterung, wie wenn zigtausend Wesen gleichzeitig hochsprangen und achtbeinig niederfielen, wie der Nachklang einer fernen Explosion, der über Glasscheiben entlangdröhnt, wie die Schwingungswelle eines Erdbebens.

Ja, das war es! Die Erde hatte gebebt. Da waren keine springenden Spinnen, Ruiz hatte die Erde beben spüren, einen fernen Erdbebenstoß, der zwar wirkungslos verpufft war, doch das bedeutete nichts. Man wußte nie, was nachkam. Vielleicht war es nur der Anfang gewesen. Ein Vorbote des Hauptbebens, eine großherzige Mahnung der Natur, sich fix in Sicherheit zu bringen und mögliche Gefahrenzonen zu verlassen. Fensterlose Zellen zum Beispiel, die in irgendeinem Keller lagen. Unterirdisch. Mit jeder Menge Mauern und Böden und Dächern darüber, die einstürzen und einen erschlagen oder lebendig begraben konnten. Ruiz sah sich in Schutt eingeklemmt, durch Trümmer halb zerquetscht, bewegungsunfähig. Lieber würde er in einer Spinnenfarm übernachten, als lebendig verschüttet zu werden.

Er sprang auf, tappte mit nackten Füßen über den Boden,

zertrat keine einzige lächerliche Spinne, spürte nur Stein, der nicht wackelte und bebte, sondern ruhig unter ihm lag. Ruiz ließ sich nicht täuschen. Es war nur die Ruhe vor dem Sturm. Ruiz hämmerte mit der Faust gegen die Zellentür.

Seine Bewacher waren schließlich genauso gefährdet wie er. Sie saßen da draußen in einem ebenso fensterlosen unterirdischen Raum. Ruiz würde sie warnen, zur Flucht treiben, er würde ihnen das Leben retten, und dafür mußten sie ihn befreien, ihn aus dieser tödlichen Falle entkommen lassen. Das mußten sie einfach!

Ruiz knallte beide Fäuste gegen die Tür. Sie war mit irgendeiner Kunststoffolie verstärkt, isoliert, schallgedämpft, aber sie mußten ihn trotzdem hören. Ruiz prügelte auf die Tür ein, daß ihm die Hände fast abfielen, und endlich wurden die Riegel zurückgeschoben, öffnete sich die Tür. Das Licht blendete. Nackte Glühbirnen. Und ein laufender Fernseher auf dem Tisch. Tania war nicht zu sehen. Nur zwei Männer, die schwarze Pasamoñtanas übergezogen hatten.

»Und?« fragte der Dicke, der die Tür geöffnet hatte.

Der andere saß auf einem Stuhl zwischen den beiden Türen, die nach rechts abgingen. Er hielt eine Pistole in der Hand, beachtete aber Ruiz nicht weiter, sondern glotzte auf den Fernseher, in dem ein Fußballspiel lief. Mit aufgeregter Stimme kommentierte ein Reporter die Zeitlupenwiederholung eines wohl eben gefallenen Tores. Die Flanke kam fast von der Eckfahne, am Torraumeck schraubte sich der Spieler mit der Trikotnummer 27 hoch, höher, ein wuchtiger Stoß mit der Stirn, der Ball ließ die Querlatte erzittern und sprang von der Unterkante ins Tor. Die Spieler in Rot-Weiß stürzten sich auf den Torschützen und begruben ihn jubelnd unter sich.

»Einsam?« brummte der Dicke Ruiz entgegen.

Ein wuchtiger Stoß, erzittern, stürzen, begraben.

»Ein Erdbeben!« sagte Ruiz.

»Was?«

Ruiz stand mit bloßen Füßen auf der Türschwelle. Alles war ruhig. Nichts zitterte, nichts wankte.

»Haben Sie nicht bemerkt, daß alles gewackelt hat? Wir müssen schleunigst raus hier, bevor der zweite Stoß …«

»Der dreht durch!« sagte der Dicke.

»Hau ihm eine runter, das hilft manchmal«, sagte der mit der Pistole. Er starrte stur auf den Fernseher. Die Kamera schwenkte über dichtgedrängte Zuschauermassen auf steilen Rängen. Fahnen flatterten, Fäuste wurden in die Höhe gereckt, unverständliche Sprechchöre gebrüllt.

»Wir werden alle lebendig begraben werden«, sagte Ruiz.

In einem Querbalken am unteren Ende des Bildschirms wurde der Spielstand eingeblendet. 37. Minute: Necaxa 1 – Guadalajara 0.

»Hör zu, Ruiz«, sagte der mit der Knarre, ohne den Blick vom Bildschirm zu wenden. »Um das ein für allemal klarzustellen: Wir sind hier nicht im Kasperltheater. Du brauchst also keine Späßchen zu machen. Das solltest du auch nicht. Sonst kommen wir vielleicht auf die Idee, uns zu revanchieren. Und dummerweise haben wir eine ganz eigene Art von Humor.«

»Aber …«, sagte Ruiz.

»Wir könnten uns kringeln vor Lachen, wenn wir so ein Würstchen wie dich zerstückeln.«

»Da wärst du nicht der erste!« sagte der Dicke.

»Ein Erdbeb…«, sagte Ruiz. Die Faust des Dicken schoß heran, betonharte Knöchel gruben sich in Ruiz' Kinnlade, als er viel zu spät abwehrend die Hand hob gegen den ungeheuren Schlag, der die Erde wanken ließ, Ruiz' Füße vom Boden fegte und seinen Körper durch die einstürzende Welt schleuderte. Ins Schwarz seiner Zelle. Ruiz knallte mit dem Kopf gegen die Mauer, und bevor er noch wußte, ob er die zweite Welle des Erdbebens überlebt hatte, war die Tür nach draußen schon wieder zugeschlagen, verriegelt, und dunkelste Nacht fiel über ihn her.

Ruiz schleppte sich zu seiner Pritsche. Sein Kopf rauschte wie ein falsch eingestellter Fernseher.

Eins zu null für die anderen, dachte er.

Sie hatten gedacht, er wolle sie auf den Arm nehmen. Das bedeutete, sie hatten nichts gespürt, nicht den Hauch eines

Erdbebens. Hatte Ruiz sich alles nur eingebildet? Die Erschütterung, die jede Faser seines Körpers hatte schwingen lassen? Das Zittern des ganzen Raumes, das ihm bis jetzt noch in allen Knochen nachbebte?

Nein, dachte Ruiz.

Er war nicht durchgedreht. Es war ihr Problem, nicht seines. Alles hatte gebebt. Er hatte die Erschütterung gespürt, und die beiden da draußen nicht.

Eins zu null für ihn, Ruiz.

Er legte sich auf den Rücken, fühlte, wie sich die Matratze unter seinem Gewicht verformte.

Warum hatte nur er das Beben bemerkt? Entweder war den beiden dumpfen Dickhäutern bei der Glotzerei der Tastsinn eingeschlafen oder …

Als sie Ruiz entführt hatten, waren sie vom Periférico abgebogen, eine Ampel, eine zweite Ampel, die sanfte Linkskurve, über die Gleise des Tren Ligero, zweihundert Meter geradeaus, zweimal scharf links, und dazwischen noch einmal die Gleise. Plötzlich war alles wieder da, erinnerte sich Ruiz haargenau an die Fahrstrecke, spürte er förmlich, wie er in die Kurven rutschte und über Fahrbahnschwellen hoppelte.

… oder die Erschütterung war zu normal, um seinen Bewachern bewußt zu werden. Zu selbstverständlich. Vielleicht hatten die beiden nicht ruhig genug gesessen. Vielleicht hatten sie gerade die Arme hoch geworfen, als die Nummer 27 den Kopfstoß ansetzte, waren jubelnd aufgesprungen, als der Ball von der Latte nach unten zischte und hinter der Linie aufsprang. Tor!

Eins zu null für uns. Für Necaxa. La ola lief durchs Oval. Rot-weiße Wogen im Stadion. Eins zu null im Finalhinspiel gegen die Intimfeinde aus Guadalajara. Es war ein Heimspiel für Necaxa, für uns, und 110000 Fans im Stadion jubelten. Im Aztekenstadion, in dem Necaxa alle Heimspiele austrug. Im Aztekenstadion, das nur ein paar Ecken vom Periférico entfernt lag. An dem die Trasse des Tren Ligero vorbeiführte. Sie hatten das Gleis zuerst bei Huipulco überquert und noch einmal, als sie auf die Stadionseite der Calzada

Tlalpan abgebogen waren. Dann weiter durch Gassengewirr, um zu einem der hinteren Stadiontore zu gelangen. Nach dem Tor hatten sie noch hundert Meter per Auto zurückgelegt, über den weiten Vorplatz, klar, und dann war Ruiz ausgeladen, durch irgendeine Nebentür geschoben worden, hinein, hinunter in die Katakomben des Stadions, in versteckte, fensterlose Kellerräume.

Ruiz befand sich unter dem Aztekenstadion! Ja! Er streckte sich auf der Pritsche aus, als läge er auf weichem, duftendem Fußballrasen, er reckte die Arme, als hätte er soeben das spielentscheidende Tor geschossen.

Zwei zu null für Necaxa, das wäre es jetzt, das wäre der Hammer. Ein zweites Tor mußte her! Erst dann konnte man sich sicher fühlen, das Spiel im Griff zu haben. Erst dann würde man den Gegner wirklich beherrschen, konnte den Ball ein wenig hin- und herschieben, den Sieg clever nach Hause fahren. Ganz cool. Nach Hause fahren!

Ruiz hatte sich nie sehr für Fußball interessiert, noch weniger für irgendeine Mannschaft, aber nun schlug sein Herz ausschließlich für Necaxa, den Abonnementmeister der vergangenen Jahre, diesen wundervollen, ruhmreichen Verein, der gegen die Versager aus Guadalajara mehr als ein mageres eins zu null verdient hatte. Plötzlich verstand Ruiz die 110000 Fans im ausverkauften Stadion, er war einer von ihnen, und wenn er da oben sein könnte, auf den Rängen, würde er wie sie mitleiden und mitfiebern, würde bei vergebenen Chancen aufstöhnen, würde die Götter bitten, dem Mittelstürmer ein bißchen mehr Durchschlagskraft, den Freistoßschützen ein wenig mehr Ballgefühl zu schenken, und vor allem würde er von seinem Platz aufspringen, wenn endlich, endlich das ersehnte zwei zu null fiele. Im gleichen Moment wie alle anderen würde er aufspringen, klatschen, wie ein einziges gigantisches Urvieh würden sie brüllen und trampeln, daß die Zuschauerränge wankten, daß das Stadion bis in die Betonfundamente bebte, als träfen sich genau hier alle seismischen Störungslinien Méxicos, als verdichte sich auf einem Hektar die gesamte zentralmexikanische Vulkanzone.

Zwei zu null für Necaxa, und Ruiz würde herumtanzen, daß die Erde bebte!

Er lag ruhig und drückte seiner Mannschaft die Daumen. Den rechten Daumen. Die Fingerspitzen der linken Hand legte er sacht ans Metallgestell der Pritsche, um jedes kleinste Vibrieren sofort zu erspüren.

Oben mußte bald Halbzeit sein. 110 000 Fans würden sich unterhalten, Bier aus Pappbechern trinken und vor den Toiletten anstehen. Keiner käme auf die Idee, sich in die Unterwelt des Stadions hinabzuwagen. Warum auch? Dort gab es Umkleidekabinen, Duschen, Material- und Geräteräume, lange Gänge, Abstellkammern, Treppen und irgendwo, im abgelegensten Eck, einen fensterlosen Raum, in dem zwei Vermummte fernsahen, und dahinter, im Abseits …

Stop! Schluß mit Fußball! Chancen, Tore, Jubel, fort mit all dem Quatsch, der sich in Ruiz' Kopf breitgemacht und die entscheidende Frage bis jetzt blockiert hatte:

Wieso hier?

Wer zum Teufel hielt Ruiz ausgerechnet unter dem Aztekenstadion gefangen? In einer Einrichtung, die der Stadt gehörte. Oder dem Staat, aber sicher keiner Kidnappergruppe. Wer hatte hier Tag und Nacht freien Zugang, konnte sogar eine Art Volksgefängnis mit Wachraum, Zellen, Folterkammer und Sanitäranlagen unterhalten? Selbst die bestorganisierten Berufsverbrecher verfügten nicht über solche Möglichkeiten. Über die dazu nötigen Beziehungen.

Nein, hier war ein anderer Typ von Kriminellen am Werk. Ruiz sagte: »Mann, o Mann!«

Er kratzte sich am Kopf. Es gab nur drei Möglichkeiten: Militär, Geheimdienst oder …

Oder. Ein Verdacht schlich heran. Ruiz schloß die Augen, warf in Gedanken Aktenordner durcheinander, klopfte ungelöste Fälle ab, schnitt Zeitungsberichte über rätselhaft Verschwundene aus, blätterte in internen Schreiben mit dem Stempel »Streng vertraulich«, assistierte bei längst vergangenen Treffen der Strategiekommission.

Oder die Polizei.

Eine halbseidene Erinnerung wehte vorbei. Gesprächsfetzen. Jemand meinte, daß man sich gegen die Willkür der Haftrichter zur Wehr setzen müsse. Auf wen falle es denn zurück, wenn man Verbrecher laufenlassen müsse, nur weil man sie nicht lange genug verhören dürfe? Oder nicht intensiv genug. Stünden nicht hinter jedem Beschäftigten in den Untersuchungsgefängnissen zwei selbsternannte Menschenrechtler? Man brauche einen geheimen Ort, wo man in Ruhe arbeiten könne. Besser zwei Orte.

Nein, Ruiz war nicht beteiligt gewesen, er hatte nur davon gehört. Nichts Genaues, aber genug. Er erinnerte sich. Zwei Orte, die tabu waren, die nicht erwähnt werden durften, die man schnellstmöglich wieder vergessen sollte. Eine Anfang der achtziger Jahre stillgelegte Chemiefabrik im Norden und eine Sportstätte im Süden. Das Aztekenstadion lag im Süden. Es war eine gottverdammte Sportstätte.

Polizisten hatten Ruiz entführt, und – verflucht! – das veränderte alles. Es ging um viel mehr als um ein paar tausend Pesos. Daß sie seine Geheimnummer aus ihm herausgefoltert, Lösegeld gefordert hatten, diese ganze Bankgeschichte, all das war nichts als eine gigantische Inszenierung, um ihn langfristig aus dem Verkehr zu ziehen und dabei keinen Verdacht schöpfen zu lassen. Sie spielten ihm eine veritable Erpressungskomödie vor, nur um ihn nicht auf die Idee kommen zu lassen, daß sie Polizisten waren. Eine positive Seite hatte das Ganze immerhin: Daß sie sich brav vermummten, wenn sie ihm gegenübertraten, daß sie ihm seinen Aufenthaltsort verheimlichten, wäre nicht nötig, wenn sie ihn aus dem Weg räumen wollten. Es sah so aus, als sollte er irgendwann freigelassen werden.

Das Bett begann zu vibrieren, der Raum erbebte. Zwei zu null. Necaxa mußte das zweite Tor gemacht haben. Wenn sich Ruiz fünfzig Meter höher befände, würde er in begeistert tobenden Zuschauermassen stecken. Unter stumpfsinnig johlenden Idioten. Scheißfußball! Doofes Erdbeben! Ruiz brauchte jetzt Ruhe. Er mußte sich konzentrieren. Er sollte mal messerscharf überlegen.

Messerscharf? An der rechten Wand hatte er doch einen Nagel ertastet. Ruiz stand auf. Dort irgendwo mußte es gewesen sein. In Kopfhöhe. Ruiz ließ seine Handfläche über die Ziegel gleiten. Mit den Fingerspitzen fuhr er die Fugen entlang, bis er den Kopf des Nagels pieksen spürte. Er ragte eine halbe Fingernagelbreite aus der Mauer hervor. Ruiz zog. Nichts rührte sich. Er riß, fühlte, wie sich der Stahlkopf in seine Fingerspitzen grub.

»Ruhig Blut!« sagte sich Ruiz. Er drückte den Nagel mit dem Daumen nach oben, zog dann nach unten. Er rüttelte, preßte, wackelte und schob. Ziegelstaub puderte seine Hand. Langsam lockerte sich der Stahlstift, ließ sich in einem engen Kreis drehen. Ruiz fragte sich, wer wann wozu hier einen Nagel eingeschlagen hatte. Er wechselte die Hand und arbeitete weiter. Vielleicht hatte mal jemand einen Kalender oder einen Spiegel oder ein nettes Bambiposter aufgehängt.

Es war egal. Da war ein Nagel, und das war alles, was wichtig war. Wenn Ruiz ihn nur herausbekäme! Er griff wieder mit Daumen und Zeigefinger der rechten Hand zu. Mit der linken stützte er sich an der Mauer ab. Er zog. Zog an. Überhörte den Schmerz, bis die Fingerkuppen taub wurden. Er riß mit aller Gewalt, der Ziegel knackste, bröckelte, und endlich löste sich der Nagel. Ruiz hatte ihn in der Hand. Er tastete ihn ab. Der Nagel hatte sich verbogen, doch das machte nichts. Er war nur etwa vier Zentimeter lang, nicht lang genug, um damit ein paar Entführerpolizisten abstechen zu können, doch für Ruiz' Zwecke würde er reichen. Der Nagel war auch nicht sehr spitz, doch hoffentlich spitz genug, daß Ruiz durch die Hornschicht, die Keimschicht, durch Oberhaut, Lederhaut und die ganze verdammte Epidermis bis zu den Blutgefäßen durchstoßen könnte.

»Njet!« sagte Manolo. Er kannte das Wort für »nein« in zweiunddreißig Sprachen, inklusive Náhuatl, Otomí und Gälisch. Weiß der Himmel, wie er auf Gälisch gekommen war.

Manolo hatte seinen Spurensicherungskasten auf dem Schreibtisch abgestellt. Eigentlich war er auf dem Weg zu irgendeinem Einsatz, doch für eine kleine Zwischenmahlzeit schien noch Zeit zu sein. Jedenfalls schaute er gierig auf das Stück frittierte Schweineschwarte, an der De Soto knabberte.

»Greif zu!« sagte Lopez García. Er blätterte in dem Bericht, den Manolo gebracht hatte, und versuchte sich darüber klarzuwerden, wo der Fehler lag. Er fand keinen Fehler. Trotz des verschmierten Bluts hatten sie Fingerabdrücke an der Pistole sichergestellt, die der Vengador an der Metrostation Chilpancingo zurückgelassen hatte. Die gleichen Fingerabdrücke hatten sie zusätzlich an einer Haltestange im Microbus gefunden. Die Spuren wurden in dem Bericht als qualitativ exzellent und eindeutig identifizierbar bezeichnet. Daran lag es nicht. Die Spuren stimmten nur nicht mit den bisher bekannten Fingerabdrücken des Vengadors überein. In keiner Weise. Es waren nicht Morenos Abdrücke.

»Hm«, sagte De Soto. Er bemühte sich immerhin, nicht allzuviele Chicharrónkrümel durch die Gegend zu spucken.

»Wieso bleibst du eigentlich so dünn, wenn du dauernd fettes Zeug in dich hineinfrißt?« fragte Lopez García.

»Hoher Grundumsatz«, mümmelte De Soto. »Ich setze alles in pure Energie um.«

Auch Manolo mampfte und zuckte nur die Achseln. Den Typen von der Spurensicherung konnte es freilich egal sein, ob ihre Ergebnisse alles in Frage stellten, was die bisherigen Ermittlungen ergeben hatten.

Daß der schwerverletzte Kerl im Krankenhaus Moreno auf dem Foto nicht wiedererkannt hatte, mochte ja noch angehen, aber die verkehrten Fingerabdrücke konnte sich Lopez García beim besten Willen nicht erklären.

»Einmal ist keinmal«, quetschte De Soto aus vollen Backen hervor. Er ließ die Verschlüsse des Spurensicherungskoffers aufklicken und kramte herum.

Manolo war aufgestanden. Er bröselte seine Chicharrónstückchen jetzt auf den Teppich an der Tür und studierte dabei den Zeitplan für die morgige Guadalupe-Wallfahrt, der auf einem Zettel aushing. Um 21.00 Uhr war Treffpunkt im Erdgeschoß des Polizeihauptquartiers, dann gemeinsame

Fahrt in Mannschaftsbussen zum zweiten Sammelpunkt an der Calzada Guadalupe. Dort würden sich die Teilnehmer hinter den Trägern des Blumengestecks formieren und um 22.00 Uhr in ihren nagelneuen T-Shirts zu Fuß zur Virgencita hochpilgern. Genau wie schätzungsweise zwei Millionen andere Gläubige aus allen Regionen Méxicos.

»Ein Nachahmungstäter vielleicht, der auch mal in die Presse will«, mümmelte De Soto. Er räumte Fläschchen und Tiegelchen und Pinselchen aus Manolos Koffer und reihte sie an der Schreibtischkante auf.

Lopez García brach ein Stück Chicharrón ab und zerkrümelte die fettige Kruste zwischen den Fingern. Ein Nachahmungstäter? Am Montag sollte die Jagd auf Moreno eröffnet werden. Würde sofort ein anderer Vengador an seine Stelle treten, sobald er im Knast saß?

De Soto zog Manolos Gummihandschuhe über. Für einen Nachahmungstäter wußte der neue Vengador ziemlich genau Bescheid. Seine Arbeitsweise glich der Morenos aufs Haar. Auch er verzichtete darauf, mit Handschuhen zu arbeiten. Auch er hielt eine Ansprache an die Passagiere, die noch dazu ziemlich gleichlautend war, wenn man den Zeugenaussagen trauen konnte. Hatte Moreno vielleicht einen anderen Verrückten gefunden, den er in seinem Stil angelernt hatte? Oder gleich mehrere? War er der Chef einer Bande von fehlgeleiteten Recht-und-Ordnung-Fanatikern, die sich die Microbusstrecken untereinander aufteilten?

De Soto schraubte das Fläschchen mit Argentorat auf. Er wählte einen weichen Pinsel und bestäubte ihn mit dem Aluminiumpulver.

Wenn mehrere Vengadores existierten, würde sich vieles leichter erklären lassen: die unterschiedlichen Täterbeschreibungen der Zeugen zum Beispiel, die Verwendung verschiedener Pistolen und vor allem die für einen Einzeltäter völlig unwahrscheinliche Erfolgsquote. Man müßte nicht mehr von einem Täter ausgehen, der vierundzwanzig Stunden am Tag unterwegs war, einen unglaublichen Riecher für Überfälle und dazu noch jede Menge Glück hatte. Die Vengadores könnten eine Gruppe ganz normaler Verrückter sein, die ein paar Stunden am Tag ihrer Mordlust nachgingen, wie andere Tennis spielten.

De Soto pinselte sorgfältig den schwarzglänzenden Schirm der Schreibtischlampe ein. Auf dem Lampenschirm erstand ein silberfarbener Fingerabdruck, dessen Grundmuster eine Schleife von links darstellte. Im unteren rechten Viertel konnte Lopez García eine Augenbildung und zwei eingelagerte Linien identifizieren. Rechts oben zeigten sich signifikante Verästelungen. Wenn man noch genauer hinsah, würde man weitere unverwechselbare Haken, Gabelungen und ausweichende Endstücke bestimmen können. Es konnte kein Zweifel bestehen, daß der Klassifizierungsmensch im Keller genau hingesehen hatte.

Mit der Konzentration eines altchinesischen Kalligraphen pinselte De Soto weiter, legte Zeigefingerabdrücke frei, die er vor zwei Tagen von einer abgeschlagenen Hand auf den Lampenschirm abgerollt hatte. Von der Hand, die nebenan in Ruiz' Kühlschrank herumlag und Lopez García schon auf die Nerven ging, wenn er nur an sie dachte.

Daß Moreno eine Killersekte ins Leben gerufen haben sollte, war Quatsch. So etwas gab es nicht. Nicht einmal in einer Stadt wie México, in der es Gruppen und Kurse für jede Art von Schwachsinn gab, vom Kerzenziehen über Jimmo-Massage bis zum Tarotlesen. Außerdem hatten sie an praktisch allen Tatorten Morenos Fingerabdrücke gefunden. Bis auf diesmal.

De Soto brach sich ein weiteres Stück Chicharrón ab.

»Mach du mal weiter!« mampfte er hervor. Lopez García nahm ein fünf mal fünf Zentimeter großes Stück transparenter Folie und legte es am unteren Rand des Lampenschirms an.

Die Fingerspuren sprachen für Moreno. So ziemlich alles andere sprach für eine Vielzahl an Tätern.

Lopez García preßte mit dem Daumen eine Seite des Folienquadrats fest und drückte den Rest der Folie auf einen der Fingerabdrücke.

Fingerspuren waren einmalig und unveränderlich. Seit Sir Francis Galton 1892 sein Buch »Finger Prints« veröffentlicht hatte, wurde ihnen weltweit in der Kriminalistik eine überragende Beweiskraft zugestanden. Sie besaßen eine geradezu biblische Glaubwürdigkeit. An ihnen zu zweifeln war Sakrileg, Ketzerei, Gotteslästerung, die übel auf den Sünder zurückfallen würde.

Lopez García strich die Folie mit dem Daumennagel glatt und rubbelte dann an der Kante entlang, um sie wieder zu lösen.

Er dachte an Hautverpflanzungen und Implantate. Er wußte, daß der Organismus sie in kürzester Zeit abstoßen würde. Handschuhe, in die das Muster eines fremden Fingerabdrucks eingraviert worden war? Dann müßten die Leistenmuster mit einem Sekretionsmechanismus ausgestattet sein, der Wasser, Talg, Natriumchlorid, Eiweiß und Aminosäuren abgab. Künstlichen Schweiß! Aus künstlichen Poren, Schweißkanälen, Drüsen.

Er zog mit einer langsamen, gleichmäßigen Handbewegung die Folie vom Lampenschirm ab und fingerte mit der anderen Hand in Manolos Koffer nach einem Plastiktütchen. Nein, Morenos Fingerabdrücke waren Morenos Fingerabdrücke! Sie konnten nicht gefälscht werden.

Lopez García schob die Folie mit dem Abdruck in das Tütchen, das jetzt nur noch beschriftet werden musste. Er murmelte: »Magazin einer 38er, Aktennummer 20/125/98–12, Beweisstück 01, Metro Chilpancingo, 9. Dezember. 1998.« Dann war es an der Kriminaltechnik, die Abdrücke zu analysieren, klassifizieren, katalogisieren und zu vergleichen …

Fingerspuren konnten nicht gefälscht, doch sie konnten verwechselt werden! Lopez García hatte es begriffen! Er hatte es in der Hand. Er spürte es zwischen den Fingern. Er hielt ein kleines Tütchen.

Sie konnten ausgetauscht werden! Die unbezweifelbare, unantastbare, heilige, entlarvende Spur war nichts als ein fünf mal fünf Zentimeter großes Stück Folie, das in einem beschrifteten Plastiktütchen in der Klassifizierungsstelle abgeliefert wurde. Aber wie kam die Spur auf die Folie, wie die Folie ins beschriftete Tütchen und wie das Tütchen in die zuständige Abteilung? Es gab jede Menge Manipulationsmöglichkeiten! Lopez García warf das Tütchen mit dem frisch abgezogenen Fingerabdruck De Soto zu.

»Schreib!« sagte er.

»Hm?«

»Schreib, was ich dir diktiere! Auf das Tütchen.«

De Soto steckte sich ein Stück Chicharrón in den Mund, aber er nahm einen Stift zur Hand.

»Magazin einer 38er, Aktennummer 20/125/98–12, Beweisstück 01, Metro Chilpancingo, 9.12.1998«, sagte Lopez García.

De Soto kaute, De Soto schrieb.

»Na, dann werde ich mal …«, sagte Manolo.

»Metro Chilpancingo, 9.12.1998«, wiederholte Lopez García.

De Soto schrieb, er überlegte, er käute wieder.

»Ich schenke euch irgendwann einen Malkasten«, sagte Manolo. »Mein Zeug muß ich jetzt leider mitnehmen.«

»Und?« fragte De Soto. Er pulte mit den Fingern in den Zähnen.

»Wenn ich jetzt das Tütchen ins Labor hinunterbringe, wissen wir morgen, wer in Chilpancingo herumgeballert hat«, sagte Lopez García.

»Nämlich?«

»Eine abgeschlagene, kühlschrankgekühlte Hand«.

De Soto schaute doof. Manolo warf seine Tiegelchen in den Koffer und ließ die Verschlüsse zuschnappen.

»Der Vengador ist dann eine verstümmelte Leiche«, sagte Lopez García. »Zweifelsfrei durch seine Fingerabdrücke identifiziert.«

»Du meinst, Morenos Fingerabdrücke sind …?«

»… uns nur untergeschoben worden.« Lopez García nickte De Soto zu.

»So ein Quatsch!« sagte Manolo.

»Das kann man überprüfen«, sagte De Soto.

Lopez García nickte wieder. Er sagte: »Manolo, du wirst deinen Termin platzen lassen müssen.«

»Nein, nein, nein.« Manolo schüttelte den Kopf. »Wegen euch habe ich neulich schon einen Anschiß bekommen.«

»Höhere Gewalt«, sagte Lopez García. Er hakte sich bei Manolo unter.

»Da kann man nichts machen«, sagte De Soto und griff sich den Spurensicherungskoffer.

Manolo maulte noch ein wenig, ging dann aber brav mit. Im Hauptgang vor den Aufzügen wurde die Decke gestrichen. Eine Plastikplane raschelte unter Lopez Garcías Füßen. Das Bild der Guadalupe war mit einem weißbekleckten Tuch abgedeckt worden. Die bunten Lämpchen leuchteten schwach hindurch. Lopez García bekreuzigte sich. De Soto drückte die Aufzugsknöpfe. Überraschenderweise waren drei der Aufzüge in Betrieb. So dauerte es nicht lange, bis sie zur Asservatenkammer hochfahren konnten. Eigentlich war es keine Kammer, sondern eine Flucht von Lagerhallen, die vielleicht vierhundert Quadratmeter einnahmen. Sie waren vollgepfropft mit Devotionalien aller Art, denen irgendwer irgendwann mögliche Beweiskraft in irgendeinem Fall zugesprochen hatte.

Über dieses Arsenal kriminalpolizeilicher Wichtigtuerei herrschte unumschränkt Don Goyo, wie er nach dem volkstümlichen Ausdruck für den Vulkan Popocatépetl genannt wurde. Der Spitzname bezog sich auf die qualmende Pfeife, die Don Goyo nie aus dem Mund nahm. Seinen Ruf als graue Eminenz des Präsidiums hatte er sich aber vor Jahrzehnten dadurch erworben, daß er das mit unzähligen Überstunden angesparte Geld in psychologischen Gutachten angelegt hatte, die ihm ernsthafte Mangelsyndrome, ja, lebensbedrohliche Entzugserscheinungen bei auch nur zeitweiliger Absenz vom Arbeitsplatz bescheinigten. Damit hatte Don Goyo die Riege von Vorgesetzten in die Knie gezwungen, die ihn nicht nur zur Ableistung seines Jahresurlaubs verpflichten, sondern ihm auch das Aufstellen eines

Bettes in der Asservatenkammer untersagen wollten. Seit zwanzig Jahren lebte Don Goyo nun schon gesund und glücklich in seinem Reich, das er außer zum Pinkeln letztmals vor drei Jahren anläßlich der Beerdigung seines Bruders verlassen hatte. Das wenigstens erzählte man sich im Präsidium.

Don Goyo patschte De Soto auf die Schulter, wies auf den Koffer in seiner Hand und fragte: »Wieder mal Leichenteile entsorgen?«

»Hoch lebe die Menschenwürde!« verkündete De Soto inbrünstig.

Lopez García tippte Manolo an die Brust. »Der ist schuld. Er hat im Labor Säure über die Fingerabdrucksproben des Vengadorfalls geschüttet.«

»Pritzel, pratzel, weg war's!« sagte De Soto.

»Tschuldigung!« sagte Manolo.

Don Goyo lutschte an seiner Pfeife. Lopez García hatte mal gehört, daß Lippenkrebs bei Pfeifenrauchern nicht so sehr wegen der Schadstoffe des Tabaks, sondern wegen der ständigen Irritation des Gewebes durch das Pfeifenmundstück verbreitet sein soll.

»Wenn ich vielleicht kurz an die Beweisstücke dürfte?« fragte Manolo zerknirscht.

»Wir schauen ihm auf die Finger«, sagte Lopez García.

»Damit er auch nichts in Unordnung bringt«, sagte De Soto.

Don Goyo nickte gnädig. Nachdem er ihre Dienstausweise eingesammelt hatte, ließ er sie in sein Reich ein. Don Goyos selbstentwickelte Ordnungsmethode war einfach, doch so effektiv, daß angeblich schon der Lagerverwalter des Anthropologischen Museums zu Nachhilfestunden vorbeigekommen war. Sie folgte dem Prinzip »ein Beweisstück, ein Karton, eine Nummer« und orientierte sich in der Positionierung strikt an den Aktenzeichen, die auf den einzelnen Kartons in gut sichtbaren Klebebuchstaben angegeben waren. Der Clou war ein zusätzliches Farbleitsystem von auf den Boden gemalten Linien, die einen zum gesuchten Bereich und – mit Hilfe abgestufter Farbschattierungen – zum richtigen Regal führten.

In Nullkommanichts waren die Beweisstücke zu den Vengadormorden gefunden. Während Don Goyo vorne die Daten seiner Besucher in das Register eintrug, streifte Manolo seine Handschuhe über, holte aus drei kantengenau ausgerichteten Kartons eine Machete, einen Keramikschmetterling und ein Obsidianmesser hervor und begann mit der Arbeit. Es ging ganz fix. Es gab auch nicht viel zu tun. Als Don Goyo pfeifekauend angetrottet kam, war Manolo mit dem dritten Stück schon fast fertig.

»Nichts«, sagte er. »Alles so blank wie mein Konto.«

»Genauso viele Fingerabdrücke wie auf dem Jupiter«, sagte er.

»Keine nämlich«, fügte er hinzu, als ob ihn jemand mißverstanden haben könnte. Zur Sicherheit kramte er auch den Rest der Sammlung hervor.

»Putzt hier jemand?« fragte De Soto zu Don Goyo hin. »Ich meine, nicht nur den Boden und so.«

Don Goyo nahm die Pfeife aus dem Mund.

»Das sind Beweisstücke!« sagte er. Es klang wie: Die Erde ist rund. Die Erde war auch rund, aber die Beweisstücke waren als Beweisstücke einen Dreck wert.

»Jemand hat die Abdrücke beseitigt«, sagte Lopez García, »weil er verhindern wollte, daß sie noch einmal überprüft werden. Das wäre unnötig, wenn sich auf den Gegenständen tatsächlich Morenos Abdrücke befunden hätten. Ich hatte recht.«

»Aber wir haben doch die Auswertungen. Die besagen eindeutig, daß …«

»Es ist ganz einfach. Irgendwann wurden Moreno ein paar Dutzend Fingerabdrücke abgenommen, in Plastiktütchen verstaut und abgelegt. Und nach jedem Vengadormord wurden ein, zwei davon hervorgeholt und kreativ beschriftet: Abdruck auf einem Obsidianmesser am Soundsovielten, auf einem Machetengriff, auf einem Microbusfenster, auf was weiß ich. Dann mußte man nur noch das Tütchen vom Tatort verschwinden lassen und durch das andere Tütchen ersetzen. Fertig. Moreno war ein Serienkiller!«

»Moreno ist unschuldig?« fragte De Soto enttäuscht.

»Wer kann hier hereinkommen, um ein paar Messerchen blank zu putzen?« fragte Lopez García.

»Keiner«, sagte Don Goyo. »Außer jemand, der autorisiert ist.«

»Ein Polizist«, sagte Don Goyo. »Einer von euch.«

»Und wer konnte die verdammten Tütchen austauschen, ohne daß es jemand bemerkt hätte?« fragte Lopez García.

»Willst du etwa andeuten, daß wir vom Labor …?« fragte Manolo.

»Aber hallo!« sagte De Soto.

»Welchen Grund sollten wir denn haben, Beweismittel zu manipulieren?« fragte Manolo.

»Oder der Typ von der Klassifizierungsstelle im Computerraum?« fragte Lopez García.

»Einer von uns vielleicht? Von der Mordabteilung?« fragte De Soto.

»Aber hallo!« sagte Manolo. Er schüttelte den Kopf.

»Ich wüßte keinen, der bei allen Fällen mitgearbeitet hat«, sagte Lopez García.

»Dreizehn, nein, vierzehn verdammte Mordfälle, die einem Unschuldigen untergeschoben werden sollten«, sagte De Soto.

»Ich lasse hier keinen mehr herein.« Zur Bekräftigung steckte Don Goyo die Pfeife wieder in den Mundwinkel.

»Das müßte doch jemandem auffallen. Das gibt es doch nicht, daß keiner etwas gemerkt hat«, sagte Manolo.

»Ruiz!« sagte Lopez García. Sie waren so froh gewesen, ihren Chef eine Zeitlang los zu sein, daß sie sich keine Fragen gestellt hatten. Dabei waren die Umstände seiner Entführung äußerst ungewöhnlich. Fastfoodentführungen waren normalerweise in zwei Tagen erledigt. Noch dazu, wenn es sich beim Opfer um einen hochkarätigen Polizisten handelte. Den wollte man doch so schnell wie möglich loswerden.

Lopez García sagte: »Wenn einer die Manipulationen durchschauen konnte, dann Ruiz. Über seinen Schreibtisch ging alles, er hatte den Überblick über den Vengadorkomplex. Und vielleicht hatte Ruiz ja auch etwas bemerkt. Ein seltsamer Zufall, daß er gerade jetzt entführt worden ist!«

»Ein Polizist, der Oberkommissar Ruiz an die Wäsche gegangen ist, um nicht bei der Manipulation von Beweismaterial entlarvt zu werden?« fragte Manolo.

»Vorsicht, Vorsicht, Vorsicht!« sagte Don Goyo.

»Halt bloß die Klappe, Manolo!« sagte De Soto.

»Bin ich blöd?« fragte Manolo. »Ich pinsle glatte Flächen ein, sammle Stoffetzelchen, puzzle mit Paßstücken, mikroskopiere allen möglichen Kleinkram. Ich denke nicht, ich quatsche nicht. Ich weiß nicht, wer Ruiz ist, habe keine Ahnung, wie man Vengador schreibt, und euch beide kenne ich schon gleich gar nicht. Mich geht das alles gar nichts an.«

Er warf seine Siebensachen in den Koffer, tippte grüßend gegen die Schläfe und machte sich so schnell davon, als hätte er höchstpersönlich fünfundzwanzig Kleinkriminelle abgemurkst.

Im Aufzug nach unten fächelte sich Lopez García mit einem Fingerabdruckstütchen Luft zu. Das Ganze war eine heiße Sache.

»Zurück zum Ausgangspunkt«, sagte De Soto. »Wenn Moreno nichts damit zu tun hat, wer ist dann der Vengador?«

»Wer sind die Vengadores? Es sind mehrere. Es ist eine ganze Bande.«

»Und wieso zum Teufel sollte jemand einem kleinen Journalisten eine ganze Mordserie unterschieben wollen?«

»Moreno hat an der Polizei herumkritisiert«, sagte Lopez García, doch er wußte, daß das nicht ausreichte. Es gab praktisch niemanden in México, der nicht an der Polizei herumkritisierte. Die Polizisten selbst eingeschlossen.

»Und warum ist Moreno untergetaucht, wenn er mit den Verbrechen nichts zu tun hatte?«

Moreno war vielleicht längst tot, begraben, von Würmern zerfressen. Die einzigen Lebenszeichen, die es seit Monaten von ihm gab, waren Fingerabdrücke ohne jegliche Beweiskraft. Vielleicht unterhielt sich Moreno in der Hölle gerade prächtig mit einem Verbrecherbengel, der sich darüber beklagte, daß seine rechte Hand in einem Polizeikühlschrank zwischengelagert wurde, statt ordentlich unter die Erde gebracht zu werden.

»Wir müssen wieder ganz von vorne anfangen«, sagte De Soto.

Lopez García nickte. »Vielleicht noch einmal in Ruiz' Büro? Wenn er etwas herausgefunden hat, könnte er sich doch Aufzeichnungen über seinen Verdacht gemacht haben.«

»Ich schaue mal in seinen Computer«, sagte De Soto.

Zwei Stunden lang durchstöberten sie Akten, Notizen, Disketten und Festplattendaten in Ruiz' Büro. Es war nichts zu finden, was weiterhelfen konnte. Die Chacmoolfigur im Eck sah mit steinernem Grinsen zu. Auf solchen Dingern waren den indianischen Göttern Opfer dargebracht worden. Menschenherzen zum Beispiel. Der Kühlschrank brummte höhnisch. Lopez García öffnete ihn.

Zwischen den Bierflaschen und den breiigen Tortenstücken lag die Hand. Ihre Finger schienen nach einer Flasche Modelo greifen zu wollen. Die Haut war fleckig. Violett auf Braun. Irgend etwas zwang Lopez García hinzugreifen. Die Haut gab nach, als sein Zeigefinger gegen den Handteller stupste. Die Leichenstarre löste sich langsam wieder. Lopez García fuhr den Ringfinger bis zur Kuppe hoch, über die ein marmorner Fingernagel ein wenig hervorstand. Trocken, kalt. Wenn er die Stelle am Gelenk vermied, war es gar nicht so schlimm, die Hand zu berühren. Eher eigenartig. Diese kalte, lappige Haut über harten Fingerknöchelchen, die nutzlose Hornschicht über den Ballen, die kaum erfühlbare Schnittnarbe an der Außenseite des Daumens. Alles war tot, vorbei, und doch konnte Lopez García die Spuren ertasten, die das Leben hinterlassen hatte. Er glaubte zu spüren, wie sich diese toten Finger um eine Machete krallten, wie sie eine Schaufel hielten, ein fettiges Hühnerbein, sich an einer Hose abwischten, die Haut eines Mädchens streichelten, wie sie sich vor langer Zeit an die Hand einer Mutter geklammert hatten.

Vom ersten Moment an hatte die Hand auf Lopez García unheimlich und faszinierend zugleich gewirkt, und nun wußte er, warum. Er spürte das Leben im Tod. Er hätte ewig weiter über die Hand streichen können.

Irgendwann läutete das Telefon. De Soto schob eine neue Diskette ein und zeigte mit dem Finger auf Lopez García. Der schloß die Kühlschranktür. Am Telefon war Tere aus der Vermittlung an der Pforte.

»Endlich finde ich euch«, sagte sie. »Ich stelle durch. Da ist einer, der behauptet, es gehe um Leben und Tod.«

Das sagten sie alle. Und dann wollten sie einem bloß eine Lebensversicherung andrehen.

»Ja?« sagte Lopez García. Er sah auf die Uhr. 18.05 Uhr.

»Hier ist Jesús Moreno«, sagte eine Männerstimme. »Ich muß Sie sprechen.«

»Jesús Gabriel Moreno Villaseca?« fragte Lopez García.

»Ich habe Informationen über die Vengadormorde. Es ist wichtig.«

»Moreno!« sagte Lopez García. »Ja, klar, schießen Sie los!«

»Nicht am Telefon. Kommen Sie morgen nachmittag zur Plaza Hidalgo nach Coyoacán!«

»Hören Sie Moreno: Wir wissen, daß Sie nicht …«

»Um 16.00 Uhr. Warten Sie an der Längsseite der Kirche, auf der Höhe des Pavillons.«

»Sie haben nichts zu befürchten. Wir verdächtigen Sie nicht …«

»Um vier Uhr. Allein. Ohne schießwütige Hundertschaften im Hinterhalt!«

»Moreno!« schrie Lopez García in die Sprechmuschel, doch der hatte schon aufgelegt.

»Moreno?« fragte De Soto.

Lopez García nickte. Entweder hatte Telmex eine direkte Telefonleitung in die Hölle gelegt, oder Moreno war noch lange nicht so tot, wie Lopez García vermutet hatte.

8

Die häufigsten Opfer waren Kriegsgefangene. Man opferte auch Sklaven jeden Alters und Geschlechts. Diese wurden durch vorhergehende Reinigung und Weihung in lebende Abbilder der Götter verwandelt.

YOLOTL GONZÁLEZ TORRES, DICCIONARIO DE MITOLOGÍA Y RELIGION DE MESOAMÉRICA, STICHWORT: SACRIFICIO HUMANO

Carlos schnürte einen Packen Pappkartons zusammen. Viel war es nicht. Die großen Kartons rissen sich schon die Leute von der Müllabfuhr unter den Nagel. Hier landeten nur noch Fetzen oder das Zeug, das so verdreckt war, daß die Müllmänner die Finger davon ließen. Solche Pingeligkeiten konnte sich Carlos nicht leisten.

Es stank nach verbranntem Gummi. Vom Cerro her wehten Ascheteilchen. Ein paar dünne Rauchfahnen stiegen am Ende der Müllhalde hoch und krümmten sich unter dem Südwind. Seit ein paar Tagen schmerzte Carlos' Rücken. Er stapfte durch den Müll, in dem der Wind raschelte, und zog das Bündel Kartons hinter sich her. Wenigstens brauchte er nicht mehr auf jeden Schritt zu achten, seit er die Stiefel gefunden hatte. Sie waren ein paar Nummern zu groß und ziemlich ausgelatscht, hatten aber fast kein Loch. Sie waren praktisch neu. Vielleicht waren sie aus Zufall in den Abfall geraten. Vor ein paar Jahren hatte Andrés einen echten Goldring aus einem Haufen Lumpen gezogen. Bis heute erzählte er, wie seine Finger über den zotteligen Stoff gefahren waren, sich in die groben Fetzen gewühlt hatten und plötzlich innehielten, als sie auf die glatte, harte Rundung stießen. Andrés de Oro hieß er seither in der Müllkolonie.

In der Senke unterhalb der Hütte von Ester und Heriberto hatte sich eine Wasserlache gesammelt. Eine stinkende schwarze Brühe, auf der Ölschlieren schimmerten. Vor der Hütte saßen die beiden Jüngsten von Ester. Einer wühlte in Plastikmülltüten, der zweite hatte sich rostige Dosen über die nackten Zehen gestülpt und trommelte mit einer verbogenen

Gabel darauf herum. Heriberto versuchte, eine mit weißen Farbspritzern bekleckerte Plastikfolie über die löchrige Wellblechwand an der Wetterseite seiner Hütte zu spannen. Er pfiff »Cielito lindo« vor sich hin.

Carlos warf die Kartons in die Dreckbrühe vor sich. Pappe wurde nach Gewicht bezahlt. Wenn sich der Packen vollgesogen hatte, war er ein paar Centavos mehr wert.

Heribertos Zweitjüngster jubelte auf. Zwischen verfaulten Bananenschalen hatte er ein Nutellaglas entdeckt, in dem sich noch Reste des Süßzeugs befanden. Mit dem Zeigefinger kratzte er am Boden des Glases herum, zog den Finger heraus und leckte ihn ab. Der kleine Bruder ließ die Dosen liegen und krabbelte heran.

Die Dreckwasserpfütze war nicht tief genug für das Kartonbündel, so daß Carlos es umdrehen mußte. Danach würden seine Hände wieder unerträglich jucken. Sie juckten schon jetzt. Die Handrücken waren rot, entzündet und schuppig. Er griff in die Lache, stemmte das Bündel auf die Kante hoch und ließ es nach der anderen Seite umfallen. Die Brühe spritzte.

Auf der Schotterstraße dröhnte ein Lastwagen heran. Es war keiner der üblichen Müllwagen, sondern ein Transporter, der zwei große Container aufgeladen hatte. Carlos ließ seine Kartons weiter Wasser ziehen und schlurfte auf den Hügel zu, auf dessen Halde der Transporter gleich den Inhalt der Container kippen würde. Am Himmel kreisten die Geier. Sie waren scharf auf Carlos, aber sie würden ihn nicht kriegen. Nicht so schnell wenigstens. Trotz allem sah ihnen Carlos gern zu. Sie schienen mit dem Wind zu spielen, schwebten stolz und unbeteiligt dort oben, fast als schauten sie nur zum Spaß auf eine Welt hinab, in der es aus Abfallbergen zum Himmel stank. Den Geiern kam der Müllplatz wahrscheinlich eher wie ein Meer vor, in das der Wind Schaum und weiße Fetzen kräuselte und in dem so viel Treibgut schwamm, als sei eine ganze Flotte von Kreuzfahrtschiffen an unsichtbaren Riffs zerborsten. Und durch die bewegte See pflügten seltsame kleine Wesen auf dieselbe Stelle der

Steilküste zu, über die ein weißer Wasserfall ins Meer stürzte. Ein prasselnder Wasserfall, der einem gekippten Müllcontainer entsprang.

»Plastikbecher«, sagte Mariana, die von rechts herwatete. Wahrscheinlich hatte sie Glasscherben aufgesammelt, denn ihre Hände waren mit Lumpen umwickelt. Schade. Marianas Hände waren schön. Schmal, zierliche Finger, glatte Haut. Es war die Art von Händen, die Carlos sich für seine Frau wünschen würde, wenn er eine Frau hätte.

»Fast nur Plastikbecher.« Carlos nickte. Wahrscheinlich stammte der Müll von einer großen Sportveranstaltung. Von einem Fußballspiel im Aztekenstadion zum Beispiel, bei dem weder Flaschen noch Büchsen verkauft werden durften. Da tranken Zehntausende ihr Bier aus Plastikbechern, die sie dann auf die Ränge fallen ließen, und nach dem Spiel wurde alles zusammengekehrt und in Container gepackt.

»Nichts für euch«, murmelte Carlos zu den kreisenden Geiern hinauf. Auch für ihn war es kaum etwas. Plastikbecher brachten viel weniger ein als Aluminium oder Glas. Sogar weniger als Pappe. Praktisch nichts. Nur die Menge der Becher ließ ihn überhaupt weitergehen. Und die Hoffnung auf einen Goldring oder so etwas.

Mariana trug um die Schultern ein grobes graues Tuch. Unter der Schlammkruste des langen Rocks konnte man knallbunte Farben erahnen. Rot vor allem. Blumenmuster oder Girlanden. Carlos stoppte bei einem großen Müllsack. Den konnte er brauchen. Er leerte ihn aus, tappte gewohnheitsmäßig durch den Abfallhaufen und sah dabei Mariana nach. Sie war klein. Trotz ihrer weiten Kleidung wirkte sie zerbrechlich. Ihren Körper hielt sie gerade.

Mit Würde, dachte Carlos aus irgendeinem Grund, und er sah ihr weiter hinterher, während seine Hände durch den Abfall wühlten, ledrig-speckige Tortillareste erspürten, feuchte Maisblätter von aufgeschnittenen Tamales, matschige Soße, dicke, glatte Avocadokerne, Kugelschreibereindrücke in zerknülltem Briefpapier, fasrige Ananasherzen, matte, welke Salatblätter, nichts von Bedeutung. Carlos wischte sich die

Hände am Oberschenkel ab und packte den Müllsack. Er folgte Mariana.

Ein halbes Dutzend Leute war schon mit der neuen Ladung beschäftigt. Carlos murmelte einen Gruß zwischen den Zähnen hervor, setzte sich auf den Boden und begann, die Plastikbecher ineinanderzustecken. Die Stapel verstaute er im Müllsack. Carlos rutschte ein Stück weiter. Zwischen den Plastikbechern lagen Zigarettenkippen, Orangenschalen, verkleckste Eiswaffelreste, all das, was Stadionbesucher achtlos wegwarfen. Ein paar zerschlissene Sitzkissen, Zeitungen, eine Wasserflasche aus Plastik, ein halbverkohltes Fähnchen in den blau-weiß-roten Farben des Fußballclubs aus Guadalajara. Carlos stapelte Plastikbecher. Er sah zu Mariana hinüber. Sie stapelte Plastikbecher. Sie lächelte.

Die Wasserflasche war leer, doch der Verschluß war wieder zugeschraubt worden. Das war das erste, was Carlos auffiel. Dann sah er, daß die Flasche gar nicht leer war. In ihr befand sich Papier. Jemand hatte Papier gefaltet, in die Flasche gesteckt und diese wieder sorgfältig verschlossen. Wie eine Flaschenpost, die man den Wellen des Meers in der Hoffnung anvertraut, daß sie irgendwo an Land gespült, gefunden, gelesen wird.

Carlos schraubte den Deckel ab, drehte die Flasche mit der Öffnung nach unten und fingerte das Papier durch den Flaschenhals. Es waren ein paar Blatt Falz auf Falz gelegtes Toilettenpapier. Dunkelrote Flecken schimmerten durch. Eingetrocknetes Blut. Carlos faltete das Toilettenpapier auseinander. Die dunklen Flecken gewannen Form, ordneten sich zu klecksigen Buchstaben und Zahlen. Es war ein Brief, eine mit Blut geschriebene Nachricht.

Carlos konnte lesen. Es ging langsam, aber es ging. Er las:

1000 $ BELOHN.
AN 2753436
BIN UNTER AZT.STAD.
RUIZ

Carlos sah sich um. Die anderen stapelten Plastikbecher. Tausend Pesos Belohnung? Es war ein Scherz. Jemand wollte sich über ihn lustig machen. Carlos ließ den Daumen über das Toilettenpapier gleiten. Es war weiches, weißes, doppellagiges Papier, das die Blutstropfen gierig und augenblicklich aufgesogen hatte. Auf solch einem Papier blieb kein Tropfen stehen, den man mit dem Fingernagel zu einem Zeichen verstreichen konnte. Bei einem knisternden Zehn-Peso-Schein wäre das vielleicht möglich, doch hier hatte jemand Blutstropfen nach Blutstropfen aufs Papier fallen lassen. Carlos zählte. Sieben Tropfen allein für die »1« von »1 000«, mehr noch für die Nullen. Soviel Blut konnte man sich nicht mit einem simplen Nadelstich in den Daumen abzapfen. Dafür mußte man sich schon eher einen Finger abschneiden. Vielleicht war die Nachricht doch kein Scherz.

Mariana stapelte Plastikbecher. Tausend Pesos! Das waren hundert knisternde Zehn-Peso-Scheine. Damit könnte Carlos einen goldenen Ring kaufen. Vielleicht sogar zwei. Seinen Hautausschlag kurieren lassen. Eine Creme für Mariana besorgen, damit ihre Hände weich und fein blieben. Mit tausend Pesos könnte er die ganze Welt kaufen!

1 000 $ BELOHN.
AN 2753436
BIN UNTER AZT.STAD.
RUIZ

las Carlos noch einmal, bevor er das Papier sorgfältig faltete und einsteckte. Die Nachricht war klar. Die Belohnung würde erhalten, wer bei der angegebenen Telefonnummer anrief und mitteilte, daß sich ein gewisser Ruiz unter dem Aztekenstadion befand.

Was stellte jemand unter dem Aztekenstadion an? Wieso schrieb er mit Blut? Und warum versandte er seine Nachricht mit solch einer seltsamen Flaschenpost? Carlos stapelte Plastikbecher, an denen das Bier klebrige Rückstände hinterlassen hatte. Er mußte sich in acht nehmen. Er hatte vorsichtig zu sein, wenn er bei der Nummer anrief. Am Telefon würde er nur sagen, daß er Ruiz' Aufenthaltsort wüßte und weitergäbe, sobald 1 000 Pesos in einem Umschlag für ihn hinterlegt würden. In einem Abfallkorb irgendwo im Zentrum. Im Alamedapark zum Beispiel.

Carlos packte einen Stapel Plastikbecher in den Müllsack und stand auf. Tausend Pesos! Er lächelte Mariana zu und grüßte die Geier hoch oben. Der Wind war stärker geworden und hatte auf West gedreht. Er würde Carlos auf den paar Kilometern bis zur Hauptstraße gehörig vor sich her schieben.

Der Tote lag noch im Schlafzimmer herum. Teresa würde nicht mehr dahinein gehen. Nie mehr. Nicht freiwillig. Sie saß auf der Couch im Wohnzimmer. Neben ihr lehnte Max II und starrte mit seinen Knopfaugen auf den Fernsehapparat, in dem kaum bekleidete, magersüchtige Mädchen Ballett tanzten. Alles sah so ungezwungen, leicht und luftig aus. Als wäre das Leben ein Kinderspiel.

Teresa drückte auf eine Taste der Fernbedienung. Schöne junge Menschen strahlten vor Glück. Werbung. Wenn man den Toten doch auch einfach wegzappen könnte! Mitsamt der Blutspuren und des ganzen verfluchten Schlafzimmers. Mitsamt des ekligen Gefühls, das immer noch über Teresas Haut zitterte. Ein winziger Daumendruck, und alles wäre ausgelöscht, abgelöst durch eine ganz andere Geschichte, die fröhlich sein müßte, und wenn sie nicht fröhlich genug wäre, durch wieder eine andere und noch eine und noch eine. So lange, bis alles in Ordnung wäre.

Teresas Daumen preßte die Taste »Channel up«. Auf dem Bildschirm küßten sich zwei zu Geigenmusik. Teresa war eine schwache, einsame Frau, die dem Schrecklichen, das in ihrem Heim geschehen war, hilflos gegenüberstand. Sie wußte nicht, was sie tun sollte, hatte niemanden, den sie um Rat fragen konnte. Ihr einziger Vertrauter war Max II, aber der antwortete nie auf ihre Fragen. Irgendwann mußte sie die Polizei benachrichtigen, möglichst bevor einer der anderen Polizisten der Antientführungseinheit auftauchte. Bevor der Inspektor mit dem Ohrring irgendwelche Lügengeschichten von sich gab. Und das würde er sicher tun. Wer einen verletzten Mann, und sei er auch ein Einbrecher, so kaltblütig ersticken konnte, dem war alles zuzutrauen. Von

Anfang an war ihr dieser Inspektor unheimlich gewesen, ohne daß sie genau hätte angeben können, woran es lag.

Teresa zappte einen Kanal weiter. Die Fernbedienung war ein kleines schwarzes Plastikding, das gut in der Hand lag. Ein paar Tasten in Daumenspitzengröße, Power, Channel up, Channel down, Menu, Select, Favorite, Last, Volume up, Volume down, Sleep und ein paar Zahlen, das war alles, das war die ganze Welt, viele Welten, aus denen man sich eine aussuchen konnte. Zum Beispiel die, in der dicke Männer aufeinanderprallten und einen eiförmigen Ball unter sich begruben.

»Touch down«, schrie ein Reporter aufgeregt, und Teresa drückte auf die Fernbedienung.

Natürlich würde der Inspektor versuchen, sich herauszulügen. Er hatte ja auch allen Anlaß dazu. Hatte er nicht schamlos ausgenutzt, daß er mit Teresa die Nacht über allein gewesen war? War er etwa nicht zudringlich geworden? Hatte er nicht höhnisch gelacht, als sie verzweifelt um Hilfe gerufen hatte? Und als ihr dann tatsächlich ein Passant trotz seiner schweren Verletzungen zu Hilfe eilte, hat ihn dieses Untier von Inspektor kaltblütig ermordet.

Im Fernseher lachte eine Frau auf, und ein Mann lehnte sich grinsend zurück. Es kümmerte ihn nicht, ob Teresa seine Welt vernichtete oder nicht. Teresa nahm sich ein Beispiel an Max II und rührte sich nicht. Nur ihr Daumen lag auf der Channel-up-Taste und spürte dem kleinen Widerstand nach, der die Talkshow am Leben hielt.

Jemand sagte: »Lassen Sie uns zum Thema zurück …«

Hoppla, und da schleuderte ein Sportwagen quietschend um die Ecke, ein Obststand fiel zusammen, und über unzähligen purzelnden Orangen krachten die schwarzen Limousinen der Gangster ineinander. Natürlich trug kein Passant eine Pistole mit sich herum. Es war auch kein Passant gewesen, sondern der Spießgeselle des bösen Inspektors, der sich nach irgendeiner Schießerei zu ihm geflüchtet hatte. In Teresas eigenes Haus, in dem sie bedroht und geschlagen wurde. Der angebliche Inspektor war gerade dabei, ihr die Kleider vom Leib zu reißen, als der andere Verbrecher dazukam. Auch er wollte natürlich seinen Teil von der Beute abhaben und stürzte sich trotz seines blutenden Arms auf Teresa. Sofort kam es zum Streit zwischen beiden, zu Handgreiflichkeiten. Der eine schoß, verfehlte seinen Kumpan, der sich in maßloser Wut auf ihn stürzte und ihn vor Teresas Augen erstickte. Einfach so erwürgte.

Sie vermochte nur zu wimmern, hatte nicht einmal die Kraft, ihre Finger in die zerwühlten Bettlaken zu krallen, konnte gerade mal einen Daumen rühren, und dann war der Mörder verschwunden gewesen, nur der Tote war noch da, und Zombies mit Spinnennetzfratzen, die sich aus frischen Gräbern schaufelten, durch Kellerwände spazierten und zu heulendem Wind und dramatischer Filmmusik blonde Mädchen abschlachteten.

Die Wahrheit war schrecklich. Teresa hätte sich auch lieber schöne, romantische Geschichten ausgedacht. Geschichten, in denen Liebende sich wahrhaft lieben, Märchen, in denen verwunschene Prinzessinnen mit einem sanften Kuß erlöst werden, in denen ER IHR zart eine Haarsträhne aus dem Gesicht streicht, bevor Hände sich tastend finden.

Nur, die Wirklichkeit war anders. In der Wirklichkeit schossen perverse Polizeiinspektoren wahllos Passanten an, schleppten sie in die Häuser der von ihnen gefangengehaltenen Frauen und erwürgten sie vor deren Augen, nur um sich an ihrem Entsetzen zu weiden. An ihrem nackten Entsetzen, das diese Perversen brauchten, um ihre perverse Lust anzuregen, um die in ihrer Gewalt befindlichen Frauen sadistisch vergewaltigen zu können. Der Reihe nach. Immer und immer wieder. Dagegen konnte man sich nicht wehren, außer vielleicht durch einen kleinen Daumendruck, der nichts weniger als die ganze Welt richten mußte.

Teresa drückte ihren rechten Daumen nach unten. Es ging ganz leicht, obwohl sie nur eine schwache, hilflose, von allen verlassene Frau war. Gott sei Dank, da lief »Nie werd ich dich vergessen«. Das durfte Teresa nicht versäumen. Sie würde die Polizei später anrufen. Morgen vielleicht.

Sonnenstrahlen drangen mühsam durch den Smog und breiteten fahlgelbes Licht über der Plaza Coyoacán aus. Auf den Wegen unter den Bäumen schmusten ein paar Pärchen, als ginge es um olympisches Gold. Na, Dabeisein war alles. Kinder tollten um den Brunnen, in dessen Mitte zwei steinerne Coyoten hinter Wasserfontänen standen. Der eine hatte die Schnauze nach hinten gedreht und blinzelte nach oben, als ob er nach einem Mond Ausschau halte, den er anheulen konnte. Er fletschte die Zähne. Auf einem Steinbänkchen am Rand des Brunnenplatzes packte eine Strassenverkäuferin ihre Waren um, Alegrías, Kaugummis, Bonbons. Zwei krumme Alte verschnauften vom Spaziergang, und daneben reichten sich ein paar Langhaarige einen Joint weiter.

Wer Geld hatte, saß in »Los Danzantes«, »El Parnaso« oder einem der anderen Straßencafés am Rande des Jardín Centenario. Vom »Hijo del Cuervo« dröhnte laute Rockmusik durch das Stimmengewirr, während sich auf der gegenüberliegenden Seite jemand ein Saxophon anscheinend nur ausgeliehen hatte, um die Passanten zu quälen. De Soto war nirgends zu entdecken.

»Con permiso«, sagte Lopez García. Er schob sich durch eine Gruppe kichernder Schulmädchen, die wohl gerade dem Unterricht entkommen waren. Auf der Calle Carrillo Puerto staute sich der Verkehr, so daß Lopez García hinter einem wüst qualmenden Microbus der Ruta 52 die Straße überqueren konnte. Vor dem Steinkreuz mit den austreibenden Enden bekreuzigte er sich. Die Pfarrkirche dahinter war Johannes dem Täufer geweiht. Auf den Treppenstufen und am Fuß der Kirchenfassade saßen Indiofrauen, an die sich jeweils ein paar Kinder schmiegten.

Lopez García überlegte, ob er in die Kirche gehen und am Seitenaltar vor der Kopie der Guadalupe beten sollte. Es war erst 15.25 Uhr. Bis zum Treffen mit Moreno hatte er eigentlich genügend Zeit, doch irgendwie kam es ihm schäbig vor, auf Kosten der Muttergottes die Wartezeit überbrücken zu wollen. Lopez García hielt sich nach links. Neben dem

Pavillon kurbelte ein Leierkastenmann sein Zeug herunter. Der Adler auf der Pavillonkuppel spreizte vergeblich die Flügel zur Flucht. Er war aus Stein. Vor den gestutzten Buchsbaumlabyrinthen wickelte ein Zuckerwatteverkäufer rosafarbene Fäden auf Holzstäbchen. Daneben schnitt ein Obstverkäufer Melonen. Ein Schuhputzer wichste an Cowboystiefeln herum, die Lopez García bekannt vorkamen. Eine enge weiße Hose, ein überbreiter Gürtel mit silbernen Nieten, eine kurze, paillettenbesetzte Jacke, und unter dem Sombrero grinste De Sotos Visage hervor. Er hatte sich als Mariachi herausgeputzt. Als Abziehbild eines Abziehbilds eines Kuhzüchters längst vergangener Tage. O Gott!

Dabei war von Moreno nichts zu befürchten. Er hatte mit den Vengadores nichts zu schaffen, war nur das Opfer, dem alles untergeschoben wurde. Er wollte reden, Lopez García wollte reden. Offiziell brauchte niemand davon zu wissen, schon gar nicht bei einer Kriminalpolizei, in der es vor verbrecherischer Energie nur so knisterte. Deshalb hatten sie auf einen Großeinsatz verzichtet und vereinbart, daß Lopez García allein zum Treffpunkt gehen sollte. De Soto sollte für alle Fälle in der Nähe bereitstehen. Als stille Reserve. Von Verkleidung war aber nie die Rede gewesen. Von solch einer abgrundtief lächerlichen Verkleidung schon gleich gar nicht.

De Soto klopfte sich auf die schwindsüchtige Brust, holte eine Zigarre aus der Westentasche und steckte sie an. Er paffte, hustete, grinste debil. Lopez García schüttelte den Kopf.

Das Portal des schmalen Kirchhofs war verschlossen. Im Vorbeigehen warf Lopez García einen Blick auf die floralen Muster des Steinbogens. Am Eck der Kirchhofmauer wandte er sich nach rechts, schlenderte ein paar Meter weiter. Gegenüber, hinter dem Pavillon, leuchtete die rote Fassade des Delegaciónsgebäudes hervor. Lopez García blieb im Schatten der Mauer stehen. Hier sollte er sich mit Moreno treffen. Lopez García sah auf die Uhr. 15.32 Uhr. Er lehnte sich an vermauerte Bruchsteine. Vulkangestein, das wahrscheinlich aus den erstarrten Lavamassen des Pedregal gewonnen worden war. Lopez García wartete.

Ein paar Ganztagssäufer kamen aus der Cantina »Puerta del Sol« am östlichen Ende des Platzes, fielen sich grölend in die Arme und schwankten in die Calle Higuera zur nächsten Abfüllstation weiter. Zehn Meter von Lopez García entfernt bereitete eine Folkloregruppe ihr Spektakel vor. Sie bestand aus fünf Männern, die sich mit riesigen Kopfschmucken aus falschen Quetzalfedern als Azteken kostümiert hatten. Um die Handgelenke und auf den nackten Oberkörpern klapperten Holzketten. Lederne Lendenschurze verdeckten gerade mal das Nötigste, und um die Unterschenkel waren Fußrasseln aus Muscheln gebunden. Wenn Lopez García es recht bedachte, hatte Kuhhirte De Soto gar nicht so übel ausgesehen.

Als Kulisse hatten die Möchtegern-Azteken ein Lattengerüst an der Kirchhofmauer aufgebaut. Eine Art aztekisches Tzompantli, nur daß statt der Menschenschädel Holzmasken daran aufgehängt waren. Vor dem Gerüst packte einer der Männer eine Reisetasche aus. Aus drei Schalen, die den Tanzplatz von den Zuschauern abgrenzten, wehte Weihrauchgeruch zu Lopez García herüber. Aromatisches Harz, wie es die Azteken bei ihren Zeremonien verbrannt hatten.

Einer der halbnackten Wilden setzte sich und begann, auf einer Huéhuetl zu trommeln. Seine Hände waren weiß, schienen mit Kalkpulver eingepudert zu sein. Abwechselnd fielen die Handflächen auf das Trommelfell nieder. Der dumpfe Klang schien den Straßenlärm abzudämpfen. Eine Flöte setzte ein. Drei Töne wiederholten sich wieder und wieder. Sie schwebten verloren in der Menge, die sich nun um die Gruppe ansammelte. Lopez García hatte nur ein Foto von Moreno gesehen. Hoffentlich konnte er ihn im Gedränge ausmachen. 15.47 Uhr.

Die Klänge von Flöte und Trommel tasteten sich einander an, griffen sich beim Schopf, sprangen im Gleichschritt auf, so daß der Boden unter Lopez Garcías Füßen rhythmisch mitschwang. Die drei Tänzer standen mit gesenkten Köpfen in einer Reihe. Mit beiden Händen hielt jeder von ihnen eine

Kriegskeule hoch, in die Obsidiansplitter eingelassen waren. Wie versteinert standen sie, anscheinend unbewegt von der monotonen Musik, die nun ein wenig schneller wurde, sich auf das Tempo einpendelte, mit dem das Blut durch Lopez Garcías Adern pulsierte. Auch der Trommler saß starr, nur seine Hände bewegten sich auf und ab, als ob sie ein Eigenleben führten, selbst einen Willen hätten, der nur darin bestand, ein altindianisches Instrument zum Sprechen zu bringen. Es war eine dumpfe Sprache, die Lopez García nicht verstand.

Ein plötzlicher Doppelschlag auf der Huéhuetl ließ die Köpfe der Krieger nach oben fahren, ein Zucken lief durch die Glieder, die aus jahrhundertelangem Schlaf aufschreckten und sich zögernd ihrer Aufgabe entsannen. Ein nackter Fuß schnellte nach vorn, krallte sich fest, und langsam schob sich der Körper nach, fand seinen neuen Schwerpunkt. Ein Schritt war getan, und die Keule schwang in Zeitlupe zur Seite.

Blutleer wirkten die weißen Hände des Trommlers. Tot. Als ob sie vor langer Zeit jemandem abgeschlagen und nun dieser unbeweglichen Trommlerstatue angehext worden wären. Vielleicht erwachten sie nur wieder zu einer Art Leben, um die Verstümmelung zu beklagen, um dumpf nach dem längst verwesten Rest ihres ursprünglichen Körpers zu rufen. Lopez García stellte sich vor, wie die Hand in Ruiz' Kühlschrank sich zu bewegen begann, die Finger langsam krümmte, durch matschige Sahnetorte glitschte und die Innenverkleidung nach einem Weg in die Freiheit absuchte. Er schüttelte sich. Solche Gedanken! Er mußte endlich die verdammte Hand aus seinem Kopf bringen.

Ein zweiter Aztekenfuß stampfte auf, ein Muschelgehänge klapperte unwillig. Die beiden anderen Krieger erwachten zum Leben, begannen zu tanzen. Nach vorn, nach hinten, auf der Stelle. Von tief innen schienen die Bewegungen zu kommen. Zornig versuchten sie, den Staub der Zeit abzuschütteln, sich in dumpfes Heidentum zurückzutrampeln, ins flackernde Zwielicht der alten Gottheiten, die die Sonne aufgehen, den Regen fallen und den Mais wachsen ließen, die ihrem Volk unbeschränkte Macht versprochen hatten, Weltherrschaft, die aber auch Opfer verlangten, warmes Blut, Unterwerfung, Verehrung. Tanz, Getrommel, Flötentöne und Muschelrasseln.

Trotzig stampften die Tänzer vor der schwarzen Kirchhofmauer, mit gebeugten Oberkörpern stampften sie gegen Cafégeplauder und Verkehrslärm an, traten die moderne Gesellschaft mit nackten Füßen, primitiv, verstockt, unbelehrbar. Die Tänzer schwangen die Keulen, drohten mit Tod und Verderben, sie tanzten zur Ehre der blutgierigen Aztekengötter. Huitzilopochtli, Quetzalcóatl, Tezcatlipoca …

Unsinn! Die Götter waren tot. Die Tänzer tanzten zur Belustigung der Passanten. Sie brauchten nur einen Anlaß, nachher mit dem Sombrero herumgehen und ein paar Pesos einsammeln zu können. Es waren keine Azteken, es waren ein paar Arbeitslose, die sich einen Job erfunden hatten. Sie würden abkassieren, nach Hause gehen, das Federzeug und die Rasseln und die lächerlichen Lendenschurze im Schrank verstauen, sie würden unter die Dusche springen, wenn sie eine besaßen, sich über die ungenügende Mathematiknote ihres Ältesten aufregen, fernsehen, zu Abend essen, fernsehen, ins Bett fallen, schlafen. Sie waren nicht anders als Lopez García.

Sie lebten nicht in Tenochtitlán. Sie lebten in México-Stadt, wo Banküberfälle stattfanden, Erpressungen, Vengadormorde, aber keine Menschenopfer für irgendwelche Götter. México war México, und das hier war nur eine Folkloreaufführung. Reine Show. Dieser ganze Aztekenschnickschnack. Eine Huéhuetl, Fußrasseln, Obsidiankeulen. Und wie auf einen Trommelschlag wurde Lopez García klar, daß Götterstatuetten, Opfermesser, mit Blut geschriebene Glyphen und abgehackte Hände auch nichts anderes bedeuteten. Es war zwecklos, einen tieferen Sinn in solchen Beweisstücken suchen zu wollen. Auch sie waren nur Requisiten einer Inszenierung!

Schwarze Stecknadeln, rote Stecknadeln, da gab es keinen

Unterschied, das hieß gar nichts. Irgendwelche Kriminelle brachten andere Kriminelle in Microbussen um, und alles andere war Show. Nur wozu? Welchen Sinn hatte es, brutaler Selbstjustiz ein aztekisches Mäntelchen umzuhängen? War es ein kindischer Versuch, den wahren Zweck der Morde zu verschleiern? Oder sollte auch damit jemand belastet werden, dem Staatsanwälte und Richter solch eine Art von Schwachsinn zutrauten? Zum Beispiel jemand, der dazu passende Zeitungsartikel veröffentlicht hatte. Der von der Gegenwart aztekischer Todesfixierung geschwafelt hatte. Jemand wie Moreno, dessen Fingerabdrücke ihn sowieso schon als Täter auswiesen.

Dienten die Aztekenspuren nur als weiterer Beleg für die längst erwiesene Schuld eines Unschuldigen? Als I-Tüpfelchen auf dem Urteilsspruch? Doch welch ein Aufwand! Und ein so sorgfältig vorbereitetes und penibel durchgestaltetes Schaustück sollte keinem anderen Zweck dienen, als einen kleinen Journalisten in die Pfanne zu hauen, der wahrscheinlich gar nicht begreifen würde, wie ihm geschah?

Lopez García blickte auf die Uhr. 16.05 Uhr. Moreno war nirgends zu sehen. Die Tänzer umkreisten einander, schienen unsichtbare Spinnfäden zu ziehen, in denen sie sich selbst unrettbar verheddern würden. Sie tanzten, als sei die Welt um sie versunken, im Takt untoter Hände, wie gebannt vom unaufhörlichen Schlangengeklapper der Fußrasseln, das ihre Körper durchzuckte, elektrisierte, nur weiter und weiter und weiter tanzen und stampfen und vergessen und erinnern.

Sie folgten keinen einstudierten Schritten. Wenn es kein Dämon war, der von ihnen Besitz ergriffen hatte, mußte es eine Art körperlicher Erinnerung sein, etwas, das nicht im Gehirn gespeichert war, sondern im Rückenmark oder wo sonst all das Tierische schlummerte. Das Töten und Getötetwerden.

Wegen ein paar Pesos.

Die Tänzer ließen ihre Keulen durch die Luft sausen. Ein paar Zuschauer klatschten blöde im Takt der Huéhuetl mit. Eine kleine Aztekenshow wegen ein paar Pesos, eine große

Aztekenshow wegen zig Millionen Pesos! Lopez García hatte nur nicht hoch genug angesetzt. Nach ganz oben mußte man greifen, in die dünne Luft der Macht, in die Chefetagen von Polizei und öffentlicher Sicherheit, in Abgeordnetenbüros, Regierungszentralen.

Lopez García sah die Azteken tanzen und begriff, daß alles ganz simpel war. Die Mittel waren knapp, um jeden Haushaltsposten schlug man sich, und ein paar dort oben wollten Geld für die Polizei. Viel Geld. Mehr Geld als bisher. Mehr Männer, bessere Ausrüstung, Computer, Waffen, Fortbildungsmaßnahmen. Millionen, die ausgegeben und einkassiert werden konnten. Die Statistiken über blamable Aufklärungsquoten reichten nicht aus, die Notwendigkeit zusätzlicher Finanzmittel zu belegen. Das waren nackte Zahlen, darüber gähnte man, damit machte man keinen müden Peso locker.

Nein, etwas Spektakuläres war nötig, eine Person, die aus der Unfähigkeit der Polizei, ihrer Aufgabe gerecht zu werden, handgreifliche Konsequenzen zog, ein Vengador, der zur Selbsthilfe griff, der Polizei, Justiz und Politik gleichermaßen in Frage stellte, der über das Gewaltmonopol des Staates nur lachte, der großspurig das ganze verdammte System in Frage stellte und dafür auch noch den Beifall des Volkes fand. So schuf man Handlungsbedarf. Wenn man Geld wollte, mußte man einen Vengador kreieren.

Und genau das hatten die Finanzstrategen der Polizei getan. Natürlich hatten sie nicht selbst geschossen. Für die Drecksarbeit zog man andere heran. Doch irgendeiner aus der Führungsriege mußte die Sache organisiert haben. Von irgendwoher, vielleicht aus den aufgelösten »Jaguar«-Spezialeinheiten, hatte er ein paar schießwütige Vengadores rekrutiert, die er in Microbussen auf die Jagd schickte, um die gewünschte Stimmung zu verbreiten. Und dann, nach dem zweiten Vengadormord, fragte er sich, was wohl nachher sein würde. Wenn der Etat durch war, wenn die Polizei in Geld schwamm. Sollten die Vengadores einfach aufhören, zu Frau und Kindern nach Hause gehen, Schluß aus, vorbei? Wäre es nicht aus Gründen der Staatsräson angebracht, mit den Vengadores aufzuräumen? Bestand nicht sogar Gefahr für den Mann aus der Chefetage selbst? Konnte ihn nicht ein mißgünstiger Konkurrent um die Fleischtöpfe ans Messer liefern? Er mußte sich absichern. Dem Ruf der Polizei und der eigenen Karriere konnte es außerdem nicht schaden, den Fall aufzuklären, einen Schuldigen vor Gericht zu zerren und glänzend dazustehen.

Ein Opfer mußte her! Nein, ein Täter! Irgendeiner. Wer, spielte keine Rolle. Der Mann von ganz oben dachte an diesen, an jenen, blätterte Zeitungen durch, ärgerte sich über einen gewissen Moreno, der die Arbeit der Polizei in den Dreck zog, ließ ihn unter irgendeinem Vorwand vorladen, seine Fingerabdrücke abnehmen, und fertig war der Vengador!

Kein Wunder, daß De Soto alle Indizien für Morenos Schuld in den Unterlagen gefunden hatte! Genau wie vorher Oberkommissar Ruiz. Sie waren schon zusammengesammelt worden, bevor die Taten begangen wurden. Sie waren die Grundlage, auf der man Moreno zum Mörder stempeln konnte. Morenos Aztekenspinnerei stellte nur eine zusätzliche Möglichkeit dar, die ganze Konstruktion abzusichern. Wann immer es möglich war, sollten die Killer entsprechende Spuren hinterlassen.

Und Ruiz mußte mehr begriffen haben, als er sollte. Ungefähr so viel, wie Lopez García jetzt herausgefunden hatte. Vielleicht ein bißchen mehr. Vielleicht sogar den Namen des verantwortlichen hohen Tiers. Genug jedenfalls, um eine Gefahr darzustellen, die beseitigt werden mußte. Das hatte Lopez García schon vorher gewußt. Neu war, daß nicht ein krimineller Kollege hinter der Entführung steckte, sondern jemand von ganz oben. Einer, der über dem Apparat stand. Der die Polizei selbst repräsentierte. Die ganze verfluchte Institution steckte dahinter!

Zum erstenmal in seiner Karriere fühlte Lopez García so etwas wie körperliche Angst. Ein unglaublich rasch wachsendes Krebsgeschwür breitete sich in seinem Magen aus und drohte, die Organe zu zerquetschen. Unwillkürlich schnappte Lopez García nach Luft. Doch es war nur ein

Moment. Weiße Hände trommelten wild, aber Lopez García war schon wieder in Ordnung. Keiner wußte, was er wußte. Er mußte nur höllisch aufpassen.

Die Tänzer dehnten ihre Kreise weiter aus, wurden von einem unsichtbaren Kraftzentrum gleichzeitig abgestoßen und in der Bahn gehalten. Sie tanzten um eine schwarze Sonne. Die auf dem Stein stampfenden Füße zuckten unter der Wucht der Schritte nach. Im fahlen Nachmittagslicht glänzte der Schweiß auf den nackten Rücken der Tänzer. Plötzlich setzte die Flöte aus, überließ dem Getrommel die Welt, und energischer als zuvor strebten die Tänzer dem Zentrum zu, schienen Kraft und Wildheit auf einen Punkt bündeln zu wollen, einen unscheinbaren Punkt zwei Handbreit über dem Boden, an dem sich die Spitzen ihrer Keulen kurz berührten. Lopez García hätte sich nicht gewundert, wenn dort eine Stichflamme hochgelodert wäre, aber das geschah nicht. Es war nur eine kurze Berührung, nichts weiter. Dann standen die drei Tänzer in einer Linie, hielten die Keulen wie Kommunionkerzen aufrecht vor dem Körper und stampften in Lopez Garcías Richtung. Drei Schritte vor, zwei zurück. Im Gleichschritt. Der Boden vibrierte.

16.17 Uhr. Kinder kletterten am Geländer des Pavillons herum. De Soto thronte noch immer im erhöhten Kundensessel des Schuhputzers. Der Schuhputzer saß zu seinen Füßen und rauchte eine Zigarre. Moreno tauchte nicht auf.

Zwei Schritte zurück, drei nach vorn. Muschelrascheln und stampfender Trommelrhythmus. Moreno war von Anfang an als Opfer präpariert worden, aber er durfte natürlich nicht sofort geopfert werden. Man mußte die Etatdebatte abwarten, die Vengadores mußten vorher genügend Zeit haben, um öffentlichkeitswirksam zu morden. Ein halbes Jahr, in dem sie Tag und Nacht in Microbussen jagten, ohne zu wissen, wann sie zum Schuß kommen würden. Dabei mußte man freilich befürchten, daß der untergetauchte Moreno zumindest für einige der Morde hieb- und stichfeste Alibis besaß. Es sei denn …

Es sei denn, man konnte sicher sein, daß Moreno für keine einzige Minute in diesem halben Jahr ein Alibi besaß.

Weil er sich nicht frei bewegen konnte. Weil sie ihn immer unter Kontrolle hatten. Sie hielten Moreno irgendwo gefangen! Und nach der Etatentscheidung wollten sie ihn wie ein Kaninchen aus dem Hut zaubern. Und schlachten.

Drei Stampfer vor, zwei zurück. Die Gesichter der Tänzer waren geschminkt. Fingerbreite rote und schwarze Striche liefen quer über Stirn, Nase und Kinn. Schweißperlen standen dazwischen. Auch Lopez García schwitzte. Die Keulen zuckten.

16.21 Uhr. Wieso hatte Moreno gestern anrufen können? Hatten sie ihn laufenlassen? Hatte er sich befreien können?

Zwei Schritte zurück, drei nach vorn. Die Bewegungen der Tänzer waren runder geworden. Statt hartem Gestampfe ein geschmeidiges, muschelrauschendes Zusammenspiel der Glieder. Lopez García fröstelte.

Moreno hatte gar nicht angerufen! Ein anderer konnte sich für ihn ausgegeben haben.

Die Keulen schwankten leicht, folgten weichen, eigensinnigen Kurven, wie sie die Baseballspieler beschrieben, wenn sie sich auf den Schlag konzentrierten. Die Zuschauer wichen in Richtung Platzmitte zurück.

Ein falscher Moreno hatte nichts mitzuteilen! Er wollte nicht reden. Niemand wollte mit Lopez García reden. Der einzige Zweck des Anrufs war, ihn hierher zu locken! Er sollte zu einer bestimmten Zeit an einem bestimmten Ort anzutreffen sein, weil …

In vier Reihen waren Obsidiansplitter ins Holz der Keulen eingelassen. Schwarzglänzender Stein, dessen scharfe Kanten die Haut wie Butter zerschneiden würden.

Sie wollten Lopez García umbringen! Irgendwer, die Vengadores, die Handlanger raffgieriger Polizeikommandeure, ein paar Verrückte, die Azteken. Sie wollten ihn abschlachten, weil er zuviel wußte, weil er ihren Plänen im Weg stand. Es war scheißegal, wieso. Heilige Maria, Muttergottes …!

Lopez García drückte den Rücken gegen die Kirchhofmauer. Sein Blick suchte De Soto. Der Schuhputzer saß auf seinem Kundensessel und sog an einem Zigarrenstumpen. De Soto war weg.

Drei blutgierige Raubtierschritte nach vorn. Die Krieger waren jetzt fast auf Lopez Garcías Höhe. Er wäre auch gern weg gewesen. Er konnte zu fliehen versuchen, konnte um sein sündiges Leben rennen. Er war zu fett, zu langsam. Er würde ihnen den Rücken darbieten. Sie würden ihn mit zwei, drei Jagdsprüngen erreichen. Sie würden ihn platt klopfen. Um Gottes willen, wohin?

Zwei viel zu kleine Schritte zurück.

Lopez García vermochte sich sowieso nicht zu rühren. Wie festgewachsen stand er an der Kirchhofmauer, die Trommel lachte dumpf, und Lopez García dachte: Jetzt denk, denk, denk! Auch die Mörder mußten weg, sobald sie ihn totgeschlagen hatten. Wollten sie sich einen Weg durch die Menge freiprügeln? Quer über den Platz Amok laufen? Lopez García sah den Trommler auf die Huéhuetl einhämmern. Der Flötenspieler lehnte neben dem Schädelgerüst an der Mauer. Da war kein Fluchtfahrzeug, und selbst wenn sie eines hätten, kämen sie nicht durch die verstopften Straßen.

Ein schleichender Schritt nackter Tatzen nach vorn. Lopez García sah in ein schweißnasses Gesicht, schwarz-rote Kriegsbemalung, aus der ihn kalte Mörderaugen fixierten. Kein Muskel rührte sich in dieser Fratze, nur die Spitze der Keule zitterte, als könne sie es nicht erwarten, sich in Lopez Garcías Fleisch zu graben.

»Heilige Maria, Retterin in der Not!« betete Lopez García. Schluß mit der fruchtlosen Denkerei! Es gab nichts zu denken. Er vermochte sich nicht zu rühren, würde wie ein Lamm geschlachtet werden, wenn nicht ein Wunder geschah. Jetzt brauchte er Maria, sonst konnte niemand helfen. Er war klein und schwach, ein Kind, das den Schutz der Mutter suchte, den Schutz der einen Heiligen Katholischen Kirche, die stärker war als hunderttausend teuflische Heidengötter, sie zertreten würde wie die Schlange des Bösen. Die einfach stärker sein mußte und doch nicht verhinderte, daß die mörderischen Götzendiener den zweiten Schritt nach vorn taten.

Ein weiterer Schritt, und sie waren da. Beim dritten Schritt würden sie zuschlagen, das wußte Lopez García genau.

Schon holten sie mit ihren Keulen aus, und das Kriegsgetrommel blitzte über die steinernen Schneiden.

»In Deine Hände befehle ich …«, stoßseufzte Lopez García und ließ sich auf die Knie fallen, als die Schlächter ihren dritten Schritt nach vorn taten. Er tauchte unter einer waagrecht heranpfeifenden Keule durch, faltete die Hände, grub seine Finger ineinander, als die Keule Funken aus der Kirchhofmauer schlug – natürlich war die Kirche stärker –, und Lopez García dachte fest an die unschuldige, reine Virgencita – hilf! – und stieß seine Fäuste nach vorn, knallte sie in den Lendenschurz des Wilden über ihm, wollte töten, zerquetschen, zerschmettern, grub seine Fäuste in den Körper, der ächzend über ihnen zusammenklappte.

Schweißnasse Haut klatschte gegen Lopez Garcías Wange, ein ekliger Heidenkörper glitt an ihm herab, kippte zur Seite, schlug einem seiner verdammten Mitmörder in die nackten Mörderbeine. Der Mann strauchelte, und Lopez García hatte plötzlich eine Keule in den Händen. Das Griffstück war warm und feucht, doch Lopez García packte fest zu. Gib mir Kraft, Virgencita! Es war keine Folkloreshow, es herrschte Krieg. Ein wirklicher, grausamer, unbarmherziger Krieg. Lopez García und der wahre Glauben gegen aztekisches Heidentum. Lopez García schwang die Keule mit aller Gewalt nach links, bis sie in einem wilden Schmerzensschrei auftraf, bis Obsidian und Knochen und Holz zersplitterten. Der Azteke fiel wie Montezumas Reich.

Hab Dank, Maria, Schutzherrin Neu-Spaniens!

Im Wegkriechen rappelte sich Lopez García hoch, nur fort, nichts wie fort, bevor die Heiden wieder auf ihn einstürzen, ihn als Märtyrer direkt in den Himmel schicken würden, ihm den Kopf abschlügen wie Johannes dem Täufer. Dem wenigstens eine Kirche geweiht war. Die Kirche! Der Weg der Kirche! Der Ausweg!

Lopez García galoppierte an der Kirchhofmauer entlang. Die Keule in der Hand, stürmte er auf die beiden Aztekenmusiker zu, die ihre Instrumente im Stich ließen und sich vor der Macht des Glaubens in die zurückweichende Menge flüchteten. Mit einem gewaltigen Schlag zertrümmerte Lopez García die Huéhuetl, warf die Keule hinter sich und begann, das Lattengerüst an der Mauer zu erklimmen. Er wußte, daß er auf diese Weise hier herauskommen würde. Es war der Fluchtweg der Azteken, sie hatten ihn ausgeklügelt, und nun war es sein Fluchtweg. Die Gottesmutter hatte ihn Lopez García gezeigt.

Lattensplitter bohrten sich in Lopez Garcías Hände, mit den Füßen zertrat er Götzenmasken, die für menschliche Schädel standen. Für die Köpfe derer, die den blutsaufenden Göttern geopfert worden waren.

Lopez García griff nach der Oberkante der Kirchhofmauer. Ziegel, die in einem sanften Bogen gemauert waren. Er spürte lebendiges, weiches Moos auf dem rauhen Ton. Ächzend zog er sich hoch und versetzte mit dem noch herabhängenden Fuß dem Schädelgerüst einen Stoß. Es kippte langsam und krachte auf die Steinplatten hinab. Du sollst keine andern Götter haben neben mir! Lopez García richtete sich auf. Von der Delegación am anderen Ende des Platzes trillerten Pfiffe. Ein paar blau Uniformierte von der Seguridad Pública drängten sich durch die Reihen der Schaulustigen. De Soto stürmte von der Calle Carrillo Puerto heran. In der Hand hielt er eine Tüte. Nachos mit Käsesauce wahrscheinlich.

Lopez García balancierte auf der Mauer entlang, stieg sicher über die gestuften Zinnen, die sie krönten. Er benötigte keine Hilfe mehr. Er wunderte sich nicht, daß an der Rückwand der Rosenkranzkapelle eine Leiter lehnte, über die er in den Kirchhof hinabklettern konnte. Die Seitentür zur Kapelle war angelehnt. Lopez García ging hinein und bog nach rechts. Zum Hauptschiff der Kirche. Vor dem Hochaltar nahm er sich Zeit für eine Kniebeuge. Durch die Sakristei erreichte er den Parkplatz hinter der Provinzialverwaltung des Franziskanerordens. Der rechte Flügel des Parkplatztors stand offen. Lopez García trat auf die Calle Caballocalco hinaus.

Er bekreuzigte sich.

Tausend Pesos! Es wäre schön gewesen. Carlos dachte an

Marianas Hände. Ein schmaler Goldring an ihrem Finger hätte gut ausgesehen.

Das Messer, das in Carlos' Bauch steckte, brannte. Als ob die Klinge glühte. Wenn Carlos die Finger in die Erde krallte, schmerzte es ein bißchen weniger. An der Oberfläche war die Erde trocken und krümelig, doch sobald er tiefer wühlte, wurde sie fester. Auch feuchter. Obwohl es seit Wochen nicht mehr geregnet hatte. Noch tiefer war fettes Erdreich, über das die Totengräber fluchen würden, wenn sie darin ein Loch für einen Kadaver buddeln müßten.

Tausend Pesos. Davon hätte man einen Sarg kaufen können.

Eine heiße Welle von Schmerz schoß vom Bauch hoch. Carlos ächzte. Er schlug die Augen auf, sah noch die schmutzige Hand, die vom Griff des Messers zurückfuhr. Zwei Jungen und ein Mädchen kauerten um ihn, nicht viel älter als Esters Erstgeborener. Straßenkinder, die irgendwo in der Kanalisation um den Alamedapark hausten.

Ein Messer wie das in Carlos' Eingeweiden brachte man in der Lagunilla leicht an den Mann. Nicht gerade für tausend Pesos, aber auch fünfzig waren eine Menge Geld. Carlos war den Kindern nicht böse. Sie hatten ihn schon für tot gehalten. Er war nur noch nicht ganz tot.

»Señor?« fragte das Mädchen. Es kauerte in einem Haufen Abfall. Aludosen, alte Zeitungen, Plastikwasserflaschen. Im Wert von knapp einem halben Peso. Anscheinend hatte Carlos den Abfallkorb umgerissen, als ihn der Mann niedergestochen hatte. Dabei hätte ihm Carlos die Nachricht auch freiwillig gegeben. Wieso auch nicht? Als Carlos bei der Nummer aus der Flaschenpost angerufen hatte, hatte der Mann ganz freundlich geklungen. Etwas überrascht vielleicht. Er hatte einen Moment gezögert, aber dann gleich zugesagt, den Umschlag mit dem versprochenen Geld zu hinterlegen. Tausend Pesos!

Feuchte Erde verklebte die Poren von Carlos' linker Hand. Mit der rechten konnte er dünne Grashalme spüren. Dürre, strohige Hälmchen, die unter dem Druck der Finger brachen.

Carlos dachte an Marianas Hände. Es wäre schön gewesen. Vielleicht würden die Kinder ihr das noch ausrichten. Carlos öffnete den Mund. Er hustete, spuckte Blut. Mariana würde es von sich aus wissen.

Tausend Pesos. Carlos' Hand riß Graswurzeln aus. Die Kinder konnten das Messer jetzt haben.

Wegen seines Vaters hatte Abel seine Geburtstagsfeier von Donnerstag auf Freitag verlegt, und nun kam Lopez García zwei Stunden zu spät daher. Und ohne Geschenk. Er hatte es nicht gewagt, das Tamagotchi zu holen. Wo sonst als vor seinem Haus sollten ihm die Killer denn auflauern? Wenn sie ihn nicht sowieso seit Coyoacán verfolgt hatten, um ihn in einem günstigen Moment doch noch umzubringen.

Sicherheitshalber hatte Lopez García zweimal das Taxi gewechselt, war zwischendurch um ein paar Ecken gespurtet, war an der Haltestelle Miguel Angel de Quevedo in die Metro eingestiegen, nur um beim Zuzischen der Türen schnell wieder auf den Bahnsteig zu springen, hatte den Periférico auf gut einsehbaren Fußgängerbrücken überquert und sich dahinter auf die Lauer gelegt. Nirgends hatte er Verfolger bemerkt. Er schien die Killer abgeschüttelt zu haben.

Und jetzt platzte Lopez García in einen Kindergeburtstag. Zwei Stunden zu spät. Die Mañanitas waren längst gesungen, die Geschenke ausgepackt, Kuchenreste krümelten verloren auf der Porzellanplatte vor sich hin. Laura werkelte in der Küche. Im Wohnzimmer saßen fünf Kinder im Kreis auf dem Boden und spielten. Nur Abel saß still auf einem Stuhl und sah von oben herab zu.

»Na, mein kleiner Prinz?« fragte Lopez García.

»Das ist mein Papi«, sagte Abel. Seine Freunde sahen kaum auf, waren zu sehr in ihr Spiel versunken. Lopez García gratulierte seinem Sohn. Trotz allem schien Abel sich zu freuen, daß er gekommen war. Mit Mühe quetschte Lopez García seinen Ehering vom Finger und ging in die Küche, um Laura zu begrüßen. Von Jahr zu Jahr, von Woche zu

Woche wurde sie noch schöner. Ihr Haar glänzte, sie war schlank und sah bei allem, was sie tat, wie eine Königin aus. Sogar, wenn sie Kuchenteller abspülte.

Lopez García drückte sich von hinten an sie, umfaßte ihren Körper und legte seine Hände auf ihre Unterarme. Sie knurrte, spülte weiter, und während ihre Hände mit seinen ins Spülwasser hinabglitten, tauchte in Lopez García die fast körperliche Erinnerung an ihre erste Berührung auf. Frisch wie damals. Am 25. September 1990 um 11.15 Uhr vor dem Kulturzentrum in der Arcos de Belén. Laura hatte Lotterielose verkauft, und ihm war eine Münze zu Boden gefallen, und dann bückten sich beide, und ihre Hände griffen zur gleichen Zeit zu, griffen ineinander. Wie im Märchen war es gewesen, durch Mark und Bein ging ihm die flüchtige Berührung ihrer warmen, weichen, zarten Hand, und im selben Moment wußte er, daß sich sein ganzes Leben grundsätzlich verändern würde.

Er legte den Kopf an Lauras Schulter.

»Sorgen?« fragte Laura.

Sein Leben hatte sich dann doch nicht grundsätzlich verändert, er war ja damals schon mit Maria verheiratet gewesen, sie hatten schon Lilia und Karyme, na ja, wie das halt so ging. Aber die erste Berührung würde er bis zu seinem Tode nicht vergessen.

Das Spülwasser war lauwarm und schaumig. Die Bläschen pritzelten auf der Haut, wenn man die Hände aus dem Wasser zog.

»Wenn ich dich nicht hätte …«, sagte Lopez García.

»So große Sorgen?« fragte Laura.

»So lange die Virgen uns beschützt, ist alles in Ordnung«, sagte Lopez García. Er sah auf die Küchenuhr. In einer halben Stunde mußte er aufbrechen, wenn er wenigstens den zweiten Treffpunkt der Wallfahrer noch rechtzeitig erreichen wollte. Er ging zurück zu seinem Sohn.

Das Spiel von Abels Freunden bestand darin, mit der Hand in einen Sack zu greifen und die Gegenstände zu identifizieren, die sich in ihm befanden.

»Mein Papi ist bei der Kriminalpolizei«, sagte Abel durchs Zimmer.

»Ein Schlüssel«, brüllte der Junge, der gerade in dem Sack herumwühlte.

»Stimmt«, sagte ein zweiter Junge.

»Und sonst?« fragte ein dritter.

»Noch dreißig Sekunden«, sagte ein anderer.

»Mein Papi ist der oberste Chef der Kriminalpolizei«, sagte Abel.

Das war Lopez García nicht. Wenn er es wäre, wüßte er, wer ihm ans Leben gewollt, wer die Vengadores zum Morden ausgeschickt hatte, wer in den Führungsgremien der Polizei dafür verantwortlich war. Vielleicht wäre er es dann selbst gewesen. Daß Polizeichefs grundsätzlich korrupt waren, wußte jeder. Das gehörte sozusagen zu den Eignungsvoraussetzungen für den Posten. Es wäre auch nicht das erste Mal, daß ein hohes Tier Kapitalverbrechen in Auftrag gegeben hatte.

»Ein Schlüssel, eine Seife, eine Marionette, ein Apfel. Was noch?« fragte einer der Jungs.

»Mein Papi kann euch alle verhaften und einsperren, bis ihr schwarz werdet«, sagte Abel. Er schien seinen Freunden nicht allzu freundschaftlich verbunden zu sein. Lopez García mußte sich unbedingt mehr um ihn kümmern. Egal, was Maria dazu sagte.

»Ein Stück Stoff«, sagte der Junge, der im Sack tastete.

»Genauer! Das genügt nicht.« Der Junge daneben schüttelte den Kopf.

»Ins Gefängnis!« sagte Abel.

Ab und zu wurde einer von ganz oben ja sogar überführt und verurteilt. War nicht Raúl Salinas gerade eben wegen Anstiftung zum Mord für das nächste halbe Jahrhundert eingesperrt worden? Zwar erst, als die Regierungszeit seines Bruders abgelaufen war und sich der Expräsident mitsamt der geklauten Dollarmillionen ins Ausland abgesetzt hatte, aber immerhin. Es zeigte, daß die Gerechtigkeit manchmal siegte. Lopez García fragte sich, ob er es wagen sollte, jemanden von ganz oben der Anstiftung zum vielfachen Mord zu bezichtigen. Wenn er Erfolg hätte, würden Köpfe rollen. Sein eigener könnte allerdings als erster an der Reihe sein. Oder sollte er sich blöd stellen? So tun, als ob er über alle Spuren hinweggestolpert wäre, die politischen Hintergründe nicht begriffen hätte? Er hatte Angst.

Laura kam aus der Küche. Sie sagte: »So, alle Mann hinaus! Die Piñata wartet.«

»Gleich«, sagte einer der Jungs.

»Ein Handschuh!« sagte der, der im Sack herumfuhrwerkte.

»Noch fünf Sekunden.«

»Und Münzen! Und ein Taschenmesser!« schrie der Junge.

Laura stöberte alle auf den Hinterhof hinaus, und Lopez García starrte auf den Sack, der verbeult am Boden lag. Er war kein Held, auch wenn ihn Abel gern so sehen wollte. Er war ein ganz normaler Mensch, dem alles zuviel wurde. Wenn er in den Sack dort unten hineintastete, würde er wahrscheinlich eine abgeschlagene Hand zwischen den Fingern fühlen. Die Welt war wie verhext. Unter ihrer harmlosen Oberfläche lagen die schlimmsten Dinge begraben. Und alle waren sie wahr. Lebendiger als die Alltagshülle darüber.

Am liebsten würde Lopez García hier unterkriechen, sich von Laura die Sorgen wegstreicheln lassen und keinen Schritt mehr in eine Welt tun, in der einen Aztekenkrieger, die es seit Jahrhunderten nicht mehr geben dürfte, abzuschlachten versuchten.

»Kommst du, Papi?« rief Abel von draußen.

An einer Wäscheleine, die zum Haus der Nachbarn führte, hatte Laura die Piñata aufgehängt. Die tönerne Kugel war mit viel Glanzpapier in eine Art Mickey-Mouse-Kopf verwandelt worden. Abel hatte schon die Augen verbunden und hielt einen Besenstiel in der Hand. Die anderen Jungen drehten Abel ein paarmal im Kreis und traten dann ein paar Schritte zurück. Abel stocherte in die Luft.

»A-bel, A-bel«, riefen die anderen Jungs. Dazu klatschten sie rhythmisch in die Hände.

Abel tat einen zögernden Schritt und wedelte mit dem Holzstiel über seinem Kopf. Er streifte die Piñata sacht.

»A-bel, A-bel, A-bel.« Es waren nur fünf Jungs, aber sie schrien und klatschten, als müßten sie einen Platz wie den in Coyoacán beschallen.

Abel tatschte mit dem Besenstiel durch die Luft und traf die Piñata am oberen Drittel. Sie tönte dumpf, schwankte ein wenig.

Schlag zu, Junge! dachte Lopez García. Laura lehnte sich an ihn.

»A-bel, A-bel, A-bel«, dröhnte es von überallher.

Der Besenstiel stieß seitlich gegen die Piñata. Sie rotierte um ihre Achse wie die Welt und ließ die Mickey-Mouse-Fratze vor Lopez Garcías Augen vorbeiziehen. Die roten Glanzpapieraugen starrten ihn an.

»Schlag endlich zu, Junge!« brüllte Lopez García.

Augenblicklich verstummte das Geschrei. Die Kinder wichen erschrocken zurück. Abel ließ den Besenstiel sinken. Tränen drangen unter seiner Augenbinde hervor. Lopez García ging zu ihm, krallte seine Hände um Abels Finger, die das Holz umklammerten. Gemeinsam holten sie aus, und mit einem gewaltigen Schlag zertrümmerten sie die Piñata über ihnen.

Ton splitterte, Scherben fielen. Lopez García hätte sich nicht gewundert, wenn die Piñata mit fein abgenagten Menschenfingerknöchelchen gefüllt gewesen wäre, aber was zwischen den Scherben auf den gestampften Erdboden fiel, war doch nur der übliche Kinderkram. Süßigkeiten und kleine Spielsachen. Die fünf Jungs stürzten sich darauf.

»Wasserrohrbruch?« fragte der Wächter durch das Gitter von Tor 7. Der Vorplatz lag im Halbdunkel. Grau ragte das Betonoval des Aztekenstadions dahinter auf.

Sie fuhren einen VW-Bus mit der Aufschrift »Comisión de Aguas del Distrito Federal«. Auf ihren Overalls stand das gleiche. Sie trugen plastifizierte Kennkarten, auf denen die »Secretaría de Obras y Servicios« fünf Männern mit den Namen Alvarez, Arámbula, Costa, Llanos und Verástegui ihre Anstellung bei der Stadt bestätigte. Glaubte der Wächter etwa, sie hätten all das nur geklaut, um abends um sieben Uhr eine Rohrreparatur vorzutäuschen?

»Halb Tlalpan sitzt auf dem Trockenen«, sagte der, der die Kennkarte auf den Namen Llanos trug.

»Wir haben kein Leck bemerkt. Und wir haben Wasser«, sagte der Wächter stur.

»Eben!« sagte Llanos. »Ihr habt Wasser, und nach euch hat Richtung Süden keiner mehr Wasser. Dreimal darfst du raten, wo sich das Leck befinden muß.«

»Hat das nicht bis morgen Zeit?« fragte der Wächter. Wahrscheinlich saß eine kleine Hure in seiner Wachstube.

Llanos zeigte Richtung Süden. »Da unten wohnen wichtige Leute, die so viel Dreck an den Fingern haben, daß sie in einer Tour die Hände waschen müssen. Die wollen wir doch nicht verärgern, oder? Also, mach das Tor auf, Muchacho!«

Der Wächter brummelte etwas, öffnete aber das Tor. Der Fahrer, der auf den Namen Costa hörte, ließ den VW-Bus bis zum Stadion vorzuckeln und hielt vor einem Eingang, an dem eine einsame Lampe leuchtete. Bis der Wächter vom Tor hergeschlurft war, hatten sie ihre Werkzeugtaschen aus dem Bus gepackt und standen marschbereit. Die Hure wurde wahrscheinlich stundenweise bezahlt. Sie hatten volles Verständnis dafür, daß der Wächter ihr seine Scheinchen nicht fürs Herumsitzen in den Ausschnitt schieben wollte. Sie würden ihren Job möglichst schnell erledigen.

»Am einfachsten wäre es, wenn du uns den Generalschlüssel überlassen würdest, Amigo«, sagte Alvarez. Sie mußten schließlich die gesamten Katakomben des Stadions absuchen, Gang für Gang, Raum für Raum. Wasserrohre verliefen überall, und kein Mensch konnte wissen, wo eines gebrochen war. Wo sie ihr Werkzeug auspacken mußten.

»Das kann stundenlang dauern«, sagte Verástegui.

Der Wächter ließ sie eintreten. Durch eine Tür links hörte man Stimmen. Es klang nicht nach einer kleinen Hure, sondern nach drei, vier Männern, die doppelt so vielen Tequilaflaschen auf den Grund zu gehen suchten. Alvarez, Arámbula, Costa, Llanos und Verástegui tranken nie, wenn sie im Dienst waren. Sie waren eigentlich immer im Dienst.

»Die Vorschriften ...«, sagte der Wächter. Er schaute sehnsüchtig auf die Tür der improvisierten Cantina.

»Wir verpfeifen dich nicht, Kumpel«, sagte Alvarez.

»Aber du kannst natürlich gern mitkommen«, sagte Arámbula.

»In so einem Riesenkasten nach einem Leck zu suchen ist eine spannende Sache«, sagte Costa.

»Kilometerlange Latscherei, das Leitungssystem kapieren, Rohre abklopfen, Hähne prüfen«, sagte Llanos.

»Dann werden Wände aufgeklopft, wird gegraben, die ganze Knochenarbeit erledigt«, sagte Verástegui.

»Die meisten Türen sind sowieso nicht abgeschlossen«, sagte der Wächter.

»Die meisten?« fragte Verástegui.

»Wir suchen systematisch. Raum für Raum«, sagte Llanos.

»Wenn wir hier einen Raum auslassen und dort zwei andere, haben wir bald überhaupt keinen Überblick mehr«, sagte Costa.

»Da kommst du doch besser mit, Amigo!« sagte Arámbula.

»Er kann ja buddeln helfen«, meinte Alvarez.

»Ist echt witzig«, sagte Arámbula.

»Wir lachen uns immer halb tot«, sagte Costa.

»Besonders nach Mitternacht. Da kommt so eine gelöste Stimmung auf«, sagte Llanos.

»Beim Buddeln«, sagte Verástegui.

Der Wächter zog einen Schlüsselbund aus der Tasche und pulte einen Sicherheitsschlüssel vom Ring.

»Da vorn führt eine Treppe nach unten«, sagte er. »Dahinunter! Im ersten Raum links ist der Haupthahn.«

»Der Haupthahn?«

»Den werdet ihr doch abdrehen müssen, wenn ihr das Leck repariert, oder?«

Es konnte gut sein, daß sie ein paar Dinge abdrehen mußten.

»Ja«, sagte Alvarez.

»Klar, natürlich«, sagte Arámbula.

»Keine Frage«, sagte Costa.

»Aber so weit sind wir noch nicht«, sagte Llanos.

»Trotzdem, danke!« sagte Verástegui. Er nahm den Generalschlüssel in Empfang.

Der Wächter tippte mit der Hand grüßend gegen die Stirn und drückte dann die Türklinke nach unten. Aus der Saufstube drang eine Frauenstimme durch das Grölen der Männer. Anscheinend war da doch eine kleine Hure, für die sie zusammengelegt hatten.

Verástegui hatte den Schlüssel. Die anderen folgten ihm. Sie waren Handwerker der »Comisión de Aguas del Distrito Federal«, Bedienstete der »Secretaría de Obras y Servicios«. Sie hatten dafür zu sorgen, daß das Wasser floß. Daß jeder bekam, was ihm zustand. Sie waren dafür verantwortlich, daß eine 23-Millionen-Stadt einigermaßen funktionierte. Sie waren gerufen worden, um eine Panne zu beheben. Einen kleinen Zwischenfall auszuräumen. Und das würden sie auch tun.

Einer nach dem anderen stieg die Treppenstufen hinab. Die Räume oben hatten sie gar nicht kontrolliert. Zwischenfälle dieser Art ereigneten sich an abgelegenen Orten. Das sagte einem die Berufserfahrung. Am Fuß der Treppe fand sich ein Lichtschalter. Neonröhren flammten zuckend auf. Der Gang teilte sich nach wenigen Metern. In fremdem Terrain und bei dieser Art von Wasserrohrbruch war es besser zusammenzubleiben. Man konnte sich gegenseitig zur Hand gehen, falls es nötig sein sollte, mal schnell die Zange anzusetzen.

Sie nahmen die Abzweigung nach links. Auf beiden Seiten des Gangs befanden sich Türen. Die unversperrten Räume waren uninteressant. Umkleidekabinen, Duschen, Toiletten. Eine überbreite Tür war abgesperrt. Alvarez horchte, Arámbula postierte sich rechts des Türstocks, Costa sicherte nach hinten, Llanos nach vorn. Verástegui steckte den Generalschlüssel vorsichtig ins Schloß und drehte ihn langsam. Der Riegel schnappte zurück. Vor ihnen stand eine Walze für den

Stadionrasen. Links parkte ein Minitraktor vor allerlei Gärtnergerät. Es war der falsche Raum.

Zehn Meter weiter endete der Gang. Ein großes Tor öffnete sich zum Innenbereich des Stadions. Sie befanden sich unterhalb der Pressetribüne. Es roch nach gemähtem Gras. Ein weiches Grau bedeckte den Kraterboden unter ihren Füßen. Auf allen Seiten ragten die Innenwände des Vulkans auf. Wo der Himmel sein mußte, lag giftiggelb der Widerschein der Lichter der Stadt. Fledermäuse wischten vorbei wie ein Traum. Sie waren auf der Jagd.

Sie kehrten um, nahmen den anderen Gang, drangen tiefer in die Eingeweide des Stadions ein, stöberten flüchtig durch Werkstätten und Lagerräume, kontrollierten Technikzentralen und Besenkammern. Eine schmale Treppe führte zu einem Nebeneingang hoch. Im Winkel unter den Stufen war eine niedrige Tür eingelassen. Ein schwarz-gelbes Schild darauf verkündete: »Lebensgefahr – Starkstrom. Zutritt für Unbefugte strengstens verboten.«

Sie waren absolut befugt. Sie besaßen Arbeitsoveralls und Kennkarten und einen Generalschlüssel. Der Schlüssel sperrte nicht. Er glitt gar nicht ins Schloß. Es war ein Zylinderschloß, das man mit einem Dietrich nicht knacken konnte. Das sah gut aus. Hier waren sie richtig. Costa rückte die Kennkarte auf den Namen Costa zurecht und klopfte.

Er sagte: »Hallo!«

Er klopfte ein zweites Mal.

Nichts rührte sich. Hier sah es eindeutig nach Bruch aus. Costa tastete das Holz der Tür ab. Er strich nach außen, fuhr mit den Fingerspitzen die Ritzen nach, kehrte zum Schloß zurück, ließ die Handfläche darübergleiten, als wäre es der Busen einer kleinen Hure.

»Es steht ein wenig vor«, sagte Costa.

Heimwerkerarbeit. Jemand hatte es für angebracht befunden, das Schloß auszutauschen, und weil er nicht wollte, daß Dritte davon wußten, hatte er es selbst erledigt. Amateurhaft. Sympathisch. Nicht alles mußte perfekt sein. Es war wie bei kleinen Nutten. Amateure machten mehr Spaß als Profis.

Llanos öffnete die Werkzeugtasche. Die Zange griff nicht. Ein paar Millimeter fehlten. Verástegui setzte ein Spitzeisen an und hämmerte mit knappen, schräg gesetzten Schlägen Keile aus dem Holz um den Zylinderkörper. Jetzt konnte Llanos mit der Spezialzange zupacken. Problemlos drehte er das Schloß ab. Er legte die Zange zurück und kramte einen Schraubendreher hervor. Die anderen zogen ihre Pistolen. Sie gingen in Stellung.

»Los geht's!« sagte Llanos. Mit einer flinken Bewegung des Schraubendrehers öffnete er die Tür. Er stieß sie nach innen und ließ sich zu Boden fallen.

Hinter der Tür stand dickes Schwarz. Kein Licht, kein Aufblitzen, kein Schuß drangen heraus. Arámbula schob sich an der Tür vorbei und glitt an der Wand entlang ins Dunkel. Costa schlängelte sich auf der anderen Seite über den Boden. Die anderen blieben in Position, bis Arámbulas Gestalt wieder aus dem Schwarz auftauchte.

»Ein Gang von acht Metern. Leer. Nur eine Tür, nach fünf Metern auf der linken Seite. Dahinter Stimmen, vielleicht ein Fernseher.«

»BIN UNTER AZT.STAD.«, stand auf dem Stück Toilettenpapier in Arámbulas Overalltasche. Sie waren irgendwo unter dem Aztekenstadion. Alvarez knipste eine Taschenlampe an. Sie folgten dem Lichtpunkt. Er wanderte am Boden entlang, kroch an der Tür hoch und blieb unterhalb des Türknaufs stehen. Arámbula und Costa bauten sich an beiden Seiten der Tür auf. Der helle Fleck um das Türschloß war fehl am Platz. Er störte. Arámbula und Costa streckten die 38er nach vorn und nahmen ihn ins Visier. Llanos und Verástegui drückten sich mit dem Rücken an die gegenüberliegende Wand. Sie hatten nur zwei Schritte Anlauf.

»Eins«, sagte Alvarez leise.

»Zwei«, flüsterte Arámbula.

»Und drei«, sagte Costa und schoß. Und Arámbula schoß. Und Llanos schnellte nach vorn. Und Verástegui stürmte los. Knallte die Schulter gegen die Tür, deren ehemaliges Schloß in Fetzen rauchte, und Llanos Hüfte prügelte die todeswunde

Tür nach innen, und Alvarez hechtete dem herausflutenden Licht entgegen, und Arámbula drückte sich am Türstock vorbei ins Helle, nur Costa rührte sich nicht. Er stand im Schatten des Gangs und hielt die 38er mit beiden Händen gegen das Licht

Die Tür schlug hart irgendwo an, Verástegui rutschte an der Wand auf die Knie herab, und Llanos fegte einen Stuhl zur Seite, tauchte in die Deckung eines Tischs ab, und Alvarez robbte nach links vorn, wo sich irgend etwas Fremdes bewegte, aufsprang, und rechts neben dem Tisch noch etwas, noch einer, und Arámbula schmiegte sich an einen Kasten, auf dem ein Fernseher vibrierte, nur Costa rührte kein Glied.

Ganz ruhig stand er im Schatten, und dann rührte er sich doch. Er bewegte den Zeigefinger. Zog ihn zu sich. Zog durch. Er schoß. Er sagte: »Ich bin El Vengador.«

»Sie werden von mir gehört haben«, sagte Arámbula und schoß hinter dem Kasten hervor.

»Ich sorge für Sicherheit und Gerechtigkeit«, sagte Alvarez, während er aus der Bauchlage schoß.

Llanos schoß und sagte »Ich ...« und schoß und sagte »... erledige ...« und schoß und sagte »... den Job ...«, und Verástegui schoß und schoß und schoß, bis sein Magazin leer war. Dann sagte er: »... bei dem unsere Polizei versagt.«

Der eine lag auf dem Boden. Der andere war in seinen Stuhl zurückgefallen. Sein Kopf war nach vorn auf die Tischplatte gekippt. Eine Pasamoñtana und eine Pistole lagen daneben. Verástegui lud sein Magazin nach. Alvarez stand auf.

Llanos wälzte den Liegenden mit dem Fuß auf den Rükken. Alvarez griff die blutbespritzten Haare des anderen und zog den Kopf zurück. Gut, das war erledigt. Die beiden waren erledigt.

Carlos verschwand im Dunkel des Gangs. Sie befanden sich im hintersten Winkel der Stadionkatakomben, doch es war nicht auszuschließen, daß jemand die Schüsse gehört hatte. Im Fernseher lief ein Bericht über die Wallfahrt zur Guadalupe. Eine Pilgergruppe wanderte singend am

Straßenrand. Dann zeigte eine Luftaufnahme Menschenmassen, die sich auf dem Platz vor der Basilica in La Villa drängten. Die Kommentatorin sagte irgend etwas. Arámbula schaltete den Kasten aus.

Vier Türen gingen von der Fernsehstube ab. Sie mußten überprüft werden. Eine nach der anderen. Die ersten drei waren verschlossen. Hinter der vierten befand sich ein Bad. Waschbecken, Spiegel, ein zurückgezogener Plastikvorhang vor einer Duschwanne, in der ein paar Tropfen Wasser standen. Sperrholzwände teilten eine Toilettenkabine im Eck ab. Die Tür war versperrt. Von innen. Es gab kaum Deckung. Sie verteilten sich und brachten die Pistolen in Anschlag.

»Nicht schießen!« sagte eine Stimme. Eine Frauenstimme. Alvarez deutete mit dem Lauf der Pistole erst auf sich, dann auf die Tür. Arámbula nickte. Llanos nickte. Verástegui nickte auch. Alvarez sprengte die Tür mit einem Fußtritt auf. Die Frau saß mit angezogenen Beinen auf dem Toilettendeckel. Sie trug schwarze Jeans und einen schwarzen Pulli. Sie war bleich. Sie zitterte. Das stand ihr gut.

»Keine schnelle Bewegung!« sagte Verástegui.

»Ganz langsam Fuß für Fuß nach unten setzen und herauskommen!« sagte Llanos.

»Andere müssen auch mal«, sagte Arámbula.

»Wenn ich bitten darf, Señorita«, sagte Alvarez.

Sie führten die kleine Nutte aus dem Bad. Ohne eine Anweisung abzuwarten, stellte sie sich mit den Händen gegen die Wand. Irgendwo klopfte es dumpf. Alvarez drückte der Frau seine Pistole in die Nieren.

»Da«, sagte Arámbula. Er wies auf die Tür hinten rechts. Llanos sicherte mit der 38er im Anschlag.

»Die Schlüssel?« fragte Verástegui. Die Frau nahm langsam eine Hand von der Wand und zeigte auf den Toten, dessen Gesicht auf dem Tisch lag. Verástegui durchsuchte ihn. Blutflecken spielten keine Rolle. Die Overalls mußten sowieso beseitigt werden. In der linken Hosentasche des Toten fand Verástegui einen Schlüsselbund mit fünf Schlüsseln. Der zweite paßte. Verástegui öffnete die schwere Tür. Aus schwarzer Nacht kam Ruiz herausgewankt. Seine Haare standen wirr in die Höhe. Er hatte Schatten um die Augen. Sein Hemd hing in Fetzen aus der Hose. Um die linke Hand hatte er ein Stück Stoff gewickelt. Es war blutdurchtränkt.

»Na?« sagte Alvarez.

»Zeit wird's«, sagte Ruiz. Er umkreiste den Tisch und sah sich die Gesichter der beiden Toten an.

»Tot«, sagte Ruiz. Das konnte man wohl sagen. Die hatten mehr Blei als Blut im Körper.

»Ausweise?« fragte Ruiz. Er winkte Arámbula zu dem Toten am Boden hin und durchstöberte selbst die Taschen des anderen.

»Nichts«, sagte Arámbula. Er wischte sich die Hände am Overall ab.

Ruiz fand einen Geldbeutel in der Tasche des Toten. Eine Kugel hatte ihn zerfetzt.

»Tja«, sagte Ruiz.

Jetzt erst wandte er sich der kleinen Nutte zu. Ihre Hände waren weiß. Sie schienen in der Wand zu verschwinden.

»Tania-Schätzchen, nehme ich an«, sagte Ruiz.

»Du lebst ja noch«, sagte er verwundert und rollte eine ihrer schwarzen Locken um seinen Finger.

»Keine Lust mehr auf Hexenkunststückchen?« fragte Ruiz. Er rollte seinen Finger wieder aus.

Er sagte: »Ich werde dich jetzt fragen, was hinter dieser ganzen Scheiße steckt. Und wer dahintersteckt.«

Er zog einen kleinen, krummen, rostigen Nagel aus der Tasche.

»Und ich bete zu all deinen verdammten Voodoo-Göttern, daß du nicht reden willst, Tania-Schätzchen«, sagte er. Er lachte. Mordlust stand in seinen Augen. Er besaß keine Kennkarte der »Secretaría de Obras y Servicios«, aber unzweifelhaft war er einer der ihren.

9

Wir Mexikaner aber glauben immer noch an die Kommunion und die Fiesta. Für uns gibt es kein Heil ohne Berührung.

OCTAVIO PAZ, EL LABERINTO DE LA SOLEDAD

Ganz México schien sich in der Calzada Guadalupe versammelt zu haben. Lopez García wußte, daß an den vier Tagen der Guadalupe-Feierlichkeiten ungefähr sechs Millionen Besucher erwartet wurden. Heute nacht würden es gut zwei Millionen sein. Das genügte auch, um die beiden Gehsteige und die acht Fahrspuren der Calzada unter Leibern verschwinden zu lassen.

Unaufhörlich schoben sich Menschenmassen an Lopez García vorbei und pilgerten langsam auf die alte Basilica zu, die blaß erleuchtet über dem Ende der Straße stand. Das Dachkreuz der neuen Kirche war links davon hinter den Dächern zu erkennen. Es schien im Nachthimmel verankert. Das Betondach floß wie straff gespannter Zeltstoff nach unten. Ein Zelt, auf das die Gläubigen zuströmten, als wäre es der schützende Mantel der Jungfrau selbst. Noch war es angenehm warm, aber die Nacht konnte kalt werden. Lopez García drückte sich an den Briefkasten unter dem Leuchtschild der U-Bahn-Station La Villa.

Neben ihm hielt eine alte Frau Tamales in einem großen Topf warm. Dreihundert fliegende Händler waren in den letzten Tagen von der Calzada und den anderen Zugängen zur Basilica vertrieben worden, doch natürlich waren sie gleich wieder zurückgekehrt. Sie und Tausende andere, die sich das Geschäft des Jahres nicht entgehen lassen wollten. Wie Inselketten lagen die Verkaufsstände im Menschenstrom, der sich an ihnen unwillig staute, sich teilte, Strudel warf, knappe Wellen schlug. Auf der Suche nach einem Weg voran strömten die Menschenmassen durch breite Flußbette und schmale Rinnen, drangen in kleinste Ritzen, umflossen jeden einzelnen der hinderlichen Felsen.

Alle waren auf der Suche nach einem Weg, auch Lopez

García. Sie hatten alle das gleiche Ziel: die Basilica, das Gnadenbild der Virgencita, die für alle sorgte wie eine wahre Mutter. Lopez García war nur einer von vielen, und doch fühlte er sich fremd unter all den Menschen. Ihm war ein wenig übel.

Die Wallfahrergruppe der Kriminalpolizei war noch nicht eingetroffen. Wahrscheinlich waren sie schon verspätet vom Präsidium abgefahren, steckten nun im Stau auf der Insurgentes Norte oder versuchten vergeblich, auf einem der übervollen Behelfsparkplätze auf dem Sportplatz »18. März«, den Avenidas Cantera und Ferrocarril Hidalgo unterzukommen. Lopez García würde noch eine halbe Stunde warten und dann allein losziehen.

Am Rand des Gehsteigs schob eine Pilgergruppe Fahrräder durch die Menge. Die Räder waren mit Blumen und Bändern geschmückt, und die Radler wirkten fix und fertig. Als wären sie vor ein paar Wochen in San Cristóbal aufgebrochen und seither ohne Pause gestrampelt, um rechtzeitig zum großen Fest hier einzutreffen.

Etwas Hartes stieß an Lopez Garcías Hüfte. Er fuhr herum.

»O perdón«, sagte ein Mädchen, das etwa in Lilias Alter war. Es trug einen Holzkasten mit offenem Deckel vor sich her. Darin befanden sich Schminktiegel, aus denen es grün, weiß, rot und blau schimmerte.

»Maquillaje, caballero?« fragte das Mädchen.

Es gab neun verschiedene Motive mit der Heiligen Jungfrau.

»De a peso«, sagte das Mädchen.

Lopez García nickte. Er wählte nicht das Motiv des Gnadenbilds, wie es in der Basilica zu sehen war, sondern ein intimeres. Es zeigte nur das vom Umhang umflossene Gesicht der Virgencita. Das Mädchen drückte einen Gummistempel in den größten Tiegel, in dem sich pulvrige weiße Farbe befand. Lopez García streckte ihr die linke Wange entgegen. Das Mädchen stellte sich auf die Zehenspitzen und drückte den rechteckigen Stempel fest auf Lopez Garcías Haut. Es fühlte sich kühl und fettig an. Ganz im Gegensatz zu dem Handballen des Mädchens, der auf seinem Kinn ruhte, während sie mit einem streichholzkurzen Pinsel das Bild sorgfältig in den Nationalfarben ausmalte. Grün, Weiß, Rot.

»Gracias«, sagte das Mädchen, als Lopez García ihm einen Peso zusteckte. Die Wange kitzelte. Als wehre sich die Haut gegen etwas, was ihr nicht behagte. Das Fett, das Chemiezeug. Das Mädchen lächelte und wandte sich ab.

»Einen Moment!« sagte Lopez García.

Das Mädchen drehte sich um. Es war vielleicht dreizehn Jahre alt. Wie Lilia. Lopez García würde seine Kinder nächstes Jahr auch mitnehmen.

»Die Jungfrau beschütze dich!« sagte er.

Das Mädchen nickte, wirkte plötzlich ernst, älter auch, und einen Augenblick schien es Lopez García, als könne die Gottesmutter aus der Kleinen sprechen, doch da legte sich eine Hand auf seine Schulter, und De Sotos Stimme sagte: »Du machst ja Sachen, altes Haus!«

Aus dem Mädchen würde gar niemand sprechen. Es war nur ein junges Mädchen, das Maquillajes an den Mann zu bringen versuchte. Da war nichts zwischen ihnen. Es war nur eine flüchtige Berührung gewesen, ein Moment, in dem ein dünner Faden sie beide zu verbinden schien, das Gefühl einer unerklärlichen Nähe unter all den Menschen, einer heimlichen Verwandtschaft. Doch Lopez García hatte sich getäuscht. Das Mädchen war eine Fremde, sie war schon in der gesichtslosen Masse verschwunden, war untergetaucht unter Millionen anderen, mit denen Lopez García genausowenig verband wie mit ihr, und er fragte sich, wie sie alle das aushielten, die Nähe und die Einsamkeit. Die verschwitzte Nähe und die kältezitternde Einsamkeit. Er begriff, daß beides so ziemlich das gleiche war, ein flüchtiges, ekliges Gefühl auf der Haut, unter der das Blut unbeirrt dahinpochte, und er drehte sich so abrupt um, daß De Sotos Hand von seiner Schulter glitt.

De Soto hatte das T-Shirt mit der Aufschrift »Guadalupe 1998 – Policía Judicial del D.F.« übergezogen. Es war ihm zu weit, hing lappig an ihm herab, wie um deutlich zu machen, daß er in jeder Art von Verkleidung eine halbe Portion blieb.

»Ich habe sie eindringlich überreden müssen, dich nicht anzuzeigen«, sagte De Soto. »Gott sei Dank hatten sie keine Erlaubnis für Straßenvorführungen, und so …«

»Wovon redest du eigentlich?« fragte Lopez García.

De Soto patschte ihm nun mit beiden Händen auf die Schultern. Sein Gesicht nahm einen freundschaftlich-besorgten Ausdruck an, als er fragte: »Geht es dir einigermaßen, Lopez García?«

Es könnte besser gehen, es könnte auch schlechter gehen. Lopez García sagte nichts.

»Coyoacán«, sagte De Soto. »Das Warten auf Moreno, die Folkloretruppe, drei harmlose Komödianten, denen du mir nichts dir nichts ein paar Knochen gebrochen hast!«

»Die wollten mich umbringen«, sagte Lopez García.

»Mach dir keine Sorgen!« sagte De Soto fröhlich. »Ich habe alles abgebogen. Die haben ein für allemal begriffen, daß man keinen Polizisten anzeigt.«

Die Menge drückte vorbei, schob sich um das Lattengerüst, das die Sekretärinnen des Betrugsdezernats mit weißen Blüten und Grünzeug geschmückt hatten. Das Häuflein Polizisten in ihren Wallfahrer-T-Shirts hielt sich dahinter.

»Die hatten es wirklich auf mich abgesehen«, sagte Lopez García.

»Das ist der Streß«, sagte De Soto. Er sah putzmunter aus. Als fräße er nur Frischzellen statt Nachos mit Käse. Es hatte nicht viel Sinn zu fragen, wo De Soto sich herumgetrieben hatte, als er Lopez García absichern sollte.

»Wer waren die Kerle?« fragte Lopez García statt dessen. Diese Azteken, deren Spektakel fast sein letztes gewesen wäre.

»Die Tänzer?« fragte De Soto.

»Die Killer«, sagte Lopez García. Eigentlich war so etwas nur den Vengadores zuzutrauen, auch wenn völlig unklar blieb, woher sie hätten wissen sollen, daß er eine Gefahr für sie darstellte. Der falsche Moreno hatte angerufen, als Manolo, De Soto und er gerade begonnen hatten, irgendwelche Polizisten der Manipulation von Beweismitteln zu verdächtigen. Lange bevor Lopez García klargeworden war, daß nicht nur Indizien gefälscht wurden, sondern eine Mörderbande in höherem Auftrag unterwegs war.

»Ach komm, hör auf!« sagte De Soto. »Es geht los.«

Er nickte in Richtung des Blumengerüsts, das von zwei Polizeikollegen angehoben wurde. Lopez García kannte die beiden nicht. Wahrscheinlich gehörten sie ebenfalls zum Betrugsdezernat.

»Die Namen der Killer? Adressen? Alter, Beruf, Vorstrafen?« fragte Lopez García.

»Es ist nicht mehr ganz so wie früher, als man irgendwen verprügelte, seine Papiere einsackte, ihn selbst wegen Widerstands einbuchtete und neben ein paar hundert Pesos noch den heißen Dank der Familie kassierte, wenn man ihn nach ein paar Tagen herausließ. Die Leute sind aufmüpfiger geworden.«

»Du hast ihre Personalien nicht?« fragte Lopez García ungläubig. De Soto hatte mit einer Bande von Killern herumgeplauscht, ohne ihre Personalien aufzunehmen?

»Sie finden es auch nicht so witzig, wenn ihnen die Knie zertrümmert werden«, sagte De Soto.

De Soto war ein Idiot.

»Du bist ein Idiot, De Soto«, sagte Lopez García.

De Soto schaute idiotisch. Es sollte wohl beleidigt wirken. Er nahm seine Hände von Lopez Garcías Schultern, zuckte die Achseln und reihte sich in die Gruppe hinter dem Blumengesteck ein. Lopez García folgte ihm. Etwa die Hälfte der Polizisten, die an der Wallfahrt teilnahmen, kannte er. Jorge Rivero zum Beispiel, Manuel Novi, dann den Jungen von der Antientführungseinheit, Enrique. Er sah ziemlich fertig aus. Manolo war auch dabei. Er hatte ein grün phosphoreszierendes Kreuz über dem T-Shirt hängen.

Lopez Garcías T-Shirt lag noch im Büro herum. Nach dem Anschlag in Coyoacán hatte er anderes im Kopf gehabt, als es zu holen. Silvio Torreblanca hatte sicher noch ein T-Shirt übrig. Seltsam, daß er nirgends zu entdecken war. Schließlich hatte er die diesjährige Wallfahrt organisiert. Na ja, es würde auch so gehen. Entscheidend war die innere Einstellung. Daß man der Jungfrau dankbar, demütig und mit reinem Herzen gegenübertrat. Lopez García hatte allen Grund, dankbar zu sein.

Die beiden Blumenträger kreuzten zur Straßenmitte hin, drängten durch die Menge, schlängelten sich zwischen den Verkaufsständen hindurch und bogen auf die lange Rampe ein, die über eine Brücke zum Atrium der Basilica führte. Vorne staute es sich.

Zu beiden Seiten der Rampe parkten offene Mannschaftswagen der Policía auxiliar. Auf den Ladeflächen lagen die Uniformierten herum, so gut es ihre Schlagstöcke zuließen, und fraßen ihre Essensrationen. Nach links glitt der Blick an zig mobilen Toilettenhäuschen entlang. Von der anderen Seite tönte die Lautsprechermusik der Karussellbetriebe am Parque de las Rosas. Ein Riesenrad drehte Lichter im Kreis. Eine demütige, dankbare Stimmung wollte sich nicht recht einstellen. Wahrscheinlich lag es an Lopez García selbst. Nach dem Mordanschlag war er zu aufgewühlt. Der Schrekken bebte in seinen Gliedern nach. Ihm war ziemlich übel.

»Hab Verständnis, Virgencita«, murmelte er.

An den Eingangstoren zum Platz vor der Basilica stauten sich die Massen. Schummriges Licht drang unter den Planen der Verkaufsstände hervor, die sich unten in der Calle Montiel aneinanderreihten.

Von hier aus war die Juan-Diego-Kapelle auf dem Hügel von Tepeyac gut zu erkennen. Eine Lichterkette zeichnete ihre Umrisse nach. Hinter der alten Basilica führten die Freitreppen nach oben. Der schwarze Hügel ließ die Menschenmassen nur erahnen, die durch Rosengärten zu der Stelle hochpilgerten, wo die Gottesmutter zum erstenmal einem einfachen Indio erschienen war. Über der Kapelle spannte sich schwefliger Nachthimmel, durch den ein halber Mond sein Loch gegraben hatte. Langsam ging es weiter.

Lopez García ließ sich mitschieben. Es ging einen Meter voran, stockte, ging voran. Um Lopez García waren Köpfe, Männerköpfe, Frauenköpfe, runzlige alte Köpfe undefinierbaren Geschlechts, die fast in den Ponchos verschwanden. Säuglinge schliefen in Brusttüchern. Wolldecken hingen über Schultern, obwohl es allein wegen der Körperwärme nicht kalt war. Millionen von Menschen produzierten unaufhörlich Hitze und strahlten sie ab, oder war es ein einziger, riesiger Leib, ein gigantisches menschliches Heizkraftwerk, in das Lopez García irgendwie geraten war? Ihm war heiß. Der Lärm vom Jahrmarkt bombardierte seinen Kopf. Um ihn klangen Marienlieder, summten Stimmen, brummte es wie bei einem chaotischen Treffen von Bienenschwärmen. Er wurde vorangeschoben.

Die Blumenträger, denen er nachtappte, steuerten das äußerste rechte Tor an. Danach würde wieder etwas mehr Luft sein. Entlang des Brückengeländers drängte sich eine andere Gruppe vor. Ihr Anführer schleppte ein Plastikkreuz vor sich her, an dem ein übermannshoher Plastikjesus hing. Von der Dornenkrone war hellrotes Blut bis zum Lendenschurz hinabgeflossen. Weißes Tuch aus Plastik. Azteken trugen Leder, doch auf Blut waren sie genauso scharf wie die Christusmaler vom Devotionalienmarkt an der Ecke Hidalgo – Matamoros.

Der Plastikjesus und seine Jünger waren vorbeigezogen. Vorne manövrierten die ersten Polizisten das Blumengerüst durch das Tor. Plötzlich ging es zügig, fast im Laufschritt. Lopez García spürte Hände und die Rahmen von Marienbildern in seinem Rücken. Arme, Schultern, Hüften stießen in seine Seiten. Er lief mit, wurde mitgetragen, durch das Tor gedrückt. Nicht er war es, der seinen Beinen zu laufen befahl, die Menge war es, sie alle zusammen, und dann war da wieder der Schatten dieses Gefühls, das Lopez García aus den vergangenen Jahren kannte. Das Gefühl, keine eigenen Beine zu besitzen, keinen eigenen Körper, nur Teil eines gewaltigen Organismus zu sein, ein kaum identifizierbares Häufchen allein nicht lebensfähiger Zellen, die froh waren, endlich heimgefunden zu haben. Er hatte das immer genossen. Eine Art Kommunion war es gewesen, in der die Gemeinde ihre Zusammengehörigkeit feierte, nein, das ganze

Land, jeder, egal, ob er Mestize war oder Weißer oder Indígena, egal ob Tzotzil oder Yaquí oder Purépecha.

Es ging voran, sie drängten voran, liefen im Gleichschritt, alle um Lopez García lachten fröhlich, zufrieden, und Schultern und Köpfe hoben und senkten sich im Gleichklang. Sie waren alle gleich, alle eins, sie feierten die Fiesta der Virgencita, und nichts Individuelles zählte. Wenn nicht tief in ihm die Angst und Mißtrauen genagt hätten, hätte Lopez García glauben können, daß alles in Ordnung sei. Er wollte nichts Besonderes sein, keine Entscheidungen treffen müssen. Mitlaufen, mitgeschoben werden, beten, wenn alle beteten, knien, wenn alle knieten, das würde ihm völlig genügen.

Links hinter dem Tor hatte ein Fotograf seine Kulissen aufgebaut. Ein kleiner Indiojunge blinzelte ins Licht der Strahler. Er war mit Sombrero und Poncho ausstaffiert worden und ritt auf einem Holzpferd vor einem farbenfroh gemalten Hintergrund, auf dem eine Madonna im Strahlenkranz über den Hügel von Tepeyac wachte. Am Zaun standen sechs Sanitätszelte, und dahinter rührten sich die Flaggen aller Herren Länder im müden Nachtwind.

Nach rechts öffnete sich der Platz, weit wie das Meer. Bis tief ins Dunkel hinein wogte die Menge, unübersehbar, und Lopez García versuchte, dazuzugehören. Er wollte sich wie einer fühlen, der angekommen war, vom Strom in den Ozean hinausgespült, der sein Ziel, seine letzte Bestimmung war. Wie in jedem Mündungsdelta waren Schwemmlandinseln entstanden, über den Platz verteilte Inseln von ausgelegten Decken und Schlafsäcken, dicht aneinander, übereinander. Familien, Gruppen von Jugendlichen, ganze Indiodörfer hatten sich ihren Schlafplatz so nah wie möglich bei der Virgencita reserviert. Manche kuschelten sich aneinander oder hatten sich für ein Schläfchen eingemummt, so daß nur die Haarschöpfe aus den Decken hervorsahen. Andere ratschten, aßen, sangen, neckten sich, pfiffen Mädchen nach. Sie kamen aus Puebla, Tlaxcala, aus den kleinen Dörfern im ganzen Land. Sie hatten monatelang gespart, hatten Mühen auf sich genommen, beschwerliche Reisen, und nun waren sie hier. Sie schauten nicht nur auf ein schnelles Gebet vorbei, sondern würden die ganze Nacht bleiben und feiern. Es war eine Fiesta, ihre Fiesta, es war die Fiesta aller Mexikaner, der eigentliche Nationalfeiertag, der Tag der Königin des Landes.

Lopez García folgte dem Blumengesteck, mit dem sich die beiden Träger durch die Liegenden schlängelten. Kurz vor der monumentalen Betonstruktur, die als Glockenturm und astronomische Uhr diente, schlossen sie ans Ende der Reihe an, aus der ein Wald von Fahnen, Standarten und Blumengebinden aufragte. Hunderte von Pilgergruppen warteten dicht gedrängt, bis sie zum Hauptportal der Basilica vorrücken konnten.

Über dem Portal hatte TV Azteca eine Großleinwand aufgebaut, auf der Bild und Ton aus der Kirche übertragen wurden. Die »Serenata popular Guadalupana« war noch im Gange. Prominente und weniger Prominente brachten der Muttergottes ein Ständchen dar.

»Virgen morena de Guadalupe, cuanta alegría ...«, sang eine Frau auf dem Bildschirm.

In sich versunken schien die Gruppe von Indios vor Lopez García. Rücken reihte sich an Rücken, alle in dunklen, verwaschenen Ponchos, die eine Mauer bildeten, hinter der wer weiß was geschah. Ungeduldig wirkten dagegen die Menschenmassen, die sich an den wartenden Gruppen vorbeidrängten. Auf und ab, hin und her.

Wo sich eine Lücke auftat, zuckten lange schwarze Schatten über den Boden. Sie wurden von den Strahlern geworfen, mit denen die Kamerateams den Platz fernsehtauglich gemacht hatten. Dagegen sah die Beleuchtung der alten Basilica kümmerlich aus. Grünlich. Eine Art Aquariumslicht. Die Barockfassade der Kirche neigte sich bedrohlich nach vorn. Sie war abgesackt. Zu schwer für den sumpfigen Untergrund. Die alte Basilica war seit langem geschlossen. Ein paar hundert Quadratmeter stille Leere in all dem Trubel. Auf den Simsen der Fassade trippelten Tauben unruhig hin und her.

Die Warteschlange bewegte sich ein paar Meter voran, und die Frau in der Kirche beendete ihr Lied. Lautsprecher knacksten. Durch die relative Stille war plötzlich dumpfes Getrommel zu hören. Wie von einer Huéhuetl, die zu Mordanschlägen aufrief. Die Angst blies sich auf, drängte aus Lopez Garcías Eingeweiden hervor, brach schweißig durch seine Poren. Galt das ihm? Wieso ihm? Er war doch nur einer unter vielen Pilgern. Lopez García versuchte, sich zu beruhigen. Neben ihm stand Manolo, davor De Soto. Drei Dutzend Kriminalpolizisten umgaben Lopez García, fünf der Muttergottes geweihte Kirchen lagen in Sichtweite, er befand sich am Festtag der Virgen im Hof ihres Hauses, es bestand keinerlei Gefahr, daß irgendwelche Azteken …

Es bestand kein Grund, sich zu fürchten. Lopez García wollte auch nur sichergehen. Er stützte sich auf De Sotos Schultern auf und reckte sich hoch. Er konnte keine Huéhuetl sehen. Nur ein paar Scheiben aus Glitzerpapier, die sich über den Köpfen der Menge in seltsamen Bahnen bewegten. Fremde Sonnen, die sich in Raum und Zeit geirrt hatten und nun zu eintönigem Getrommel nach Hause zu tanzen versuchten. Das alles mußte nichts bedeuten. Es gab viele Folkloregruppen. Manche schnallten sich eben Sonnenscheiben auf die Köpfe. Immerhin waren sie da, um die Virgencita zu ehren. Lopez García rückte mit der Reihe der Wartenden voran. Auf das Getrommel zu. Die Sonnen wippten höhnisch und warfen mit Lichtreflexen um sich.

»Bist du in Ordnung?« fragte De Soto. Er hatte sein typisches De-Soto-Grinsen im Gesicht stehen. Manolo unterhielt sich mit Jorge Rivero über die Aussichten von Necaxa beim sonntäglichen Finalrückspiel in Guadalajara. Aus den Lautsprechern tönten Trompetenfanfaren. Das Getrommel tarnte sich als leises Pochen und versteckte sich in Lopez Garcías Ohren. Der Boden vibrierte leicht. Alles stand schräg, und Lopez García fragte sich, wieso er eigentlich nicht dazugehörte.

»Maquillaje de a peso«, sagte eine Mädchenstimme neben ihm. Die Stimme klang wie die von Lilia, doch sie gehörte einem mageren, kleinen Mädchen, das einen Kasten umklammert hielt.

»Maquillaje, caballero?« fragte das Mädchen, als ob es Lopez García noch nie gesehen hätte. Er hatte den Verdacht, daß alles deshalb schief stand, weil er den Stempel der Virgencita nur auf der linken Wange trug. Er zeigte auf eins der Motive.

»Das Gesicht der Lupita«, sagte er. »Dreifarbig.«

Das Mädchen drückte den Stempel in die Farbdose. Es hatte indianische Züge. Glatte, braune Haut, die fast schön wirkte, doch darunter versteckte sich ein uraltes, runzliges Gesicht. Jahrhunderte, die mit heimtückischen Tricks weggeschminkt worden waren. Lopez García ließ sich nicht täuschen.

Der Stempel brannte heiß auf seiner rechten Wange, sengte sich in sein Fleisch hinein, oder war es nur der Kontrast zur kalten Hand des angeblichen Mädchens? Zu diesen knochigen Fingern, die aus Eis geschnitten schienen?

Die Nacht kratzte auf Lopez Garcías Haut. Es ging weiter. Schräg vor Lopez García ließ sich einer der Indios auf die Knie fallen und schob sich mit gebeugtem Oberkörper voran. Gesündigt hatten alle. Das Mädchen mit den Maquillajes war verschwunden. Wie vom Erdboden verschluckt. Lopez García konnte sich nicht erinnern, ob er seinen Peso bezahlt hatte.

Das Kreuz über dem Haupteingang der Basilica leuchtete in unwirklichem Weiß. Es schien die Betonfassung, in die es gezwängt war, sprengen zu wollen. Darunter stand eine Inschrift: »Bin nicht ich, deine Mutter, hier?« Sonnenräder tanzten rechts über der Menschenmenge auf und ab. Es waren kalte Sonnen. Nur Lopez Garcías Wangen brannten.

De Soto redete auf Enrique ein. Die Trommel dröhnte dumpf, und Enrique sagte etwas, was wie »tot, tot, tot« klang.

De Soto sagte: »Na und?«

Lopez García wischte über seine Stirn. Sie waren nun fast am Eingang der Basilica angelangt. Die Spitze der Indiogruppe drängte schon auf die Außenstufen hoch, wurde nur von der Doppelreihe der Ordner zurückgehalten, die den Haupteingang so lange zu sperren hatte, bis drinnen wieder etwas Luft war.

Als ob der Krach aus den Lautsprechern nicht genug gewesen wäre, das Getrommel, die Rufe, Pfiffe und Lacher, der grummelnde Untergrund, begannen die Indiofrauen nun auch noch zu singen. Eine simple Melodie hatte von ihnen Besitz ergriffen. Was Lopez García vom Text verstand, ging nicht über eine Anrufung der »Guadalupana« hinaus. Ein gesungenes Stoßgebet, das man aus unbekannten Gründen unaufhörlich wiederholen mußte, dessen Worte über die Zungen glitten wie Rosenkranzperlen durch die Finger.

Die Melodie drängte sich in Lopez Garcías Kehle. Er summte mit. Er konnte nicht anders. Langsam drehte er sich um. Die Warteschlange hinter ihnen hatte sich verlängert, beschrieb nun vor dem Glockenturm eine enge 180-Grad-Kurve und reichte bis zum ersten Sanitätszelt zurück. Die Menschenmenge drückte wild durcheinander, doch Lopez García vermutete, daß alle einem geheimen Plan folgten. Der ihm unbekannten Schrittfolge eines heidnischen Sonnentanzes zum Beispiel, bei dem man die Oberkörper abwechselnd nach rechts und nach links werfen mußte. Vielleicht war es aber auch Lopez García, der schwankte.

Er fixierte den Glockenturm. Der stand gerade, sah aber dennoch seltsam aus. Es lag an der mächtigen Struktur, in deren Mitte er eingelassen war und die er nur wenig überragte. Ein Triumphbogen aus nacktem Beton, den massive Querstreben mit dem Turm verbanden. In die breitere obere Strebe war links des Turms eine Uhr eingelassen, rechts eine gleich große Aussparung, in der ein Rad zu hängen schien. Zwei böse starrende Augen.

Aus den Lautsprechern schallte die Stimme eines Priesters über den Platz.

Lopez García starrte auf die riesigen Augen. Zwischen ihnen lag wie ein tätowiertes Nasenbein der Glockenturm, der weiter unten von einem runden Ziegelkranz umhüllt war, dessen Funktion Lopez García schleierhaft blieb. Ein doppelflügliges Metalltor war darin eingelassen. Es war geschlossen. Wozu diente ein Tor an einem Glockenturm? In fünf Metern Höhe? Vielleicht spiegelte das Ding nur die Laune eines an abstrakten Schnörkseln interessierten Architekten wider.

»… du unsere Mutter, Mutter aller Mexikaner«, sagte die Stimme des Priesters.

Die Oberfläche des Metalltors war vertikal gegliedert und warf das Licht in Längsstreifen zurück. Es sah wie ein Mund aus, der die Lippen zurückgezogen hatte, um die Zähne zu fletschen.

Augen, Nase, Mund!

Und seitlich strebten gewaltige Backenknochen nach unten, verschwanden hinter der Masse der Köpfe und Leiber in einem tiefer liegenden, unsichtbaren Fundament, nein, umgekehrt, die Pfeiler sprossen aus einem Loch der Erde, das bewußt und heimtückisch freigelegt worden war, und es handelte sich auch nicht um Pfeiler, da war kein Glockenturm, keine Uhr, kein Beton, es waren Augen, Nase, Mund, es war ein gigantischer Kopf, der da aus der Erde stieg, eine fleischlose Fratze, die ihre Zähne fletschte …

Du, unsere Mutter!

Gegenüber der Basilica war sie aus ihrem Element emporgestiegen, hatte das Pflaster mühelos aufgebrochen, den Schutt der Jahrhunderte durchstoßen, und da war sie, starrte aus bösen Augen die Kirchen ihrer Nachfolgerin an, der Usurpatorin …

Du, Unsere Mutter, Tonantzin Cihuacóatl, Göttin der Erde, der Fruchtbarkeit, des Unterhalts, du Mutter, die du schon immer für das Wohl deiner Kinder Sorge getragen hast, du Mutter aller Azteken, die dich hier auf dem Hügel von Tepeyac verehrt hatten, lange bevor die Fremden ihren Gott brachten. Ihren Gekreuzigten und seine Mutter, die sich hier auf deinem angestammten Platz festzusetzen gedachte. Dich wollte sie ersetzen, hatte dein Heiligtum zerstört, die Reste eingeebnet, ihren Platz darüber betoniert, ihre Kirchen hierher gebaut, eins, zwei, drei, vier, fünf Kirchen!

Aber Tonantzin, Unsere Mutter, war aus der Erde gestiegen. Sie war da, schaute mit starren Augen dem Trubel zu, der eigentlich ihr gebührte. Sie hatte Geduld, konnte warten, bis der Spuk vorbei wäre und ihre Zeit wieder käme.

Die Menge drücke von hinten, als die Ordner den Weg in die Basilica freigaben. Lopez García erstieg die Außenstufen vor dem Eingang und warf noch einen Blick zurück. Hunderttausende drängten sich auf dem Platz. Für sie war der Glockenturm ein Glockenturm. Sie achteten nicht auf ihn. Sie wußten nichts, wollten nichts wissen, weigerten sich, Unsere Mutter zu erkennen.

»La Guadalupana, la Guadalupana va por Tepeyac«, sangen die Indiofrauen, als sie in die Kirche einzogen. An der Innenwand lagerten eingemummt müde Pilger. Junge Frauen trugen ihre Säuglinge im Tuch vor der Brust. Vor einer Jesusstatue verneigte sich ein alter Mann mit wirrem Haar und zerschlissener Jacke. Er bekreuzigte sich, berührte den Fuß der Statue, küßte seine Finger, berührte Jesus' Fuß, küßte seine Finger, bekreuzigte sich.

Die Pilgergruppen wurden durch einen mit Seilen abgesperrten Korridor auf den Hochaltar zugeleitet. Rechts daneben glänzten silberne Orgelpfeifen, die wie abgeschnitten wirkten. Unter der holzgetäfelten Decke hingen Batterien von sechseckigen Leuchtern in seltsam schlangenförmiger Anordnung. Lopez García war sich nicht ganz sicher, ob sie eingeschaltet waren oder nur das Licht der Altarleuchter und Fernsehstrahler reflektierten. Die Kamerateams arbeiteten am Altar und vom sonst menschenleeren Umgang über dem Kirchenrund. Unten war die Kirche übervoll. Mit Mühe hielten die Ordner einen Streifen frei, durch den die Pilgergruppen zum Altar vorrücken konnten. Als die Polizisten aufgeschlossen hatten, bedeutete einer der Ordner allen Neuankömmlingen, sich auf den Boden zu knien. Lopez García ließ sich neben De Soto hinab. Der Marmorboden war hart. Die Zehen drückten in den Schuhen. Lopez García streckte sie nach hinten aus. Jetzt spannte es in den Fußsohlen.

Irgendwer begann ein Gebet, in das alle einfielen. Irgendwelche Worte. Vor Lopez García waren Rücken, die sich unter Polizeiwallfahrts-T-Shirts und alten Ponchos krümmten. Darüber hingen Köpfe, irgendwelche murmelnden Köpfe, und über die Köpfe reckten sich Hände, die Marienbilder hochhielten. Fünf, sechs, zehn Bilder, von denen Lopez García nur die Rückseite sah, grobkörnige Pappe, rohes Sperrholz, beschichtetes Papier. Genagelte Rahmen, Plastikschnüre, die zur Befestigung der Bilder am Fahrradlenker gedient hatten. Graue und braune Oberflächen, Stockflecken, halb abgerissene Preisschildchen. Auf der Rückseite der Bilder war nichts vom Glanz der Jungfrau zu erahnen.

Vielleicht wußten sie doch Bescheid. De Soto, Enrique, Manolo, die Indios, all die Haufen von Pilgern, die ihr Gebet herunterspulten. Natürlich hatten sie Tonantzin erkannt, spürten sie die Anwesenheit Unserer Mutter. Sie wollten nur die Maske noch nicht fallenlassen. Sie warteten auf ein Zeichen. Und dann würde es aus ihnen herausbrechen, würde die christliche Hülle abgestreift werden. Wie Schlangen würden sie aus den Fetzen der alten Haut kriechen, würden züngelnd nach Vergeltung zischen, sich um die fremden Götter winden und zudrücken, würgen, würgen, würgen.

Es war nur eine dünne Haut, die sie vor Maria knien und beten ließ. Eine Haut, die sie sich seit ein paar läppischen Jahrhunderten übergezogen hatten. Darunter brodelte es seit Jahrtausenden. Nichts hatte sich geändert, vielleicht nicht einmal bei dem Priester, der vorn ans Mikrofon trat. Der trug nur eine Kutte, eine zusätzliche christliche Haut, aber darunter war er nicht anders als alle anderen. Sie waren gleichgeblieben, alles war gleichgeblieben seit Anbeginn der Zeit, und Lopez García wußte nicht, ob das gut oder schlecht war. Er hatte Angst.

»Amen«, sagte De Soto.

Wie alle anderen bekreuzigte sich Lopez García und ächzte hoch. Vor den Altarstufen bog die Indiogruppe nach links. Die Polizisten folgten und stellten sich im linken Altarbereich auf, um sich dort mit Weihwasser segnen zu lassen. Am Altar redete der Priester.

Erst jetzt nahm Lopez García das Gnadenbild wahr. Es hing über einer großen mexikanischen Flagge an der Wand hinter dem Altar. Ein doppelter Rahmen aus Gold und Silber hob es von der Holzvertäfelung ab. Obwohl die Farben des Bilds schon etwas verblaßt waren, konnte man die Jungfrau auch aus der Entfernung gut erkennen. Gestützt von einem Engel schwebte sie in ihrem Sternenmantel vor göttlichen Strahlen. Sie hatte die Hände gefaltet und blickte zu den Gläubigen hinab. Die Laufbänder, auf denen die Pilger an ihr vorbeigetragen wurden, lagen zu tief, um von Lopez Garcías Platz aus eingesehen werden zu können.

Der Priester sprach davon, daß Maria das Jesuskind auf ihrem Arm getragen hatte. Sie würde jedem die Hand reichen, der sie ihr entgegenstreckte.

»Berührung ist die Grundlage menschlichen Heils«, sagte er, »ein Zeichen für Vertrauen, für Nähe und für den Willen, in Frieden miteinander zu leben.«

Auf der zweiten Altarstufe stand ein anderer Priester, der für die Segnung abkommandiert war. Er tauchte den Weihwasserwedel in ein Becken, das ihm ein Ministrant entgegenhielt. Der Ministrant hatte sich mit einem weiten Chorrock in den Marienfarben verkleidet. Blau und Weiß. Er sah ganz harmlos aus.

»Deshalb bitte ich Sie darum, Ihren Mitbrüdern und -schwestern die Hände zu reichen und sich gegenseitig Frieden zu wünschen«, sagte der Hauptpriester am Mikrofon.

Sein Kollege spritzte Weihwasser nach rechts. Die Indios schlugen das Kreuzzeichen über Stirn und Brust. Vertrauen, Nähe, Frieden, das klang nicht schlecht. Dagegen konnte keiner etwas haben. Wenn es nicht nur fromme Worte waren. Wenn wirklich nichts anderes dahintersteckte.

De Sotos Hand tatschte heran. Lopez García ergriff sie. Sie war warm, viel wärmer als seine eigene. Eine trockene Wärme, die von innen heraus kam. Lopez García spürte leichte Schwielen an De Sotos Fingeransätzen.

»Frieden zwischen den Menschen«, sagte der Priester.

Härchen auf dem Handrücken, Sehnen, die hervortraten. Harte Knochen unter der Haut. Es war eine dürre Hand.

»Frieden!« murmelte De Soto von der Seite.

Lopez García wandte ihm den Kopf zu, sah aus den Augenwinkeln noch die Kippbewegung des Weihwasserwedels und spürte die Tropfen auf sein Haar, seine Stirn, seine Wangen klatschen. Dicke Tropfen, die nicht zerplatzten, sondern sich auf seiner Haut schwerfällig in Bewegung setzten, sich Bahnen nach unten gruben, Richtung Boden, zur Erde hin, zu dem, was unter der Erde lag. Lopez García war heiß. Lopez García war kalt. Der Boden schwankte, und Lopez García fuhr sich mit der freien Hand übers Gesicht.

Er wußte, daß er die Maquillajes auf seinen Wangen verschmierte. Zu einem Brei aus Schweiß und heiligem Wasser und billiger Schminke. Das Gesicht der Lupita würde sich in wilde Kriegsbemalung auflösen. Grün, Weiß, Rot. Solch dicke Tropfen! Dickflüssig und fett, schwer und stockend zogen sie nach unten. Das konnte kein Wasser sein. Wasser war glatt und leicht, es plätscherte und sprudelte, man konnte sich damit Maquillajes aus dem Gesicht waschen, man konnte es trinken, es war das Element des Lebens. Lopez García mußte mit einer anderen Flüssigkeit bespritzt worden sein, zum Beispiel mit – er tastete mit der Zunge – Blut, ja, Blut. Er war sich sicher. In dem Becken da draußen schwappten ein paar Liter Blut. Etwas Schreckliches war im Gang, eine schwarze Messe mit Teufelspriestern und Dämonendienern, die als kleine Ministranten verkleidet waren.

Jemand hielt Lopez Garcías Hand, und De Sotos Gesicht verschwamm, und dunkle Indiogesichter versteckten sich hinter Marienbildern, deren Farben so falsch und künstlich waren wie die Gesichter verschlossen. Masken aus Menschenhaut, tote Augen überall, immer zwei nebeneinander, zehntausendfach in der Menge verstreut, die von den Kircheneingängen her wogte und schob.

»Frieden auf Erden!« brüllte eine Stimme aus Lautsprechern. Vielleicht gehörte sie dem Riesen, der am äußersten rechten Eingang einen Meter über den Rest der Köpfe emporragte. Nein, es war kein Riese, es war nur ein Mann, der von ein paar anderen gehoben wurde, um besser über die Menge schauen zu können. Es war ein Mann, den Lopez García kannte, es war …

»Frieden«, sagte De Sotos Stimme noch einmal.

»Ruiz«, sagte Lopez García. Ruiz schwebte am äußersten rechten Eingang der Basilica über den Köpfen. Er wurde von ein paar Männern gestützt, die nicht nach Engeln aussahen.

»Was?« fragte De Soto.

Von irgendwelchen Männern, die keinen Deut anders aussahen als andere Männer.

Lopez García nickte mit dem Kopf nach schräg hinten. De Soto wandte sich um.

»Wer?« fragte er.

»Wo?« fragte er. Noch immer hielt er Lopez Garcías Hand.

»Da ist Ruiz«, sagte Lopez García.

»Ruiz«, sagte De Soto. Er hielt Lopez Garcías Hand nicht, er umkrallte sie. Er quetschte das Fleisch von den Knochen, grub seine Fingernägel tief in die Haut. Lopez García spürte keine Sehnen und Härchen mehr, nur noch einen ungeheuren Druck wie von einer eisernen Zwinge, die unerbittliche Härte eines soliden Schraubstocks, der nur deshalb an Menschliches erinnerte, weil es aus ihm heraus schwitzte. Blut oder Wasser, das war schwer zu entscheiden. Es war auf jeden Fall eine eklig feucht-warme Ausdünstung, eine schmierige Angelegenheit, die fast ebenso unangenehm war wie der Druckschmerz selbst.

»Ruiz und die Vengadores!« sagte De Soto und drückte zu, daß die Finger knackten. Mit übermenschlicher Gewalt preßte er Lopez Garcías Hand zusammen. Lopez García spürte seinen Körper nicht mehr, weder Kälte noch Wärme, keine Blutrinnsale in seinem Gesicht, nur noch den Schmerz, der seine linke Hand zermalmte und ihm ein paar Worte brutal ins Blut quetschte. Ruiz und die Vengadores. Lopez García versuchte, sich zu wehren, sich dem Griff zu entwinden, doch er hatte keine Chance. Er würde nicht mehr loskommen. Er hatte keine Kraft, um aufzuschreien. Er brauchte auch nicht zu schreien, es war sinnlos. Das Gewicht der ganzen Welt schien seine Handknochen zu zerbröseln, viele Welten drückten auf seine Finger ein, Polizei- und Verbrecherwelt, christliche und heidnische, vergangene und zukünftige. Wie Mühlsteine preßten sie sich gegeneinander, tonnenschwer drehten sie sich und zermalmten ohne Unterschied, was zwischen sie geraten war.

Dann ließ De Soto los, der Schmerz schoß Lopez Garcías Körper entlang, spülte den ganzen Dreck weg, der sich da angesammelt hatte, blies die Dunstschleier aus seinem Verstand, und De Soto wühlte sich nach links durch die Menge, baggerte sich in die stumme Mauer der Indios, als wäre der Teufel hinter ihm her.

Ruiz und die Vengadores! Plötzlich war Lopez García ganz klar im Kopf. Sein Hirn war leergefegt, vergessen war die Guadalupe, zerbröselt die Steinfratze der Tonantzin, keine Angst, keine Hoffnung vernebelte ihm den Sinn, er brauchte nicht einmal zu überlegen. Die Gedanken purzelten von selbst herbei, ein Haufen Puzzlesteinchen stürzte über ihn herein und fügte sich brav in der richtigen Ordnung zusammen.

Ruiz kannte die Vengadores! Er war mit ihnen hierher in die Kirche gekommen, ließ sich von ihnen über die Köpfe der Menge heben, er war ihr Chef. Er war es, der die Mordabteilung kommandiert, Moreno belastet, die Fingerabdrücke manipuliert hatte. Er hatte alles eingefädelt, um der Polizei zusätzliche Gelder zu verschaffen. Es spielte keine Rolle, ob es ihm tatsächlich um mehr Sicherheit in der Stadt oder nur um den eigenen Vorteil gegangen war. Wichtig war nur, daß Ruiz genau die richtige Postion innehatte, nah genug am Polizeialltag, um Zugriff auf alles zu haben, hoch genug, um solch eine Unternehmung selbstverantwortlich organisieren zu können, aber eben nicht so hoch, daß er ganz aus der Schußlinie bleiben könnte. Es war eine beschissene Position. Wenn irgend etwas schieflief, ging es Ruiz an den Kragen. Ohne einmal mit der Wimper zu zucken, würden die von oben ihn opfern. Zum Beispiel, wenn Lopez García all das an die Öffentlichkeit brachte, was er bisher herausgefunden hatte. Was er und De Soto bisher herausgefunden hatten.

Gut. Das erklärte, warum Ruiz hier aufgetaucht war. Frömmigkeit spielte wohl keine große Rolle. Wahrscheinlicher schien es, daß er De Soto und Lopez García mal schnell umbringen wollte, bevor sie das Maul zu weit aufreißen konnten. Das erklärte auch, warum sich De Soto wie ein Wahnsinniger durch die Menge der Pilger schlug. Ohne Rücksicht auf böse Blicke, auf Schultern, die sich ihm trotzig entgegenreckten, kämpfte er sich zur linken Ecke des Altarbereichs vor, an dem ein paar Stufen zu den Laufbändern und zum hinteren Ausgang hinabführten. De Soto rannte, nein, wühlte um sein Leben. Lopez García rührte sich nicht. Er wollte die Gedanken nicht aufstören, die sich in ihm setzten.

Ruiz hatte sich abzusichern versucht, indem er Moreno als Täter aufgebaut hatte, und das hätte auch wunderbar funktioniert, wenn Ruiz nicht entführt worden wäre. Nur das hatte De Soto und Lopez García Zugriff auf sein Büro, seine Akten, seinen Computer ermöglicht. Nur so hatten sie die Unstimmigkeiten des Falls erkennen und Ruiz' Machenschaften nachvollziehen können. Pures Glück. Oder Pech. Wie man es nehmen wollte.

Glück? Pech? Wieso zum Teufel war Ruiz nun eigentlich entführt worden? Wenn er die Vengadores kommandierte, konnte er ja kaum aus dem Verkehr gezogen worden sein, weil er die Verschwörung durchschaut hatte. Es war schließlich seine eigene Verschwörung! Ging es bei dem Kidnapping doch nur um das Lösegeld? Hatten sie Ruiz rein zufällig kurz vor dem erfolgreichen Abschluß der Vengadorgeschichte erwischt? Oder bestrafte Gott seit neuestem große Sünden sofort?

De Soto mußte inzwischen die Biegung erreicht haben. Lopez García vermochte nur die Heckwelle zur Seite gepflügter Körper zu erkennen, die sich langsam wieder schloß. Wo sich gerade eben Ruiz und die Vengadores befunden hatten, drängte nun eine Gruppe Wallfahrer in weinroten Trainingsanzügen nach vorn. Lopez García brauchte besseren Überblick. Die Träger aus dem Betrugsdezernat hoben das Lattengerüst an. Lopez García schob Manolo zur Seite und packte mit zu. Er half, das Blumengesteck über die Altarstufen nach oben zu tragen.

Selbstgeflochtenes aus Palmblättern und Papierblumen, Nelkensträuße, Orchideen und Rosen, Rosen, Rosen häuften sich über zwanzig Meter an der linken Seite des Altars entlang, waren längst über die Podeste hinausgewuchert, die für die Blumengaben bereitgestellt worden waren. Oben lehnten die größeren Gestecke an einer brusthohen Marmorwand, die den Übergang zur Sakristei sicherte. Darunter befanden sich der Abgang zur Krypta und der Durchgang zu den Laufbändern. Die Polizisten stellten ihr Geschenk an die Virgencita zu den anderen. Einer der Kollegen vom Betrugsdezernat zupfte ein paar Blumen in die rechte Position. Lopez García wandte sich um. Hinter ihm schlich Enrique die Altarstufen hoch. Was wollte der denn hier?

Lopez García blickte über die Menge. Tausende Köpfe schienen nur auf ihn zu starren. Ruiz war nirgends zu sehen. Und ebensowenig eine Gruppe mordlüsterner Berufskiller. Von hinten, unterhalb des Bilds der Guadalupe, schnurrten sacht die Laufbänder. Mit drei Schritten wäre Lopez García an dem Geländer über den Pilgern, die dort unten hindurchgekarrt wurden. Das Bild selbst hing in etwa acht Metern Entfernung an der rückwärtigen Wand. Lopez García stand nun fast auf der Höhe der Jungfrau. Unten schepperten Münzen in Sammelbüchsen, die den Gläubigen vor dem Ausgang entgegengehalten wurden.

So weit konnte De Soto noch nicht sein. Lopez García wandte sich zur anderen Seite hin. Vorsichtig beugte er sich über Blumensträuße. De Soto hatte noch nicht einmal die Unterführung erreicht, die in die vier Laufbänder mündete. Er steckte auf der Treppe fest, die vom Kirchenniveau nach unten führte. Noch vor der Stelle, an der sich der Gang verjüngte. Der Rückstau war schlimmer als auf dem Periférico werktags um 18.00 Uhr.

Jemand zupfte Lopez García am Ärmel. Es war einer im Priestergewand. Mit der linken Hand wies er den Polizeikollegen nach, die gerade wieder zur Gruppe hinabstiegen.

»Gleich«, sagte Lopez García. Unten drängte sich De Soto mit der Schulter zwischen zwei Rücken, drehte dann und ließ den Ellenbogen seitauswärts schießen. Er stieß in die so geschaffene Lücke hinein. Es war ein mühseliges Vorankommen.

Cui bono? Wem zum Nutzen? Das war die entscheidende Frage. Die Vengadores selbst waren sicher gut besoldet, ihre Morde eine Investition, die sich für Ruiz und die gesamte Polizei auszahlen sollte. Die Morenogeschichte sollte Ruiz vor möglichem Schlamassel bewahren. Doch wer verdiente an Ruiz' Kidnapping? Die paar erpreßten Pesos gingen ja schon für Unkosten und Spesen drauf.

Hätten die Entführer es geschafft, Ruiz ein paar Tage länger aus dem Verkehr zu ziehen, gäbe es zumindest einen, der davon profitierte. Er selbst, Lopez García! Sobald der Etat durch war, hatten De Soto und er grünes Licht, die Vengadormorde aufzuklären. So, wie die Sache stand, wäre Ruiz damit sofort und auf Nimmerwiedersehen im Knast gelandet, wenn er von seinen Entführern überhaupt freigegeben worden wäre. Eine Oberkommissarstelle würde frei, und wer käme dafür schon in Betracht als die beiden, die sich soeben glänzend und öffentlichkeitswirksam bewährt hatten? Die cleveren, unerschrockenen Saubermänner der Kriminalpolizei, die nicht davor zurückgeschreckt hatten, die verbrecherischen Machenschaften eines Vorgesetzten aufzudecken. De Soto und Lopez García. Nur daß De Soto eine Rangstufe tiefer stand und deutlich weniger Dienstjährchen auf dem Buckel hatte. Nein, an Lopez García wären die hohen Herren nicht vorbeigekommen.

»Bitte«, sagte der Priester. Er zupfte Lopez García am Ärmel.

De Soto boxte auf einen jungen Mann ein, der einen kleinen Jungen auf den Schultern trug. Er schlug eine Serie kurzer linker und rechter Haken in die Nierengegend.

»Geh zum Teufel!« sagte Lopez García. Der Priester

bückte sich zu Enrique, der sich auf den Boden gekniet hatte und vor sich hin murmelte. Ein Gebet wahrscheinlich.

Mit der linken Hand drehte Lopez García den Kopf einer angewelkten weißen Rose ab. Die äußeren Blütenblätter fühlten sich wie knittriges Papier an. Lopez García riß ein paar von ihnen aus. Sie zwirbelten zu Boden. Weiter innen war die Rosenblüte samtig weich. So sollte es sein.

Menschlichem Ermessen nach konnte nur Lopez García zu Ruiz' Nachfolger befördert werden. Wenn nichts Unvorhergesehenes passierte. Wenn ihm nichts Unvorhergesehenes passierte. Wenn er nicht zum Beispiel einem Mordanschlag mysteriöser Aztekenkrieger zum Opfer fiele.

Lopez García rupfte die Rosenblüte, zupfte eins der lappigen Blätter nach dem anderen aus. Er liebt mich, er liebt mich nicht. De Soto hatte die Engstelle nun überwunden und würde gleich in der kurzen Unterführung unter Lopez García verschwinden. Bis zu den Laufbändern fehlten noch ein paar Meter. De Soto drückte, De Soto schlug, ohne die geringste Spur der Verwüstung zurückzulassen. Sofort schlossen sich die freigeboxten Räume, und der Strom der Köpfe und Schultern schob sich unbeirrbar voran, als hätte er schon vergessen, daß ihn ein flüchtender Polizist gerade gewaltsam durchpflügt hatte. Er haßt mich, er haßt mich nicht. Eine Rose besaß mehr Blütenblätter, als Lopez García gedacht hätte.

Ruiz und die Vengadores! Nach allem, was Lopez García erfahren hatte, war ihm diese Zuordnung sofort einsichtig erschienen, als De Soto sie ausgesprochen hatte. Nur, wie war De Soto darauf gekommen? Woher kannte er die Vengadores? De Soto?

Wer hatte über das geplante Treffen in Coyoacán Bescheid gewußt? Außer dem Anrufer nur De Soto. Wer war plötzlich verschwunden gewesen, als Lopez García von den Aztekenkriegern angegriffen wurde? De Soto. Wer hatte die Killer laufenlassen? Wer hatte verhindert, daß sie identifiziert werden konnten? De Soto. De Soto, der gerade hinter der Unterführung auftauchte, der ein sich aneinanderklammerndes

Paar gegen die Wand stieß, eine alte Frau zur Seite fegte und nach dem Handlauf des innersten Rollbands griff.

Wem zum Nutzen? Wer hätte den Vengadorfall gelöst, wenn Lopez García getötet worden wäre? Wer wäre die Karriereleiter hinaufgesaust, als ob die Gesetze der Schwerkraft für ihn nicht gälten? Wer hätte sich am nächsten Tag Visitenkarten mit einem »Oberkommissar« vor dem Namen drucken lassen? Vor welchem verdammten Mördernamen? De Soto!

De Soto stand auf dem Laufband, ließ beide Hände sacht über den Handlauf gleiten und schnaufte durch. Langsam ruckelte er unter dem Bild der Guadalupe dahin. Alle anderen sahen nach oben und schlugen das Kreuzzeichen über Stirn, Mund und Brust. Nur De Soto stierte Richtung Ausgang.

Wer hatte die Akten über Moreno ausgegraben? Wer hatte Morenos Foto ans Licht gezogen und damit die verfrühte Großfahndung verhindert? Wer hatte Lopez García die Fingerabdrücke so lange unter die Nase gerieben, bis er endlich kapiert hatte, daß damit etwas faul war? Wer hatte sich bei all dem so dumm gestellt, daß Lopez García gemeint hatte, alles selbst herausgefunden zu haben? De Soto, De Soto und noch einmal De Soto. Er hatte von Anfang an Bescheid gewußt, hatte die Fäden immer in der Hand gehalten, hatte Lopez García mal hier-, mal dorthin dirigiert, ihn mal auf dieses, mal auf jenes stoßen lassen. Ganz, wie er es gerade benötigte.

Lopez García zerdrückte eine Rosenknospe zwischen den Fingern, drehte das weiche Blütenzeug zu schrumpeligen Würsten. Sie ließen Saft, wenn man sie auswrang.

Am Ende jedes Rollbands stand ein Kirchenbediensteter, dessen Aufgabe darin bestand, Stockungen zu verhindern, die den Besucherstrom gefährden könnten. Wer innehielt, um einen Blick zurück auf das Gnadenbild zu werfen, wurde unverzüglich weitergescheucht.

Bei De Soto war das nicht nötig. Er startete von selbst Richtung Ausgang durch. Er hatte allen Grund, Ruiz und die

Vengadores zu fürchten. Daß er versucht hatte, Ruiz ans Messer zu liefern und dessen Vengadorunternehmung für seine eigenen Zwecke zu funktionalisieren, reichte dafür allemal. Aber das war nur das eine. Lopez García hätte die Hand dafür ins Feuer gelegt, daß De Soto auch hinter der Entführung von Ruiz steckte. Solange Ruiz ihm dazwischenfunken konnte, hatte De Soto keine Chance, selbst wenn er die ganze Inszenierung durchschaut hatte. Er konnte nicht aktiv werden, wäre nie und nimmer an die nötigen Beweise herangekommen.

Ein kühner Coup war nötig. Ein Handstreich. Und De Soto hatte alles auf eine Karte gesetzt, hatte zugeschlagen. Allein war das freilich nicht zu machen. Er brauchte Helfer. Die Aztekenkrieger in Coyoacán konnten bezahlte Schläger sein, wie man sie in den Cantinas um die Plaza Garibaldi für zwei Flaschen Tequila dutzendweise mieten konnte, aber bei einer Entführung war es mit Muskeln und Gewaltbereitschaft nicht getan. So etwas erforderte Planung, Beobachtung, Know-how und nicht zuletzt eine gut vorbereitete Infrastruktur. Stand De Soto aus seiner Zeit bei der Antientführungseinheit in Verbindung mit professionellen Kidnapperbanden?

Enrique kniete zwischen Blumensträußen. Er blickte auf das Bild der Guadalupe und betete. Enrique gehörte zur Antientführungseinheit. Lopez García schnippte die Rosenblütenwürste weg. Er schob den Priester zur Seite, bückte sich zu Enrique und zog ihn mit Gewalt hoch. Er packte ihn an den Schultern und drehte ihn zu sich.

»De Soto hat Ruiz entführen lassen?« fragte Lopez García. Enrique sagte nichts, hatte sich mit seinen Gedanken in eine andere Welt verirrt. Darauf brauchte er sowieso nichts zu sagen, Lopez García kannte die Antwort schon. Diese und ein paar andere.

»Und dabei haben ihm ein paar Leute geholfen, die aus Erfahrung wissen, wie man so etwas erledigt?«

Lopez García schlug Enrique links und rechts ins Gesicht. Der verdammte Ohrring schwang hin und her.

»Fachleute, die sich mit nichts anderem beschäftigen? Die

De Soto noch dazu gut kannte? Mit denen er seit langem befreundet war?«

In welchen Abgründen auch immer sich Enrique befunden haben mochte, so langsam tauchte er auf, wurde wieder klar.

»Kollegen wie du und Torreblanca und der Catchertyp – wie heißt er gleich?«

»Pablo Santa Ana«, sagte Enrique.

»Und die hübsche Kleine mit den schwarzen Locken?«

»Ja«, sagte Enrique, »Marta Vasco auch.«

»Ja, Marta Vasco auch.« Lopez García nickte. »Die ganze verfluchte Antientführungseinheit hat Ruiz entführt. Und wer sollte den Fall lösen? Ihr als Spezialisten natürlich. Das war leicht vorauszusehen. Damit konnte euch keiner ins Handwerk pfuschen, alles war unter Kontrolle. Und darüber hinaus konntet ihr als Ermittelnde Ruiz' Geheimnissen nachspüren, ohne den geringsten Verdacht zu erwecken. In Ruiz' Büro habe ich euch selbst erwischt, und bei ihm zu Hause habt ihr wahrscheinlich ebenso alles durchwühlt. Erst den Schreibtisch durchstöbert und dann den Privattresor aufgebrochen.«

»Es ist …«, sagte Enrique.

»Moreno!« sagte Lopez García. »Ihr wolltet wissen, wo sich Moreno befand. Ruiz hielt ihn irgendwo gefangen, um ihn bei passender Gelegenheit als Vengador präsentieren zu können. Ihn aufzuspüren, zu befreien und aussagen zu lassen, wäre das einfachste Mittel gewesen, Ruiz zu überführen. Habt ihr Moreno gefunden?«

»In einem offiziellen Gefängnis«, sagte Enrique, als ob ihn das alles nichts mehr anginge. »Im Reclusorio Oriente. Häftlingsnummer 12053. Als Alfonso Reyes Cardoso. Ruiz hat ihn einfach unter falschem Namen einliefern lassen.«

»Und da niemand einen Reyes Cardoso vermißt, sich weder Freunde noch Anwälte um ihn kümmern, kann er einsitzen, bis er schwarz wird. Bis ihn Ruiz oder ihr herausholt und für eure jeweiligen Zwecke verwendet.«

Ruiz hatte das Ding sorgfältig geplant. Wenn auch nicht

sorgfältig genug. Nur der Vollständigkeit halber fragte Lopez García: »Wie seid ihr auf Ruiz gekommen? Wie hat De Soto herausgefunden, was Ruiz vorhatte?«

»Über Moreno. Wir hatten sein Verschwinden zu untersuchen und bemerkten, daß einiges faul war. Und De Soto waren die Unstimmigkeiten der Vengadormorde aufgefallen. Wir zählten zwei und zwei zusammen, und dann kam De Soto auf die Idee, daß wir unser Wissen auch nutzen sollten.«

Enrique fuhr sich übers Haar.

»Ich bin da hineingeschlittert«, sagte er. »Vielleicht hätte ich nein sagen …?«

»Ja«, sagte Lopez García.

»Ich bin der Jüngste in der Abteilung. De Soto hat uns jede Menge Geld versprochen. Sie haben Druck auf mich ausgeübt. Ruiz ist ein Verbrecher. Ich sollte doch nur auf seine Frau …«

»Nein«, sagte Lopez García.

»Ja«, sagte Enrique. Er nickte, hatte wohl eingesehen, daß er sich nicht so einfach herausreden konnte. Er sah zum Guadalupe-Bild hin.

Die Jungfrau blickte unbeteiligt aus ihrem Gold- und Silberrahmen. Sie schien nicht interessiert. Weder an Enriques stummer Bitte um Hilfe noch an der Szene, die sich unter ihr abspielte. Am Ende des Rollbands lehnte ein Kirchendiener mit blutender Nase an der Holzwand. Seine Kollegen durchquerten von rechts den Gang, warfen Wellen in der Menge auf.

»Aus dem Weg!« schrie der Schläger den Rollbändern entgegen, die unaufhörlich Gläubige ausspuckten. Der Schläger war De Soto. Er hatte kehrtgemacht, versuchte sich gegen die Massen in die Kirche zurückzudrängen. Er war nicht schnell genug gewesen. Er hatte es nicht geschafft. Ein paar Meter hinter ihm, zwischen all den Hinterköpfen, die zum Ausgang strebten, sah Ruiz' Gesicht hervor. Eine Fratze, starr. Tot sein Politikerlächeln. De Soto hatte ihn entlarvt und kaltzustellen versucht, und nun drehte Ruiz den Spieß um. Hinter ihm hielten sich zwei andere, die sich wie er gegen den Strom stemmten. Zwei Vengadores, die Blut rochen. Sie hatten die Kirche hinten umgangen, hatten De Soto am Ausgang erwartet. Tja, De Soto!

»Zurück!« brüllte De Soto auf das zweitäußerste Laufband ein, aber das Band lief nicht zurück. Es stieg aus einem engen Schlitz empor, rollte gemächlich in die programmierte Richtung, und bevor es sich unterirdisch auf den Rückweg machte, lud es Menschen ab, Körper, Gläubige, die zum Bild der Virgencita gepilgert waren. Jede Menge Menschen, sperrige Leiber, die sich zwischen den Handläufen gegeneinanderquetschten und gar nicht zurück konnten, weil andere sperrige Leiber direkt hinter ihnen hergefahren kamen. In Todesangst warf sich De Soto ihnen entgegen. Vergeblich. Er konnte gerade vermeiden, zurückgeschoben zu werden. Auf seine Verfolger zu, die den Abstand zu ihm schon verringert hatten.

De Soto sah sich um, sah nach vorn, tauchte ab. Wie zufällig strauchelte eine alte Frau beim Tritt vom Rollband, fiel. Schon stolperte der nächste über sie, stürzte ebenfalls. De Soto wand sich links davon hervor, noch ein gefallener Sünder und noch einer. Jetzt schrien andere, nicht mehr De Soto. Jetzt schrie es aus dem Bündel von Ponchos und Röcken und Armen und Köpfen. Vielleicht hatte das Rollband ein Stück Stoff mit in die Unterwelt gezogen, das lose Ende eines Schals, der um einen Hals geschlungen war, oder eine Hand, die sich abzustützen suchte. De Soto jedenfalls war auf den Beinen, er trat in den zuckenden Haufen hinein, fand festen Tritt auf irgendeinem halbverschütteten Kopf, federte hoch, stieß sich mit dem anderen Fuß von einem breiten Rücken ab, und schon war er oben, balancierte auf dem Handlauf des Rollbands entlang. Gegen die Fahrtrichtung.

Wenn er weit nach rechts gegriffen hätte, hätte er vielleicht die Bronzebuchstaben unter dem Bild der Guadalupe berühren können. Doch De Soto hatte anderes im Kopf. Auch brauchte er seine Arme, um das Gleichgewicht zu halten. Mit kurzen Schritten trippelte er auf dem Hartgummiband entlang, trat auf Hände, die nicht schnell genug zurückgezogen wurden. De Soto floh.

Die unterste Zeile der Inschrift lautete: »Nichts bedrücke noch beunruhige dich!« Was De Soto anging, war sich Lopez García da nicht so sicher. In Ruiz' Kielwasser hatte er nur zwei Vengadores entdeckt. Vorher waren es mehr gewesen. Fünf, glaubte Lopez García. Es fehlten also drei. Drei Männer wie die, die sich gerade die Treppe neben dem Altar hinabdrängten. Sie kamen von vorn, Ruiz kam von hinten. Sie würden De Soto in die Zange nehmen. Tja, De Soto.

Endlich kam das Rollband unter dem Haufen übereinandergeworfener Körper knirschend zum Stehen. Eine kleinere Lawine von Gliedern purzelte, holte Ruiz genau in dem Moment von den Beinen, als De Soto das andere Ende des Laufbands erreicht hatte und sich mit einem verzweifelten Hechtsprung der Meute entgegenwarf. Die Köpfe duckten sich, als De Soto auf ihnen aufsetzte. Er landete ziemlich glatt, doch dann kippte sein Oberkörper nach vorne weg, die Beine zappelten einen Moment in der Luft und rauschten ebenfalls nach unten ab. Der Vengador hinter Ruiz half seinem Chef auf.

Jetzt erst fiel Lopez García auf, wie ruhig es in der Basilica war. Niemand plärrte in ein Mikrophon, und selbst der Geräuschbrei, den zehntausend Pilger notgedrungen produzierten, wirkte, als hätte jemand einen gigantischen Schalldämpfer darüber gestülpt. Der Priester, der Lopez García zu vertreiben versucht hatte, machte sich mit ein paar anderen am Altar zu schaffen. Gleich würde eine Messe beginnen. Lopez García wischte ein paar der Gebinde zur Seite und watete durch ein Blumenmeer bis zur Absperrung über den Rollbändern.

Drei Meter tiefer tauchte De Soto an die Oberfläche. Er hatte wieder Fuß gefaßt, schnappte nach Luft, und dann peitschte der Schrecken Furchen in sein Gesicht. Ja, er hatte sie endlich entdeckt, die drei anderen Vengadores, die von vorn auf ihn zukamen. De Soto sah nach hinten, sah nach vorn, ruderte wie ein halb ersoffener Nichtschwimmer in der

Menge umher, die durch den trägen Druck der Nachschiebenden in einer immer gleichen, stetigen, unbeirrbaren Geschwindigkeit vorangeschoben wurde, ohne Rücksicht auf De Soto, auf zwei ihn jagende Mördergruppen, auf das Chaos an den Rollbändern.

Dennoch hatte sich irgend etwas verändert, stieg eine Art mühsam verhaltenen Zorns aus der Masse empor, schweigende Entrüstung, fast körperlich spürbarer Unwillen, der kaum verhüllt danach drängte, in Gewalt und Blut und Tod zu explodieren. Es war, als staue sich Vernichtungswille auf in der vielköpfigen Masse, die eins und alles war und nichts neben sich gelten lassen würde. Schon gar nicht jemanden wie De Soto, der blöde herumzappelte und keine Ahnung hatte, wohin er sich wenden konnte. Tatsächlich gab es nicht viele Möglichkeiten. Eigentlich gar keine.

De Soto sah zum Guadalupe-Bild auf. Die Jungfrau lächelte. Darüber drohte der Längsbalken des riesigen Metallkreuzes wie ein gefrorener Blitz. De Soto wandte den Kopf. Seine Augen fanden Lopez García, der reichliche drei Meter über dem Gedränge stand. In Sicherheit. Weg von all dem. In einer anderen Welt. Auf einer wundersamen Blumenwiese, in der Rosen aus Marmor wuchsen.

Lopez García stand im rückwärtigen Altarbereich, war nur ein paar Schritt von der Sakristei entfernt, durch die man garantiert irgendwo ins Freie gelangte, hinaus, um in der unübersehbaren Masse der Pilger untertauchen zu können. Wenn dieser Fluchtweg durch eine dritte Gruppe von Vengadores versperrt wäre, könnte man sich auch zum Hauptaltar flüchten. Niemand würde es wagen, vor aller Augen einen Mord zu begehen. Und wenn die Priester Ordnungskräfte zu Hilfe riefen, hätte man wenigstens etwas Schutz. Mehr zumindest als dort unten im Gedränge, in dem ein Profikiller völlig gefahrlos zustechen konnte, in dem ein Toter nicht mal umfallen, sondern vom Strom der Leiber bis zum Ausgang mitgeschoben würde.

All diese Gedanken las Lopez García in De Sotos angstverzerrter Fratze, durch die plötzlich neue Entschlossenheit zuckte, eine letzte Hoffnung. De Soto nahm die Fäuste hoch und drosch sich durch die Menschenmauer auf das äußerste Rollband zu. Auf das Band, hinter dem eine drei Meter hohe, glatte Mauer zum Altarniveau hochstrebte. Vor Lopez García sicherte eine Art Zaun aus schmalen Plexiglasscheiben den Altarbereich gegen den Abgrund ab. Zwischen den einzelnen Scheiben waren jeweils zehn, fünfzehn Zentimeter ausgespart, genug jedenfalls, um mit der Hand hindurchzulangen. Wenn De Soto noch einmal auf die Rollbandbegrenzung kletterte, könnte man …

De Soto stützte sich mit beiden Händen auf irgendwelchen Schultern ab und stemmte sich nach oben. Ein Cowboystiefel faßte auf dem Handlauf Tritt. De Soto drückte mit den Armen nach, bekam von irgendwoher einen Schlag in den Nacken ab, kümmerte sich nicht darum, zog das andere Bein nach. Er kniete auf dem Band, er stand. Die Menge murrte dumpf.

»Los, deine Hand!« haspelte De Soto zu Lopez García hoch.

Von links pflügten drei Männer durch die Masse. Rechts erklomm der zweite Vengador den Haufen gestürzter Leiber. Ruiz war schon weiter, sprang von zuckenden Gliedern auf den Handlauf des dritten Rollbands über. Es blieb nicht viel Zeit.

Lopez García hätte gern gewußt, ob De Soto wußte, daß er alles wußte. Sein Gesicht verriet nichts als Todesangst. Die Hand, die er nach oben streckte, zitterte. Es war eine häßliche Hand. Dünne, krumme Finger und ein abgekauter Daumennagel. Lopez García hatte nie bemerkt, daß De Soto Nägel kaute.

De Soto war Lopez Garcías Kollege. Er war fast sein Freund gewesen.

De Soto hatte ihn beseitigen, mit Obsidiankeulen totschlagen lassen wollen.

Ein Laufband stand still, doch drei andere liefen stur nach rechts, trugen Massen von Menschen vorbei, alte, junge, Indígenas und Weiße, Opfer und Täter. Eine einzelne Hand reckte sich bittend zur Jungfrau hoch, eine andere schlug in De Sotos Kniekehlen, De Soto sackte zusammen, und zwei, drei Stimmen lachten auf. Ruiz war schon ganz nah, und De Soto kam wieder hoch, warf beide Hände nach oben, als ob ihm plötzlich eingefallen wäre, daß nur noch ein allmächtiger Gott ihn retten könne.

»Die Hand, bitte!« stöhnte De Soto. Er wußte, daß Lopez García alles wußte. Er bat um Gnade. Um Rettung. Wenn nur seine Hand nicht so häßlich gewesen wäre! Wenn es nicht etwas zu einfach wäre, »bitte« zu sagen und zu meinen, alles wäre vergeben und vergessen.

Die Masse knurrte, daß der Boden wackelte. Lopez García konnte das Zittern in seinen Sohlen spüren. Er ließ sich auf die Knie hinab und legte die Stirn an eine Plexiglasscheibe. Auch sie vibrierte.

Ruiz mußte noch ein Rollband überqueren, um an De Soto heranzukommen. Nur noch ein großer Schritt durch eine Lücke zwischen den vorbeigleitenden Rümpfen, ein mutiger Sprung über irgendwelche Köpfe. Die zweite Gruppe der Vengadores drückte sich an der Wand heran, De Soto schrie schrill auf, und Lopez García streckte seine rechte Hand zwischen zwei Scheiben durch, schob den Arm nach unten, so weit es ging.

Er spürte De Sotos Fingerspitzen kurz an seine tippen. Anscheinend reichte seine Hand nicht weit genug. Doch dann stieß sich De Soto mit den Füßen ab, schnellte hoch, packte zu, eine Hand krallte sich um Lopez Garcías Handgelenk, die andere packte seine Rechte, Handteller auf Handteller, Finger um Finger. Es war ein knorriger Handschlag unter Männern, rührend, auch wenn De Soto es sicher vorgezogen hätte, Lopez García um den Hals zu fallen, ihm auf die Schulter zu klopfen. Hier oben. In gebührender Entfernung von den Vengadores.

Lopez García preßte den Kopf gegen glattes Plexiglas und stützte sich mit der linken Hand am Boden ab. De Soto baumelte an seiner Rechten. Im Vergleich zu Lopez García wirkte er nur wie eine halbe Portion, doch er war schwerer als vermutet. Das mußte an den Dingern liegen, die er auf dem Kerbholz hatte. An seinem schlechten Gewissen, das ihn nach unten zog. Richtung Hölle. Lopez García spürte die Glasscheibe vor seiner Stirn schwitzen.

»Verdammt noch mal, zieh!« kreischte De Soto.

Ruiz sprang los, hoch über die Köpfe der Pilger hinweg. Er verfehlte den Handlauf auf der anderen Seite, schlug in die Menge, bekam aber im Abrutschen eins von De Sotos Beinen zu fassen und klammerte sich fest. De Soto stieß mit dem anderen Bein um sich.

»Zieh doch!« japste er. Wild baumelnd zuckte sein Rumpf hin und her. Ein Fisch am Haken. De Sotos Hand quetschte Wasser aus Lopez Garcías Poren. Ziehen, leicht gesagt!

Der auf Ruiz folgende Vengador hechtete über die Köpfe, seine Arme schnappten um beide Oberschenkel De Sotos zu. Dessen Körper wurde nach hinten geschleudert, knallte gegen die Wand unter Lopez García. Der Vengador ließ nicht locker, und De Sotos Finger krallten sich noch tiefer in Lopez Garcías Haut. Das hielt. Die Frage war, ob erst De Sotos Leib zerrissen oder Lopez Garcías Arm aus der Schulter gehebelt würde. Ein massenmörderisches Gewicht hing an seinem Arm.

Hinter sich hörte Lopez García Holz brechen. Die unten vorandrückende Menge raunte dem Spektakel zu. Vergessen war die Guadalupe, Schluß mit dem Bekreuzigen, der Singerei, mit all dem andächtigen Getue. Zwei Männer hingen an einem Mann, der an einem Arm hing und »zieh, zieh, zieh« kreischte. Dagegen kam kein heiliges Bild an. Das wäre ein echtes Wunder gewesen.

Rote Blütenblätter flatterten an Lopez García vorbei, und dann zischte eine Holzlatte in weitem Schwung neben seinem rechten Arm nach unten, schlug splitternd im Nacken des Vengadors ein. Langsam lockerte sich dessen Griff um De Sotos Schenkel. Die Pilger daneben zuckten in lautlosem Schrecken zurück und stürzten sich über den Handlauf zum zweiten Rollband hinüber. In der entstandenen Lücke brach der Vengador zusammen. Seltsam gekrümmt lag er auf dem

Band, das ihn unbeirrt Richtung Ausgang davontrug. Sein Kollege sprang über die Laufbandbegrenzung und beugte sich zu ihm hinab.

»Mörder!« sagte eine Stimme in unmittelbarer Nähe. Sie klang fremd, doch sie konnte nur Enrique gehören, dessen Oberkörper sich neben Lopez García über die Glasscheiben beugte. Sonst war anscheinend niemand mehr hier oben, kein Mensch, kein Priester. Die waren wohl längst geflüchtet oder krochen vor ihrem Altar herum und beteten um ewige Verdammnis für die, die ihr verdammtes Fest ruinierten. Um einen gewaltigen Blitz, der die Frevler in die Hölle schleudern sollte.

Die Latte mußte von einem der übermannshohen Blumengestecke stammen. Enrique umschlang sie mit beiden Händen, hob sie an und stieß nach unten, als müsse er Maiskörner zermörsern.

»Tot, tot, tot«, murmelte er im Rhythmus der Schläge. Er zielte auf Ruiz' Kopf, traf beim dritten Versuch. Ruiz ließ los. Kroch auf allen vieren in die Leiber hinein, die von den Nachfolgenden aufs vorderste Laufband geschoben wurden.

»Ja!« brüllte De Soto. Seine Finger waren Gußstahlklammern.

»Tot«, sagte Enrique. Er zog die Latte hoch und sah sich nach einem weiteren Opfer um. Da kamen noch einige in Frage. Die drei Vengadores links zum Beispiel, von denen einer sich zu Ruiz hinabwühlte und ihn auf die Beine zu zerren versuchte. Kurz schimmerte Ruiz' rotverklebter Haarschopf aus einer Gruppe alter Weiber hervor, nur um gleich wieder abzukippen. Bewußtlos, schätzte Lopez García.

»Tot«, sagte Enrique ganz ruhig. Es klang wie eine nüchterne Feststellung, die sich weder auf den von ihm erschlagenen Vengador noch auf Ruiz bezog. Enrique sprach von etwas Wichtigerem, von etwas Absolutem. Aus ihm sprach die Gewißheit vom Ende, gegen das keine Guadalupe half. Tod, Untergang, Verschwinden, das war der Lauf der Welt, dem diese selbst auch nicht entkommen würde. De Soto brauchte gar nicht so herumzuzappeln. Es würde nichts nützen, letztlich.

Die beiden anderen Vengadores stemmten die Schultern gegen den von hinten andrängenden Strom. Sie zögerten, mußten wohl überlegen, wie es nun weiterging. Ob sie sich zu zweit über den baumelnden De Soto hermachen oder abwarten sollten, bis sich ihre Reihen wieder formiert hatten.

»Hilf ziehen, Enrique!« brüllte De Soto nach oben, doch Enrique schien nichts zu hören. In gleichmäßigen Abständen ließ er die Latte auf die Oberkante einer der Plexiglasscheiben herabfallen. Die Schwingungen schlugen zu Lopez García durch, massierten seine gequetschte Stirn und pflanzten sich in die Hirnwindungen fort. Trotzig fühlte sich Enriques Getrommel an. Er selbst stand da wie der letzte der Aztekenkrieger Cuauhtémocs in den brennenden Trümmern Tlatelolcos. Kommt, kommt, kommt doch! höhnte er dem übermächtigen Feind entgegen.

Und der Feind kam. Ruiz stand plötzlich wieder, stützte sich mit dem linken Arm auf der Schulter eines Vengadors auf, der die Stöße der Menge für ihn abzufangen suchte. Den rechten Arm streckte Ruiz nach vorne durch, und noch bevor Lopez García begriff, daß Ruiz eine Pistole ausrichtete, krachte schon der Schuß. Der erste Schuß. Und gleich der zweite, dessen Knall das von oben zurückbrandende Echo des ersten durchfetzte. Ein Schlag gegen die Stirn, eine Kugel ließ das Plexiglas vor Lopez García in Splitterspuren zerlaufen. Peng und peng, eine Holzlatte stürzte senkrecht ab, und wieder peng, schlug unten in unschuldiges Pilgerfleisch.

Wie von Hammerschlägen wurde Enrique zurückgeworfen, und der sechste Knall explodierte oben und unten und rechts und links gleichzeitig, und noch immer zuckte De Soto an Lopez Garcías Arm, krallte sich fester denn je ein. Mit Gewalt drehte Lopez García seinen Kopf zur Seite, preßte die Wange ans Glas und sah aus den Augenwinkeln, wie Enrique die obersten Stufen Richtung Kirchenschiff hinabtorkelte, lederbezogene Chorstühle umstieß, links, rechts einknickte, sich noch einmal aufrappelte, um bis zur Kante der Altarplatte vorzustolpern. Dort fiel er, kippte einfach vornüber, knickte einfach ab, legte seinen Oberkörper auf dem Altartuch nieder, das sich unter ihm rot und röter färbte.

Tot, dachte Lopez García, während der Krach der Schüsse durchs Kirchenrund tobte, als ob er in jeder Ecke neu geboren würde, als ob er immer schon hier zu Hause gewesen wäre. Der Krach, der Tod. Enrique genügte ihm nicht, er brauste auf der Suche nach weiteren Opfern über die Menge dahin, stichelte mal hier, mal dort, schlug Schneisen von Schrecken längs und quer, an deren Rändern sich Panik kurz türmte und dann in Flutwellen zur Seite brach.

Sechs Schüsse, auf dem Hauptaltar ein Toter, den alle hatten sterben sehen. Doch keiner der Zehntausend im Kirchenrund wußte, woher die Schüsse gekommen waren. Der Knall war überall, und jeder floh vor einem unsichtbaren, ungreifbaren Mörder, alle flohen durcheinander, übereinander, in Wogen, die von Mauern und Absperrungen zurückbrandeten und an gegenläufige Wogen prallten. Reihen von Körpern wurden wie Gischt herausgeschleudert, andere in chaotisch wirbelnden Unterströmungen gurgelnd begraben. Meere schienen aufeinander losgelassen. Eine Urgewalt war aus dem Nichts geboren, DIE Gewalt, ohne Sinn, ohne Berechnung, ohne irgendein verdammtes Ziel, eine Gewalt, gegen die alle Untaten der Vengadores wie harmloses Kinderspiel wirkten.

Lopez García wandte den Blick ab, legte die andere Wange an das von Sprüngen durchzogene Plexiglas. Ruiz stand vor den Rollbändern und zog das Magazin aus seiner Pistole, um nachzuladen. Um ihn war plötzlich Platz. Ein paar Quadratmeter, aus denen sich die Pilger mit all ihrer aus Panik geborenen Kraft zurückgedrängt hatten, als bedeutete es den sicheren Tod, dort zu bleiben. Nur die Vengadores sammelten sich um ihren Chef.

Ruiz schwankte leicht. Er mußte sich voll konzentrieren, um Patrone für Patrone hervorzuklauben. Er hatte keinen Blick für anderes, nicht für den Stau der Menschen in seinem Rücken, die sich verzweifelt gegen den Druck von hinten stemmten, nicht einmal für De Soto, der endlich zu zappeln aufgehört hatte. Wie ein Sack hing er an Lopez Garcías Hand, und wenn er nicht leise gewimmert hätte, hätte man ihn für tot halten können.

Lopez García spürte seinen rechten Arm nicht mehr, doch er dachte nicht daran, loszulassen. Er dachte an gar nichts, alles mußte so sein, wie es war, das Glas preßte hart gegen seine Wange, und Lopez García sah zu, wie sich einer der Vengadores nach einer Patrone bückte, die Ruiz hinabgefallen war. Der Vengador tappte am Boden umher, und weiter hinten, am Ende des Gangs, stürzte eine der Sturmfluten aus dem Kirchenschiff die Treppe herab.

Ein Wasserfall aus ehemals menschlichen Leibern, der an den Seitenmauern hochbrandete, Köpfe und Arme an Marmor zerrieb, ein reißender Fluß, der an der Engstelle zusätzliche Gewalt gewann, seine Strömungsgeschwindigkeit noch einmal steigerte, durch die Unterführung dahinschoß und die lächerliche Staumauer aus ein paar hundert lächerlichen Menschen, die vor Ruiz' lächerlicher Pistole zurückgewichen waren, im Handumdrehen durchbrach.

Hoch über dem am Boden knienden Vengador schlug die Menschenflut tödlich zusammen, wischte Ruiz von den Beinen und warf ihn gegen den Metallpfosten zwischen erstem und zweitem Rollband, unterspülte und schwemmte auch die anderen Vengadores weg, während Ruiz festhing, die Beine links, den Oberkörper rechts vom Pfosten. Nun erst strömte die große Masse herein, übermannshoch, führte zappelnde Leiber über den Köpfen mit, viel zu hoch, zu breit, zu schnell, um sich von ein paar Rollbandbegrenzungen in ordentlich dahinplätschernde Bächlein kanalisieren zu lassen. Gewaltig schlug sie gegen die Pfosten und Handläufe an, quetschte auf das verhakte Stück Strandgut ein, das einmal Oberkommissar Ruiz gewesen war.

Unter De Sotos angezogenen Beinen schäumte die Welle zum letztenmal hoch und brach dann plötzlich. Zerschlagen war die Masse, ihr machtvoller Impuls, nichts mehr zu spüren vom primitiven, gemeinsamen Drang voran, zerbröselt selbst die Leiber, die ihn getragen hatten. Nur noch einzelne Körperteile zuckten um ihr bißchen Leben. Sehnen rissen, Knochen brachen. Arme schlugen um sich, Köpfe gerieten unter stampfende Stiefel, Fingernägel rissen Bäuche auf, und Eingeweide stopften um Hilfe schreiende Münder. Es war das Ende der Welt.

Lopez García schloß die Augen. Er konnte nichts ändern, nichts tun. Fast nichts. Er drehte seinen Kopf gerade und preßte die Stirnhaut gegen das Glas. Er nahm das linke Knie hoch und setzte statt dessen die Sohle auf. Mit der linken Hand griff er nach der Oberkante der Scheibe, faßte zu. Er zog an und versuchte, den tonnenschweren Körper, der an seiner Hand hing, nach oben zu hieven. Er setzte den rechten Fuß nach. Jetzt mußte er sich nur noch aufrichten. Nur noch den Rücken durchstrecken, sich nicht wieder in die Knie zwingen lassen. Ein Stich schoß aus Lopez Garcías Bandscheiben, doch er ließ nicht los, ließ nur ein wenig nach, bevor er den Rumpf nach vorne warf. De Soto schrie auf.

Lopez García hockte nun auf seinen Fersen, hielt den Oberkörper so gerade wie möglich. Er mußte das Lastwagengewicht an seinem Arm aus den Beinen heraus stemmen.

Lopez García stemmte, spürte den Schweiß herabrinnen. Er riß die Augen auf. An der gegenüberliegenden Wand hing das Bild der Guadalupe. Lopez García stemmte aus den Oberschenkelmuskeln. Er stöhnte. Er starrte geradeaus. Die Jungfrau nahm die gefalteten Hände auseinander. Sie klatschte einmal. Der fromme Ausdruck verschwand aus ihrem Gesicht. Er war sowieso falsch gewesen. Unten traten sich Menschen zu Tode, und in Lopez García zerfiel die Zeit zu blutigem Matsch.

Sie war aufgewacht. Sie war frisch und munter. Kein Wunder, nach fast fünfhundert Jahren konnte man leicht ausgeschlafen sein. Nach 477 Sonnenjahren! Nun war es an der Zeit, die beschämende Verkleidung abzuwerfen. Dieses himmelblaue christliche Mäntelchen, das die Getreuen ihr umgehängt hatten, um sie trotz der Verbote der ungläubigen Spanier weiter verehren zu können. Sie selbst brauchte keinen Schutz, sie war Tonantzin Cihuacóatl, Göttin der fünften, der letzten Welt. Sie würde leben und herrschen, bis die fünfte Sonne und alles, was auf Erden lebte, in einem gewaltigen Erdbeben vernichtet werden würden. Doch noch war es nicht soweit.

Adlerfedern krönten Tonantzins Haar. Sie fuhr sich mit der Hand durchs Gesicht, wischte sich die Marienhaut vom Fleisch. Rot wie Blut und schwarz wie der Tod färbte sich ihre Haut, um ihre Lippen floß geschmolzener Kautschuk, unter ihren Füßen lag ein halber Mond, und hinter ihr brachen Sonnenzungen hervor. Mit Wohlgefallen blickte die Göttin auf ihre Gläubigen hinab. Wie in alten Zeiten waren sie aus fernen Gegenden zu ihr gepilgert, von ihnen war sie aus dem Schlaf gerufen worden, alles war wieder wie einst, zu ihren Füßen wuselte die Masse der Menschlein. Sie litten und starben. Sie beteten dumpf, während sie litten, und sie beteten, während sie starben. Sie taten recht. Leiden und beten und sterben waren eins. Nur das hielt das Leben am Leben.

Tonantzin breitete die Arme aus und sprach:

»Ich bin Tonantzin, eure Mutter. Huldvoll nehme ich eure Gaben an, euer warmes Blut, euer zerquetschtes Fleisch. Ihr, die fünfte Menschheit, seid aus den Knochen der Toten erwachsen, die in der Unterwelt verrotteten. Ich habe sie gemahlen, Quetzalcóatl hat sie mit blutigem Samen besprengt. Um eure Welt zu erschaffen, stürzte sich Nanahuatzin einst ins Feuer. Aus seiner verkohlten Asche stieg die fünfte Sonne auf. Doch nicht nur, um seines Opfers zu gedenken, gebt ihr euer Leben. Mit eurem Blut nährt ihr den Lauf der Sonne, tränkt ihr die dürstende Erde, erschafft ihr jeden neuen Tag. Zur Nahrung der Götter seid ihr gemacht. Tanzend und singend sollt ihr in den Tod gehen, denn das ist eure Bestimmung. Nur aus dem Tod wächst Leben, nur die Zerstörung gebiert Welten, nur das Blutopfer bewirkt neues Werden. Das ist der Lauf des Kosmos, das ewige Spiel der Götter, sinnloser Sinn, Mittel und Zweck zugleich.«

Tonantzin lachte auf, die Adlerfedern verschmorten im Strahlenkranz, und von irgendwoher flatterte ein blauer

Mantel, legte sich um ihr Haar und ihre Schultern. Sie legte die Arme wieder vor den Körper und faltete die Hände. Zarte Haut wuchs über ihr rot-schwarzes Fleisch, sie schlug die Augen nieder, und ein nachdenklicher, etwas entrückter Ausdruck erstarrte in ihrem Gesicht.

Tonantzin hatte gesprochen. Lopez García wunderte sich nicht. Das Wilde lebte mehr denn je. Er selbst spürte es unter seiner Haut. Ein verrückt pumpendes Herz trieb das Blut durch seinen Körper bis in die Fingerspitzen. An Lopez Garcías Hand hing De Soto, und darunter wütete der Tod. Er hatte Hunderte von Armen und Beinen und Köpfen. Er zerfleischte sich selbst. Wer wußte schon, was aus dem Tod an Neuem entstehen würde. Ob es etwas Wünschenswertes wäre? Etwas Besseres als zuvor? Wann war denn etwas besser als zuvor? Oder war alles wirklich nur ein grausames Spiel, zu dem man fraglos und klaglos ja sagen mußte?

Den Menschen behagte es, den Willen der Götter zu interpretieren. Vielleicht lag darin die Wurzel allen Übels. Daß immer wieder mal einer ganz schlau sein wollte, Sinn stiften wollte, wo es keinen gab. Ruiz zum Beispiel. Was Blutopfer anging, hatte er eine klare Position bezogen, das mußte Lopez García zugeben: Schlachte ein paar Kriminelle, nähre und stärke damit die Kräfte der Ordnung, und ein neues, sicheres und friedliches Leben lockt am Horizont. Jetzt erst verstand Lopez García, daß Ruiz seinen Sündenbock nicht aufs Geratewohl ausgesucht hatte. Hatte Moreno nicht geschrieben, daß jede Kritik an México mit einer Prüfung der aztekischen Weltanschauung beginnen müsse? Er hatte recht gehabt. Deshalb mußte er geopfert werden.

Ruiz' Plan hätte von den aztekischen Göttern selbst stammen können, aber er hatte ihnen dennoch nicht gefallen. Sie hatten es vorgezogen, Ruiz selbst zu holen, seinen Unterleib an einem Rollbandpfosten zu zerquetschen. Doch da hatte sich schon De Soto an Ruiz' Idee infiziert. Er hatte sie bestechend gefunden, hatte als einzige Änderung vorgesehen, daß auch er selbst davon profitieren sollte. Dafür wären weitere kleine Blutopfer nötig gewesen: Lopez García zum Beispiel. Ob das den Göttern gefallen hätte?

»Lopez García?« fragte De Soto von unten herauf. Er wog soviel wie fünf aufeinander getürmte Welten.

Lopez García blickte zum Bild Unserer Mutter Maria-Cihuacóatl hinüber. Es sprach nicht. Es zeigte eine Madonna im Sternenmantel, hinter deren frommem Ausdruck Unergründliches steckte. Lopez García wußte nicht, was zu tun war. Er brauchte Beistand von oben. Er hätte gern gebetet, um Rat und Hilfe gebeten, doch er war sich nicht sicher, wen er anrufen sollte. Maria oder Tonantzin Cihuacóatl. Die gütige Gottesmutter, die für jedes Leid ein offenes Ohr hatte, jedem Sünder einen schützenden Platz unter ihrem Mantel gewährte, oder die nach Blut dürstende aztekische Göttin, die wußte, was die Welt am Laufen hielt.

De Soto kreischte. Eine sich aus dem Chaos reckende Hand hatte sich um sein Fußgelenk verkrallt.

Lopez García sah wieder auf das Bild. Maria oder Tonantzin? Die Hände der Frau lagen gefaltet vor ihrer Brust, als ob sie selbst um Gnade bitten würde. Von unten griff der Tod nach De Soto, und Lopez García mußte sich entscheiden. Er war allein, doch glaubte er, Hände zu spüren, die ihn von allen Seiten anfaßten. Abgeschlagene Hände, die aus Plastiktüten hervorschossen, zarte Lotterieloshände, Mädchenhände mit blaulackierten Fingernägeln, zum Krieg trommelnde Aztekenhände, Kinderhände, die sich um einen Besenstiel klammerten. Sie stießen ihn, zerrten an ihm, und seine Muskeln, Sehnen, Knochen schmerzten. Alles tat weh.

Lopez García würde sich jetzt entscheiden. Für Maria, für die Virgen morena, die süße Virgencita, die Muttergottes, die Mutter Unseres Herrn Jesus Christus, die unbefleckte Empfängnis, die Patronin Neu-Spaniens, die vom Papst gekrönte Königin beider Amerika, die Himmelsherrscherin, die Stütze und Fürsprecherin aller Bedrängten.

Er entschied sich für den einen, wahren, katholischen Glauben, gegen Heidentum und Götzendienst, gegen Menschenopfer und Blutrausch. Es gab keine Tonantzin Cihuacóatl, sie war nur eine Erfindung längst untergegangener barbarischer Stämme, nichts als eine Personifikation, in der die Wilden ihre eigene Wildheit porträtiert hatten, eine Illusion, die vom Licht der Zivilisation zertrümmert worden war, ein Nichts, nicht einmal eine ferne Erinnerung.

Lopez García hatte sich entschieden. Alles würde in Ordnung kommen. Er würde zu Maria beten. Du Spiegel ohne Flecken, du Brunnen für die Dürstenden, du Tor zum Himmel!

Er würde zu Maria beten, wie er zu beten gelernt hatte. Er würde die Hände falten und darum bitten …

Er konnte die Hände nicht falten. An seiner rechten Hand hing etwas. Schwer wie die neun Kreise der Hölle. Etwas, das verhindern wollte, daß er zur Muttergottes betete. Etwas Heidnisches, Barbarisches, ein Gefolgsmann der Tonantzin, der ihn vom wahren Glauben abbringen wollte. Zu sich hinabziehen, in Tod und ewige Verdammnis.

Doch nicht mit Lopez García! Nicht mit ihm! Er stand im Glauben fest, er lachte nur über die Versuchung des Teufels. Er würde ihm einen Streich spielen. Er hatte es in der Hand. In der rechten Hand.

Lopez García öffnete sie. Gleich würde er beten. Doch erst spreizte er die Finger weit, spürte angenehm kühle Luft über seine schweißnasse Handfläche streichen, das Blut strömte in seine Finger zurück, die Poren begannen wieder zu atmen, verschwunden war der ungeheure Druck, und der restliche Schmerz würde auch vergehen. Lopez García hatte sich endgültig entschieden.

De Soto schrie nicht. Noch im Fallen wurde er von verzweifelt schlagenden Armen aus der Senkrechten gebracht, stieß schräg in das Gewühl hinein, stand für einen Moment seltsam schief und schwankend, sank dann schnell bis zur Hüfte in totes und noch nicht ganz totes und todbringendes Menschenfleisch ein. Verblüfft sah er nach oben, kurz nur, und schüttelte sich, als stünde er in eiskaltem Wasser. Von allen Seiten umklammerten ihn Hände, versuchten sich an ihm hochzuziehen, rissen und zerrten an seinem Leib, an seinen Händen, Unterarmen, Ellbogen, Schultern, sie gruben sich in seinen Hals.

Es waren viel zu viele, De Soto konnte nicht alle retten. Sie würden sich nicht herausziehen, keiner von ihnen. Sie zogen ihn zu sich herab. Sein Oberkörper ging unter. Jetzt erst begann De Soto zu schreien. Er wehrte sich, schlug um sich, so gut es ging. Jetzt war er wie alle anderen. Er war einer von ihnen. Es war zu spät.

Ein Knie knallte gegen sein Kinn. Knochige Finger zogen an seinen Haaren, und dann wurde De Soto von Kälte und Hitze, Druck und Schmerz verschlungen. Sein Gesicht versank in der brodelnden, zuckenden Masse, die ihn erstickte, zerdrückte, zerquetschte, zerstampfte.

Lopez García faltete die Hände. Er sah zu Maria auf und betete für De Sotos Seele. Dafür, daß ihm seine Sünden vergeben würden. Und seine eigenen Sünden auch. Er bekreuzigte sich. Dann bückte er sich, nahm ein paar Blumen auf und warf sie über den Rand der Plexiglasscheibe hinab.

10

Die Toten verschwanden schnell, sobald sich die Angelegenheit in Händen der Regierung des Distrito Federal befand. Alles verschwand: Die Verbrecherbanden verschwanden, die Wahlzettel in den Urnen, die Zensuszahlen ...

PACO IGNACIO TAIBO II, QUE TODO ES IMPOSIBLE

Den ganzen Samstag über lag Lopez García im Bett. Die Zwillinge tobten durch die Wohnung, aber das störte ihn nicht. Ihn störte gar nichts. Auch am Sonntagmorgen weigerte sich Lopez García aufzustehen. Maria schickte die Kinder mit der Nachbarsfamilie nach Chapultepec. Lopez García lag im Bett und wunderte sich, daß er noch lebte. Die Herren ganz oben mußten die Fernsehbilder aus der Basilica doch studiert und ein paar Schlußfolgerungen daraus gezogen haben. Maria machte von Zeit zu Zeit kalte Umschläge, die sie auf Lopez Garcías Stirn legte. Das tat so gut, daß er beschloß, auch am Montag liegenzubleiben und nicht zur Arbeit zu gehen.

Am nächsten Morgen rief er im Präsidium an und meldete sich auf unbestimmte Zeit krank. Den Tag über verdöste er. Am Abend hörte er mit mäßigem Interesse in den Nachrichten, daß der Etat verabschiedet worden war. Ein Kommentator sprach die Hoffnung aus, daß die für die Polizei bereitgestellten zusätzlichen Mittel tatsächlich der Sicherheit der Bürger zugute kommen würden. Die Kinder bewegten sich nur auf Zehenspitzen durch die Wohnung. Irgendwann in der Nacht von Montag auf Dienstag begriff Lopez García, daß er das Präsidium nicht wieder betreten können würde, solange die abgeschlagene Hand in Ruiz' Kühlschrank lag. Maria blieb die ganze Nacht wach und tupfte ihm den Schweiß von der Stirn.

Am Dienstagvormittag rief Manolo an, um mitzuteilen, daß Ruiz am Mittwoch um 11.00 Uhr, De Soto und Enrique am Donnerstag um 9.00 beziehungsweise um 15.00 Uhr begraben würden. Da mußte Lopez García sich blicken lassen.

»Ja«, sagte er ins Telefon. Er sah sich in der Reihe der Trauergäste stehen, die nacheinander ihr Schäufelchen Erde in Ruiz' offenes Grab kippten. Nur er würde eine abgeschlagene Hand aus einer Plastiktüte ziehen und sie mit Schwung nach unten pfeffern. Ruiz' Witwe würde in Ohnmacht fallen, und Lopez García würde einer Meute von Journalisten haarklein in die Feder diktieren, wie sich alles zugetragen hatte. Egal, was dann passierte.

Lopez García bat Manolo, die verdammte Hand bei ihm vorbeizubringen. Manolo zögerte, versprach es dann, erschien aber den ganzen Dienstag über nicht. Gegen Abend setzte sich Lopez García im Bett auf, ließ sich zwei Kissen hinter den Rücken stopfen und schrieb sein Testament nieder. Maria und die Kinder hielten sich an den Händen und standen schweigend daneben. Seinen Sohn Abel würde er wahrscheinlich nicht mehr sehen. Er sprach ihm ein Fünftel seines Besitzes zu. Viel war es sowieso nicht.

Am Mittwoch hievte sich Lopez García um 8.30 Uhr aus dem Bett, duschte und zog den schwarzen Anzug an. Als er gerade fertig war, klingelte es an der Tür. Zwei Männer standen draußen. Es waren zwei von Ruiz' Vengadores, die das Gemetzel in der Basilica offensichtlich überlebt hatten.

»Señor Lopez García?« fragte der größere der beiden.

Lopez García nickte. Er fragte: »Kann ich mich noch kurz von meiner Familie verabschieden?«

»Klar«, sagte der Vengador.

»Nette Kinder«, sagte der zweite. Er strich Paty über den Schopf.

»Wir warten am Wagen«, sagte der erste und zeigte auf einen schwarzen Pontiac, der ein paar Meter weiter geparkt war. Lopez García gab erst Maria einen Kuß und dann der Reihe nach den Kindern. Karyme weinte.

»Spätestens um 14.00 Uhr bin ich zurück«, sagte Lopez García. Dann ging er. Ein Vengador hielt die Wagentür auf, und Lopez García nahm auf der Rückbank Platz. Der Wagen fuhr an.

»Das soll ich Ihnen geben«, sagte der Vengador auf dem

Beifahrersitz. Er reichte eine Plastiktüte nach hinten. In ihr befand sich die abgeschlagene Hand.

»Danke«, sagte Lopez García. Dann redete keiner mehr. Der Vengador fuhr durch Nebenstraßen. Wegen der Fahrbahnschwellen ging es langsam, aber dafür steckte man nicht im Stau. Draußen schien die Sonne müde durch den Smog. Häuserzeilen zogen vorbei, einstöckig, höchstens zweistöckig. Mit ihren Flachdächern sahen sie irgendwie abgeschnitten aus. Hinter halbmeterhohen Gehsteigkanten lauerten die dunklen Schlünde der Ladenöffnungen. Sie fraßen Passanten und spuckten andere aus. Die paar Bäumchen am Straßenrand kümmerten vor sich hin, schienen nur nach unten wachsen und den Asphalt sprengen zu wollen. In den Ritzen wurzelte der Plastikmüll.

Dann fuhr der Wagen an einer rosafarbenen Mauer entlang, die kein Ende nehmen wollte. Aus einem Metroeingang quollen Leute hervor. Dort unten mußte es zum Bersten voll sein. Der Pontiac stand bei Rotlicht, kreuzte eine Avenida. Und wieder Mauern und Menschen. Nun ging es Richtung Westen. Durch die gelbe Luft waren in der Ferne die Fabrikschlote und Produktionshallen des Industriegebiets von Naucalpan zu erahnen, doch der Vengador bog schon vorher rechts ab. Er durchfuhr einen Parkplatz und stoppte vor einem Tor, das von gotischen Türmchen gekrönt wurde. Der Beifahrer wieselte um das Heck des Wagens und öffnete Lopez García die Tür.

»Wenn ich bitten darf«, sagte er.

Lopez García griff sich die Plastiktüte und stieg aus. Vor ihm lag der Eingang des Spanischen Friedhofs.

»Immer geradeaus!« sagte der Vengador. Lopez García ging immer geradeaus. Der Vengador folgte ihm mit zwei Schritten Abstand. Erst kurz vor der Aussegnungskapelle blieb er zurück. Vor dem Kircheneingang warteten die Trauergäste. Zwei Frauen stützten Ruiz' Witwe. Sie war schwarz verschleiert und wurde von Weinkrämpfen geschüttelt. Eine Menge Kollegen stand herum. Lopez García wandte sich der Gruppe zu, bei der Manolo stand, doch jemand griff ihn am Arm. Es war ein junger Schnösel mit sauber gestutztem Schnurrbart und forsch zurückgekämmtem Haar.

»Schreckliche Geschichte, nicht?« sagte er. »Ruiz war ein ausgezeichneter Mann. Wir alle werden ihn vermissen, am meisten natürlich seine Witwe. So manch einer plappert über das selbstgewählte Berufsrisiko von Kriminalpolizisten daher und vergißt darüber allzuleicht die Familien. Die Frau, die Kinder, die sich den Beruf des Vaters ja nicht ausgesucht haben. Haben Sie Kinder?«

Lopez García nickte. Der Schnösel reichte ihm die Hand, sagte:

»Entschuldigung, ich habe mich noch gar nicht vorgestellt. Licenciado Roberto Beltrán Medina. Ich bin Pressesprecher des Präsidiums der Kriminalpolizei. Begleiten Sie mich ein paar Schritte?«

Lopez García nickte. Sie bogen in den Weg zwischen den Cuarteles C und G ein. Links und rechts ragten protzige Familiengräber in die Höhe. Dazwischen rechten Friedhofsarbeiter den Sand. Beltrán sagte:

»Ruiz, Ihr Kollege De Soto und der von einem unbekannten Täter erschossene Polizist der Antientführungseinheit – alle sind sie in selbstlosem, ja heroischem Einsatz für Recht und Ordnung gefallen. Ich werde das der Öffentlichkeit gegenüber natürlich gebührend herausstellen. Das ist das mindeste, was ich für die Kameraden tun kann. Für ihr Angedenken, meine ich. Dem widerspricht nicht, daß man sich in den Führungsebenen des Ernsts der Lage bewußt ist. Verluste dieses Ausmaßes müssen in Zukunft unbedingt vermieden werden, auch wenn das manche Unannehmlichkeiten mit sich bringen könnte. Sie zum Beispiel werden in nächster Zeit eine Leibwache um sich dulden müssen. Lästig, aber es ist nur zu Ihrem Besten. Damit Ihnen und Ihrer Familie nichts zustößt. Man darf ja die Familie nicht vergessen, nicht? Kurz, zwei unserer Leute werden Ihnen rund um die Uhr auf den Fersen bleiben.«

Er zeigte mit dem Daumen nach hinten. Der zweite Vengador war auch wieder da. Nebeneinander trotteten beide den Weg entlang. Der Abstand war größer als zuvor. Zehn Schritte etwa. Beltrán lachte und klopfte Lopez García auf die Schulter.

»Sie sind ja jetzt ein wichtiger Mann«, sagte er. Theatralisch schlug er sich vor den Mund. »Ach so, das wissen Sie ja noch gar nicht. Es ist auch nicht offiziell, aber egal, ich verrate es Ihnen dennoch: Sehr gut unterrichtete Kreise schwören, daß Ihre Beförderung zum Oberkommissar unmittelbar bevorsteht. Der Polizeipräsident höchstpersönlich soll sich dafür stark gemacht und eine unbürokratische Beförderungsprozedur angemahnt haben. Sie Glückspilz! Gratulation!«

Sie bogen rechts ab. Entlang des Wegs reihten sich griechische Tempel, Kapellen mit gotischem Maßwerk, moderne Bunker, ein Schlößchen mit zweifach durchbrochenem Turm, Barockskulpturen, die sich in steinerner Trauer am Fuß von Steinkreuzen wanden, ein mosaikgedeckter Obelisk, Krypten, Stelen, Rampen, roh behauene Steinblöcke. Ab und zu waren ein paar verwelkte Sträuße vom Dia de los Muertos stehen geblieben, doch sonst war da nur Stein, Stein und Stein.

»Himmlisch, diese Ruhe!« sagte Beltrán. »Dieser Frieden! Man könnte glatt vergessen, daß rings um uns nur Tote liegen. Wir müssen ja alle mal sterben, aber was mich betrifft, könnte ich noch ein paar Jährchen damit warten. Was meinen Sie, Herr Oberkommissar in spe?«

Beltrán klopfte wieder auf Lopez Garcías Schulter herum. Er sagte:

»De mortuis nihil nisi bene. Können Sie Latein? Über Tote soll man nicht schlecht reden. Am besten gar nicht. Sie mögen in Frieden ruhen, und wir sorgen dafür, daß die Lebenden in Frieden leben können. Ach ja, ich habe gehört, Sie hätten den Vengadorfall so gut wie gelöst. Ein gewisser Moreno sei durch Fingerabdrücke und eine lückenlose Indizienkette überführt. Sie hätten sogar Hinweise auf seinen Aufenthaltsort. Richtig?«

Beltrán zog Lopez García nach rechts. Sie gingen nun

wieder auf die Aussegnungskapelle zu. Am Rand des Wegs liefen offene Abwasserkanäle entlang. Steinplatten dienten als Brücken zu den Eingängen der Familiengräber. Alles erinnerte ein wenig an eine Vorstadtstraße von früher.

Beltrán sagte: »Sie sind kein Mann der großen Worte, und das gefällt mir. Reden ist Silber, Schweigen ist Gold. Ich habe Sie ja gerade erst kennengelernt, doch aus irgendeinem Grund waren Sie mir vom ersten Augenblick an sympathisch. Wenn ich mir deshalb erlauben darf, Ihnen einen freundschaftlichen Rat zu geben: Setzen Sie all Ihre Kräfte ein, Moreno zu fassen und vor Gericht zu bringen! Dann sind Sie fein heraus. Das wäre ein gelungener Start ins Oberkommissarsleben.«

Beltrán lächelte breit, legte den Kopf schief und zog Lopez García an seine Brust. Er tatschte ihm zweimal auf die Schulter und sagte: »Na denn, die anderen sind schon in der Kirche. Es hat mich wirklich gefreut, Ihre Bekanntschaft gemacht zu haben.«

Er löste sich von Lopez García.

»Der arme Ruiz!« sagte Beltrán noch und schlenderte auf den Kircheneingang zu. Aus dem Portal klangen dünn Gregorianische Choräle hervor. Vom Band wahrscheinlich. Um Lopez García war eine Steinwüste, unter der lauter Tote begraben lagen.

Er wandte sich um und ging Richtung Friedhofsausgang. Hinter sich hörte er die Schritte der Vengadores auf dem Asphalt. Sie hatten aufgeschlossen, waren knapp hinter ihm. Fast auf Tuchfühlung. Lopez García würde keinen Skandal an Ruiz' offenem Grab provozieren. Er würde überhaupt darauf verzichten, an Ruiz' Begräbnis teilzunehmen. Er hatte anderes zu tun, mußte arbeiten, mußte Morenos Festnahme in die Wege leiten. Man mußte Präferenzen setzen. Der Tod würde einem früh genug auf die Schulter klopfen.

Außerhalb des Friedhofs warf Lopez García die Plastiktüte mit der abgeschlagenen Hand in eine Abfalltonne.

Am äußersten Rand des Friedhofs fand Dolores, was sie suchte. An der Umfassungsmauer, hinter der die riesigen Tanks der Raffinerie Azcapotzalco hochragten, lag ein verlassenes Grab. Nur eine Steinplatte, die geborsten war. Die Inschrift war schon seit langem verwittert. Mit einer Glasscherbe kratzte Dolores ein Kreuz auf das Kopfende der Platte. Unterhalb des Spalts schrieb sie in ungelenken Buchstaben: *José.*

Sie zögerte, überlegte, kratzte dazu: *Ich hätte gern deine Hand gehalten.*

Sie stand auf. Die Inschrift stach weiß aus dem rauhen, grauen Stein, aber sie würde nicht lange sichtbar bleiben. Dolores würde sie regelmäßig erneuern. So lange sie lebte.

Die Delegación hätte ihr einen billigen Sarg bezahlt, doch die Miete für ein Grab belief sich auf dreihundertfünfzig Pesos für sieben Jahre, sechshundert Pesos für zwanzig Jahre. Sechshundert Pesos! Dazu wären die Kosten für die Totengräber, für die Grabgestaltung, für Gott weiß was gekommen. Die Nachbarn hatten für José gesammelt, doch das Geld hätte nicht gereicht. Es war gerade genug für die Einäscherung gewesen.

Dolores öffnete die Urne. Sie bückte sich und schüttete Josés Asche vorsichtig durch den Spalt in der Steinplatte. Der Regen würde auf die Asche fallen, der Wind würde einen Teil mitnehmen, doch das machte nichts. José wäre einverstanden. Dolores wußte es.

Sie blieb noch einige Minuten an Josés Grab stehen. Sie betete nicht, dachte an gar nichts. Dann ging sie. Der Weg zum Ausgang war weit, führte an den Palästen vorbei, die die Reichen für ihre Toten erbaut hatten. Aus einem Seitenweg kreischte eine Marmorsäge. Der Steinmetz war hinter der weißen Staubwolke nicht zu erkennen.

Dolores durchquerte das Friedhofstor. Auf dem Parkplatz war ein Tacostand aufgebaut. Dolores spürte, wie der Hunger in ihr nagte. Sie hatte keinen Centavo in der Tasche. Sie steuerte auf die Abfallkörbe vor der Mauer zu.